La légende de la sirène

ERIN HART

La légende de la sirène

Traduit de l'anglais (États-Unis)
par Frédéric et Armelle Grellier

ÉDITIONS FRANCE LOISIRS

Titre original : *False Mermaid*

Édition du Club France Loisirs,
avec l'autorisation des Éditions Payot & Rivages

Éditions France Loisirs,
123, boulevard de Grenelle, Paris
www.franceloisirs.com

ISBN : 978-2-298-05513-9

Pour mes frère et sœurs,
Julie, Amy et Jere
et leurs compagnons
Colin, Panayiotis et Sheri.

IRLANDE
DONEGAL
Belfast
Mer
d'Irlande
Dublin
Galway
Îles
d'Aran
Cork
Mer Celtique
OCÉAN
ATLANTIQUE

LE COMTÉ DE DONEGAL
Falcarragh
N56
N56
Termon
R251
R255
Crolly
Loughanure
R259
Letterkenny
N13
DERRY
Derry
Dungloe
N56
Fintown
N14
A6
Direction Belfast
N13
Lieu détaillé
DONEGAL
R252
Strabane
Galway
N15
Ballybofey
Ardara
Glencolumbkille
A5
TYRONE
N15
N56
R262
Carrick
Killybegs
Direction Omagh
et Dublin
Donegal
N15
FERMANAGH
N15
Direction Sligo

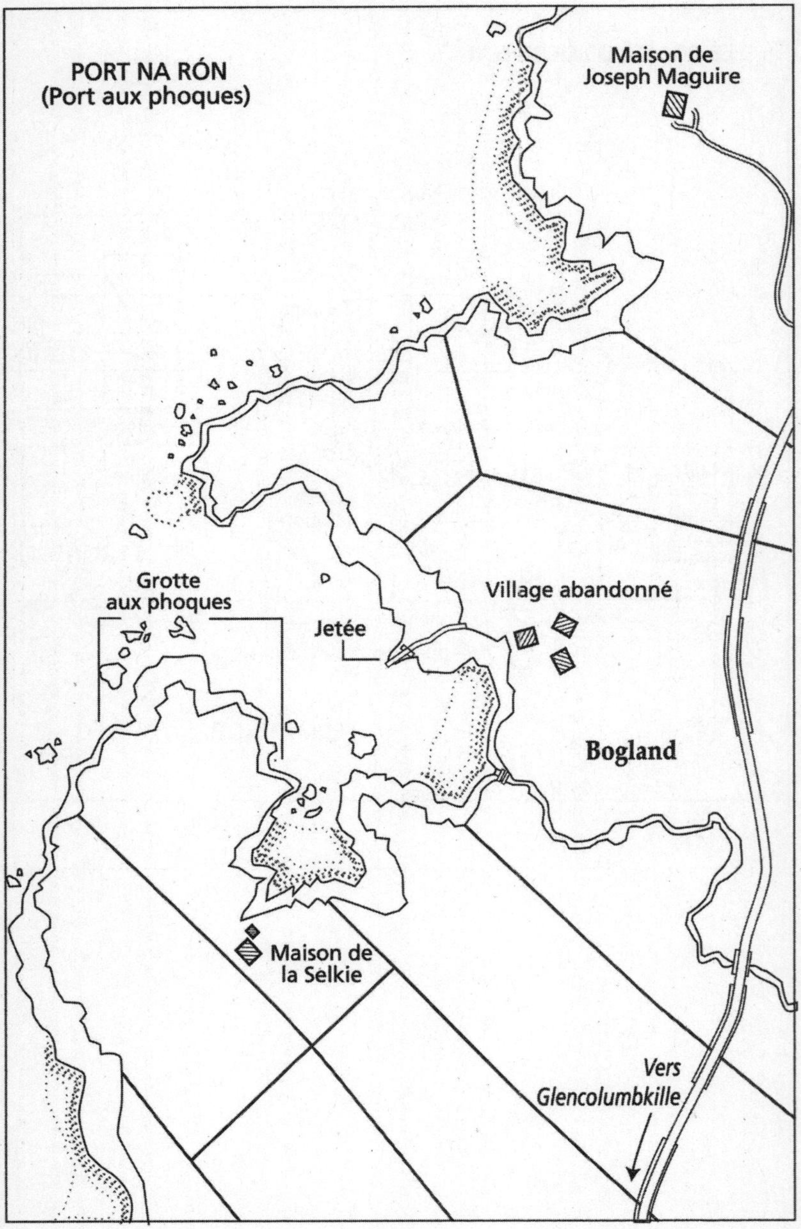
PORT NA RÓN
(Port aux phoques)
Maison de
Joseph Maguire
Grotte
aux phoques
Jetée
Village abandonné
Bogland
Maison de
la Selkie
Vers
Glencolumbkille

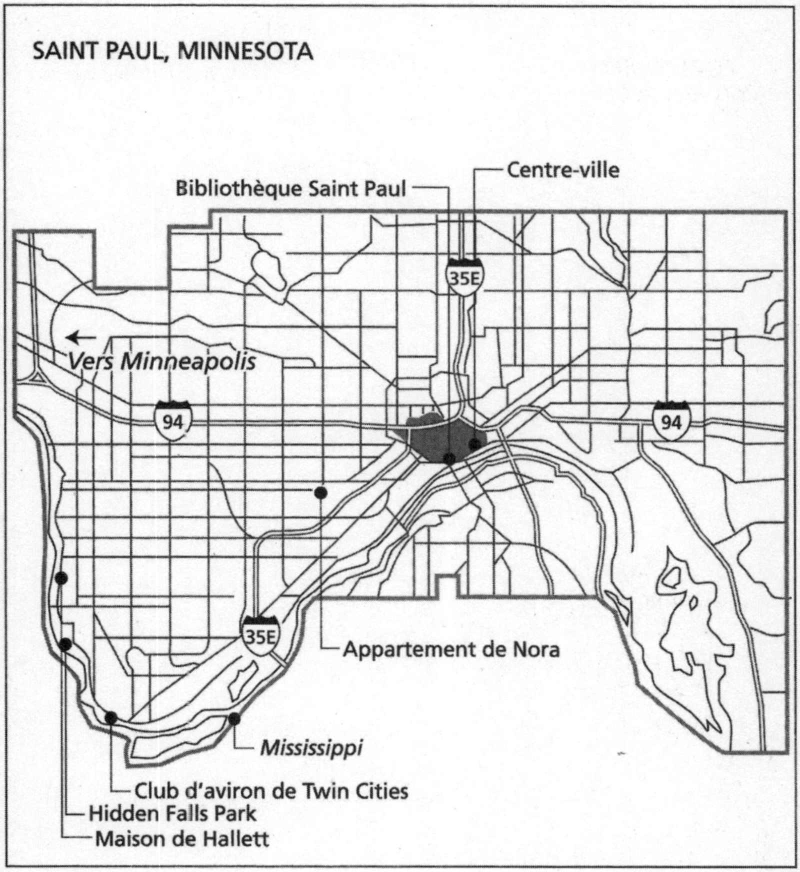
SAINT PAUL, MINNESOTA
Centre-ville
Bibliothèque Saint Paul
35E
Vers Minneapolis
94
94
35E
Appartement de Nora
Mississippi
Club d'aviron de Twin Cities
Hidden Falls Park
Maison de Hallett

Tri rudan a thig gun iarraidh :
an t-eagal, an t-eudach 's an gaol.
Trois choses arrivent sans être conviées :
la peur, l'amour et la jalousie.

Proverbe traditionnel irlandais

An Mhaighdean Mhara

Is cosúil gur mheath tú nó gur thréig tú an greann
Tá an sneachta go frasach fá bhéal na trá
Do chúl buí daite is do bhéilín sámh
Siúd chugaibh Mary hÉighnigh is í i ndiaidh an Éirne a shnámh.

« A mháithrín mhilis » dúirt Máire bhán
Fá bhruach an chladaigh is fá bhéal na trá
« Mhaighdean mhara mo mháithrín ard »
Siúd chugaibh Mary hÉighnigh is í i ndiaidh an Éirne a shnámh.

Tá mise tuirseach agus beidh go lá
Mo Mháire bhruinngheal is mo Phádraig bán
Ar bharr na dtonnta is fá bhéal na trá
Siúd chugaibh Mary hÉighnigh is í i ndiaidh an Éirne a shnámh.

Tá an oíche seo dorcha is tá an ghaoth i ndrochaird
Tá an tseisreach 'na seasamh isna spéarthaí go hard
Ach ar bharr na dtonnta is fá bhéal na trá
Siúd chugaibh Mary hÉighnigh is í i ndiaidh an Éirne a shnámh.

Amhrán traidisiúnta Gaeilge

La sirène

Tu sembles t'être fanée et avoir perdu le goût de la vie
L'entrée de la baie est tapissée de neige
Tes cheveux blonds ondulés et ta petite bouche aimable
Nous vous confions Mary Heaney qui traversa l'Erne à la nage

« Ma mère fidèle », dit Mary la belle
Au bord du rivage et à l'entrée de la baie
« J'ai pour noble mère une sirène »
Nous vous confions Mary Heaney qui traversa l'Erne à la nage

Je suis fatiguée et le serai jusqu'à l'aube
Ma petite Mary chamarrée et mon Patrick blondinet
Sur la crête des vagues et à l'entrée de la baie
Nous vous confions Mary Heaney qui traversa l'Erne à la nage

La nuit est sombre et le vent mauvais
La Grande Ourse est bien visible au firmament
Mais sur la crête des vagues et à l'entrée de la baie
Nous vous confions Mary Heaney qui traversa l'Erne à la nage

Chant traditionnel irlandais

LIVRE UN

Disparition mystérieuse d'une jeune femme
Au pays des *banshees* et des *pucas**

Ce qui pourrait s'apparenter à un conte de fées de l'Érin d'antan est le sujet de conversation sur toutes les lèvres aux environs d'Ardara et de Glencolumbkille. Il semblerait qu'une certaine Mary Heaney, épouse d'un pêcheur local, habitant un cottage de Port na Rón avec son mari et leurs deux enfants, ait disparu dans la soirée du 14 mai 1896 sans plus donner signe de vie. Jusqu'à la date d'aujourd'hui, malgré les efforts de la police et de nombreuses battues, aucune trace d'elle, morte ou vive, n'a été retrouvée.

Un fait est survenu, toutefois, qui explique le vif émoi : le mari jure avoir entendu sa femme, la veille de sa disparition, qui s'entretenait à voix basse avec une bête sauvage, un phoque, à la fenêtre de leur demeure.

---

* Créatures du folklore celte. La *banshee* est une fée dont les hurlements annoncent un décès prochain, le *puca* est une sorte de farfadet connu pour ses espiègleries. *(Toutes les notes sont du traducteur.)*

D'après une superstition locale, les phoques changeraient de peau à certains moments de leur existence, et se rendraient parfois à terre sous forme humaine. Les gens du cru prétendent que celui qui découvre la peau d'une telle créature, une *selkie*, alors que celle-ci a pris forme humaine, devient maître de cet être, de cette âme, jusqu'à ce que la *selkie* puisse récupérer sa véritable peau. Bien entendu, le soir au coin du feu, de telles histoires de fées et de fantômes sont dévorées avec une avidité comme seuls peuvent en susciter ce genre d'incidents mystérieux. L'éventuelle réapparition de l'épouse en chair et en os pourrait bien priver cette affaire de sa dimension fabuleuse.

Extrait du *Ballyshannon Herald*, 18 mai 1896.

1

La Mort était proche, mais la créature blessée bondissait et se tortillait, tentant désespérément de s'échapper. Seng Sotharith tendit la ligne, taquina le poisson et, à ses mouvements désordonnés, il perçut son refus enragé de se rendre. Il songea qu'il en aurait fait autant… comme le jour où il avait été capturé.

Assis sur le tronc tordu d'un énorme peuplier de Virginie qui s'avançait au-dessus du fleuve, Sotharith observait le flot du courant. Parfois, quand il se trouvait installé là, suspendu au-dessus de l'eau, il murmurait les noms à n'en plus finir, intrigué de leur étrangeté sur ses lèvres. *Minnesota. Mississippi.* Cela faisait longtemps qu'il était en Amérique, cinq années en Californie et bientôt huit dans la famille de son cousin à Saint Paul, et pourtant la musique de la langue lui échappait toujours.

En haut sur la falaise, les bruits de la ville formaient un bourdonnement mais, ici, il parvenait à s'en abstraire. Par certaines matinées embrumées, il contemplait l'eau et s'imaginait de retour au Cambodge. Il voyait des maisons sur pilotis, entendait les cris de ses frères aînés qui jouaient et s'éclaboussaient dans la rivière. Les images ne duraient jamais très longtemps, elles se dissipaient rapidement avec la brume. Le soleil s'élevait à présent derrière lui, dorant les feuilles sur l'autre rive. Il lui faudrait bientôt escalader la berge escarpée pour se rendre au travail. Après-midi et soir, sourd aux cris et au vacarme de la cuisine, il faisait la plonge, enveloppé dans des pensées et des souvenirs comme les nuages de vapeur s'élevant des éviers.

Autrefois, il nourrissait l'ambition secrète de suivre les traces de son père et de devenir médecin. À l'approche de la quarantaine, il savait que c'était trop tard. Mais il était déterminé à apprendre au moins l'anglais, à en maîtriser les étranges sonorités et l'écriture plus étrange encore. C'était la seule façon pour lui d'honorer la mémoire de son père.

Sotharith se concentra sur le poisson qu'il laissa s'échapper une dernière fois avant de le ramener. Venir ici l'aidait à effacer les images de ses rêves, les jambes et les bras entremêlés dans lesquels il se prenait les pieds tous les soirs, le sol jonché de crânes.

À son arrivée à Saint Paul, son cousin l'avait emmené voir un médecin, une femme aux cheveux gris et au regard bon. Elle lui avait demandé de parler des ossements, mais il n'avait pas pu. Aucun mot ne lui venait. Tous l'avaient dévisagé, son cousin, l'interprète et le médecin. Elle avait tenté de lui expliquer qu'il n'avait rien à craindre, qu'il était sain et sauf en Amérique. Il s'était répété l'expression dans sa tête. *Sain et sauf.* Des sons qui n'avaient aucun sens pour lui. Sotharith savait seulement qu'il lui fallait descendre au fleuve le plus souvent possible, pour se promener sous le feuillage à travers les bois et les bancs de sable, pour entendre les oiseaux dès les premières lueurs de l'aube.

La proie fatiguait enfin. Sotharith se releva, longea le large tronc du peuplier et amena sa prise dans l'eau peu profonde près des racines exposées et enchevêtrées. Le moment était venu de partir. Il prit ses sandales, ainsi que le reste de son matériel, et marcha vers l'endroit où il vidait les poissons, un trou d'eau au pied de l'escarpement, où le terrain était dégagé et marécageux.

Quand il y fut rendu, il sortit son couteau et en aiguisa la lame de quelques coups secs sur la pierre qu'il avait toujours dans sa poche. Le scintillement du métal atteignit une grappe de baies rouges qui poussaient à quelques pas. Sotharith posa le couteau et s'en approcha. Les fruits suspendus avaient l'air de petits bijoux, d'un rouge vif qui contrastait avec les feuilles mortes. Il en cueillit un et en croqua la chair acide et sucrée. Le goût de la survie. Puis il prit le poisson dans le panier et le vida d'une main experte. Il pratiqua une incision sur le ventre pâle et retira d'un doigt les viscères reluisants et glissants d'entre les arêtes, en regardant la lumière s'éteindre dans les yeux figés.

Le soleil venait à peine de se lever mais la chaleur et l'odeur étaient déjà presque insoutenables. On leur faisait traverser un champ boueux jonché de cadavres, et il avait beau essayer, il ne pouvait faire autrement que de marcher dessus. Les soldats s'arrêtèrent à l'avant, pour une raison ou une autre, et ils entendirent des voix, une altercation. « Baisse-toi ! lui murmura soudain son père. Baisse-toi et sois silencieux ! » Une main appuya sur son épaule et il obéit à son père, se glissant entre les corps encore tièdes, s'efforçant de ne pas croiser leurs regards aveugles. Il sentit une main sans vie se poser sur son visage, puis entendit les ordres aboyés à son père et aux autres, et fut saisi de terreur quand ils repartirent sans lui. Il n'émit aucun son. Quelques instants plus tard, les soldats ordonnèrent une nouvelle halte. Aucune détonation ne s'ensuivit, aucun cri, juste le bruit sourd et lointain des coups portés et des corps qui tombaient, et une seule plainte étouffée, brusquement interrompue. Ça n'avait pas été long ; à la longue, tuer était devenu une habitude.

Les choses étaient moins claires quand il tentait de se remémorer la suite, le temps qu'il avait passé tapi parmi les morts, guettant l'occasion de s'enfuir, puis les jours et les semaines où il s'était caché dans la jungle, à recueillir l'eau de pluie qui ruisselait des feuilles de palmier, à se nourrir des fruits qu'il cueillait, des insectes et autres vers qu'il déterrait, de tout ce qui lui tombait sous la main. Le temps ne se mesurait plus ; il lui semblait qu'il avait vécu avec les singes et les oiseaux pendant des années avant que les militaires ne le capturent et ne l'envoient en camp. Il lui avait fallu une autre forme de volonté pour y survivre.

Ici, en Amérique, il sentait encore sur lui la marque de la mort, une tache là où cette paume froide lui avait touché le visage.

Il rinça ses mains maculées de sang de poisson dans la mare d'eau de source qui jaillissait du sol de la forêt. Après la pêche, il prenait toujours soin d'enterrer les entrailles. Il avait choisi cet endroit non seulement pour la source mais aussi parce que la terre alentour était meuble, facile à creuser. D'une main, il écarta les feuilles mortes, et de l'autre il s'empara d'une branche en guise d'outil. Au début le sol céda aisément, s'arrachant par mottes irrégulières. Puis sa houe de fortune accrocha quelque chose. Exerçant un mouvement de balancier avec ses genoux, il tira plus fort, poussa la branche d'un côté puis de l'autre, et sentit la terre céder sous ses pieds quand la chose fut soudain libérée. Il bascula en arrière, goûta une pluie de feuilles pourries et entendit craquer des branchages sous son poids. Il se redressa sur ses coudes et regarda ce qu'il avait déterré.

Entre ses pieds reposait un crâne humain, les pommettes brisées, ses orbites vides fixées sur lui.

Sotharith ne pouvait en détacher les yeux, sans oser respirer. Dans sa poitrine, il sentit se ranimer lentement la certitude qu'il avait portée en lui si longtemps. Aucun endroit n'était sûr, même pas ici. Les champs de la mort étaient partout.

2

La porte de l'ascenseur s'ouvrit et Nora Gavin jeta un regard sur le long couloir. Il était mal éclairé, désert et silencieux. Elle sortit et sentit la porte coulisser dans son dos. Aucun panneau, rien pour lui indiquer où elle était censée se rendre. Mais ce devait être le bon endroit. Ses pas produisaient un bruit sourd sur le carrelage, alors qu'elle traversait les flaques de lumière projetées par les néons qui grésillaient.

Atteignant la large porte au bout du couloir, elle mit la main en visière et regarda par la vitre. Éclairée par une simple lampe suspendue au plafond, une silhouette immobile et silencieuse reposait sur une table au centre de la pièce, recouverte d'un drap blanc. Une chevelure roux foncé, emmêlée, dépassait du drap. Tout recommençait une fois de plus.

Nora recula et se plaqua contre le carrelage froid, incapable de parler ou de bouger. La porte commença à s'ouvrir en même temps qu'une voix s'exprimait tout près de son oreille, assez fort :

— Madame, si vous pouviez redresser votre siège…

Elle se réveilla en sursaut, toujours en proie à l'horreur glaçante du cauchemar. Il lui fallut un moment pour se rappeler où elle était. Dans un avion qui avait décollé d'Irlande et la ramenait chez elle à Saint Paul. Elle tenta d'inspirer, mais sa poitrine était encore contractée par la peur.

— Ça va ? s'enquit l'hôtesse.

— Oui… merci.

Les yeux de la femme demeurèrent fixés sur elle, jusqu'à ce qu'elle se sente obligée d'ajouter :

— Un cauchemar.

L'hôtesse hocha la tête d'un air compréhensif et s'éloigna. Nora se redressa, retira la couverture de ses épaules, et se passa les mains dans les cheveux pour s'assurer qu'ils n'étaient pas trop ébouriffés. Elle avait dû sombrer pendant une heure, voire plus. Elle avait le sommeil agité depuis quelques nuits, probablement l'unique raison pour laquelle elle avait réussi à dormir dans l'avion, en plein jour qui plus est ! Il lui semblait qu'une éternité s'était écoulée depuis qu'elle avait quitté son appartement de Dublin, point de départ de cette journée étrange et d'une longueur inhabituelle. Suivre le soleil dans sa course vers l'ouest lui donnait toujours l'impression de remonter le temps.

Elle se frotta le visage avec les mains, cherchant à effacer les images qui semblaient subsister derrière ses paupières. Maintenant qu'elle rentrait, tous les souvenirs qu'elle s'était efforcée de refouler depuis trois ans envahissaient à nouveau ses pensées et ses rêves. Curieusement, elle avait fait ce cauchemar quantité de fois, mais elle n'était jamais entrée dans la salle, n'avait pas une seule fois soulevé le drap. C'était bizarre car, dans la vraie vie, le cauchemar ne s'était pas arrêté à la porte.

Ce jour-là, elle n'était pas seule. Flanquée de deux

inspecteurs, elle était entrée dans la salle d'exposition, malade d'appréhension. Une voix désincarnée lui avait demandé : « Vous êtes prête ? » Elle se souvenait d'avoir hoché la tête, consciente de son mensonge. Comment quiconque pourrait-il jamais être prêt pour ce qu'elle était sur le point de voir ?

Quand l'employé de la morgue avait soulevé le drap, elle était restée figée, essayant de comprendre les cheveux roux emmêlés et les traits violemment défigurés. Des cris de refus stridents avaient résonné dans sa tête quand l'homme avait délicatement soulevé le bras droit et retourné le poignet vers elle, lui rappelant qu'elle se trouvait là pour repérer des signes distinctifs. À quoi bon, puisque ce n'était pas Tríona ? Ce ne pouvait pas être elle.

Puis elle l'avait aperçue, la cicatrice en demi-lune juste en dessous du poignet. Impossible de nier que sa sœur avait une marque semblable. Ensuite, l'employé s'était déplacé et avait dévoilé une autre tache foncée, au mollet… Oui, Tríona en avait une pareille, et les voix continuaient de crier… Jusqu'à ce qu'il aille au bout de la table et soulève doucement le drap pour montrer une petite cicatrice blanche en zigzag à la cheville. C'était seulement alors que le vacarme avait cessé dans sa tête. Dans le silence qui avait suivi, elle avait tendu la main et effleuré la cicatrice, en repensant aux circonstances qui avaient provoqué, par sa faute, ce signe distinctif.

C'était arrivé l'été de ses quinze ans, par une journée chaude et étouffante. Obligée d'emmener sa sœur faire un tour à vélo, elle avait emprunté à dessein un chemin gravillonné sur lequel Tríona, qui n'avait que dix ans, aurait peine à circuler. Elle se rappelait s'être retournée en entendant un crissement de pneu : la chaîne enduite de cambouis avait cruellement entaillé la cheville de sa sœur. Elle-même s'était mise comme en pilote automatique et avait pratiqué les gestes appris en cours de secourisme – envelopper la plaie, appuyer jusqu'à ce que le sang cesse de couler. Elle se rappelait sa satisfaction de voir ses soins fonctionner. À cet instant-là, elle s'était crue parée pour affronter n'importe quoi… enfin, n'importe quoi sauf le regard de Tríona. Comment aurait-elle pu l'oublier ? Quand elle s'était perçue pour la première fois à travers les yeux de sa sœur, elle en avait éprouvé une profonde honte. À la morgue, elle avait bien senti qu'il n'y avait aucun pouls, aucune respiration, aucune vie sous sa main, et pourtant elle n'avait pu s'y résigner.

Nora se cala contre son dossier et ferma les yeux. Il y avait cinq ans jour pour jour que Tríona avait disparu, presque cinq ans que l'on avait retrouvé son corps dans un parking souterrain, enfermé dans le coffre de sa voiture. Nora savait qu'elle ne devait pas se laisser attirer dans le tourbillon qui l'entraînait vers le bas chaque fois qu'elle repensait au meurtre de sa sœur. Cauchemars et réminiscences n'étaient pas bon signe.

Elle prit dans sa poche la tresse de noisetier vert que Cormac Maguire lui avait confectionnée lors de leur dernière soirée ensemble, en un lieu baptisé Loughnabrone. Le lac aux chagrins. Un endroit où de nombreuses personnes étaient mortes, où elle-même avait failli perdre la vie. Elle ne ressassa pas cette pensée. Le souvenir le plus vif qu'elle gardait de l'épouvantable journée était l'expression de

Cormac quand il avait vu ses mains, ses vêtements tachés de sang. Et son soulagement quand elle lui avait dit : « Ce n'est pas le mien… ce n'est pas mon sang. »

Il lui manquait terriblement. C'était exactement ce qu'elle avait redouté, ce jour-là dans la tourbière, qu'après avoir quitté Cormac, elle se mettrait à le voir partout. Suffit ! Elle allait finir par se rendre folle, à tant penser à lui. Pourtant, c'était grâce à lui si elle était dans l'avion, sur le chemin du retour. Le temps qu'ils avaient passé ensemble depuis quatorze mois l'avait poussée à s'interroger, à se demander si elle avait tout tenté pour Tríona. Sans Cormac, elle serait peut-être encore plongée dans ses travaux à Dublin, évitant tant bien que mal de penser à ce qui l'avait amenée là. Mais en travaillant à ses côtés, elle avait embrassé des vies qui s'étaient interrompues dans le chagrin. Ces gens existaient vraiment pour elle, bien qu'elle ne les ait connus que par leur mort. Il y avait surtout la jeune femme aux cheveux roux, la *cailín rua*, l'inconnue décapitée retrouvée dans une tourbière irlandaise, qui avait tout mis en branle. C'était la *cailín rua*, acharnée et inlassable dans sa quête de la justice, qui avait remis Nora sur le chemin qu'elle n'aurait jamais dû quitter. Bien qu'elle se fût profondément impliquée dans l'aventure des cadavres de tourbière dont elle avait aidé à reconstituer l'existence, elle avait fini par comprendre qu'ils étaient comme des doublures. Derrière, c'était toujours l'histoire inachevée de Tríona qui habitait sa conscience, l'attirait sans cesse vers des lieux où elle ne souhaitait pas aller.

Cormac ne lui avait pas demandé de rester en

Irlande. Au contraire, il disait comprendre qu'elle ait besoin d'entreprendre ce voyage. Mais que pouvait-il comprendre alors qu'elle lui avait sciemment dissimulé tant de choses ? Elle lui avait raconté ce qui était arrivé à Tríona, du moins les simples faits du meurtre, et elle lui avait fait part de ses soupçons concernant Peter Hallett, son beau-frère. Mais exprimer le reste, trouver les mots pour expliquer le différend avec ses parents, ou ses relations avec sa jeune nièce Elizabeth, sans parler des rêves éprouvants et des moments où elle se sentait perdre pied… Elle ne s'en sentait pas capable.

Elle devait se soucier d'Elizabeth. Combien de temps serait-elle protégée par l'innocence de l'enfance ? Quand serait-elle confrontée, avec son père, au même champ de mines que celui que sa mère avait tenté de franchir ? Nora avait beau retourner la situation dans tous les sens, elle en revenait toujours à la même question : quel sacrifice était-elle prête à faire pour que la tragédie ne se reproduise pas ?

Cette fois, elle ne fuirait pas en Irlande quand les choses se compliqueraient – et inutile de se leurrer, cela arriverait.

Elle sentait la puissance des réacteurs, à quelques mètres d'elle, et imagina leur épouvantable rugissement au moment de toucher le sol, dans leur effort pour freiner leur élan périlleux. Elle sentit son estomac se nouer une ultime fois avant que les roues ne fusent sur le tarmac, et comprit qu'il n'était plus possible de faire marche arrière, ni de ralentir et s'arrêter.

3

Qu'il pleuve n'avait rien d'inhabituel à Seattle. En général, c'était un simple crachin, un temps humide, mais ce jour-là les nuages aux diverses nuances de noir s'étaient entassés et déversaient une pluie battante depuis le matin. Elizabeth Hallett, onze ans, posa son sac à dos sur le siège inoccupé à l'arrière du minibus jaune, s'assit à côté, écarta les mèches mouillées de son visage et regarda l'eau dégouliner sur les carreaux, mués en miroirs ténébreux par l'étrange pénombre qui régnait en ce milieu d'après-midi. Elle contempla son reflet – le front dégagé, les taches de rousseur parsemées ici et là, les cheveux roux d'ordinaire ondulés mais à présent plaqués sur sa tête et ses épaules – et se demanda ce qui attirait précisément le regard des gens. À ses propres yeux, rien ne ressortait. Mais il devait bien y avoir quelque chose. Elle le voyait à leur façon de la regarder. Elle ferait peut-être mieux d'apprendre à l'ignorer. Être différente n'était pas si terrible que ça. Ce n'était qu'un fait de plus, comme d'avoir les cheveux roux ou des taches de rousseur.

Il n'y avait pas que la pluie battante qui rendait cette journée particulière. Depuis une semaine, elle suivait un atelier au musée des Beaux-Arts du centre-ville. Une idée de son père ; probablement une manière de ne pas l'avoir dans les pattes comme il avait beaucoup à faire. Elle en avait terminé avec l'atelier, et c'était également son dernier jour à Seattle. Le lendemain, son père et elle retournaient vivre dans le Minnesota.

Elizabeth ne savait pas trop qu'en penser. Déménager n'était pas si mal ; ses grands-parents habitaient à Saint Paul et elle ne les avait pas vus depuis longtemps. C'était l'autre partie du changement qui lui faisait bizarre, le fait que son père se remarie. Pourquoi fallait-il qu'il se marie ? Leur vie était très bien comme elle était, non ? Quand elle pensait à tout ça, elle avait la sensation d'avoir quelque chose de coincé dans la gorge qui l'empêchait de déglutir. Elle aurait dû se méfier quand il lui avait demandé ce qu'elle pensait de Miranda. Qu'était-elle censée lui répondre ? Comme elle ne pouvait pas lui dire la vérité, elle lui avait sorti un truc idiot, que Miranda était très belle. Ce qui n'était pas un mensonge. Se pouvait-il qu'il ne soit pas troublé par le contraste entre l'expression dans le regard de Miranda et son sourire parfait, plaqué sur son visage ? Elizabeth était surprise que ce genre de détails échappe à son père. Peut-être ne le voyait-il pas. Miranda était la sœur de l'oncle Marc. Elizabeth l'avait toujours considéré comme son oncle, bien qu'il ne soit pas vraiment de la famille. Marc était le meilleur ami de son père. Il serait devenu son oncle s'il avait épousé tante Nora, mais quelque chose était arrivé, une histoire d'adultes dont personne ne voulait parler. De toute façon, Marc était maintenant son oncle, plus ou moins.

Miranda était déjà dans leur ancienne maison de

Saint Paul ; soi-disant pour préparer le voyage de noces, comme si c'était un vrai boulot. Elle avait un travail – dans l'événementiel, un truc de ce genre – mais elle donnait l'impression de ne jamais travailler. Traîner chez eux semblait lui plaire beaucoup plus que de bosser.

Le trajet était long jusqu'à l'île. La pluie s'atténua tandis que le minibus parcourait les routes sinueuses et les culs-de-sac. Quand il s'arrêta devant leur allée, Elizabeth descendit, espérant qu'elle pourrait atteindre la maison avant la prochaine averse. L'allée s'écartait de la route principale, laquelle longeait la côte découpée, pour serpenter à travers sapins et pins blancs dont les aiguilles formaient un tapis de part et d'autre du bitume. Elizabeth pressa le pas, son sac lourd lui martelant le dos.

Une bourrasque souffla et il se remit à pleuvoir à torrents. Poussée vers l'avant, elle avait du mal à marcher en se tenant droite. Elle se réfugia sous un pin pour attendre une accalmie. Parmi les livres dans son sac, il y en avait un qu'elle avait volé à la bibliothèque quinze jours auparavant. C'était la première fois qu'elle volait quelque chose et elle sentit sa conscience la tirailler en se remémorant le moment où elle avait retiré la jaquette plastifiée d'une main tremblante et y avait inséré un de ses livres à la place. Le temps que la bibliothèque s'en aperçoive, elle serait loin. Il y avait des bibliothèques à Saint Paul, mais ce conte ne s'y trouvait pas forcément. Elle ne pouvait pas l'abandonner ici.

Elle ouvrit son sac à dos et en sortit le livre volé. *L'Enfant de la selkie.* Un album illustré, destiné aux jeunes lecteurs. Mais elle était tombée dessus par hasard, dans le casier des retours, et la couverture l'avait irrésistiblement attirée. C'était l'histoire d'un pêcheur qui se réfugiait sur une île pendant une tempête. Au matin, il monta sur un rocher et aperçut une belle *selkie* blonde au moment où elle se débarrassait de sa peau de phoque pour prendre un aspect humain. Tombé amoureux d'elle, il décida de lui voler sa peau de phoque, l'empêchant ainsi de retourner à la mer. Il la ramena chez lui et au début ils furent heureux. Ils eurent un enfant, un garçon prénommé Dónal. En grandissant, Dónal s'aperçut que sa mère était tourmentée. Elle passait des jours entiers à pleurer et à contempler la mer. Parfois elle chantait à voix basse, dans une langue qu'il ne comprenait pas. Il entendait des rumeurs au village, que sa mère était une femme-phoque et qu'elle pleurait parce que les siens lui manquaient, au pays sous les vagues. Un jour, le garçon tomba sur une peau de phoque en boule sous les combles et la montra à sa mère. Il ne comprit pas la transformation qui s'opéra soudain en elle. Elle lui arracha ce qu'il tenait dans les mains et disparut au-delà des rochers bordant la mer. Comme elle n'était toujours pas rentrée, Dónal et son père dînèrent ce soir-là d'un morceau de pain et de thé. Quelques semaines plus tard, par une journée de tempête, Dónal crut apercevoir sa mère nageant parmi les vagues à l'entrée de l'estuaire. Il était certain qu'elle avait levé la main comme pour lui dire au revoir, avant de disparaître. Il criait son nom et plissait les yeux dans le vent, mais il n'y avait personne. À compter de ce jour, il jura toute sa vie qu'il avait aperçu la tête étincelante de sa mère, ballottée au-delà des récifs à l'entrée de l'estuaire.

Elizabeth referma le livre et le serra contre elle, consciente de la douceur nouvelle et vaguement étrangère de sa peau sous ses vêtements, et se demanda ce que ça ferait de quitter sa coquille pour devenir quelqu'un d'autre. Elle ne comprenait pas vraiment pourquoi elle tenait tant à ce livre ; elle savait seulement qu'elle se sentait bizarre et triste en parcourant le texte et les illustrations, et qu'il n'était pas question de le rendre à la bibliothèque.

Depuis son refuge sous l'arbre, elle avait vue sur la baie Inutile. Que de noms tristes ! Baie Inutile, cap Déception, détroit du Désappointement. Que cherchaient-ils, ceux qui avaient inscrit ces noms sur une carte ? Pour elle, la baie était tout sauf sans intérêt. À marée basse, ses plages étaient parsemées d'anémones, d'étoiles de mer et de dollars des sables. Elle regretterait les motifs en volutes dans le sable, les crabes peureux et les ruisselets d'eau douce dégringolant des hauteurs. Elle avait étudié la carte de l'Amérique du Nord. On ne pouvait pas faire plus loin de l'océan que le Minnesota. Son père lui avait dit que leur maison de Saint Paul était au bord du Mississippi mais qu'est-ce que ça pouvait lui faire ? Un fleuve, ça n'avait rien à voir.

À travers un voile de brume, elle put distinguer une petite silhouette au loin dans la baie : un phoque qui nageait sur le dos, se délectant de la pluie. Il était présent tous les jours, à l'observer quand elle marchait sur la plage. Parfois elle lui adressait un geste de la main et il brandissait une nageoire ou plongeait la tête dans l'eau en guise de salut. Du moins, elle en avait l'impression. La plupart du temps, il se contentait de la regarder. Elle savait que c'était le même à cause de la tache foncée qu'il avait sur la tête, une marque en étoile à la place d'un œil manquant. Une fois, elle était même entrée dans l'eau et le phoque avait nagé jusqu'à elle. Mais quand elle avait tendu la main, il s'était retourné et éloigné. Elle aimait croire qu'il existait un lien entre eux, la complicité de deux êtres silencieux, l'un et l'autre solitaires. Elle avait résisté à la tentation de lui donner un nom, préférant croire qu'il en avait déjà un ; quelque chose de beau et d'étrange, dans son propre langage. Les phoques avaient vraiment un langage à eux, Elizabeth les avait entendus s'interpeller. Un nom humain ordinaire serait peut-être un peu insultant. Quand le phoque plongea sous la surface, elle sentit sa gorge se nouer désagréablement.

Prise d'une bouffée de chaleur, elle se souvint d'un incident qui était survenu ce jour-là. En général elle déjeunait dehors, mais la pluie les avait contraints à rester à l'intérieur du musée. Elle était assise dans son coin, le nez dans un bouquin comme d'habitude, quand un groupe de filles était passé. Shelby Cooper, Nicole Buckley et quelques autres. Les filles comme Shelby et Nicole et leur bande de *Crombie Zombies** l'ignoraient la plupart du temps mais, cette fois, elles l'avaient regardée avec insistance en chuchotant derrière leurs mains. Elle avait entendu Shelby murmurer en passant devant elle : « C'est la vérité ! Juré craché ! Sa mère est… »

Le dernier mot avait été inaudible et les filles

* Référence à la marque de vêtements Abercrombie.

s'étaient rapprochées les unes des autres, pouffant nerveusement et se couvrant la bouche. Nicole avait ajouté : « Si vous nous croyez pas, je vous le montrerai. Tout est sur Internet ! »

Elizabeth savait que sa mère était morte dans un accident de voiture quand elle avait six ans. Pourquoi en faire tout un secret ? Elle s'était sentie un peu mal, réalisant soudain qu'elle ne savait rien de l'accident. Personne ne s'était jamais donné la peine de lui expliquer ce qui s'était passé. Elle gardait seulement le souvenir d'une série de journées bizarres et interminables, où la conversation semblait se dérouler loin au-dessus d'elle, des chuchotements qui s'interrompaient brusquement dès qu'elle approchait. À un moment, elle avait entendu quelque chose à propos d'une voiture. Les fois où elle demandait quand sa mère allait rentrer, son père prenait un air peiné et détournait la tête. Elle se souvenait aussi très bien du jour où tante Nora l'avait prise à part et lui avait demandé si elle comprenait que sa mère ne reviendrait jamais à la maison. Si elle savait ce que ça voulait dire quand quelqu'un était mort. Elizabeth avait repensé à l'oisillon que sa tante et elle avaient trouvé un jour sur le trottoir. Elle lui avait demandé si c'était pareil, et Nora lui avait répondu que oui. Elizabeth avait hoché la tête et avait dit qu'elle comprenait, mais c'était un mensonge. Elle n'y comprenait rien. Les quelques larmes qu'elle avait versées ce jour-là étaient pour l'oiseau. Elle se souvenait encore du doux duvet de la poitrine, des paupières fripées recouvrant les yeux.

Elle ne se rappelait même plus le visage de sa

mère. En cinq ans, l'image avait fondu dans sa tête, jusqu'à n'être plus qu'une impression floue, une forme sans contour. Elle avait tout de même quelques souvenirs. La fois où elle s'était cachée dans un placard, le visage enfoui parmi les habits, piqué par la laine et caressé par la fourrure, et sa jubilation quand elle avait été découverte, prise dans les bras et bercée par une personne qui fredonnait à voix basse une mélodie qui l'avait transportée. Elle se souvenait d'avoir laissé ses doigts courir dans de longs cheveux soyeux, imprégnés d'un léger parfum de savon, et de s'être assoupie en écoutant des histoires murmurées, les aventures de créatures fantastiques, mi-homme et mi-animal. Elle les avait en grande partie oubliées, mais il arrivait qu'un mot inconnu ou une odeur ranime ce curieux mélange de tristesse et de plaisir qu'elle éprouvait dans son lit, à les écouter tout en luttant contre le sommeil.

Il lui arrivait parfois de revoir le visage de sa mère, mais seulement en rêve. Un rêve en particulier revenait souvent. On sonnait à la porte, elle allait ouvrir et une inconnue se trouvait sur le perron. La rouquine souriante ne lui était pas du tout familière, et pourtant, elle savait que c'était sa mère. C'était comme ça, les rêves. Sa mère la prenait par la main et l'emmenait sur une plage de galets où elles s'avançaient dans l'eau, de plus en plus profond, parmi l'écume et les algues, jusqu'à ce que le sol se dérobe sous elles et que les vagues les entraînent vers le fond. Et là, c'était la surprise : elle respirait aussi bien sous l'eau qu'à l'air libre ! Elle n'avait même pas froid. Bien entendu, elle savait que ce n’était qu’un rêve. Mais au réveil, elle se sentait un peu triste, regrettant que ce ne soit pas vrai.

Elizabeth contemplait la pluie, en proie à une angoisse de plus en plus envahissante face à tout ce qu’elle ne comprenait pas. Elle avait toujours eu l’impression que les autres percevaient et comprenaient plus de choses qu’elle. À cet instant, une idée, d’abord vague et imprécise, commença à émerger et à se propager en elle. Et si tout le monde lui avait menti ? Et s’il n’y avait pas eu d’accident de voiture ? Et si sa mère était juste partie ? Ça arrivait parfois. Elle avait peut-être fondé une nouvelle famille, une famille qu’elle aimait mieux que l’ancienne.

Elizabeth souleva le bord d’une croûte sur son genou et observa les quelques gouttes de sang qui apparurent sur la plaie. Malgré la douleur, elle ne put s’empêcher de l’arracher entièrement, exposant la peau rose et neuve en dessous.

L’averse était terminée. Elle se leva et parcourut du regard l’étendue grise de la baie, dans l’espoir d’apercevoir son ami une dernière fois, mais il n’y avait aucun signe de la silhouette foncée.

Le moment était venu d’y aller.

4

En fin d'après-midi, Nora arrêta sa voiture de location devant un solide bâtiment de la fin du dix-neuvième, dans une petite rue tortueuse de Saint Paul à proximité de Summit Avenue. Elle s'était trouvé un meublé avant de quitter l'Irlande, une chambre de cocher à l'étage d'une ancienne remise à calèches. Situé sur les berges escarpées du fleuve, ce quartier était un dédale de boulevards bordés d'arbres où, au dix-neuvième siècle, les magnats du bois et de la marine à vapeur avaient consacré leur fortune à d'extravagantes demeures. Crocus Hill, où habitaient ses parents, n'était qu'à quelques pâtés de maisons ; elle pouvait facilement s'y rendre à pied. Si seulement le fossé entre eux avait pu être comblé si aisément !

Nora trouva la clef cachée sous la jardinière à côté de la porte d'entrée, exactement comme l'avait promis la propriétaire. Elle ouvrit et fit un tour à l'étage avant de monter ses bagages. Sur la pointe des pieds, elle apercevait tout juste les rives du Mississippi par la fenêtre de la cuisine. Le fleuve semblait la suivre partout ce jour-là, tapi dans le coin de son regard, déterminé à ne pas se faire oublier. Quelque part sur ses berges, sa sœur avait été assassinée.

On avait retrouvé le corps de Tríona dans le coffre de sa voiture, dans un parking souterrain du centre-ville, mais des graines et des feuilles prélevées dans ses cheveux au cours de l'autopsie indiquaient qu'elle avait sans doute été agressée et tuée dans une frênaie marécageuse. Le problème était qu'il en existait plusieurs centaines de kilomètres, le long du Mississippi. La scène du crime n'avait jamais été localisée.

Quand elle eut enfin terminé de monter ses affaires par l'escalier en colimaçon, Nora était en nage. Elle alluma l'antique climatiseur fixé à la fenêtre, et celui-ci se mit à ronronner tandis qu'elle troquait sa tenue de voyage contre un short et un débardeur. Après trois années en Irlande, elle avait oublié la sensation que provoquait sur la peau l'été du Midwest. Elle aperçut son reflet dans le miroir en pied installé dans un angle et s'en approcha pour se jauger. D'ordinaire elle ne se souciait pas de ses nombreux défauts, mais là elle ne voyait plus qu'eux. Les cheveux courts et foncés, aplatis parce qu'elle avait dormi dans l'avion, les yeux trop grands au milieu d'un visage pâlot et parsemé de taches de rousseur, la bouche contractée par une sombre détermination. Elle avait perdu du poids ces dernières semaines. La pâleur de ses membres convenait parfaitement au climat irlandais, mais faisait carrément maladif ici. Elle examina son visage dans la glace. Je n'ai pas toujours eu cette tête…

Où était passée la Nora d'avant, celle qui était capable de penser clairement, qui était capable de rire et d'éprouver de la joie, d'éprouver quelque chose, n'importe quoi plutôt que ce vide épouvantable ? Elle s'adressa en silence à l'étrange figure mélancolique qui la fixait dans le miroir. *Où est-elle ? Qu'as-tu fichu d'elle ?*

Elle dut réprimer l'envie soudaine de briser le miroir. Un miroir n'est pas responsable de l'image qu'il renvoie.

Elle s'en détourna et embrassa du regard son nouveau cadre de vie. Le mobilier dépareillé avait manifestement été acheté d'occasion, mais il était bien assez confortable. Il y avait un lit rustique recouvert d'un patchwork cousu main, un rocking-chair canné, une causeuse et un bureau en chêne. Les murs mansardés étaient tapissés d'un papier peint aux motifs compliqués, susceptibles de vous jouer des tours dans l'obscurité.

Ce logement lui convenait tout à fait, elle n'était pas là pour le luxe. Mais quelques aménagements étaient nécessaires. Quitte à mener l'enquête, autant faire de cette pièce un vrai quartier général. Elle déplaça le lit sous la partie mansardée, puis retourna au mur principal désormais accessible, et passa la main sur la surface lisse – il ferait l'affaire pour ses affichages. Si elle abîmait quoi que ce soit, on réglerait ça plus tard.

Sa deuxième valise reposait toujours au centre de la pièce. Elle contenait les documents et dossiers accumulés depuis cinq ans, tous les indices, toutes les hypothèses écartées et toutes les fausses pistes qu'elle avait suivies. Son contenu avait dû bouger durant le transport ; quand elle fit coulisser la fermeture, une avalanche de papiers se répandit par terre. En parcourant les dossiers sens dessus dessous

– rapports d'autopsie, notes sur les indices matériels, comptes rendus de perquisitions, photographies, notes d'interrogatoires –, elle songea aux vains efforts que cela représentait. Pendant les deux années qui avaient suivi le meurtre, elle avait consacré tout son temps à réunir les preuves pour envoyer l'assassin de Tríona en prison. Et elle avait échoué. À la vue des feuilles cornées, des dossiers patinés à force d'être manipulés, elle faillit céder au désespoir, sachant que rien de neuf ne s'y trouvait, rien pour faire pencher la balance dans un sens ou dans l'autre. Chaque fiche, chaque photo et chaque bout de papier était percé d'une dizaine de trous pour avoir été punaisé à des panneaux, d'abord aux États-Unis puis en Irlande. Elle se fit la réflexion, et ce n'était pas la première fois, qu'elle avait uniquement réarrangé les morceaux, tenté de nouvelles combinaisons, en espérant qu'une trame en émergerait. Mais s'il lui manquait une pièce essentielle du puzzle, elle aurait beau recomposer l'image autant qu'elle voudrait, celle-ci conserverait son mystère. Elle extirpa de la pile le vieux plan de la ville, usé et scotché, qu'elle avait emporté en Irlande et rapporté. Elle l'accrocha au mur et y indiqua une fois de plus les lieux importants au moyen de punaises rouges. La maison de Peter et Tríona dans River Road, celle de ses parents à Crocus Hill, celle où elle avait vécu avec Marc Staunton, sur l'autre rive, à Mendota, les endroits qu'elle avait passés au peigne fin le long du fleuve, la bibliothèque où Tríona avait été aperçue quelques heures avant le meurtre, et enfin le parking de Lowertown où l'on avait retrouvé le cadavre de sa sœur.

Elle déroula la frise chronologique qu'elle avait entamée cinq ans auparavant, où figuraient les faits établis de la dernière semaine de vie de Tríona, datés et minutés. Elle avait parfois du mal à reconnaître son écriture. Contemplant l'endroit où s'interrompait brusquement la ligne rouge qui surlignait le cours de la vie de sa sœur, Nora se dit qu'elle ne pourrait jamais regarder ce document sans songer que sa propre vie, pareillement représentée, atteindrait la limite de la feuille et se poursuivrait au-delà. Que lui avait valu sa survie prolongée ? Depuis la mort de Tríona, bien des choses dans sa vie avaient mal tourné et s'étaient soldées par un échec. Sa brillante carrière dans l'enseignement, sa relation avec Marc Staunton, et même sa complicité avec ses parents. C'en était terminé de tout ça. Elle avait quitté l'Irlande depuis moins de vingt-quatre heures, et pourtant sa vie là-bas lui semblait déjà un rêve lointain. Comment avait-elle pu s'autoriser à croire que le temps passé avec Cormac était réel ? Elle se baissa pour ramasser une liasse de photos. L'Irlande lui avait offert un répit temporaire, mais c'était terminé. Le moment était venu de se ressaisir, de revenir à la réalité.

Elle parcourut les clichés et en punaisa au mur quelques-uns de Tríona. D'abord le gros plan d'une fillette aux bouclettes rousses, vêtue d'une salopette et d'une paire d'ailes de fée, puis la grande perche qu'elle était devenue à dix ans, un vélo entre les jambes et les yeux plissés à cause du soleil, et enfin le profil de Tríona adulte, avec en toile de fond les arbres et les rochers de la rive nord du lac Supérieur. Elle conservait ces photos ensemble car elles rendaient au mieux une qualité rare dont sa sœur avait toujours été dotée – Nora se souvenait d'avoir fixé ces yeux, avant même que Tríona ne sache parler, et d'y avoir vu une conscience déjà pleinement développée.

Que Tríona ait vraiment aimé Peter, Nora n'en doutait pas. Il ne le méritait sans doute pas. Mais que serait le monde si les gens n'aimaient que ceux qui le méritent ? Elle s'était souvent interrogée sur ce qui s'était enclenché le jour où Peter Hallett avait posé les yeux sur sa sœur pour la première fois. Les gens parlaient d'alchimie, et une partie de ce que l'on entendait par ce terme pouvait bel et bien se mesurer : taux de phéromone, activité synaptique, taille des pupilles. Mais ce n'étaient là que les réactions observables autour de l'attraction initiale, de même que les poèmes et les chansons qui tentent de circonscrire l'amour ne sont pas la chose en tant que telle. Et *quid* de la fin de l'amour ? Parfois, cela semblait s'inverser en un instant. Tout compte fait, ce n'était peut-être pas une question d'alchimie mais plutôt un phénomène magnétique, une force de la nature qui peut faire que les gens s'attirent tout aussi fortement qu'ils se repoussent. Était-ce ce qui était arrivé à Peter et à sa sœur ?

La photo suivante était justement un portrait de Peter Hallett. Tout chez lui était superbe. L'épaisse chevelure noire ondulée, les lèvres charnues, les yeux qui variaient de l'outremer intense au cobalt en fonction de la lumière. Curieusement, quand Nora le regardait, c'était le qualificatif « joli » et non « beau » qui lui venait à l'esprit. Au plan sexuel, il y avait toujours eu chez lui une subtile ambiguïté, et cela semblait renforcer son pouvoir de séduction. Dans son regard transparaissait un mélange de sensualité et d'assurance, tempéré peut-être par une vague inquiétude, un soupçon de vulnérabilité. Il y avait en lui une part d'instabilité et d'impulsivité, du mystère et du danger, de l'imprévisibilité – qualités qui n'étaient pas sans rappeler les metteurs en scène de théâtre et autres hommes au tempérament créatif qui avaient toujours attiré Tríona. Un seul regard de ces yeux bleus et l'on pouvait se sentir extraordinaire, adorée. Sans crier gare, Nora fut violemment ramenée en arrière, au jour de sa première rencontre avec Peter.

Elle fréquentait Marc Staunton, étudiant en médecine comme elle, depuis à peine six mois. De bonne humeur ce soir-là, Marc leur avait servi un verre de vin avant qu'ils ne sortent dîner ; ils devaient ensuite assister à la première du *Conte d'hiver*. Tríona avait connu des débuts prometteurs comme actrice professionnelle. Elle avait retenu l'attention de la critique avec quelques petites compagnies et venait de décrocher son premier grand rôle shakespearien, Hermione, dans une production du principal théâtre de la région. C'était un grand moment. Nora se souvenait d'avoir été fébrile et nerveuse. Marc lui avait dit :

— Tu ne devineras jamais qui m'a appelé aujourd'hui… mon vieux copain de chambrée à la fac. Il rentre après un séjour en Europe, il veut s'installer comme architecte dans la région. Je lui ai dit qu'on pourrait peut-être lui dégoter une place pour ce soir, et le présenter à des gens. J'espère que ça ne t'embête pas.

— Pourquoi voudrais-tu que ça m'embête ? On va se débrouiller. Il est comment ?

— Pas mal, je dirais… pour qui apprécie les hommes charmants, talentueux et superbeaux ! Il a toujours été comme ça, un peu trop extraordinaire. On voudrait le détester, mais c'est impossible. (Il avait marqué une hésitation.) Tu sais, à la réflexion, je ferais peut-être mieux de tout annuler, de lui dire que je n'ai pas trouvé de billet.

— Ne te fais pas de souci, Marc : il doit maintenant être gros et chauve !

Il secoua la tête.

— Nora, Nora, Nora… tu n'as pas idée du genre de mec qu'est Peter. C'est bon. Tu comprendras quand tu feras sa connaissance.

Même prévenue, elle n'était pas préparée au brillant personnage aux boucles sombres qui vint à sa rencontre dans le hall du théâtre. Il lui prit la main avec majesté et la porta à ses lèvres.

— Nora, la description que Marc a faite de toi ne te rend pas justice.

Il avait dû les voir arriver ensemble. Sa galanterie et son geste curieusement démodé la laissèrent sans voix, sans compter les yeux d'un bleu intense rivés aux siens, empreints d'un mélange de curiosité, de taquinerie et d'appréciation franchement sexuelle. Aujourd'hui encore, elle rougissait au souvenir de leur première rencontre.

— Rends-lui sa main, vieux salaud ! lança Marc qui arriva par-derrière et flanqua une tape dans le dos à son ami. Mon Dieu, tu n'as vraiment pas changé. Je tourne la tête une seconde et te voilà qui prends ma place !

Nora s'était demandé ce que cet échange dévoilait de leur relation à l'université. Au-delà de la jalousie feinte, Marc était visiblement à la fête.

Mais dès que le rideau s'était levé et que Peter Hallett avait posé les yeux sur sa sœur, tout flirt anodin avec Nora ou qui que ce soit avait brusquement cessé. Dans la dernière scène, Tríona se tenait parfaitement immobile, éclairée d'un rai de lumière. Ce qu'elle pouvait être mystérieuse et magique dans son rôle d'épouse bafouée, sublimée par le chagrin et transformée en pierre ! Nora s'était souvent posé la question : ce soir-là, Peter Hallett avait-il été attiré par la vraie Tríona ou par le personnage d'Hermione ? Quelle que fût la réponse, il lui avait fait la cour sans relâche, sortant d'emblée le grand jeu, et s'était obstiné jusqu'à ce qu'il la possède. Il avait entamé sa campagne dès la réception organisée après la première. Il avait pris une bouteille de champagne des mains d'un serveur et avait suivi Tríona tout au long de la soirée, prêt à la servir dès que sa coupe était vide.

Plus tard ce soir-là, devant la glace dans les toilettes des femmes, Nora s'était permis une allusion.

— Je crois que l'ami de Marc t'aime bien.

Sa sœur fixait distraitement son reflet dans le miroir.

— Qui ça ?

— Le type qui ne t'a pas lâchée de la soirée. L'ami de Marc, Peter Hallett.

— Ah, oui… le pot de colle.

Tríona se concentra sur une saleté qu'elle avait dans le coin de l'œil.

— Tu as quelque chose à lui reprocher ?

— Je ne sais pas, Nora. Je viens à peine de faire sa connaissance. Il est un peu trop beau, tu ne trouves pas ?

Était-ce malheureux ou simplement ironique d'être considéré comme étant trop beau par une femme si ravissante qu'elle faisait tourner toutes les têtes ? Tríona n'avait jamais eu idée de l'effet qu'elle faisait aux gens. C'était peut-être le fait de s'être embellie après une enfance de vilain petit canard qui la rendait insupportablement inconsciente de sa beauté. Et c'était peut-être cette indifférence qui avait piqué l'intérêt de Peter Hallett ; peut-être ne savait-il résister à un défi. Il aurait pu jouer avec elle, puis la jeter, mais ça ne s'était pas passé comme ça. C'était lui qui avait insisté pour qu'ils se marient, pour qu'ils aient un enfant. Tríona s'était toujours montrée indécise sur ces deux sujets, mais pour une raison ou pour une autre elle s'était pliée aux désirs de Peter Hallett.

À la longue, tout le monde était tombé sous le charme du séducteur. Certains étaient encore ensorcelés. Nora se disait qu'elle n'aurait pas dû être si surprise que ses parents prennent sa défense après le meurtre de Tríona. Ils étaient des gens foncièrement honnêtes et Peter savait en jouer. Son père, en particulier, avait toujours été mal à l'aise sur tout terrain autre que celui des faits. Il se méfiait des informations de seconde main, des soupçons troubles et des sentiments. Après tout, Tom Gavin était un savant, il venait d'un univers balisé et défini par des vérités démontrables. Comment aurait-il pu condamner quelqu'un sans preuve solide ? Il n'avait pas le choix, pour lui le meurtre de Tríona ne pouvait qu'être le fait du hasard. Nora avait perçu une lueur de doute dans les yeux de sa mère, mais Eleanor Gavin était dotée d'un pragmatisme inné qui lui interdisait de se fâcher avec celui qui était seul à décider de ses relations avec son unique petite-fille. Il était impossible de leur en vouloir et tout aussi impossible de ne pas leur en vouloir. Nora et ses parents avaient passé les cinq dernières années dans le déni – ils ne parlaient jamais de Peter, ils ne parlaient jamais de Tríona, ils ne se parlaient quasiment plus.

Ce n'était pas faute d'avoir essayé. Juste après le meurtre, Nora leur avait parlé, elle avait tenté de les convaincre que Peter était le coupable. Ils avaient refusé de la croire. Et ils n'étaient pas les seuls : tous ceux qui connaissaient Peter la jugeaient folle.

Après tout, qu'avait-elle vu précisément ? Rien d'évident. Seulement d'infimes nuances, une accumulation de comportements : un éclat particulier dans le regard de Peter quand il observait Tríona, ses gestes un rien possessifs envers elle. Mais quand Nora tentait de décrire ce qu'elle avait remarqué, ses soupçons indistincts et persistants semblaient se fragmenter comme autant de billes de mercure insaisissables. Elle essayait donc de les ignorer, de les refouler. Comment appréhender de l'extérieur le lien intime entre deux êtres ? Il lui avait fallu se persuader encore et encore que les aléas du mariage de Tríona ne la concernaient en rien. Jusqu'à cette nuit-là…

Nora contempla la photo qu'elle tenait et fut une fois encore ramenée en arrière, à une magnifique soirée de mai, cinq ans auparavant, dans la première douceur du printemps bourgeonnant. Les arbres le long du fleuve commençaient à sortir leurs feuilles pour de bon, leurs branches tapissées de diverses nuances vert pâle. Elle était arrivée chez eux peu après 17 heures pour garder sa nièce pendant que Peter et Tríona assistaient à l'inauguration en grande pompe de son dernier succès en date, un étincelant musée d'art moderne au cœur de Minneapolis. Elizabeth était censée les accompagner mais elle avait de la fièvre. Tríona avait hésité à y aller, mais le musée était un projet phare du cabinet de Peter, et celui-ci avait insisté pour que sa muse fût présente à ses côtés. Aucune excuse possible. Une voiture devait passer les prendre à 18 heures.

Tríona lui avait ouvert, légèrement essoufflée.

— Tu es en avance, tant mieux. Désolée, la maison est dans un état épouvantable. Et je suis en retard à une demi-heure du lever de rideau, comme d'hab' ! (Elle agita la main et fila dans le couloir.) Tu n'as qu'à aller voir Elizabeth pendant que je finis de me préparer !

Elle semblait plus débordée que d'habitude. Retenant d'une main son peignoir, elle ramassa quelques jouets et vêtements qui traînaient. D'ordinaire c'était mieux rangé. Nora crut déceler une lueur particulière dans le regard de sa sœur, un peu comme si elle avait bu.

Malgré sa fièvre, Elizabeth négociait ferme avec sa tante pour obtenir un en-cas et une histoire avant d'aller se coucher. À peine trois quarts d'heure s'étaient écoulés quand Tríona revint leur dire bonsoir, et pourtant la jeune mère débordée s'était entièrement métamorphosée en déesse. Jamais elle n'avait paru si radieuse. Ses longs cheveux roux lâchés, elle tournoya devant elles, vêtue d'une robe de soie moulante sertie de perles, à la teinte dégradée qui allait du turquoise aux épaules jusqu'à l'indigo profond aux chevilles. Elle portait au cou un magnifique pendentif de nacre mis en valeur par un foulard d'une étoffe translucide, comme tissée d'air et d'eau. Ses yeux étincelaient davantage encore et elle semblait flotter. Elizabeth se redressa dans son lit, les yeux écarquillés et brillants, l'excitation venant s'ajouter à la fièvre.

— Oh ! maman ! Tu es comme la reine de la mer !

Elles avaient toutes ri et Tríona avait pivoté une dernière fois en veillant à ne pas perdre l'équilibre.

La voix de Peter leur était parvenue du rez-de-chaussée.

— C'est l'heure d'y aller !

— Tu peux boire du *ginger ale* et, si tu es sage, tante Nora fera peut-être du pop-corn. Je suis désolée de t'abandonner. (Elle se pencha et déposa un baiser sur la tête d'Elizabeth.) Souhaite-moi bonne chance.

Elles entendirent le frou-frou de la superbe robe de soie jusqu'au bout du couloir.

Nora n'avait attaché aucune importance à la dernière remarque de Tríona. Mais quelques minutes plus tard, quand elle descendit à la cuisine pour préparer du pop-corn au micro-ondes, elle entendit de curieux bruits émis par l'Interphone près de la porte d'entrée. Une respiration précipitée, comme si quelqu'un se débattait violemment. Que se passait-il ? Elle porta l'œil au judas et aperçut Tríona plaquée contre le mur extérieur, le dos arqué et les yeux fermés, ses doigts enfouis dans les boucles noires de Peter. Elle l'enserrait de ses jambes nues tandis qu'il criblait de coups de reins la soie tirebouchonnée autour de ses hanches. Lui faisait-il mal ? Mais quand une voiture s'engagea dans l'allée, ce fut elle qui s'agrippa, pantelante.

— Non, n'arrête pas ! Surtout pas !

Nora avait plaqué ses deux paumes sur le judas, tétanisée de stupeur, pendant que les ahanements se poursuivaient derrière la porte, l'espace de quelques secondes.

Puis l'Interphone se tut subitement, et au même instant l'alarme à incendie se déclencha dans la cuisine, comme une protestation stridente. Quand elle ouvrit la porte du micro-ondes, une fumée vint lui piquer les yeux et la gorge. Elle trouva à tâtons le bouton de la hotte et parvint à faire taire l'alarme en agitant un torchon. Quand le bruit eut cessé, elle versa le pop-corn carbonisé dans un saladier en verre et s'efforça de se ressaisir. Elle entendit soudain une petite voix dans son dos :

— T'étais où, Nora ?

Surprise, elle fit volte-face et vit le saladier voler, comme au ralenti. Le pop-corn et les éclats de verre fusèrent partout, et dans le bref silence de mort qui s'ensuivit Elizabeth se couvrit les oreilles et se mit à gémir.

— Ne t'en fais pas, ma chérie… reste où tu es. Tu n'y es pour rien… J'ai été maladroite. On va arranger ça.

Elle n'avait jamais raconté à personne la scène

dont elle avait été témoin ce soir-là. Même pas à la police et encore moins à ses parents. Avec le recul, la paranoïa la poussait à croire que Peter avait monté cette petite mise en scène à son intention. Elle écarta cette pensée, se disant que c'était une idée folle. Il ne pouvait pas savoir qu'elle se tenait là, derrière la porte. Il n'avait pas pu forcer Tríona à se comporter de la sorte… Pourtant, il y avait un petit détail dont elle était certaine : la main qui appuyait sur le bouton de l'Interphone était bel et bien celle de Peter.

Le soubresaut suivant était survenu quelques semaines plus tard, avec le dernier coup de fil de Tríona. Nora repensait à cette conversation tous les jours depuis cinq ans, se repassant chaque mot dans la tête.

— Nora… je suis désolée de te réveiller.

— Ce n'est rien, Tríona.

Elle s'était redressée et avait regardé les chiffres lumineux sur la table de nuit – 22 h 23.

— Marc est avec toi ?

— Non… il est de garde à l'hôpital. Qu'est-ce qu'il y a ? (Nora avait senti la peur lui nouer la gorge.) C'est Elizabeth ?

— Non, je l'ai confiée à papa et maman pour le week-end. Je suis chez eux.

— Quelque chose s'est passé… quoi ?

Silence au bout du fil.

— Tríona ?

— Je pars, Nora. J'ai préparé mon sac. On peut se voir ? Pas chez toi, ailleurs. Tu ne dois dire à personne où je suis… Promets-moi !

— Promis. (L'esprit encore engourdi par le

sommeil, elle avait sorti le premier lieu qui lui passait par la tête.) Pourquoi pas à l'Étoile ? Je peux y être dans vingt minutes.

Le grand hôtel était une institution à Saint Paul.

— Ne te presse pas. J'ai un truc à faire d'abord. Il y a des choses que tu ne sais pas, Nora. Sur Peter, sur moi…

— Qu'est-ce que tu racontes, Tríona ?

— Au début, ça paraissait anodin, mais maintenant… j'ai laissé faire et c'est allé trop loin. Il semble éprouver un étrange plaisir à me faire mal. Je ne pouvais en parler à personne, j'avais trop honte. Parce que j'ai fait des choses moi aussi… tu n'as pas idée, des choses inavouables. J'ai menti et j'ai trompé tout le monde. Je ne sais même plus qui je suis…

— S'il te bat, Tríona…

— Je ne suis même plus capable de distinguer ce qui est vrai et ce qui ne l'est pas… j'ai l'impression de devenir folle.

— Tu n'es pas folle, Tríona. Vraiment pas. Écoute-moi, peu importe ce qui est arrivé, je vais t'aider. On va s'en sortir ensemble. Tu m'entends ?

— Je ne peux plus parler. Il faut que je découvre la vérité.

Dans le bref silence qui avait suivi, Nora avait entendu la respiration de sa sœur au bout du fil.

— Tu m'entends, Tríona ? Dis quelque chose !

Elle avait fini par s'exprimer en un murmure rauque.

— C'est choquant, ce qu'on est capable de faire par amour…

Combien de fois depuis cinq ans Nora avait-elle revécu cette nuit fatale ? Elle avait fait les cent pas dans le hall de l'hôtel sous le regard vigilant du portier de nuit. Elle avait tenté plusieurs fois de joindre Tríona sur son portable, mais chaque fois elle était tombée sur sa boîte vocale. Deux heures avaient passé, puis trois, puis quatre. Aux premières lueurs de l'aube, Tríona n'était toujours pas là.

Incapable d'attendre davantage, Nora s'était rendue à leur maison au bord du fleuve. Peter avait paru sincèrement surpris en lui ouvrant la porte. C'était un samedi matin, peu après 8 heures. Il avait déjà fait son footing. Douché et habillé, il avait les cheveux trempés, l'eau dégoulinant sur le col de sa chemise. Curieusement, ce détail avait marqué Nora. Comme le fait qu'il ne se soit pas écarté de l'embrasure, lui cachant l'entrée.

— Où est Tríona ? avait-elle demandé. Qu'as-tu fait d'elle ?

Il avait légèrement reculé.

— Qu'ai-je fait d'elle ?

— Elle est ici ?

— Non, elle m'a parlé hier d'aller se faire masser…

— À cette heure-ci ?

— Pourquoi pas ? J'ai pensé qu'elle était sortie pendant que je courais. Tu m'as l'air bizarre. Quelque chose ne va pas, Nora ?

— Je ne sais pas, Peter. À toi de me le dire.

Il était impossible d'expliquer ce qu'elle avait perçu dans son regard à cet instant. Aucune inquiétude, aucun étonnement. Il était un îlot de calme et de maîtrise de soi au milieu de la tempête. Il avait dit :

— Je vais lui laisser un mot pour lui dire de t'appeler dès son retour.

Nora avait souvent revécu cette conversation, imaginant le sac de Tríona, prêt dans l'entrée mais dissimulé à sa vue, le fantôme du parfum de sa sœur toujours présent dans l'air et, quelque part à l'intérieur, derrière une porte close, un filet d'eau teinté de rouge s'écoulant par le siphon d'une douche.

La campagne de rumeurs avait démarré presque aussitôt. Instrument efficace que le bouche à oreille, pour qui sait en manipuler les mécanismes ! Et Peter Hallett s'y connaissait parfaitement. Au cours des jours qui avaient suivi le meurtre de Tríona, les gens qui avaient assisté à l'inauguration du musée quelques semaines auparavant s'étaient mis à parler du champagne qu'elle n'avait cessé de boire. Nora avait réalisé qu'elle n'avait pas été la seule à faire ce constat : quelque chose n'allait pas ; Tríona n'était visiblement pas dans son état normal. L'éclat dans le regard, la voix bizarre à l'Interphone. Quand la police avait retrouvé un flacon d'ecstasy liquide dans le sac à main de Tríona, l'horrible rumeur avait enflé. Quand d'autres flacons avaient surgi, cachés dans la maison des Hallett, il s'était sans nul doute trouvé des gens fort ravis que le couple parfait ne le fût pas tant que ça. Chacun y allait de sa petite théorie, y compris des personnes qui n'avaient pas connu Tríona, sur pourquoi le mariage avait mal tourné et à qui la faute. Une sorte de mur protecteur s'était élevé autour du veuf éploré.

Bien entendu, Nora avait fait part à la police du dernier coup de fil de Tríona. Mais au bout du compte, c'était sa parole contre celle de Peter. La police ne demandait pas mieux que de la croire ; en vérité, il n'y avait aucun autre suspect valable. Mais, en l'absence de preuves matérielles, cette ultime conversation téléphonique avait été traitée comme un simple on-dit sans valeur. Peter n'avait eu qu'à nier, et il s'était montré très convaincant. Faute de piste sérieuse, l'enquête demeurait donc en suspens depuis cinq ans. Pour ceux qui ne connaissaient que la face publique de Peter Hallett, l'idée qu'il soit capable de commettre un meurtre aussi violent paraissait ridicule.

Comme il était facile de nier une part d'ombre qui ne se révélait que dans la secrète intimité du couple ! Nora contempla la photo qu'elle tenait. Il avait forcément commis une erreur. Il devait bien exister quelque chose qu'elle puisse dire ou faire pour piéger la créature perverse qui logeait en lui. Dans son horrible comédie, le pire était peut-être qu'il prenait plaisir à jouer au chat et à la souris. Qu'adviendrait-il si elle refusait dorénavant d'être la souris ? Elle tint la photo contre le mur, prit une punaise rouge et en planta la pointe dans l'élégant front de Peter Hallett.

5

Elizabeth entra dans la maison et se précipita dans sa chambre pour y cacher son sac à dos. Elle retira ses habits trempés, enfila un jean sec et son tee-shirt préféré. Aucun signe des déménageurs – peut-être avait-elle mal compris et ne venaient-ils que le lendemain. De toute façon, il n'y avait pas grand-chose à emporter. Leurs affaires se trouvaient encore dans la maison de Saint Paul ; tout ce qu'il leur fallait, d'après son père. Elle n'aurait qu'à s'installer dans son ancienne chambre. Ça faisait un peu bizarre d'imaginer que leur maison les avait attendus tout ce temps.

Tandis qu'elle s'essuyait les cheveux avec une serviette, son regard s'arrêta sur la large vitre rectangulaire de son aquarium. Elle se sentait rassurée par la présence familière et silencieuse des poissons nageant dans leur monde aquatique. Qu'allaient-ils devenir pendant le déménagement ? Peut-être existait-il une façon particulière de transporter les poissons. Son père lui avait dit de ne pas s'inquiéter, mais elle ne pouvait s'en empêcher. Elle leur versa quelques flocons de nourriture et les observa grignoter, foncer vers la surface puis regagner le fond.

Elle voulut retourner en bas et avait presque

atteint le rez-de-chaussée quand elle prit soudain conscience du silence dans la maison. Son père aurait dû être là. Ce n'était pas normal… Elle descendit les dernières marches d'un pas sautillant et poussa la porte battante de la cuisine.

— Papa ?

Pas de réponse. Elle se dirigea vers le téléphone et se mit à composer le numéro du portable de son père. Mais elle hésita. Il n'y avait pas vraiment d'urgence. Elle avait l'âge de rester un peu seule. Elle reposa le combiné et parcourut la cuisine du regard. Les placards et les appareils ménagers reluisaient d'un éclat terne dans la pénombre de fin d'après-midi. Malgré l'averse récente, le ciel était de plus en plus noir. À cet instant, une idée germa dans sa tête.

Pourquoi ne chercherait-elle pas sa mère sur Internet, comme l'avaient fait Shelby et Nicole ? Elle n'y avait jamais pensé avant. Elle n'était pas en permanence devant l'ordinateur, comme les autres jeunes. Internet lui était défendu, sauf quand son père était là pour la surveiller par-dessus son épaule. Trop de cinglés dans la nature, disait-il.

Elle gravit les marches et avança sur la pointe des pieds jusqu'au bout du long couloir. Elle avait les jambes lourdes et gelées, et son cœur battait la chamade sous ses côtes. Dans le bureau de son père, il y avait une verrière donnant sur les arbres, un ordinateur et une table à dessin avec un meuble de rangement en dessous. Elle alluma le portable et se laissa tomber dans le fauteuil tandis que l'écran s'éclairait. La soudaine envie de savoir bataillait avec une crainte toujours présente. Peut-être ne lui avait-on jamais menti. Peut-être n'avait-on pas eu à lui mentir parce qu'elle n'avait jamais posé la question.

Elizabeth guida le pointeur et tapa « Tríona Hallett » dans la barre de recherche. Elle avait peu de temps, son père pouvait rentrer d'une minute à l'autre. Elle avait lu la légende de Pandore et savait que cliquer pourrait avoir le même effet que d'ouvrir la boîte magique. Ça pourrait tout changer. Elle se sentait indécise et avait mal au ventre. Le nom de sa mère, quelques traits noirs sur fond blanc, flottait devant ses yeux. Elle repensa aux chuchotements et aux regards, et réalisa qu'elle n'avait jamais voulu franchir ce seuil. Depuis toutes ces années, elle se couvrait les oreilles, s'efforçait de ne pas entendre les voix qui lui disaient ce qui était vraiment arrivé. La réponse se trouvait désormais devant elle, et elle se sentit incapable de résister. Elle cliqua sur le bouton, et en l'espace d'un battement de cœur plus de cent résultats s'affichèrent à l'écran. Vers le milieu, un titre ressortait :

Les interrogations de la police
dans l'affaire Hallett

Deux ans après le meurtre retentissant de Tríona Hallett, la police de Saint Paul pourrait ne jamais résoudre l'énigme, bien que le mari de la victime demeure le principal suspect. Faute de preuves suffisantes à l'encontre de Peter Hallett, les enquêteurs craignent de ne jamais boucler le dossier.

Elizabeth sentit le monde s'effacer autour d'elle. Dehors le vent agitait les feuilles. Les yeux secs, elle resta au bureau de son père et ouvrit les fenêtres lumineuses les unes après les autres, comme autant de pages d'un livre défendu. Les lettres semblaient scintiller, passer du noir à l'argenté, puis à nouveau au noir. Chaque mot était un puissant crochet qui l'entraînait malgré elle vers le fond, mais elle était incapable de détacher son regard de l'écran. Il y avait bien eu une voiture, mais ce qui était arrivé à sa mère n'avait rien d'un accident. Elle entendait un bruit dans sa tête, comme quelqu'un en train de pleurer. Elle s'enfonça un peu plus dans le fauteuil et se balança doucement, les mains plaquées sur la bouche.

Une fois, elle avait demandé à son père pourquoi Nora ne venait plus les voir. Ils habitaient beaucoup plus loin, lui avait-il répondu, et Nora était prise par son travail, trop occupée pour leur rendre visite semblait-il sous-entendre. Déjà à l'époque, Elizabeth avait senti que ce n'était pas vrai. Elle comprenait désormais : c'était parce que Nora savait. Elle savait tout ce qui remontait à présent en Elizabeth en provenance d'une mémoire vague et lointaine. Pourquoi maman restait parfois à pleurer dans un fauteuil, quand il n'y avait personne. Les fois où elle n'arrêtait pas de dormir, sans qu'on puisse la réveiller. Le vague souvenir de sa mère assise sur le canapé, la forme arrondie du verre dans sa main, le liquide rouge foncé qui s'approchait dangereusement du bord. Elizabeth se rappelait avoir éprouvé une crainte terrible, que sa mère ne le penche trop et n'en renverse sur la moquette blanche.

Tout à coup, il y eut du bruit au bout du couloir et la voix de son père résonna dans l'escalier.

— Elizabeth ? Tu es rentrée ?

Elle entendit les battements de son cœur dans ses tympans. Elle éteignit l'ordinateur mais dans sa précipitation elle renversa un pot à crayons. S'en voulant de sa maladresse, elle ramassa les crayons et les stylos. Son père aimait que ses affaires soient rangées dans un certain sens – fallait-il mettre les pointes vers le haut ou vers le bas ? Pas le temps de réfléchir. Elle flanqua le tout dans le pot, pointes vers le haut, en espérant ne pas se tromper. Il ne fallait surtout pas qu'il sache qu'elle était venue ici.

Elle s'approcha de la porte du bureau sur la pointe des pieds et jeta un coup d'œil dans le couloir. Entendant de l'eau couler en bas dans la cuisine, elle sut que c'était l'occasion de filer subrepticement. Une fois dans sa chambre, elle s'adossa au mur et tenta de respirer. Outre la panique, elle sentit quelque chose se consumer en elle, devenir de plus en plus petit, jusqu'à ne plus être qu'un petit caillou sombre et luisant.

6

Cormac garda le pied sur l'accélérateur, déterminé à atteindre le point de vue avant que le jour n'ait disparu. La route des falaises de Bunglas ne paraissait pas bien méchante quand on voyait l'entrée du parc, une banale barrière et une grille à bétail à la sortie de Teelin. Mais, à peine cinq cents mètres plus loin, la pente était si forte que la voiture semblait par moments grimper dans le vide. C'était la troisième fois qu'il venait en trois jours. Si quiconque lui avait demandé ce qui le poussait à se rendre ici, pourquoi il s'asseyait sur la falaise et observait l'Atlantique Nord, il n'aurait su l'expliquer. Personne ne lui avait posé la question, et tant mieux.

Il atteignit le parking et coupa le contact. Il y avait peu de visiteurs en soirée. Un étroit sentier gravillonné menait au « Passage à un seul », dangereux chemin longeant les plus hautes falaises d'Europe. *Slieve League*, était-il inscrit sur les cartes. Mais les gens du coin l'appelaient Bunglas, ce qui signifiait « fond vert », peut-être en raison de l'herbe qui poussait sur ses parois quasi verticales. Il aperçut deux petites silhouettes au sommet, près de deux cents mètres au-dessus de la mer. Qu'est-ce qui leur prenait de marcher là-haut à cette heure-ci ? Le jour aurait bientôt disparu, c'était imprudent. Il fallait être fou pour grimper ici par plaisir. Laissant son regard courir le long de la pente, il s'approcha du bord et contempla un instant les remous bleu-vert autour de la Chaise et de l'Écritoire du Diable, deux saillies rocheuses plusieurs dizaines de mètres en contrebas. La personne qui avait eu l'idée du nom n'avait sans doute eu besoin que d'un seul regard sur l'à-pic vertigineux pour imaginer la plus extrême des chutes en disgrâce.

Le vent d'ouest était frais et un soleil orange perçait derrière une bande de nuages à l'horizon. Cormac partit à l'opposé du « Passage à un seul », en direction d'une tour qui surplombait la pointe sud de la petite baie. Dérangés par les randonneurs qui s'aventuraient sur leur territoire de nidification, les fulmars boréaux et craves à bec rouge décrivaient de grands cercles dans le ciel au-dessus de sa tête. En contrebas, dans les vagues que dorait le soleil, plusieurs phoques gagnaient le rivage pour la nuit.

Le dilemme qui le tourmentait depuis qu'il était dans le Donegal n'était pas moins fort ce soir-là. Arrivé depuis trois jours, il n'avait toujours pas expliqué à Nora ce qu'il en était – pour son père, pour lui-même. Ils s'étaient parlé au téléphone pas plus tard que la veille au soir, alors qu'elle se trouvait encore à Dublin, mais il avait laissé passer plusieurs occasions de s'expliquer, ne sachant comment elle réagirait. Maintenant, il était coincé. Il jeta un coup d'œil à sa montre ; elle avait dû atterrir aux États-Unis.

Pouvait-il tenter de la joindre, en espérant que son portable irlandais fonctionnait là-bas ? Elle n'avait suggéré aucun autre moyen pour se contacter, et il ne pouvait s'empêcher de se demander si c'était là un choix délibéré. Il y avait les mails, bien entendu, mais ça lui semblait totalement inadéquat.

Il voulait lui raconter que trois jours auparavant il s'était engagé dans l'allée de son père, en s'attendant à y trouver le silence et la pénombre. Au lieu de quoi une voiture inconnue était garée devant la maison tout éclairée à l'intérieur. On entendait de la musique et des rires ; une conversation animée s'échappait par la porte d'entrée entrouverte. Les fenêtres du rez-de-chaussée étaient ouvertes elles aussi et on pouvait distinguer un air de jazz, un morceau que Cormac connaissait mais dont il n'arrivait pas à retrouver le nom. Puis il entendit la voix de son père. Malgré les décennies passées à l'étranger, l'accent du Donegal ne s'était pas estompé ; il était plus doux qu'à Belfast ou Derry mais avec les mêmes voyelles fermées. Le rire qui semblait accueillir les moindres paroles de Joseph Maguire était indubitablement féminin. Ce n'était quand même pas Mme Foyle… Se rappelant quelques conversations avec la voisine de son père, il ne pouvait pas croire que celle-ci ait jamais ri.

Il se tint immobile et tendit l'oreille pour entendre les deux voix. Non, ce n'était pas du tout Mme Foyle.

Elle avait été catégorique au téléphone. Son père avait eu une attaque et il avait besoin qu'on s'occupe de lui – au-delà de ce que pouvait une simple voisine attentionnée comme elle, était-il sous-entendu. Mais d'après ce qu'il entendait, son père n'avait pas du tout l'air mal en point. Cormac se dirigea vers la porte entrouverte, se sentant à la fois perplexe, soulagé et coupable. Que manigançait Geraldine Foyle ?

— Attends, disait son père. Une seconde… On est allés trop loin. C'est le passage que je tenais à te faire écouter.

Joseph se leva, souleva le bras du tourne-disque et repositionna délicatement l'aiguille sur le sillon du 78 tours.

— Écoute un peu…

Il se tut afin de laisser les instruments s'exprimer et leva la main pour indiquer un passage précis.

— Du génie à l'état pur, n'est-ce pas ?

La femme installée dans le fauteuil en face de lui sirotait un verre de vin rouge.

Cormac fut stupéfait de découvrir qu'il la connaissait. Roz Byrne, une collègue de l'université de Dublin. Ils avaient été recrutés en même temps et avaient siégé ensemble dans plusieurs commissions d'enseignants. Ils s'étaient toujours bien entendus. Folkloriste passionnée, Roz avait une bonne nature, un rire généreux, des yeux verts pétillants et une magnifique tignasse rousse. Aucun des occupants de la pièce ne semblant remarquer sa présence, Cormac tendit la main et frappa légèrement sur le chambranle de la porte. Roz porta la main à sa gorge.

— Doux Jésus ! Cormac Maguire, tu m'as fichu un sacré coup au cœur ! Bonté divine, que fais-tu ici ?

— Bonjour, Roz. J'étais sur le point de te poser la même question.

Joseph Maguire les regarda à tour de rôle, légèrement sidéré.

— Ne me dites pas que vous vous connaissez…

— Ça ne fait jamais que vingt ans qu'on travaille ensemble ! dit Roz. Et vous ?

Cormac se sentit rougir. Il avait laissé croire que son père était mort. C'était peut-être mesquin, mais sa première pensée fut que tout le monde à la fac serait bientôt au courant, à présent que Roz l'était.

— Ah, fit-elle soudain. Maguire… vous êtes parents ?

— Père et fils, dit Joseph en tirant Cormac par le bras pour le faire entrer.

— J'ai toujours pensé que tu étais du Clare, dit-elle à Cormac.

— Je suis bien de là-bas… c'est… enfin, c'est compliqué.

Joseph se frotta les mains.

— Maintenant que tout ça est dit, Roz, si on proposait un peu de ta merveilleuse soupe de poisson à mon rejeton affamé ?

À ce stade, il n'avait pas semblé opportun d'évoquer Geraldine Foyle. Cormac devait bien admettre qu'il avait une faim de loup et il n'avait eu d'autre choix que de s'asseoir devant une assiette de soupe et d'écouter comment Roz et son père s'étaient rencontrés.

— Je suis dans le coin depuis quelques semaines, commença Roz. Je fais des recherches pour un livre. Cela a démarré comme un recueil de légendes de *selkies* du Donegal avant de se métamorphoser en tout autre chose… Quoi qu'il en soit, je cherchais une location pour l'été mais tu n'imagines pas à quel point je suis fauchée en ce moment ! J'ai une bourse de recherche mais j'avais une logeuse peu scrupuleuse qui ne me laissait pour ainsi dire pas un sou dans les poches ! C'était carrément loin, tout là-haut à Portnoo, et vraiment horrible, mais je n'avais rien trouvé d'autre. Je me promenais un soir sur la plage, là-bas derrière la pointe… il y a environ trois semaines… en réfléchissant à ce que j'allais faire, rester ou rentrer à Dublin. Pour une raison ou pour une autre, j'ai pris un galet et je l'ai lancé à la mer, histoire de me défouler, j'imagine…

— Et moi, j'étais justement en train de faire ma promenade de santé ! Que dire ? Je l'ai félicitée pour son lancer rageur et on s'est mis à bavarder…

— Bien entendu, je me suis plainte à propos de ma bourse qui était censée me durer tout l'été et Joe, dans un élan de bonté, a proposé que je m'installe ici. J'avance à grands pas. Et je dois dire que c'est merveilleux d'avoir quelqu'un à raser avec mes découvertes à la fin d'une longue journée !

Elle se tourna vers « Joe » et lui sourit tendrement. Cormac fit le rapprochement entre la scène chaleureuse à laquelle il venait d'assister et le ton pressant de Mme Foyle au téléphone. Tout commençait à s'expliquer.

— Les recherches savantes ont leur importance, renchérit Joseph, et ce n'est pas comme si je manquais de place ! Parle de ton projet à Cormac, Roz… c'est passionnant !

— Les métamorphoses et les archétypes de l'épouse-fée ont toujours été ma spécialité en tant que folkloriste. Il existe une fameuse chanson du Donegal, *An Mhaighdean Mhara…* peut-être la connais-tu ? À propos d'une sirène qu'un homme épouse par ruse, et qui finit par quitter sa famille pour retourner à la mer. J'ai toujours été fascinée par cette chanson. Il ne reste qu'un fragment, quatre couplets, ce qui est déjà intriguant en soi. Un tas de récits sur les sirènes et les *selkies* ont été collectés dans cette région du monde, mais un détail fait que *An Mhaighdean Mhara* ressort du lot : la sirène a un prénom et un nom de famille…

Cormac n'était pas certain de comprendre.

— Tu ne prétends quand même pas que cette femme a vraiment existé ?

— Pourquoi pas ? On composait toutes sortes de chansons sur de vraies personnes, sur des faits historiques.

— Certes, mais une sirène qui aurait vraiment vécu ?

Cormac ne pouvait cacher son scepticisme.

— Il existe plusieurs vieilles familles irlandaises, les O'Flaherty, les O'Sullivan, les MacNamara, les Conneely, et aussi d'illustres familles écossaises et galloises, qui prétendent descendre des hommes-phoques. Je ne dis pas que c'est à prendre au pied de la lettre mais c'est le genre de chose qu'on croyait à une époque, qu'on prenait pour vérité. On pourra en débattre plus tard, si tu veux. En tout cas, la femme de la chanson s'appelle Mary Heaney, et j'ai donc commencé à éplucher les archives à la recherche de personnes ayant porté ce nom. Pour être honnête, je ne m'attendais pas à y trouver grand-chose d'utile. La chanson a été collectée dans les années cinquante à Gweedore et le chanteur, Síle Mhicí Uí Ghallchóir, parlait de *Amrhán Thoraí*, ce qui semble indiquer qu'elle venait à l'origine de l'île de Tory, tout au nord. J'ai trouvé des versions similaires aux Shetland et aux Hébrides, ce qui n'a rien d'étonnant quand on connaît les liens culturels entre le Donegal et le nord de l'Écosse. J'ai commencé par les registres de recensement à partir du seizième siècle et je suis tombée sur quantité de Mary Heaney… C'est un nom de famille assez courant dans la région, et quant à Mary, eh bien, on ne fait pas plus commun comme prénom en Irlande ! Il y avait des avis de naissance, de mariage et de décès pour des dizaines de Mary Heaney mais aucune ne semblait correspondre à celle de la chanson. J'étais sur le point d'abandonner. Puis, dans des registres paroissiaux de 1901, je suis tombée sur un pêcheur, un certain P. J. Heaney, qui y figurait avec son fils et sa fille, Patrick et Mary… les deux prénoms cités dans la chanson. Ils habitaient à Port na Rón, l'endroit où j'ai rencontré ton père, de l'autre côté de la pointe. Rien n'est dit de la mère des enfants.

— Elle était peut-être morte, suggéra Cormac.

— C'est tout à fait possible. Mais pour toutes les autres personnes recensées il était précisé leur statut : marié, célibataire, veuf. Aucune indication concernant P. J. Heaney, alors qu'il avait des enfants. Intriguée, je me suis mise à poser des questions. En fait, Heaney n'était pas marié mais il avait une concubine, qui a disparu en 1896 dans des circonstances assez mystérieuses. Elle s'appelait Mary.

— Des choses ont alors refait surface, dit Joseph. Les gens ont raconté que la compagne de Heaney était une *selkie*. Ils se sont souvenus que leurs grands-parents leur en avaient parlé.

Roz était gagnée par l'enthousiasme pour son sujet.

— J'ai déniché tous les articles que j'ai pu sur la disparition. Et j'en suis venue à penser : même s'il s'agit d'une vieille chanson, il se pourrait qu'on y ait inséré cette femme parce qu'elle correspondait à l'histoire. Vois-tu, elle était sortie de nulle part. Un jour, juste comme ça, avec Heaney, dans son canot. Il n'a jamais expliqué d'où elle venait, ce qui a évidemment donné lieu aux plus folles suppositions. Certains prétendaient qu'il l'avait ramenée dans son filet, d'autres juraient qu'il l'avait trouvée échouée sur la plage, nue ou drapée d'algues. Bien entendu, on n'a jamais su ce qu'il en était, vu que Heaney était seul dans sa barque quand il l'avait trouvée, et le gaillard était taciturne comme c'est pas permis. On ne pouvait pas lui arracher plus de deux mots. Personne n'a jamais su son vrai nom. On dit qu'elle ne parlait pas le gaélique, ni l'anglais les premières années.

— Mais pourquoi les gens en auraient subitement conclu qu'elle était une *selkie* ? demanda Cormac.

— Depuis l'enfance, ils avaient entendu des contes sur la fusion mystérieuse des phoques et des êtres humains. C'est inscrit au plus profond de leur inconscient. Dans les contes, un pêcheur tombe sur une superbe jeune fille qui se baigne nue dans la mer. Bien entendu, il ne s'agit pas d'une femme quelconque mais d'une *selkie* qui a retiré sa peau de phoque et l'a laissée sur les rochers. Le pêcheur capture la créature en la lui dérobant – privée de sa peau, elle est condamnée à garder sa forme humaine.

La croyance en un monde merveilleux était encore très forte il y a cent ans… Si tu regardes bien, elle est encore présente, sous la surface.

— Mais il devait bien exister une explication logique pour l'apparition mystérieuse de cette femme. Elle aurait pu s'échouer après un naufrage…

— J'ai consulté toutes les archives maritimes que j'ai pu pour 1889, l'année où elle est arrivée à Port na Rón. Rien, aucun signal de détresse, aucun débris, aucun indice d'un naufrage qui serait survenu dans la localité. J'imagine qu'elle aurait pu tomber à la mer d'un bateau d'immigrés… Dieu sait que beaucoup de gens partaient pour l'Amérique à l'époque. On raconte qu'elle fixait toujours la mer. Certains prétendent même l'avoir entendue chanter dans une langue étrangère. D'après sa description, je soupçonne qu'elle venait peut-être des îles Féroé ou de quelque part en Scandinavie. Tu sais comment les histoires ont tendance à circuler et à prendre de l'ampleur.

— Qu'est-il arrivé après sa disparition ?

— Son mari n'a rien signalé. D'après les journaux, elle avait déjà disparu depuis quatre jours quand on s'est enfin étonné de son absence. Heaney a été interrogé, bien entendu, mais il a raconté à la police qu'elle était partie. Il n'y avait aucun témoin, aucune preuve contre lui. Elle s'est volatilisée. Comme on n'a jamais retrouvé son cadavre, il a été relâché.

— Et tu crois vraiment que les gens pensaient qu'elle était retournée à la mer ?

— La plupart préféraient sans doute croire ça. En prétendant l'avoir aperçue, ils évitaient de penser à ce qui était vraiment arrivé. À mon avis, elle a été assassinée, probablement par son mari. C'est beaucoup plus plausible, malheureusement, que n'importe quelle autre explication. En tant que folkloriste, je m'intéresse bien entendu à la chanson et à la façon dont elle s'est transmise. Mais je m'intéresse aussi au contexte plus large des croyances d'une communauté, ce que la chanson dévoile des mœurs et des attitudes sur la place des femmes. La fin du dix-neuvième est une période de profond bouleversement en la matière. Les femmes prenaient un peu d'indépendance, au plan économique et social, et certaines personnes, surtout des hommes, y voyaient une menace. (Elle parut soudain gênée.) Allons, je parle et je parle mais le temps passe ! (Elle commença à débarrasser.) J'ai une journée d'entretiens à transcrire et je suis sûre que vous avez un tas de choses à vous dire.

Cormac fit mine de se lever.

— Laisse-moi t'aider, Roz…

— Ne bouge pas. Je vais juste poser tout ça dans l'évier, et Joe et toi pourrez vous en occuper plus tard…

Elle franchit à reculons la porte de la cuisine, les bras chargés de vaisselle.

— Ne t'en fais pas, dit Joseph. Si j'ai appris une seule chose, au cours de ma longue vie, c'est celle-ci : on n'en a jamais terminé avec la vaisselle ! (L'air pensif, il regarda Roz disparaître dans la cuisine.) Eh bien, Cormac, je me demande ce qui t'amène jusqu'ici. Je suis ravi de te voir, bien entendu, et…

Cormac se pencha légèrement en avant et baissa la voix.

— En fait, je suis ici parce que Mme Foyle m'a appelé pour me prévenir que tu avais fait une attaque.

— Vieille harpie !

Le vieil homme paraissait au bord de l'apoplexie, mais il posa les mains sur la table, s'efforçant de rester calme.

— Je comptais t'en parler en temps voulu, dit-il. Il y a quelques jours, j'ai eu une petite faiblesse, comme qui dirait… rien de grave, quelques vertiges. Roz m'a emmené aux urgences à Killybegs. On m'a dit que j'avais fait une petite attaque, un accident ischémique transitoire, si tu veux le terme savant. On m'a prescrit un anticoagulant, on m'a conseillé beaucoup de repos. J'ai fait tout ce qu'on me disait et, depuis, je me porte comme un charme. Juré ! Je ne sais pas comment Geraldine Foyle a eu vent de cette information. Vieille pie sournoise ! C'est elle qui va finir par me faire faire une attaque, à force de se mêler de tout ! Puisse Jésus la maudire !

Cormac se sentit embêté.

— Je m'excuse si j'en ai été la cause. Quand tu t'es installé ici, elle a proposé de passer de temps en temps, pour voir si tu avais besoin de quoi que ce soit, et je dois avouer que je ne l'en ai pas dissuadée…

— Ah, non, non, ça ne me dérangeait pas. Au début, c'était parfait, tu sais. Elle me rendait visite, en bonne voisine. C'était bien. Mais ces derniers temps… Approche un peu, que je te dise… (Il lui fit signe de se pencher vers lui et chuchota.) Ne voilà-t-il pas qu'elle a aperçu Roz sortir du cottage un matin, il y a quinze jours, et elle est venue sur-le-champ, soi-disant pour voir comment ça allait. Alors qu'elle était là pour mettre son nez dans mes affaires et se faire toutes sortes d'idées absurdes ! « À votre âge ! qu'elle me sort. Vous devriez avoir honte ! » Je lui ai rétorqué que je n'avais pas besoin d'avoir honte vu qu'elle trimbalait bien assez de honte pour toute la paroisse ! Tu aurais dû entendre la leçon de morale, une vraie tirade de bonne sœur ! Le prix du péché et toutes ces foutaises ! (Il se tut un instant.) Sans parler de leur fichue hypocrisie ! Roz a omis de le mentionner mais sa logeuse à Portnoo, une espèce de mégère bien-pensante, se trouve être la cousine germaine de Geraldine Foyle. Enfin, d'autres mots ont été échangés. (Il brandit la main.) Il se pourrait que j'aie tenu quelques propos énervés sur le départ prématuré de feu M. Foyle. Elle n'a pas pointé son nez depuis.

Cormac voyait que le vieil homme n'était pas du tout contrit ; bien au contraire, il semblait assez content de lui.

— Pourquoi m'a-t-elle attiré jusqu'ici pour rien ?

— Eh bien, cette satanée Geraldine Foyle n'était pas près d'obtenir satisfaction avec moi, bien évidemment, alors elle a trouvé un prétexte pour te faire accourir ici et briser le petit nid d'amour ! Ah ! ne me demande pas comment ça fonctionne dans sa tête : cette femme est folle !

Cormac réfléchit un instant.

— J'espère que tu me pardonneras une question indiscrète, mais y a-t-il quoi que ce soit entre vous ?

Joseph cilla et jeta un coup d'œil à la porte de la

cuisine, derrière laquelle ils pouvaient entendre Roz fredonner. Ses traits se détendirent.

— T'es pas sérieux, dis ? Roz Byrne est une femme admirable, mais elle n'est pas complètement toquée !

Au bout du compte, ils avaient convenu que Cormac resterait quelques jours pour s'épargner un long trajet alors qu'il venait à peine d'arriver, et aussi pour s'assurer que son père ne gardait aucune séquelle après sa « faiblesse ».

Tandis qu'il contemplait les vagues silencieuses en contrebas de Slieve League, Cormac sentit que le moment était venu de prendre une décision. Rentrer à Dublin le lendemain matin ou bien sauter dans un avion pour les États-Unis.

La dernière fois qu'ils s'étaient parlé au téléphone, il avait senti que Nora gardait ses distances, mais était-ce parce que c'était fini entre eux ou bien parce qu'elle ne voulait pas l'embêter avec des ennuis qui n'étaient pas les siens ? Il se dit que ni l'une ni l'autre de ces explications n'étaient très satisfaisantes. Il consulta sa montre. Il était 21 heures passées. Elle devait être arrivée chez ses parents. Du moins, il présumait qu'elle s'installerait chez eux ; elle ne lui avait fourni aucune indication.

Le soleil couchant passa derrière des nuages gris, grosse boule orangée qui lui intimait de ne pas la fixer. Ici sur les falaises, chaque jour était à l'image du cycle de la vie. Les anciens voyaient les choses ainsi : chaque aurore était une résurrection, chaque crépuscule une petite mort. Combien de fois faudrait-il que le grandiose conducteur de char périsse dans la mer avant que Cormac ne cesse de tergiverser et n'agisse ?

Il s'était déjà présenté une fois à la porte de Nora sans prévenir, quatorze mois auparavant, et cela s'était bien passé. Au-delà de ses espérances, même. Il pourrait être à Saint Paul d'ici un ou deux jours, si seulement il parvenait à se convaincre qu'elle l'accueillerait à bras ouverts. Il était évident qu'elle ne comptait pas lui demander son aide, mais elle ne pourrait quand même pas refuser s'il la proposait ? Il atermoyait ainsi depuis plusieurs jours, cherchant à deviner dans les paroles de Nora quelque chose qui ne s'y trouvait peut-être pas. Il ignorait en quoi il pourrait l'aider mais savait seulement qu'il éprouvait le besoin impérieux d'essayer. Il se redressa sur le sol humide et caillouteux, et contempla la mer houleuse en songeant à tout ce qu'il avait abandonné pour venir ici, tout ça à cause de cette bigote coincée de Geraldine Foyle. En effet, puisse Jésus la maudire !

Se tenant au bord du précipice, à observer la mer sombre une centaine de mètres plus bas, il comprit qu'il s'était, d'une certaine manière, déjà jeté dans le vide. Il se rendrait en Amérique par le premier vol possible.

Fallait-il prévenir Nora ? Les mots, *a fortiori* un mail, lui semblaient bien peu appropriés. À cet instant, monta en lui une mélodie sinueuse, d'abord grave et lente, puis éclatant avec fougue et abandon. Mais oui, il lui enverrait un morceau de musique, il suffisait de joindre un fichier audio à un mail. L'idée était belle par sa simplicité. Pourquoi ne l'avait-elle jamais effleuré auparavant ?

Cette soudaine inspiration occupa entièrement ses pensées pendant le trajet du retour jusqu'à Ardcrinn. Il ne prêta même pas attention aux cahots sur l'étroite route défoncée qui longeait la vallée à partir de Teelin. Il s'imaginait déjà jouant sur sa flûte en bois, et il songeait combien il était étrange qu'un homme puisse déverser le souffle de son corps dans un tube évidé et que l'on sache, par une sorte de magie, capturer cette respiration pour l'envoyer à des kilomètres, n'importe où sur terre. Il tenta d'imaginer où Nora pouvait se trouver à cet instant, et quelle serait sa réaction à ce message crypté. Si elle l'écoutait attentivement, quand bien même l'air ne lui serait pas familier et le sens du titre lui échapperait, elle entendrait et comprendrait tout ce qu'il cherchait à lui dire.

7

Nora poussa une pile branlante de chemises cartonnées et regarda sa montre. 21 h 45. Elle comptait seulement défaire ses valises mais s'était une fois encore laissé happer par le mystère de la mort de Tríona. Elle épluchait les dossiers depuis plus de quatre heures. Le jour était tombé puis avait disparu pour de bon, le seul éclairage provenait de la lampe de chevet et d'un rai de lumière échappé de la cuisine. Elle alluma le plafonnier et contempla le mur désormais tapissé de cartes, de photos, de coupures de journaux et de fiches, chacune détaillant un indice matériel, un témoin ou une piste. Elle avait conçu son affichage comme pour un QG d'enquête, en se disant que le fait de voir tout étalé lui permettrait peut-être d'établir un rapprochement, un lien logique qui lui aurait échappé. Cela avait surtout l'air de l'œuvre d'un cinglé obsédé par une femme.

Elle avait déjà commencé à passer les pistes en revue, à la recherche d'un fil qui dépasserait et sur lequel elle pourrait tirer. Il y avait quelques faits dont elle n'avait parlé à personne, pas même à Cormac, et surtout pas à ses parents. Des éléments relevés par la police scientifique qui ne collaient pas. L'ecstasy liquide dans le sac à main de Tríona, par exemple. Ou encore son regard vitreux le soir de l'inauguration du musée. Et si, en tirant sur ces fils, elle en venait à détruire l'image idéalisée que ses parents avaient de leur benjamine ? Ne serait-ce pas comme de tuer Tríona une deuxième fois ? Jusqu'à quel point était-elle prête à leur faire subir une seconde perte dévastatrice ? Elle tenta de se raccrocher à la résolution prise dans l'avion. Plus question de s'arrêter, plus question de reculer.

Une lourde fatigue s'était emparée d'elle ; mis à part le somme pendant le vol, elle n'avait pas dormi depuis bientôt trente-six heures. Il n'était pas trop tard pour appeler ses parents ou Frank Cordova. Qu'attendait-elle ? Elle prit un petit carnet dans son sac à main, trouva le numéro personnel de Cordova mais hésita avant de le composer.

C'était lui qui avait conduit l'enquête, lui qui l'avait aidée à s'arracher au corps de Tríona à la morgue. Elle l'avait appelé de Dublin pour l'informer qu'elle rentrait et avait été soulagée de tomber directement sur sa boîte vocale. Elle lui avait laissé un message évasif, promettant de le contacter dès son arrivée. Il l'avait rappelée le jour même, mais la conversation avait été embarrassée. Frank ne lui avait toujours pas pardonné de s'être enfuie.

Pendant trois ans, elle s'était efforcée de ne pas repenser à leur dernière rencontre. À l'époque, tous deux travaillaient jour et nuit, se nourrissant mal et dormant peu, sans que l'enquête progresse. Ce n'était pas que Frank avait profité d'elle – pour tout dire, c'était exactement l'inverse. Elle se souvenait d'avoir eu envie d'un contact physique, n'importe quoi pour atténuer sa souffrance. Ce soir-là, elle avait surtout eu besoin d'un répit face à la douleur et à la trahison, de quelques heures sans penser à la mort. Sans penser à rien du tout. Bien entendu, comme dans toute fringale, son envie avait été de courte durée. Quand le soleil s'était levé le lendemain matin, elle savait que l'unique nuit passée avec Frank Cordova avait été un aveu d'échec, une sorte d'adieu. Frank l'avait certainement ressenti lui aussi.

Mais ce qui s'était emparé d'eux ce soir-là appartenait désormais au passé. Tant de changements s'étaient produits au cours de ses trois ans d'absence, pour elle, et sans nul doute pour lui aussi. Elle éprouva un pincement involontaire à l'imaginer avec quelqu'un d'autre, peut-être même marié, avec des enfants. Il ne lui avait rien dit de sa vie personnelle au cours de leur dernière conversation, et elle non plus. Mieux valait l'appeler au bureau le lendemain matin, dans un contexte plus officiel.

Ce qui laissait ses parents. Nora imagina la mâchoire de pierre de son père, la mine plus douce de sa mère ; ces deux-là s'étaient toujours complétés. Mais elle ferait bien de se préparer à avoir un choc en les revoyant. Après trois années, ils lui paraîtraient certainement plus âgés que dans son souvenir. Elle composa le numéro et contempla les chiffres familiers, ne sachant ce qu'elle allait dire. Elle les avait prévenus qu'elle rentrait, bien évidemment, mais elle ne leur avait pas dit quand ni pour combien de temps. À la vérité, elle ne voulait pas qu'ils viennent la chercher à l'aéroport, comme si c'était un retour ordinaire. Elle fut soudain prise du besoin impérieux de les voir, d'être dans la même pièce qu'eux à respirer le même air, même si la maison de son enfance ne serait plus jamais ce qu'elle avait été avant la mort de Tríona. Elle referma son portable et descendit.

Habituée aux couchers de soleil tardifs des étés irlandais, elle fut étonnée qu'il fasse nuit si tôt. Le mur d'humidité la surprit aussi, après l'appartement climatisé, mais son corps s'adapta en quelques minutes à l'atmosphère moite. Elle avait quasiment oublié les purs plaisirs physiques d'une nuit estivale, la brise tiède qui agitait les arbres, les étoiles les plus scintillantes et les planètes visibles dans le ciel. Elle descendit la colline jusqu'à Grand Avenue, puis obliqua et suivit le trottoir sinueux qui gravissait Crocus Hill, une enclave avec vue sur la berge plate et les falaises de l'autre rive. Les larges rues et le style des habitations lui paraissaient étranges après trois ans d'absence. À moins que ce ne soit le fait de l'obscurité. Des poches de ténèbres semblaient sur le point d'engloutir les chênes des marais et les tilleuls ; les arbres eux-mêmes étaient dépourvus de couleurs, reconnaissables seulement à leur silhouette, au bruissement du feuillage.

Elle ralentit à l'approche de la maison de ses parents. Elle entendit d'abord la musique. Le concerto pour violoncelle d'Elgar, l'œuvre préférée de son père. Elle s'arrêta et écouta le profond vibrato de l'instrument, puissant et délicat, se répandre dans la nuit. Une seule lampe de lecture était allumée dans la grande véranda sur le côté de la maison et Nora aperçut la tête de sa mère penchée sur ses mots croisés, passion quotidienne. La silhouette filiforme de son père était visible sur la banquette le long du mur. Allongé, les yeux fermés et les mains jointes sur son torse, il écoutait la musique. Ses parents avaient toujours été comme ça, songea-t-elle. Deux planètes distinctes, chacune sur sa propre orbite. Elle se souvenait d'avoir une fois regretté, quand elle avait environ treize ans, de ne pas avoir des parents qui criaient, juraient ou balançaient des objets – qui manifestaient une émotion, n'importe laquelle. Mais le monde autour d'eux était toujours calme et ordonné selon des principes scientifiques. La raison était la valeur suprême. Rien ne troublait jamais cette paix.

Quand la musique se tut, son père se leva, prit le 33 tours sur la platine et le glissa délicatement dans sa pochette. Il n'avait jamais franchi le pas des CD. Elle sentit soudain son cœur se serrer en se rappelant qu'il avait écouté ce morceau sans cesse au cours des semaines et des mois qui avaient suivi le meurtre de Tríona. Alors que certaines personnes cherchent du réconfort auprès d'autrui, le chagrin de son père l'avait fait se replier encore plus sur lui-même. Cinq ans plus tard, sa dose quotidienne d'Elgar semblait toujours être son unique consolation.

Eleanor Gavin posa le journal, retira ses lunettes et se frotta les yeux, comme si elle souffrait d'un léger mal de tête. Nora entendit la voix de son père.

— Ça va, Eleanor ?

— Je me fais du souci pour Nora. J'aurais dû la prévenir au sujet de Miranda. Je n'avais pas le cœur de lui annoncer la nouvelle par téléphone.

— Elle l'apprendra bien assez tôt comme ça.

Nora se figea dans la pénombre et se demanda si

elle avait bien entendu. Elle ne connaissait qu'une seule Miranda, la sœur cadette de Marc Staunton. Lui était-il arrivé quelque chose ?

— Je suis sûre qu'elle préférerait être au courant, Tom. J'aurais dû l'avertir. Peter m'a dit qu'ils partaient samedi. Dublin n'est pas une grande ville. Et s'ils se croisaient ?

— Tu as encore essayé de la joindre à l'appartement ?

— Ça ne répond pas. À Trinity College, on s'est contenté de me dire qu'elle était en vacances et je n'arrive pas à la joindre sur son portable.

— Attends qu'elle soit rentrée chez elle, ma chérie. On ne peut rien faire d'autre. Elle finira bien par être chez elle.

Nora demeurait immobile, une étrange sensation au creux de l'estomac. Qu'avaient à lui apprendre ses parents concernant Miranda Staunton ?

Tout à coup, elle sut. Peter Hallett ne revenait pas à Saint Paul avec une femme qui ignorait tout, une inconnue qu'il aurait rencontrée à Seattle. Il rentrait pour épouser Miranda Staunton, la petite sœur de son meilleur ami. Et pour leur voyage de noces, il emmènerait sa nouvelle épouse en Irlande, comme avec Tríona. Était-ce là une provocation délibérée, la preuve qu'il pouvait agir comme bon lui semblait, sans que personne puisse y faire quoi que ce soit ?

Nora avait follement envie de s'exprimer, mais ne parvenait à émettre aucun son. C'était une erreur d'être venue ici. Le chant des grillons lui parut soudain insoutenable, trop fort et criard. Elle fit demi-tour. D'abord elle marcha puis elle courut aveuglément, inspirant frénétiquement et s'efforçant de refouler les larmes de colère qui lui piquaient les yeux. Au bout de deux pâtés de maisons, elle ralentit le pas, tellement épuisée qu'elle parvenait à peine à mettre un pied devant l'autre.

Quand elle tourna à l'angle de sa rue, elle aperçut une silhouette devant la porte de l'ancienne remise. À l'entrée de son appartement. Son cœur bondit et elle recula pour se cacher, peut-être trop tard. N'entendant aucune réaction, elle se pencha pour jeter un coup d'œil, cette fois-ci discrètement. Un homme se tenait dans l'ombre, pas très grand, mais d'une carrure solide et puissante. Il parut hésiter, le pouce tendu vers la sonnette, puis se pencha en avant et martela lentement la porte avec son front.

— Appuie sur la sonnette, se marmonna-t-il à lui-même. Appuie sur cette putain de sonnette, qu'on en termine !

Elle reconnut la voix.

— C'est toi, Frank ?

Frank Cordova releva brusquement la tête et recula, sa main se dirigeant par réflexe vers son holster.

— Bon sang, Nora ! Ne surprends jamais les gens comme ça ! Surtout un flic.

Il avait gardé son veston malgré la chaleur, mais son nœud de cravate était desserré et légèrement de travers. La majeure partie de son corps était dans l'ombre, à l'écart du lampadaire qui éclairait l'impasse, mais Nora pouvait distinguer la couronne de cheveux noirs, le bas du visage anguleux et rasé de près, les pommettes héritées d'ancêtres mayas. Cordova n'avait pas l'air de tenir très droit et elle réalisa soudain que son apparition inopinée n'était pas la seule raison pour laquelle il vacillait. Il se retenait au chambranle. Quelque chose n'allait pas.

— Je suis surprise de te voir ici, dit-elle. Comment m'as-tu retrouvée ?

— Tu pourrais m'accorder un minimum de crédit ! Tu m'as parlé d'une ancienne remise. Dans Arundel Court. (Il se pencha en avant et chuchota.) Je ne sais pas si tu as remarqué, mais c'est la seule remise de la rue !

Chaque mot était soigneusement articulé, un peu trop. Il y avait vraiment quelque chose qui clochait. Elle s'approcha de lui.

— Ça va, Frank ?

— Parfaitement bien.

Elle était suffisamment proche pour sentir un relent d'alcool. Pas de la bière, quelque chose de plus fort.

— Tu t'es enfilé quelques verres.

Il parut blessé.

— J'avais peut-être mes raisons. Tu sais, depuis ton coup de fil, je n'arrête pas de revoir le visage de ce salopard. (Il cracha le nom.) Hallett ! Il croit qu'il est tiré d'affaire. J'en ai connu d'autres comme lui, et ces types-là n'arrêtent pas. Ils n'arrêtent jamais. Ça fait cinq ans qu'il se paye notre tronche. Ne le sens-tu pas ? (Son ton angoissé la déchirait.) Toi et moi, on sait ce qu'il a fait. Et il sait qu'on sait. Il trouve ça jouissif, de nous narguer en sachant qu'on ne peut pas l'atteindre. Toi et moi, on est pareils. On n'arrive pas à lâcher le morceau. (Sa voix s'adoucit.) Mais cette fois on va le coincer. Je le sais. (Il pointa maladroitement l'index.) Il ne sait pas qu'on a retrouvé l'autre.

— De quoi parles-tu, Frank ?

— L'autre jeune femme. Celle de Hidden Falls. Toi non plus, tu n'es pas au courant. Personne ne le sait. Il nous prend pour des imbéciles, même pas fichus de faire le rapprochement !

— Quelle autre femme ? Quel est le rapport avec Tríona ?

Cordova ferma les paupières et les serra fort.

— Tu sais, oublie ce que je viens de te dire. J'aurais mieux fait de me taire. Bon sang, je ne sais même pas qui c'est, ni si ça a un rapport quelconque. (Il se massa les tempes comme s'il avait mal au crâne.) Je ne sais pas ce qui m'a pris de t'en parler… je n'ai pas les idées bien en place.

Il perdit soudain l'équilibre et bascula en avant, obligeant Nora à tendre le bras pour le retenir par la poitrine. Son haleine éthylique se mêlait à une légère odeur de transpiration, pas si désagréable, et à un soupçon d'eau de Cologne. Elle avait déjà succombé une fois à ce mélange volatil. Si elle n'y prenait garde, cela risquait de compliquer la situation à nouveau, d'une manière dont tous deux se passeraient volontiers. Frank Cordova n'était pas en état de réfléchir posément à quoi que ce soit. Elle plaqua les deux mains sur son torse et tenta de le redresser.

— On va tirer ça au clair mais pas maintenant, pas ce soir. Il est tard et je suis claquée…

Il lui résista, se pencha davantage et s'appuya contre elle, son haleine chaude lui caressant l'oreille.

— Qu'est-ce qu'il y a ? Si tu me fais entrer, t'as

peur que ça se termine comme l'autre fois ? C'est le pire qui puisse nous arriver.

Tout en parlant, il releva les mains, la droite prenant Nora par la taille et la gauche lui enserrant le poignet, comme s'ils dansaient. Elle sentit le sang chaud lui monter au visage et à la gorge, redoutable courant de désir. Les yeux de Frank cherchèrent les siens dans la pénombre moite. Elle se détourna, une partie d'elle-même craignant qu'il ne trouve ce qu'il attendait. Même avec les pieds solidement plantés sur le sol, elle éprouvait l'appel enivrant et périlleux de ce précipice. Il serait si facile de plonger, d'oublier Cormac et tout ce qu'elle avait vécu depuis trois ans. Frank Cordova savait tout d'elle. Il était là quand elle avait vraiment touché le fond.

Comme s'il avait lu dans ses pensées, il lui dit :

— N'aie pas peur, je te rattraperai.

Il se rapprocha et elle ressentit un coup sec, la tresse de Cormac qui lui rentrait dans la hanche. Ce fut comme si la douleur l'avait réveillée.

— Allons, Frank… Je n'ai pas dormi depuis trois jours. On a tous les deux besoin d'une bonne nuit de repos. Où est ta voiture ?

Il avait toujours le visage enfoui dans ses cheveux.

— Ne me parle pas de ma voiture. Ma bagnole, on s'en tape ! Mon Dieu, ce que tu sens bon !

Elle tenta de se dégager, mais il ne relâcha pas son étreinte.

— OK, fit-elle. Oublions ta voiture. Et si je t'appelais un taxi ?

Il s'écarta d'elle et la dévisagea, blessé et hébété.

— Tu me prends pour un pauvre con ?

— Arrête, Frank… Tu sais que je ne pense pas ça.

— Bien sûr que si. Tu penses que je suis un pauvre con, un ingrat, un égoïste. Tu as peut-être raison…

Il baissa la tête et se rua en avant, la frôlant involontairement au passage. Il enfila l'étroite allée jusqu'à la rue. Il s'assit maladroitement sur le bord du trottoir et posa la tête sur ses bras croisés, tel un gamin malheureux. Il allait être dans un sale état au réveil, mais elle n'y pouvait rien. Elle observa l'arrière de sa tête inclinée et tenta d'imaginer la vie qu'il menait, plongé dans le mal que s'infligent les hommes entre eux. À la longue, être quelqu'un de foncièrement bon n'offrait peut-être pas une protection suffisante. Elle sortit son portable pour appeler un taxi et rejoignit Frank.

Il était presque 23 heures, et à mesure que la nuit fraîchissait, l'air humide se mettait à flotter comme de la brume, formant un halo autour du réverbère. Au grondement de la circulation en contrebas sur la voie express se superposait le chant perçant et insistant des grillons.

— Va dormir, Frank. On parlera demain matin.

— C'est ça, demain matin…

Il inspira longuement, comme épuisé, incapable d'ajouter quoi que ce soit.

En rentrant chez elle, elle perturbait aussi d'autres vies que la sienne. Avec combien de dossiers Frank était-il obligé de jongler ? À quelle heure l'avait-on tiré du lit ce matin-là ? Elle aurait pu lui demander comment ça allait dans sa vie, mais la visite de ce soir lui donnait une petite idée de la réponse.

Quand le taxi arriva, Frank ne lui dit même pas au revoir. Il monta et indiqua au chauffeur son adresse dans le West Side. Nora regarda le véhicule s'éloigner, la tête de Frank appuyée contre la vitre arrière.

8

Dès que le taxi eut tourné à l'angle, Nora ouvrit la porte de la remise et gravit les marches, avec la sensation d'avancer au ralenti. Elle eut l'impression de mettre aussi une éternité à sortir son ordinateur portable et à se connecter aux archives du journal local, le *Pioneer Press*. Une autre jeune femme, avait dit Frank, à Hidden Falls. On n'avait jamais pu identifier l'endroit précis où Tríona avait été assassinée. La phrase du rapport d'enquête défila dans sa tête – *le cadavre ayant été déplacé, la localisation du crime initial demeure inconnue.* Les indices matériels avaient seulement permis de déterminer que l'agression s'était déroulée en un lieu boisé, probablement au bord du Mississippi. Peut-être à Hidden Falls. C'était l'un des nombreux coins de forêt disséminés le long du fleuve, repaires où l'on venait boire ou se droguer, où les gens se défaisaient parfois de leurs habits autant que de leurs inhibitions. Peter Hallett voulait faire croire que Tríona s'était livrée à ce jeu-là.

Le sommeil ne viendrait plus. Nora tapa « jeune femme non identifiée » et « homicide » dans la zone de recherche et obtint des centaines de résultats. Pour mieux cibler, elle ajouta « Hidden Falls ». Toujours un trop grand nombre, rien que des affaires anciennes. Frank avait-il indiqué une période ? Quand ils s'étaient parlé au téléphone quelques jours auparavant, il n'avait rien dit d'une nouvelle victime. Nora sentit les engrenages de son cerveau se mettre à tourner comme une boîte de vitesses rouillée, patinant furieusement mais toujours au point mort.

Le cadavre de Hidden Falls était peut-être trop récent pour que la presse en parle. Ou bien c'était l'effet de l'alcool, la jeune femme n'existait que dans l'imagination fiévreuse de Frank. Ce n'était pas son genre. Elle ne l'avait jamais vu ivre auparavant, même quand ça allait très mal. Peut-être avait-elle eu tort de le laisser rentrer chez lui au lieu de le faire monter, le temps qu'il dégrise. Non, dans l'état où il était, cela n'aurait fait que compliquer davantage la situation. Elle l'appellerait demain au poste, à la première heure, il lui en dirait plus. Et tant pis si la nuit promettait d'être longue, une nuit à tenter de chasser un second spectre de son esprit.

Elle était sur le point d'éteindre l'ordinateur quand sa boîte de réception afficha six nouveaux messages. Elle eut chaud au cœur en voyant le nom de Cormac, mais ce plaisir fut aussitôt noyé sous une vague de remords. Elle avait promis de le contacter dès son arrivée, mais avait complètement oublié. Le mail avait été envoyé à minuit, heure irlandaise ; il avait dû l'écrire juste avant d'aller se coucher. Elle consulta sa montre – c'était le petit matin là-bas, pas la bonne heure pour appeler.

Il avait mis comme objet : « Mélodie ». Pas de message, seulement un fichier audio en pièce jointe. Elle l'ouvrit et reconnut instantanément la flûte de

Cormac, perçut sa respiration dans les sons graves qui semblaient provenir de la terre, et dans les notes aiguës et virevoltantes qui résonnaient avec la fraîcheur de l'eau de source et de l'air pur. La musique la ramena à ce moment d'enchantement, quelques jours auparavant dans la tourbière, quand elle avait enfin su, jusqu'au tréfonds de son âme, qu'elle l'aimait.

Le son de la flûte emplissait ses oreilles, exprimant pleinement le soulagement violent et secret qu'elle avait ressenti en le voyant ce jour-là. Il l'aurait assurément accompagnée pour ce voyage, si elle en avait manifesté le moindre souhait. Mais, pour une raison ou pour une autre, elle avait rechigné à le faire. Elle ne pouvait pas lui demander de la suivre, pas ici, pas en cet endroit épouvantable. Au moins, n'avait-il pas exigé d'explication. Elle n'aurait su quoi lui répondre, à part lui dire que depuis la mort de Tríona, les qualités telles que l'honnêteté, l'intégrité et la décence lui semblaient curieuses – presque suspectes. Après tout, elle avait cru à un moment que Peter Hallett les possédait toutes. Il lui semblait parfois qu'elle avait perdu la faculté de discerner le vrai du faux. Le monde entier lui paraissait biaisé, désaxé, et elle avait beau essayer, elle ne parvenait pas à le redresser.

La mélodie de Cormac recommença au début, elle l'écouta à nouveau. « Tu n'es pas quelqu'un qui abandonne, lui avait-il dit. Moi non plus. » Nora n'avait aucun doute concernant sa propre obstination, ce dont elle ne saurait franchement se féliciter. Quant à lui, elle ne pouvait que s'accrocher à l'espoir qu'il n'abandonne pas. Malgré tout, elle ne lui en voudrait pas s'il se trouvait quelqu'un d'autre. Une femme capable de faire partie de sa vie comme Nora ne le pourrait jamais. Pas de promesses, avaient-ils convenu. Cormac avait ses propres problèmes, il n'avait pas besoin de ceux de Nora en plus.

Un message instantané s'afficha à l'écran. « Es-tu là, Nora ? »

Elle imagina sa voix prononçant ces mots, et son cœur palpita une fois de plus. Elle baissa le son, prit son portable, et il répondit à la première sonnerie.

— Cormac… je comptais t'appeler, je suis désolée.

— Tout se passe bien ?

Comment lui dire la vérité ?

— Ça va. Tu es bien matinal.

— Je vais sortir ramer. Je me suis dit que tu serais peut-être connectée.

— Comment va ton père ?

— Il fait ce qu'on lui dit, pour une fois !

— Tant mieux. Il habite où ?

— Un peu au-delà de Glencolumbkille. Un endroit vraiment reculé. C'est assez incroyable. Je ne savais pas qu'il existait encore des coins pareils.

— Ce doit être assez solitaire.

Il marqua une hésitation.

— Je m'y plais bien. Le vent, les vagues. Tu me connais, plus c'est sauvage et mieux c'est.

— Au fait, merci pour le morceau. J'étais justement en train de l'écouter quand ton message s'est affiché.

— Ça rend bien, alors ?

— Comme si je t'avais à côté de moi.

Elle entendit le sourire dans sa voix.

— C'était l'idée.

— Comment ça s'appelle ?

Il y eut un court silence et elle l'imagina qui la fixait de ses yeux aux sourcils foncés, nerveux, hésitant, peu habitué à se livrer.

— Et si je te le disais la prochaine fois qu'on se voit ?

— Que de mystères ! Que disait-il à propos des Celtes, l'autre Grec ?

— « Ils s'expriment par énigmes, par allusions, laissant beaucoup d'éléments à éclaircir. »

— Certaines choses ne changent jamais, apparemment.

Il prit un ton sérieux.

— As-tu toujours ta tresse ?

Elle la tâta dans sa poche.

— Je l'ai sur moi.

— Bien. Prends-en soin. Je me sens complètement inutile, si loin.

— Cormac, surtout ne…

— Nora…

Il était sur le point d'ajouter autre chose mais se ravisa.

— Tu dois être claquée. Je vais te laisser dormir. Prends bien soin de toi, et bonne nuit.

— Bonsoir, Cormac. Et merci encore pour le morceau.

Elle raccrocha et effleura la photo de Cormac à l'écran. À sa grande surprise, un message instantané s'afficha sous ses doigts, « *Oiche mhaith* », suivi presque instantanément d'un autre : « P.S. : j'adore t'entendre prononcer mon nom. »

Elle se rappela la première fois qu'elle l'avait dit, à Collins Barracks, dans le laboratoire de conservation du muséum de Dublin. Ils se tenaient devant une table d'examen, à discuter du destin de la rouquine de la tourbière et, en proie à une vive agitation, elle avait touché sa main et l'avait appelé par son prénom pour la première fois.

— Cormac, murmura-t-elle dans l'obscurité.

Tous deux avaient à traverser un *no man's land*, ne sachant où poser le pied. Elle sortit la tresse de sa poche et observa les ridules sur l'écorce verdâtre, la couleur marron foncé des extrémités repliées. Un talisman contre les malheurs, avait-il dit. Une protection. Elle ne pouvait pas lui confier que sa tresse l'avait sauvée d'un danger ce soir même. Et elle ne pouvait pas non plus lui poser toutes les questions qui lui passaient par la tête. Combien de temps le talisman conservait-il ses pouvoirs ? Quelle était leur étendue ? Et si ce n'était pas elle qui avait besoin d'être protégée ?

9

Cormac se pencha en avant et tira énergiquement sur les rames, ses jambes poussant fort contre le siège arrière. Encore vingt minutes et il serait complètement vidé. Le soleil était levé depuis près de trois heures et une lumière éclatante tombait sur la barrière de nuages noirs qui obscurcissait l'horizon à l'ouest.

La conversation avec Nora l'avait déstabilisé, mais au moins le morceau semblait lui avoir fait plaisir. Il aurait dû lui dire le titre, qu'est-ce qui l'en avait empêché ? Il déversa sa frustration sur les rames, poussant de toutes ses forces sur ses cuisses et ses épaules. La distance entre Nora et lui avait paru s'agrandir au cours de ce bref échange, et pour la première fois il comprenait qu'il n'arriverait peut-être pas à combler le fossé. Mais la décision était prise, le billet acheté. Il était trop tard pour faire marche arrière. Avec chaque coup de rame, il s'efforçait de balayer ses peurs, de se concentrer sur la tâche du moment. L'eau était relativement calme ce jour-là. Bien entendu, cela n'avait rien à voir avec l'aviron tranquille en rivière auquel il s'était accoutumé à Dublin, c'était plutôt comme la mer houleuse qu'il avait sillonnée dans sa région natale du Clare. Mais le geste restait le même, faire passer un manche de rame sous l'autre, sans réfléchir, dans une cadence répétitive qu'il trouvait reposante. Cela lui aérait l'esprit, l'aidait à voir certaines choses en échappant au vacarme et au désordre de la vie quotidienne. Le lendemain de son arrivée, il s'était renseigné au bureau de poste de Glencolumbkille, expliquant qu'il cherchait un club d'aviron ou quelqu'un qui lui prêterait un bateau pour une petite heure. Ce matin-là, il s'était rendu au port de Teelin alors que tout le monde dormait encore à la maison, dans l'espoir de faire une bonne séance d'entraînement avant de rentrer pour annoncer à son père qu'il prenait l'avion le lendemain à Shannon.

Il ramait au pied de Sail Rock quand un groupe de phoques s'approcha, pointant leur tête hors de l'eau. À voir la franche curiosité dans leurs yeux noirs et liquides, on comprenait que les hommes se sentent liés à eux. Il y avait quelque chose de presque humain dans leur allure. Il n'en fallait pas plus pour alimenter les croyances depuis si longtemps répandues, qu'ils étaient capables de quitter leur peau pour arpenter la terre, et même de mettre au monde des humains. Comme il eût été extraordinaire de vivre à une époque où dieux, hommes, esprits et animaux frayaient librement, où l'existence des créatures hybrides et des êtres aux formes changeantes allait de soi ! À moins que les anciennes croyances n'aient masqué une réalité plus sombre. Si les découvertes de Roz s'avéraient fondées, la disparition de Mary Heaney pourrait cacher une mort violente dans laquelle serait impliqué tout un village. Pour les habitants de Port na Rón, il aurait été bien pratique de se persuader qu'elle était une mystérieuse créature qui avait regagné la mer.

Cormac fixa deux yeux sombres aux longs cils qui le suivaient silencieusement à la surface de l'eau. Les gens disaient que les phoques aimaient la musique, qu'il suffisait de chanter ou de jouer d'un instrument pour les attirer. Il vit frétiller les narines de l'animal, en quête d'une odeur de nourriture, la nageoire dressée en ce qui était manifestement un salut. Il lui parut un instant possible que ces créatures puissent savoir quelque chose de l'étrange disparition d'une jeune femme. Le phoque le plus proche ouvrit la gueule et se mit à chanter en une langue étrange, tout en voyelles, et les autres lui répondirent. Finalement, jugeant sans doute que Cormac n'avait rien à leur offrir, la bande entière plongea sous l'eau et l'abandonna. S'ils savaient quelque chose sur Mary Heaney, ils le gardaient pour eux.

Son circuit presque terminé, il rama en direction du port de Teelin. Il restait le plus éloigné possible de la base de la falaise où la mer était toujours bouillonnante et agitée autour des récifs, quel que soit le temps. La Chaise du Diable était à peine visible au niveau de l'eau, preuve une fois de plus que tout est affaire de point de vue. En quelques jours à peine, il s'était fortement attaché à cette âpre côte, ses phoques et ses oiseaux marins, ses plages et ses criques nichées sous d'imposantes falaises. Pourtant, il se sentait déjà au milieu de l'océan, comme s'il avait quitté cet endroit avant même de s'envoler. Malgré le calme relatif, le vent d'ouest en provenance de l'Atlantique n'était jamais anodin, aussi lui fallait-il mettre toutes ses forces pour ne pas dériver trop près des rochers. On avait beau être en juillet et il avait beau ramer à fond, la fraîcheur l'aurait transpercé jusqu'aux os s'il n'avait enfilé un coupe-vent par-dessus son blouson doublé. Il atteignit le port et attachait le bateau à un anneau sur la jetée quand les nuages sombres, à présent au-dessus de lui, lâchèrent les premières gouttes de pluie. Le moment était venu de rentrer et d'affronter son père.

Le cottage était plongé dans l'obscurité quand il arriva. Il actionna l'interrupteur à côté de la porte d'entrée mais le vent avait visiblement provoqué une coupure de courant – la deuxième en deux jours. Il traversa le séjour dans le noir et entendit un grincement au fond de la maison. Quelqu'un d'autre s'était levé de bonne heure. Son père dormait en général jusqu'à neuf heures et demie, conformément aux conseils de son médecin. Le grincement se fit entendre à nouveau, puis un soudain fracas. Cormac suivit les bruits jusqu'à la chambre de son père, qui faisait l'angle à l'arrière de la maison. La porte était entrebâillée, et dans la demi-clarté il vit Roz, accroupie à côté de son père qui gisait par terre. Elle lui tenait la main et répétait son nom.

Cormac poussa la porte.

— Qu'est-ce qui se passe, Roz ?

— Je ne sais pas, il s'est évanoui. Il faut qu'on appelle une ambulance, vite.

Cormac agit comme en pilote automatique, il prit son portable dans sa poche et composa le numéro des urgences, plaqua l'appareil contre son oreille en priant pour que son père ne meure pas tout de suite, là. Si Roz n'avait pas été présente, s'il était sorti ramer quelques minutes plus tard ou s'il avait poussé un peu plus loin…

— Oui, il nous faut une ambulance…

Il s'entendit répondre d'une voix calme aux questions de l'opératrice en même temps que ses yeux s'habituaient à la pénombre. Son père gisait par terre devant lui, nu sous sa robe de chambre en flanelle ouverte jusqu'à la taille. Joseph Maguire avait les yeux ouverts mais ceux-ci ne cillaient pas. Il semblait inconcevable qu'il s'agisse du même individu qui avait évoqué sa faiblesse l'autre soir, très désinvolte.

— Ils sont en route, Roz. Ils disent de bien le tenir au chaud.

Les yeux habitués à l'obscurité de la pièce, il réalisa soudain que Roz était drapée dans la couette. Elle avait les épaules nues et les cheveux en bataille. Consciente de son regard, elle attrapa un peignoir et l'enfila.

— Je sais de quoi ça a l'air, Cormac… on en parlera plus tard. Aide-moi.

Elle prit la couette et l'enroula autour de Joseph, en lui parlant d'une voix douce.

— Tout va bien aller, Joe… une ambulance arrive… Est-ce que tu m'entends ? Je t'en supplie, ne nous quitte pas !

À l'hôpital, Roz s'assit à côté de Cormac dans la salle d'attente des urgences et lui tendit un gobelet de thé insipide acheté à une dame qui passait dans les couloirs avec son chariot. Elle inspira longuement.

— Cormac, je sais comment les choses ont pu te paraître ce matin, mais ce n'est pas ce que tu crois…

— Tu n'as pas besoin de te justifier, Roz…

— Si. C'est ton père…

— Il nous a quittés quand j'étais enfant, Roz. Je ne l'ai pas revu pendant dix ans. Si tu veux savoir la vérité, on se connaît à peine.

— Je sais. Il m'a tout raconté. Son départ d'Irlande pour aller travailler en Amérique latine, les gens qu'il connaissait et qui ont disparu. Il m'a aussi parlé de ta mère et de toi.

— De moi ? Il ne sait rien du tout sur moi.

— Bien sûr que si. Et il tient beaucoup à toi, Cormac. Plus que tu ne penses.

— Il a eu une bien curieuse façon de le montrer !

— Tu dis qu'il ne sait rien de toi, mais toi, que sais-tu de lui ? C'est un homme vraiment remarquable, Cormac. Es-tu au courant de son travail au Chili ? Les milliers de gens qu'il soignait sans se soucier de sa propre sécurité, toutes les vies qu'il a sauvées ? Sais-tu combien de fois il a été arrêté et torturé ? Et malgré tout ça, je n'ai jamais rencontré quelqu'un qui soit à ce point… (Elle chercha ses mots.) Je ne sais pas, quelqu'un d'aussi impliqué dans le monde, d'aussi vivant.

— Pourquoi n'y a-t-il que les femmes qui couchent avec lui pour chercher à me convaincre que mon père est un bienfaiteur de l'humanité ?

Elle parut choquée, comme si elle venait de prendre une gifle.

— Excuse-moi, Roz. C'était méchant de dire ça. Je te demande pardon.

Elle resta silencieuse un moment.

— On est secoués tous les deux.

Une larme s'échappa et glissa sur son visage. Elle l'essuya et sourit.

— Tu sais ce qu'il y a de drôle ? On n'avait pas encore… Je venais juste d'installer mes affaires dans sa chambre le jour où tu es arrivé. Il a voulu me renvoyer à l'étage, mais je lui ai dit que c'était ridicule. Je lui ai sorti : « Bon sang, on est tous des adultes ! », et lui répétait qu'il ne voulait pas être injuste envers moi. Presque comme s'il avait su que…

Elle se prit le visage dans les mains. Cormac se rapprocha et passa son bras autour de son épaule.

— Tant qu'on en est au chapitre des aveux, dit-il, je dois prendre l'avion pour les États-Unis demain matin à l'aube.

Elle le dévisagea.

— Pour y retrouver qui ou quoi ?

— Quelqu'un que je ne veux pas perdre.

Elle lui serra le bras et secoua la tête d'un air complice.

— On fait la paire, toi et moi ! Tu sais, je ferai tout ce que je peux pour aider.

— Les cours reprennent dans quelques semaines, Roz. Personne ne te demande de rester ici. J'ai peut-être droit à un congé pour urgence familiale. On n'a plus qu'à attendre et voir ce qu'il advient.

Il se leva et marcha jusqu'au bout du couloir où il put voir les infirmières toujours penchées sur son père, entendre leurs murmures feutrés et le crissement de leurs chaussures sur le carrelage. Remarquant un pied nu de son père dépassant de la couverture, il éprouva une bouffée inhabituelle d'instinct protecteur. Une infirmière s'en aperçut enfin à son tour et rajusta la couverture autour du vieil homme.

Une partie de lui-même ne pouvait envisager d'abandonner son père maintenant, malgré ce qui avait pu arriver dans le passé. Joseph Maguire avait renoncé à sa vie au Chili pour rentrer en Irlande afin de s'occuper de sa femme mourante. Éilis, la mère de Cormac, était toujours son épouse et elle l'aimait encore, après tant d'années, malgré tout. Ça voulait dire quelque chose, somme toute.

Le rêve qu'il avait caressé d'apparaître à la porte de Nora s'évanouissait rapidement, et il la sentait lui échapper un peu plus. Pourquoi ne l'avait-il pas accompagnée ? La crainte de l'étouffer, peut-être. Mais si elle devait le repousser un jour, ne valait-il pas mieux lui en fournir clairement l'occasion ? Il fallait qu'elle connaisse ses sentiments, qu'elle sache qu'il n'avait jamais rien éprouvé de pareil pour quiconque. Mais leurs vies n'étaient pas encore entremêlées et peut-être ne le seraient-elles jamais. Il avait toujours été indépendant, sur la réserve. Pouvait-il changer ? Était-ce encore possible, si tard ?

Il regarda son père et songea qu'il n'était pas surprenant que l'on ait souvent prêté aux anciens dieux les traits de parents fantasques et capricieux. Le fait d'avoir donné la vie conférait au géniteur une espèce de stature extraordinaire et mythique.

Comme il était déconcertant de voir réduit au rang de simple mortel celui qui lui semblait autrefois une figure divine, un colosse !

Cormac se détourna de ce spectacle perturbant et contempla le thé pâle et amer au fond de son gobelet, désormais froid.

LIVRE DEUX

Ce fut un moment charmant et rafraîchissant que de les voir folâtrer dans leur milieu naturel. Et leurs yeux, quels yeux ! Je n'en ai jamais vu de plus ravissants chez aucune créature : grands, foncés, liquides et brillants, empreints d'une expression implorante, nostalgique et mélancolique, qui justifie grandement la légende locale qui les désigne comme une certaine catégorie d'âmes déchues au cours de la métempsychose, subissant un châtiment atténué pour leurs fautes. Le phoque a une façon de vous regarder droit dans les yeux, comme s'il vous demandait de le traiter avec amabilité et sympathie. On ne peut que les prendre en pitié, et je m'étonne fort que les marins qui se livrent à la chasse aux phoques dans les régions polaires puissent avoir le cœur de leur mettre un coup de gourdin sur la tête

Le Foyer d'un naturaliste,
par le révérend Biot Edmondston
et sa sœur Jessie M. E. Saxby, 1890.

1

Nora ne percevait que la lumière, car tout son corps était comme embrasé. Des mains puissantes retenaient ses poignets tandis que de langoureux baisers découvraient ses points les plus sensibles. Quand son amant fantôme releva la tête, son visage n'était pas celui de Cormac mais celui de Frank Cordova. Prisonnière de sa poigne, elle vit ses lèvres articuler au ralenti – *N'aie pas peur, je te rattraperai !* Quand elle voulut se dégager, le visage se transforma et cette fois c'étaient les yeux de Peter Hallett qui scrutaient les siens. Comment cela se pouvait-il ? Non, ce n'était pas vrai. Elle se réveilla en sursaut et repoussa violemment les draps enchevêtrés, en proie à une peur froide, désorientée dans la pénombre de cette pièce inhabituelle. Le cœur toujours palpitant, elle vérifia les fenêtres et les serrures. Tout était bien fermé ; ce n'était qu'un horrible cauchemar. Elle n'osa même pas essayer de se rendormir.

Quand on sonna à 8 heures et quart, il y avait près de deux heures qu'elle était debout et habillée, plongée dans les dossiers de l'enquête. Elle tenta de jeter un coup d'œil pour voir qui était à la porte, sans succès. Mis à part Frank Cordova, qui savait qu'elle se trouvait ici ? Après un deuxième coup de sonnette, elle s'aventura au bas de l'étroit escalier, regarda par le judas et vit Frank qui se tenait dehors, fraîchement rasé et douché. Il avait plutôt bonne mine, après les excès de la veille.

— Je me suis dit qu'avec le décalage horaire tu ne ferais pas la grasse matinée, dit-il quand elle lui ouvrit. Je suis vraiment désolé pour hier soir, ajouta-t-il, les yeux rivés sur le seuil. Je ne devrais pas boire. J'ai vraiment dépassé les bornes. Pardon.

— Moi aussi, j'étais nerveuse de te revoir.

Le souvenir de son expression menaçante dans son rêve la fit rougir, mais il ne parut pas s'en rendre compte.

— Alors, tout va bien entre nous ?

— Oui, ça va. Tu veux entrer ?

Il eut l'air soulagé.

— Oui, d'accord.

Il la suivit à l'étage dans la kitchenette.

— Tu as faim ? Je n'ai pas grand-chose…

Il fit non de la main, la mine un peu écœurée à l'idée d'avaler quoi que ce soit.

— Non… juste un café, si c'est possible.

Il s'installa à table, l'air mal à l'aise. Sans être très grand, à peine un mètre quatre-vingts, il avait une carrure toute masculine comparée à laquelle le mobilier semblait presque d'une taille enfantine. Nora laissa fermée la porte du salon ; elle ne voulait pas lui montrer son QG d'enquête à sa façon, les dossiers encore étalés par terre.

Elle servit deux tasses de café pendant qu'il la jaugeait du regard.

— On dirait que l'Irlande te réussit.

Elle sentit à nouveau le sang lui monter aux joues, mais cette fois il le remarqua.

— Mettre un peu de distance m'a fait du bien. De la distance avec tout. Je pense que partir est ce qui a sauvé mon équilibre mental ! Tu te souviens comment c'était.

Son air abattu indiquait qu'il n'avait rien oublié – les longues soirées de boulot, le cirque médiatique, l'éreintement émotionnel, les hauts et les bas au gré des pistes qui s'évaporaient presque aussi vite qu'elles apparaissaient. Et la frustration et le désespoir qui les avaient poussés dans les bras l'un de l'autre, l'espace d'une nuit inconsidérée. Ç'avait été une erreur. Mais elle avait manifestement eu tort de supposer que lui aussi le percevait ainsi.

— Alors, comment ça s'est passé pour toi, Frank ?

Il changea de position sur sa chaise et détourna le regard, et Nora aurait presque pu entendre le grincement d'une porte se refermant. Ce n'était pas pour cette fois, pas en plein jour, pas quand Frank était sobre.

Il la gratifia d'un sourire las.

— Comme d'hab' : les journées n'ont pas assez d'heures ! On pourra graver ça sur ma tombe.

— Frank, à propos d'hier soir…

— Hier soir, ce n'était pas mon état habituel, si c'est ça qui t'inquiète. (Il promenait distraitement le pouce gauche dans la rainure autour de son mug.) J'imagine que tu es au courant pour Miranda Staunton. Tu crois que c'est son frère qui l'a présentée à Peter Hallett ?

Nora décela dans sa voix une note d'antipathie, signe que Frank n'avait pas pardonné à Marc Staunton la façon dont il l'avait traitée. Que Marc ait cru Peter plutôt qu'elle. Qu'il l'ait quittée parce qu'elle persistait à vouloir démasquer son vieux copain. Elle s'avoua, non sans une légère gêne, que le ressentiment prolongé de Frank lui faisait plaisir. Elle but une gorgée de café, mais trouva le goût amer sur sa langue.

— Pour tout te dire, il m'a suffi d'apprendre que Peter comptait se remarier pour me convaincre de rentrer. Je n'ai découvert qu'hier soir que Miranda était sa future épouse. Je n'arrive pas à me défaire de l'idée folle qu'on arrivera peut-être à l'en empêcher.

— J'espère que ce n'est pas une idée folle… je l'ai eue moi aussi.

— Il y a une chose que tu ignores peut-être : il quitte les États-Unis samedi. Il emmène Miranda en Irlande pour leur voyage de noces, comme avec Tríona. Ça aussi, je ne l'ai appris qu'hier soir.

Elle observa l'effet de la nouvelle se répercuter sur les traits de Frank.

— Ce qui nous laisse quoi ? fit-il. Quatre jours pour élucider une affaire qui n'avance pas depuis cinq ans ? Même si on dénichait quelque chose, ça prendrait du temps de monter un dossier.

Nora réalisa qu'il devait déjà être débordé de travail et qu'il ne pouvait pas tout laisser tomber, même pour cette affaire. Quelques instants de silence embarrassé suivirent.

— Quatre jours, répéta-t-il. Je pensais qu'on aurait un peu plus de temps.

— Frank, tu m'as parlé hier soir d'une autre jeune femme, à Hidden Falls…

Il plissa les yeux.

— Je t'ai dit quoi, au juste ?

— Que Peter Hallett n'était pas au courant, que tu n'étais pas sûr qu'il y ait un lien avec Tríona.

Il inspira un bon coup.

— Une inconnue a été retrouvée il y a trois jours. Un pêcheur est tombé sur le cadavre dans une partie marécageuse à Hidden Falls. Tu sais très bien, Nora, parfois c'est juste une intuition.

Elle ressentit une vibration, comme si quelqu'un avait posé un diapason contre son plexus.

— Où est ce marécage, précisément ?

— Au pied des falaises, au nord des chutes.

Nora connaissait l'endroit – il figurait parmi la dizaine de lieux que la police avait inspectés au bord du fleuve, à la recherche d'indices pour localiser la scène du crime, là où Tríona avait été agressée. Rien ne disait qu'il s'agissait de la même zone, rien mis à part la découverte d'un deuxième cadavre. Le regard de Cordova croisa le sien et elle ressentit à nouveau le même frisson.

— Elle était là depuis combien de temps ?

— C'est difficile à dire exactement. Le légiste n'a jamais rien vu de pareil. La moitié du cadavre était à l'état de squelette, mais la partie enfoncée plus profondément dans le marécage était…

— Quoi ?

— Momifiée, si on veut. Je ne vois pas comment le dire autrement. Le médecin pense que c'est dû au terrain humide. Il estime qu'elle devait se trouver là depuis trois ou quatre ans, peut-être plus.

— Et la cause du décès ?

Curieusement, elle savait ce qu'il allait répondre avant même qu'il n'ouvre la bouche.

— Quelqu'un lui a défoncé le visage. Je dois passer récupérer le rapport d'autopsie ce matin avant d'aller au boulot…

— Emmène-moi avec toi.

— Comment ça ?

— Il faut que je la voie, Frank. Si ça pose un problème au légiste que je sois là, tu n'as qu'à lui dire que je suis une spécialiste des dépouilles préservées.

Il fronça les sourcils.

— Vraiment ?

— C'est en partie ce que j'étudiais en Irlande, les restes humains de l'âge de fer conservés par les tourbières.

Il eut un léger sourire et secoua la tête, comme s'il avait peine à la croire. Il se leva et lui fit signe de passer la première.

— OK, Docteur Gavin. Allons-y !

2

Le légiste du comté de Ramsey occupait un petit bâtiment d'allure quelconque, adjacent au centre médical régional, dans le centre-ville de Saint Paul. Nora n'y était pas retournée depuis l'identification du corps de Tríona. Elle s'arma de courage comme Cordova se garait sur le petit parking devant l'immeuble.

Buck Callaway, l'ancien légiste et son collègue à l'université, était un bon ami qui l'avait soutenue dans des moments difficiles. Ils étaient restés en contact. Depuis qu'il était à la retraite, Buck voyageait dans le monde entier avec son épouse. Nora n'était jamais surprise de recevoir leurs cartes postales des endroits les plus reculés – les Andes péruviennes, le Groenland, les steppes de Mongolie. Les voyages de Buck avaient un but sérieux ; il mettait à profit sa retraite pour rassembler une bibliothèque épidémiologique du monde antique. C'était lui qui avait suggéré à Nora d'aller étudier les cadavres de tourbière en Irlande. Elle n'avait jamais rencontré son successeur.

— Il est comment, le nouveau ? lui demanda-t-elle.

— Solomon est bon, dit Cordova. Très enthousiaste. Mais cela va sans dire chez vous autres pathologistes !

Ils signèrent le registre à l'accueil et elle suivit Cordova au bout du couloir, où ils franchirent la grande porte à double battant pour pénétrer dans la salle d'autopsie. L'endroit n'avait guère changé ; il tenait à la fois du laboratoire et du bloc opératoire, avec tout de même de bien curieux instruments. Trois des cinq tables en acier étaient occupées. Sur les deux premières, des assistants nettoyaient des cadavres pâles et les préparaient pour la phase suivante. Sur la troisième reposait un squelette, celui de la plus récente des Jane Doe du comté.

La première pensée de Nora fut qu'elle aurait pu se trouver au muséum de Dublin, devant un de leurs anciens spécimens. De la tête il ne restait que le crâne, de même que pour une partie du corps il ne restait que les os, comme l'avait décrit Frank. Elle s'approcha et vit que le côté droit était à peu près intact, de l'épaule jusqu'au pied, dont la plante et les ongles étaient légèrement foncés. Prise dans son ensemble, l'image était macabre et surréaliste. Un squelette souriant, avec des dents manquantes, partiellement drapé d'une peau en lambeaux.

— C'est quelque chose, hein ? fit Cordova.

Nora détailla lentement le visage, du moins ce qu'il en restait. Les os nasaux avaient pour ainsi dire disparu et l'os frontal comportait plusieurs traces de fractures par compression, sortes de cuvettes peu profondes. Les maxillaires étaient fortement endommagés et quelques dents étaient posées à côté. Qui qu'elle fût, cette jeune femme avait eu le visage massacré, exactement comme Tríona.

Nora s'agrippa au rebord de la table et sentit

Frank qui se rapprochait peu à peu dans son dos. Il était sur le point de dire quelque chose quand une voix s'exprima derrière eux.

— Salut, Frank. J'ai ton rapport et les effets personnels sont quelque part par ici…

Nora se retourna et découvrit un homme trapu et barbu, vêtu d'une combinaison bleue. Elle dut se concentrer pour afficher une expression professionnelle quand Frank la présenta.

— Steve Solomon, annonça le nouveau venu en lui tendant la main. Buck Callaway m'a parlé de vous et un peu de votre travail… en Irlande, c'est bien ça ? (Il porta son attention vers le cadavre.) Je suis ravi que vous soyez ici. Pour être franc, je n'ai pas eu affaire à beaucoup de cas semblables, alors je me félicite d'avoir une experte sous la main…

— Je ne suis pas vraiment experte, dit-elle timidement. Je cherche juste à mieux comprendre la préservation en tourbière.

— J'ai tout de même une petite expérience des cadavres en milieu humide, dit Solomon. J'ai fait mon internat à Tulane et mon premier poste était auprès du coroner de Parish, à La Nouvelle-Orléans. Mais je n'ai jamais rien vu de tel. Alors, que vous inspire notre inconnue comparée à ce dont vous avez l'habitude ?

— La plupart des cadavres que j'ai pu examiner étaient beaucoup plus anciens… Ils avaient deux mille ans de plus, en fait. Mais nous avons eu récemment le cas d'un jeune homme dont le corps reposait dans la tourbe depuis vingt-cinq ans environ.

Danny Brazil, murmura en elle une petite voix. *Il s'appelait Danny Brazil et il était apiculteur.*

— Même après une si courte exposition à l'environnement de la tourbière, reprit-elle à voix haute, les similitudes avec les dépouilles anciennes sont assez sidérantes.

Elle se tourna vers le cadavre et observa la limite de la chair, là où la jambe droite devait être immergée dans l'eau ; les tendons et les ligaments visibles avaient l'air effilochés et elle pouvait distinguer une couche d'adipocire sous la peau, la substance jaunâtre et cireuse en laquelle se transforme la graisse du corps et que l'on retrouve couramment sur les dépouilles préservées.

— La peau foncée est le simple effet d'une réaction de Maillard. Celle-ci démarre très vite mais il faut un certain temps avant qu'elle ne soit vraiment visible. Une étude récente, réalisée au Canada avec des fœtus de cochons enterrés dans de la tourbe à différentes dates, a montré qu'une coloration pouvait apparaître au bout de quelques années à peine. Cela dépend parfois de l'âge du sujet et de la qualité de la peau, de sa capacité à réagir aux modifications chimiques. Frank m'a dit que vous pensiez qu'elle était peut-être enterrée là depuis trois ou quatre ans. D'après la coloration de la peau, je suis d'accord avec vous.

Elle sentait Frank qui jaugeait son expression, sa réaction face au cadavre.

— Il n'y avait aucune trace indiquant que des animaux auraient contaminé la scène ? demanda-t-elle.

Solomon fit non de la tête.

— Au début j'ai trouvé ça étrange, étant donné qu'un tas de gens font courir leurs chiens par là-bas.

Mais il s'agit d'une plaine inondable : les choses se déplacent beaucoup quand le fleuve monte. Il y avait énormément de débris mais très peu de végétation dans la zone où elle a été retrouvée, aussi je me suis demandé si le cadavre n'avait pas été enseveli plus profondément sous les sédiments par les eaux en crue. Ce pourrait être un facteur de l'état de conservation, et une des raisons pour lesquelles elle n'est pas apparue plus tôt.

— Comment était la sépulture elle-même, les matériaux autour du corps ?

— Surtout des matières organiques, répondit Solomon. Beaucoup de tourbe. Les techniciens ont fait un tas de prélèvements. C'était étonnamment humide, si tard dans l'année. Le sol autour d'elle était complètement détrempé.

— Il doit y avoir une source ou des infiltrations à proximité. On trouve un tas d'endroits de ce genre à Hidden Falls. Ça fait une différence énorme pour la conservation, le degré d'humidité et la température. Vous permettez que je l'examine de plus près ?

Solomon lui positionna la loupe lumineuse.

— Faites comme chez vous.

Nora examina les fractures osseuses à travers la lentille de la taille d'une assiette. Elle les manipula délicatement de ses doigts gantés et nota l'angle des lésions ; l'inclinaison vers l'intérieur suggérait un coup porté par une forme convexe, une arme arrondie. Une image fugace traversa comme un éclair son cerveau : une main levée, un coup terrible assené avec un objet lourd. Et pas seulement un, toute une série de coups. En posant la question suivante, elle s'écartait de son rôle de consultante.

— Frank me dit que la force des coups aurait été la cause du décès ?

— C'est ce qu'il me semble, confirma Solomon.

— Des blessures défensives ?

— Aucune trace d'une arme pointue, aucune blessure aux mains ni aux avant-bras qui indique qu'elle ait cherché à se défendre contre des coups violents. Le premier coup a probablement été mortel, les suivants n'étaient pas nécessaires. De l'acharnement.

Buck Callaway avait employé la même expression pour Tríona.

— Combien de temps faudra-t-il pour l'identifier ? s'enquit-elle.

— Nous avons huit femmes encore portées disparues, dit Cordova. La plupart ne correspondent pas à son signalement, ce qui réduit les possibilités.

— Elle prenait soin de ses dents, ce qui nous aide aussi, précisa Solomon. Les incisives étaient tombées mais nous avons pu récupérer toutes ses dents. Un seul plombage. La légiste spécialisée en odontologie est passée hier. Elle doit effectuer des comparaisons avec les dossiers dentaires des disparues. C'est aussi une experte des traumatismes faciaux, qui devrait donc pouvoir nous fournir des précisions sur le degré de force, peut-être même sur la nature de l'arme employée. Je pense qu'elle nous donnera des réponses aujourd'hui ou demain.

— Tu m'as parlé des vêtements et des effets personnels ? dit Cordova.

— Voici…

Solomon prit derrière lui les sacs pour les preuves et les lui tendit.

— Tenue de footing, chaussures et chaussettes, montre. Pas de pièce d'identité. Tout est là…

Solomon porta le regard par-dessus l'épaule de Cordova, vers la porte, où la réceptionniste lui faisait signe qu'il avait un appel.

— Pardon, c'est peut-être l'odontologiste. J'ai demandé qu'on me prévienne si elle appelait.

Quand il fut sorti, Nora s'exprima à voix basse.

— Les blessures, Frank… elles sont identiques ! Ce sont les mêmes que celles de Tríona. Et l'emplacement, une frênaie marécageuse… Ça ne peut pas être une coïncidence !

— Dès qu'on l'aura identifiée…

Solomon revint, l'air satisfait.

— Vous n'aurez pas à attendre. L'odontologiste est justement en train de nous faxer son rapport. La dentition correspond à l'une des disparues, une jeune femme de vingt-deux ans…

Frank termina la phrase à sa place.

— Natalie Russo. J'ai épluché les dossiers d'enquêtes. Natalie a disparu le 3 juin, il y a cinq ans.

Entendant ces mots, Nora eut l'impression qu'un frisson glacial lui parcourait le dos. Elle avait souvent été en proie à la certitude paralysante que sa sœur ne serait pas la dernière victime de Peter Hallett. L'idée ne l'avait jamais effleurée que Tríona n'était peut-être pas la première.

3

Cormac observait son père par la vitre de la chambre d'hôpital. Personne n'avait jamais su expliquer ce qui avait poussé Joseph Maguire à quitter l'Irlande. Lui-même ignorait peut-être ses motivations. Voilà qu'il reposait sur un lit d'hôpital, le souffle régulier grâce au respirateur, tandis qu'une infirmière vérifiait son pouls, le branchement du goutte-à-goutte et le niveau d'oxygène.

« Une attaque cérébrale », ne cessaient de répéter les médecins. Mais son père ne courait aucun risque immédiat, affirmaient-ils, et il pourrait rentrer chez lui dès qu'il serait capable de respirer seul, pourvu qu'on s'occupe de lui. Qu'on s'occupe de lui… Cormac perçut soudain le présupposé qui sous-tendait ces mots, et il en eut le souffle coupé. Il pivota et quitta le service, passa devant le bureau des infirmières, la salle d'attente et la cantine avec ses distributeurs de thé et de biscuits. Il poussa la porte d'entrée et prit l'air frais et humide en plein visage. Le vol pour New York décollait de Shannon dans moins de douze heures. Il pouvait partir, sans dire à personne où il se rendait ; il avait encore le temps. Une voix à côté de lui le ramena à la réalité.

— Je pensais bien vous avoir aperçu, dit l'infirmière, celle qui avait pris la température de son père. Vous pouvez aller le voir, si vous voulez. Juste quelques minutes. Il y en a qui disent que ça ne sert à rien mais moi je pense qu'ils savent qu'on est là, même s'ils ne peuvent rien dire. Parlez-lui. Vous n'avez rien à perdre.

Le doux regard de l'infirmière fixé sur lui, Cormac sentit l'occasion de fuir s'effondrer comme une voile soudain privée de vent.

Il regagna lentement le service et s'assit sur la chaise au chevet de son père. Lui parler ? Il ne savait même pas comment s'adresser à lui ! « Papa » ou « père », ou quoi que ce soit de cet ordre, lui semblait ridicule à ce stade. L'appeler par son prénom était encore plus absurde. Le plus simple était d'éviter la question. Ne pas l'appeler. Cormac avait depuis longtemps compris que le terme de « père », quoi qu'il représentât pour les autres, n'évoquait rien chez lui, sauf le vide et l'absence.

Enfant, il avait bâti une solide boîte autour de ce vide et l'avait enterrée, en essayant de s'attacher à remplir sa vie autrement. Mais l'absence, au moins, était une chose qu'il comprenait. C'était la présence soudaine de son père qui le déconcertait tant.

Il observa l'homme allongé sur le lit. Les veines comme des cordes sur le dos des mains, les veinules éclatées visibles aux tempes sous la peau parcheminée, la tignasse blanche ébouriffée. Cet homme lui paraissait si petit, si insignifiant, alors que son ombre imposante avait toujours plané sur sa vie ! Dans ses rêves, Joseph Maguire avait occupé une place bien plus considérable.

Il n'avait aucun souvenir du moment où son père les avait quittés, mais à l'époque ils devaient habiter à Dublin. Il se rappelait vaguement leur arrivée dans le Clare, d'abord chez ses grands-parents, puis leur installation dans la maison sur la route du bord de mer. Personne ne parlait de son père à l'époque, du moins pas avec lui. Au fil des dix années suivantes, les seuls renseignements lui étaient venus des bribes de conversation qu'il parvenait à glaner après l'arrivée d'une lettre au courrier. Celles-ci étaient sporadiques – une fois par an, parfois deux – mais après chacune il avait senti les yeux du village rivés sur lui pendant des jours et des jours. Dans un petit patelin comme Kilgarvan, la situation de sa famille représentait la moitié, au bas mot, des scandales locaux. Une fois que la postière avait repéré le timbre étranger, la nouvelle se répandait, transmise par murmures et coups d'œil furtifs. Le village tout entier était au courant avant que la lettre de son père ne soit déposée chez eux. Cormac ressentait l'excitation que chaque courrier générait dans l'air autour de lui – mélange volatil de curiosité, de pitié et d'envie. Au début, il ne comprenait pas qu'on l'enviât, mais il avait peu à peu réalisé que c'était surtout le cas de camarades dont les pères n'étaient que trop présents, à les accabler de corvées, la ceinture toujours à portée de main s'ils rechignaient ou désobéissaient. Lui dont le père était absent, on imaginait sans nul doute qu'il était préservé de tout ça, libre de se faire dorloter et choyer par sa maman, sans la moindre interférence masculine.

Il se souvenait d'avoir observé les changements sur le visage de sa mère quand une enveloppe à rayures « par avion » arrivait au courrier. Elle se retirait dans sa chambre et en ressortait une heure plus tard, l'air calme et tranquille, mais elle avait toujours les yeux rouges. Personne ne lui disait que ses lettres étaient de son père mais cela n'était pas nécessaire – il le savait. Il n'y avait jamais de mot à part pour lui, pas même une salutation ou quelques lignes en P.S. Au bout de quatre ou cinq lettres, il s'était efforcé de ne plus y penser. À un moment, il avait essayé de détester son père, cette unique volonté mobilisant toute son énergie pendant plusieurs semaines. Il s'était aperçu que la haine était un sentiment difficile à entretenir contre quelqu'un qui existait à peine.

Il en était venu à laisser croire que son père était mort. Ce qui ne semblait pas si loin de la vérité.

La première résurrection du paternel était survenue de manière inattendue, à l'époque où Cormac faisait ses études. Cela ne serait peut-être jamais arrivé si sa mère n'était pas tombée malade. Un week-end qu'il rentrait pour s'occuper d'elle, il avait trouvé sa place occupée par un vieillard aux cheveux blancs qui prétendait être son père. Ses parents avaient décidé – sans le consulter – qu'il devait se concentrer sur ses études. Mais il avait refusé de retourner à Dublin. Il avait interrompu son semestre, et tous trois avaient vécu ensemble pendant quelques semaines dans la maison sur la route du bord de mer, dans une bonne entente feinte par égard pour sa mère. À sa mort, la comédie avait brusquement pris fin. Rejetant la proposition de son père de rester avec lui en Irlande, Cormac l'orphelin avait repris ses études et Joseph Maguire, vraisemblablement reparti au Chili, était redevenu mort.

La seconde résurrection avait été tout aussi imprévue que la première. Cormac sortit une lettre de sa poche, petite enveloppe bleu pâle que le facteur de Dublin lui avait portée plus de trois ans auparavant. À l'époque, il n'avait pas reconnu l'adresse inscrite au dos : J. Maguire, bureau de poste de Glencolumbkille, comté du Donegal. L'écriture était petite et compacte – l'ancien graphisme gaélique comme on l'enseignait dans les écoles publiques de la nouvelle République. Il recevait parfois des courriers similaires de la part d'archéologues amateurs, et s'attendait à trouver dans cette missive le descriptif de quelque souterrain ou fort circulaire jusque-là non répertorié. Sa supposition fut démentie dès les premiers mots :

Mon cher Cormac,

J'espère que tu ne m'en voudras pas de m'adresser à toi avec tant de familiarité, étant donné que nous ne nous sommes jamais rencontrés. Je suis Julia Maguire, ta grand-tante, et je t'écris pour te faire part d'une nouvelle dont j'espère qu'elle te sera agréable.

Je suis une vieille dame et je n'ai plus que toi et ton père comme famille. J'ai récemment écrit à ton père pour l'informer qu'à ma mort le cottage d'Ardcrinn et tout ce qu'il contient lui reviendrait. Il m'a répondu promptement, disant qu'il comptait rentrer dans le Donegal avant la fin mars. Il n'a pas précisé si ce sera pour un bref séjour ou s'il compte rester. Vu mon état de santé, il se pourrait bien que j'aie rendu mon dernier souffle avant son arrivée, ce dont je l'ai informé. Je ne suis pas du tout mélancolique à l'idée de mourir ; j'ai vécu plus longtemps que ne le souhaiteraient la plupart des gens raisonnables. J'entreprends l'écriture de cette lettre comme mon dernier impératif.

Je sais que tu n'as pas vu ton père depuis des années, et je ne saurais te dire ce qui l'a poussé à quitter l'Irlande, ni pourquoi il a choisi le chemin qui est le sien. Qui sait, peut-être souhaites-tu ne jamais le revoir. Ma foi, personne ne pourrait t'en vouloir. Je peux simplement te dire que, déjà petit garçon, Joseph avait en lui un tempérament d'oie sauvage, c'est indéniable. Mais s'il y a bien une chose que j'ai apprise au cours de ma longue vie, c'est que la colère n'amoindrit pas l'amour. D'après mon expérience, les deux peuvent cohabiter l'un à côté de l'autre, très longtemps.

Il est fort dommage que nous n'ayons jamais eu le plaisir de nous rencontrer. J'ai suivi de loin ton parcours au fil des années, avec grand intérêt, et j'aurais aimé mieux te connaître. Inutile de s'appesantir sur le sujet. Mais je ne voulais pas quitter ce monde sans te léguer une porte entrouverte. Comme ton travail te l'a appris, la porte du passé et celle de l'avenir sont souvent une seule et même porte.

Je conçois que ces mots puissent n'avoir aucun effet, venant d'une parfaite inconnue, mais ces choses devaient être dites, quoi qu'il en soit. Si tu décidais de visiter le Donegal, renseigne-toi à la poste de Glencolumbkille et l'on t'indiquera comment te rendre au cottage. Voilà tout, mon cher Cormac. Je te souhaite bien des choses.

Sincères salutations,

Julia Maguire

La signature était d'une écriture plus grosse et régulière, comme accomplie dans un ultime sursaut d'énergie.

La lettre avait traîné sur son bureau plusieurs jours, tandis qu'il réfléchissait à sa réponse. Mais il s'était avéré qu'écrire et poster cette missive étaient bel et bien les dernières choses que sa grand-tante Julia avait accomplies.

Observant la silhouette immobile dans le lit, Cormac sentit le passé se déverser sur lui, torrent d'images et de sensations qui menaçait de l'engloutir et l'emporter. Il voyait un garçon solitaire qui marchait le long de la route du bord de mer, son bouclier invisible repoussant tous les regards désapprobateurs ou apitoyés. Il voyait les seringues alignées sur le plateau en acier, et le vieux fauteuil dans lequel sa mère se reposait, drapée de son châle de cachemire. Il sentait jusque dans sa chair toutes ces années qu'il avait passées à creuser, à chercher des réponses dans un passé reculé. Et parmi tout ça, l'envie à nouveau de fuir, si forte qu'il en sentait l'arrière-goût au fond de la gorge. Il inclina la tête et se retint au bord du lit.

Il serait simple de partir. Se lever, enfiler le couloir et sortir par la porte d'entrée. Il ferma les yeux et s'imagina franchir le seuil de la réception moderne et vitrée, sans s'arrêter ni regarder en arrière, puis s'éloigner sur la route. Vers l'aéroport, vers Nora.

Quand il rouvrit les yeux, Cormac s'aperçut que la main de son père avait glissé le long du drap et s'était posée sur la sienne. La peau du vieillard était tiède et il réalisa que c'était leur premier contact physique depuis près de trente ans. Pour une raison quelconque, il ne put retirer sa main. Les mots viendraient peut-être plus tard. Pour l'instant, il n'avait que le faible espoir d'une troisième résurrection.

4

Frank Cordova s'arrêta à côté de sa voiture sur le parking de l'institut médico-légal. Nora le perça de son regard.

— Qui est Natalie Russo, Frank ? Tu sais quelque chose sur elle… dis-moi, je t'en supplie !

— Autant que je te le montre…

Il ouvrit le coffre et prit une fine chemise dans le dossier des disparitions qu'il trimballait avec lui depuis plusieurs jours. Il repensa au moment où il avait vu Natalie Russo pour la première fois, trois jours auparavant au bord du fleuve, et au frisson qu'il avait ressenti en se demandant s'il pouvait y avoir un rapport entre le meurtre de cette jeune femme et celui de Tríona Hallett. Nora s'installa dans la voiture et feuilleta les documents. Il savait ce qu'elle cherchait, parce que lui-même avait espéré le trouver : un recoupement, une proximité éventuelle, une personne ou un lieu qui permette d'établir un lien entre la victime et Peter Hallett. Mais le dossier ne recelait rien de tel.

Natalie Russo était installée depuis peu à Saint Paul quand elle avait disparu cinq ans auparavant. Elle travaillait comme coursier pour une société qui comptait parmi ses clients réguliers des cabinets d'avocats, des graphistes, des professions pour lesquelles vitesse rimait avec argent. Mais elle n'était qu'à mi-temps afin de se garder beaucoup de temps libre en journée pour l'entraînement. L'aviron était sa priorité. Sur la fiche qu'elle avait remplie pour son employeur, le numéro à contacter en cas d'urgence était celui de Sarah Cates, entraîneur au Club d'aviron des Twin Cities*. Rien de particulier au cours de la semaine précédant sa disparition : courses chez les clients, séances d'entraînement, footings matinaux à Hidden Falls. Le vendredi, elle ne s'était présentée ni au travail ni à l'aviron, mais personne ne s'était inquiété jusqu'à ce qu'on repère sa moto garée à l'endroit habituel, près du club. Ses coéquipières avaient participé à une battue, mais on n'avait rien trouvé. Elle avait purement et simplement disparu.

Le portable de Frank se mit à vibrer et il vérifia le numéro – sa partenaire, Karin Bledsoe. Elle avait déjà appelé deux fois au cours de la matinée, se demandant sans doute ce qu'il fichait. Il rempocha l'appareil. Qu'elle patiente un peu, celle-là.

Il jeta un coup d'œil à Nora, l'observa tourner les pages, se caresser distraitement la lèvre inférieure avec l'ongle du pouce en même temps qu'elle lisait. Il se sentit soudain déstabilisé par ce geste, et mille autres détails qu'il avait tenté si fort d'oublier. C'était stupide, s'imaginer qu'il saurait gérer sa présence mieux qu'il ne l'avait gérée la fois précédente. La veille, les choses avaient démarré assez innocemment. Il était malade à l'idée de ce qu'il

* Surnom donné aux villes voisines de Minneapolis et Saint Paul.

avait pu faire et dire. La première fois qu'il était passé devant l'ancienne remise, aucune voiture n'y était garée. Il aurait pu faire demi-tour et rentrer chez lui. Au lieu de quoi il s'était rendu dans un bar de Grand Avenue où il avait dîné. Puis il s'était enfilé des tequilas en essayant de se dissuader de passer à nouveau devant la remise sur le chemin du retour. Au deuxième passage, il y avait une voiture de location. Si seulement elle s'était trouvée dans l'appartement, cela lui aurait épargné toute humiliation. Si sa mémoire était bonne, il n'avait même pas sonné. Manque de veine, elle était sortie, et en rentrant elle l'avait trouvé devant sa porte. Au moins il n'avait pas repris sa voiture.

Ce matin-là, il s'était réveillé dans le même état que trois ans plus tôt - avec un mal de crâne et un curieux sentiment d'enthousiasme, lequel s'était évanoui dès qu'il s'était retourné pour se découvrir seul. Trois ans auparavant, après leur seule nuit passée ensemble, Nora s'était débrouillée pour l'éviter, puis elle avait quitté le pays sans un mot. Pas même un appel ou un mot pour lui expliquer qu'elle partait, que ce qui était arrivé avait été une erreur. Il avait dû comprendre tout seul. Il avait été présent quand elle en avait éprouvé le besoin, mais apparemment il n'était plus pour elle qu'une erreur passagère, un souvenir vaguement embarrassant. Curieusement, le fait de savoir tout ça ne changeait pas ce qu'il éprouvait. Quelque chose s'était emparé de lui cette nuit-là et il n'avait jamais pu s'en défaire.

Nora s'exprima enfin.

— Il n'y a rien là-dedans, Frank. Rien pour la

rattacher à Peter… sauf le fleuve. Il allait souvent courir à Hidden Falls. C'est sans doute là qu'il était le lendemain de la disparition de Tríona. Et aussi les coups au visage…

Outre l'identification grâce aux dents, l'odontologiste avait déterminé, au vu des fractures, que les blessures au visage de Natalie Russo lui avait été infligées par quelqu'un doté d'une force prodigieuse dans le torse et les bras, probablement avec un objet lourd et arrondi de la taille et de la forme d'un petit pamplemousse. Frank était certain que Nora pensait au profileur consulté après le meurtre de Tríona. Les blessures au visage, comme celles subies par Tríona et maintenant Natalie Russo, étaient généralement le signe d'une agression personnelle. Elles étaient d'autant plus fréquentes, d'après le profileur, qu'il existait une relation intime entre l'assassin et sa victime. Comme si le meurtre n'était pas suffisant, celui ou celle qui avait détruit leur visage avait franchi un pas supplémentaire, comme pour les effacer, nier leur existence.

Un bruit étrange circulait dans la tête de Frank, une voix de vieillard, comme le bourdonnement d'une mouche. *Susto, susto.* Il sentit son estomac se contracter, il était dans un état nauséeux qui ne l'avait pas quitté depuis la veille. Il n'aurait jamais dû boire de la tequila.

— As-tu vérifié les indices collectés à Hidden Falls ? lui demanda Nora. Si on pouvait établir un rapprochement entre les deux scènes de crime ou trouver quelque chose pour relier Peter et Natalie Russo…

— L'équipe technique vient de terminer sur

place, mais il y a une partie des échantillons qui est déjà enregistrée au service des pièces à conviction.

— S'ils ont retrouvé quelque chose qui appartenait à Tríona…

Quand ils arrivèrent au siège de la police quelques minutes plus tard, Nora descendit un escalier à la suite de Cordova. Les quelques personnes qu'ils croisaient saluaient Frank par son nom, et elle sentait leur regard lire subrepticement le sien sur son badge visiteur. Certains d'entre eux se souvenaient sans doute des ennuis qu'elle avait causés à la police cinq ans auparavant, et prenaient pitié de ce pauvre Frank qui avait à nouveau affaire à elle. Au sous-sol, il la conduisit au service des pièces à conviction, vaste étendue de rayonnages derrière un guichet vitré où étaient conservés des centaines de cartons. Et il n'y avait là qu'à peine le dixième : dans un hangar à proximité s'entassaient d'autres boîtes par milliers.

Quelque part ici se trouvaient aussi les vêtements imprégnés de sang de Tríona, tous les éléments matériels qui avaient permis de brosser l'épouvantable tableau de ses derniers instants. Nora était venue ici très souvent, et pourtant c'était la première fois qu'elle voyait ce service sous ce jour, vaste bibliothèque du crime où chaque forfait, même le plus affreux, était réduit à une tâche administrative. Mettre en carton et archiver tous les détails marquants des cambriolages, viols et meurtres, c'était peut-être se donner l'illusion qu'on arrivait en quelque sorte à les contenir.

Elle resta en arrière pendant que Frank signait le reçu. Il prit les deux premiers cartons ; il leur faudrait patienter pendant que l'employé allait chercher le reste.

En attendant, Frank l'emmena dans une salle d'examen et referma la porte derrière eux. Il posa les boîtes sur la table.

— Comme je t'ai dit, il va sans doute en arriver davantage mais on peut passer en revue ce qui a déjà été collecté…

Il grimaça soudain et s'appuya deux doigts sur la poitrine. Nora prit peur.

— Qu'est-ce qu'il y a, Frank ?

Il lui fit signe de reculer.

— Ce n'est rien… c'est bon.

Il fouilla dans sa poche et goba deux comprimés contre les aigreurs d'estomac.

— Tu en prends souvent ?

— Je ne sais pas, deux fois par jour…

Il se redressa mais il avait le teint cendreux. Il expira lentement.

— Ça va et ça vient. C'est bon, je me sens mieux.

— Tu as vu un médecin ? Il se pourrait que ce soit autre chose que des brûlures d'estomac.

Il se tourna brusquement vers elle.

— Bon sang, Nora, tu pourrais arrêter de me materner ?

Elle recula d'un pas, sidérée de cet accès de colère.

— Je me fais juste du souci pour toi, Frank.

— Eh bien fais-moi plaisir et arrête !

Il détourna le regard et se plaqua une main sur les yeux.

— Depuis trois ans, j'essaye de me convaincre

que ce qui est arrivé entre nous était une erreur, une faute professionnelle de ma part, un impair. Mais chaque fois que j'essaye de me sortir de la tête cette fameuse nuit, impossible de m'en défaire. Je ne regrette pas ce qui est arrivé.

— Mais ce n'était pas réel, Frank.

— Qu'est-ce que tu en sais ? Tu ne nous as jamais laissé une chance. Merde, Nora, on n'a même pas discuté de ce qui s'était passé ! Peux-tu me dire, honnêtement, que tu n'éprouves rien ?

— Bien sûr que non, ce ne serait pas vrai. Mais il nous arrive parfois des choses qu'on ne peut pas contrôler...

Il plissa les yeux.

— Tu as rencontré quelqu'un d'autre. Là-bas.

— Ça n'a rien à voir avec toi et moi, avec ce qui s'est passé...

Il laissa échapper un rire amer.

— Chapeau, l'inspecteur ! Je n'avais qu'à ouvrir un peu les yeux ! Tiens, une idée : et si je me ridiculisais encore, que tu puisses te payer ma tronche une bonne fois pour toutes ?

Nora ne l'avait jamais vu dans cet état. Le changement était stupéfiant.

— Je ne me moque pas. Je tiens à toi, Frank, et Dieu sait si j'ai une dette énorme...

Elle grimaça, regrettant son choix de mots.

Il lui répondit, froidement.

— C'est donc ça que tu faisais avec moi cette nuit-là ? Tu t'acquittais d'une dette ?

La lourde porte métallique s'ouvrit soudain avec fracas, et un diable chargé de cartons empilés sembla pénétrer tout seul dans la pièce. Un policier en uniforme, sec comme un fox-terrier, la cinquantaine, leur jeta un coup d'œil par-dessus la pile.

— Je te mets ça où, Frank ?

Cordova se passa une main sur le visage.

— T'as qu'à les mettre contre le mur, Charlie. Dis, c'est pas tout ?

— Oh non, j'en ai encore une demi-douzaine derrière… (En même temps qu'il déchargeait les boîtes, il eut un regard en coin vers Nora.) Il vous faudra peut-être une plus grande pièce.

Quand il eut terminé, il fit pivoter le chariot avec la grâce d'un danseur et disparut dans le couloir en sifflotant.

Nora attendit que la porte se referme pour parler.

— Frank, je t'en prie… tu sais très bien que ce n'est pas ce que je voulais dire.

— Dis-moi juste si tu as rencontré quelqu'un ? Oui ou non ?

— Oui, répondit-elle, la gorge serrée.

— C'est sérieux ?

— Je crois… oui.

Cordova penchait la tête en avant. Il fixa le sol un instant, puis inspira longuement.

Nora avait très envie de le toucher mais se retint.

— J'étais perdue. Tu étais le seul en qui j'avais confiance. Au matin, j'ai cru que j'avais tout gâché entre nous et ce n'était pas ce que je voulais. Je vois maintenant que ce n'était pas bien de partir, ce n'était pas juste… je suis vraiment désolée, Frank.

Il la regarda mais il ne l'écoutait plus. Ses yeux

étaient inexpressifs, et il semblait voir à travers elle.

— Je vais filer un coup de main à Charlie pour le reste des cartons.

Quand il fut sorti, Nora s'assit devant la table et enfouit son visage dans ses bras. Elle savait depuis la veille que cette conversation lui pendait au nez. Mais ça n'aurait pas pu être pire.

Quelques secondes plus tard, la porte s'ouvrit, Nora se retourna et vit une jeune femme à l'allure sportive, à peu près du même âge qu'elle, avec des yeux bleus et un bronzage estival que mettaient en valeur ses cheveux courts d'un blond très pâle. Elle portait un élégant tailleur marron et un chemisier blanc au col déboutonné. Sur le badge qui pendait à un cordon autour du cou, il était inscrit en gras « inspecteur ».

Frank Cordova, qui se tenait à côté d'elle et portait deux cartons, avait l'air déconcerté.

— Nora, je ne crois pas que tu aies jamais rencontré ma partenaire…

La femme sourit et lui tendit la main.

— Karin Bledsoe. Votre nom m'est familier, Docteur Gavin.

Notant le sourire poli mais légèrement figé, Nora ne pouvait que supputer ce qu'elle avait entendu sur son compte. Mais ce n'était pas le moment de s'en soucier. De retour avec la fournée suivante, Charlie entra avec le chariot.

— Alors, qu'est-ce que vous fabriquez ici tous les deux ? s'enquit Karin Bledsoe d'un ton qui parvenait à rendre la chose vaguement illicite. Je pensais que tu devais t'occuper de l'inconnue aujourd'hui, Frank.

— C'est ce que je suis en train de faire. On vient d'obtenir une identification : Natalie Russo, une de nos disparues. Je voulais que le Dr Gavin jette un coup d'œil aux éléments recueillis sur place car il pourrait y avoir un lien avec son affaire… enfin, l'affaire de sa sœur.

Frank semblait particulièrement mal à l'aise, au-delà de ce que justifiait ce qui s'était passé dans cette pièce quelques instants auparavant. Nora n'en comprenait pas la raison, avant d'avoir un déclic : ce n'était ni le hasard ni la curiosité professionnelle qui avaient amené la partenaire de Frank jusqu'au sous-sol. Malgré l'alliance qu'elle portait ostensiblement à l'annulaire, Nora sut qu'elle n'était pas que la collègue de Frank Cordova. Et si son intuition était fondée, cela jetait un nouvel éclairage sur le tête-à-tête qu'ils venaient d'avoir, sans parler de l'apparition de Frank devant chez elle la veille.

Karin Bledsoe se tourna vers lui.

— J'aurais aimé vous filer un coup de main, mais je dois aller au tribunal. C'est pour ça que je cherchais à te joindre, Frank. Au cas où tu l'aurais oublié. Comme l'officier de permanence vous a vus descendre, je me suis dit que je pouvais te prévenir de vive voix. (Elle gratifia Nora d'un dernier regard et d'un nouveau sourire glacial.) Ravie d'avoir fait votre connaissance, Docteur Gavin.

Après son départ, Frank évita de croiser le regard de Nora. Il ouvrit un premier carton et en vérifia le contenu par rapport à la fiche d'inventaire.

— Ça fait longtemps que vous travaillez ensemble, toi et Karin ?

Nora se rendit compte de son ton crispé.

— Deux ans, répondit-il sans relever la tête.

D'après sa voix, elle comprit qu'il n'était pas d'humeur à parler de Karin Bledsoe, ni de quoi que ce soit d'autre. Elle décida de ne pas insister. Après la désastreuse conversation qu'ils venaient d'avoir, elle ferait mieux de s'estimer heureuse qu'il soit encore disposé à l'aider, que son désir de justice soit plus fort que son orgueil.

Ils travaillèrent longtemps et en silence. Frank vidait les cartons les uns après les autres, tendant les sachets un par un à Nora. Tous deux savaient exactement ce qu'ils cherchaient. Quand on avait retrouvé le cadavre de Tríona, elle n'avait pas sa chaussure droite, qui avait dû se perdre sur les lieux du meurtre ou pendant son transport jusqu'au parking. Son sac à main était avec elle dans le coffre de la voiture, mais son portable, sur lequel Nora avait tenté de la joindre depuis le hall de l'hôtel, était demeuré introuvable.

Les éléments recueillis autour de la tombe de Natalie Russo à Hidden Falls comprenaient surtout un méli-mélo de détritus. Nora compta une bonne dizaine de mégots de cigarette, deux cannettes de bière aplaties, six pochettes d'allumettes détrempées, d'innombrables emballages, deux préservatifs usagés et une bombe de peinture vide. Comment déterminer ce qui avait de l'importance ? Elle regarda Frank s'attarder sur un flacon de médicaments, dont il tentait de déchiffrer l'étiquette en partie effacée. Elle-même prit trois nouveaux sachets

– une pointe de flèche en pierre, une montre de gousset abîmée et un canif rouillé. La boîte suivante contenait une liasse de feuilles moisies qui semblaient avoir été arrachées à un recueil de poésies. Elle observa Frank feuilleter les pages noircies et gondolées, à la recherche d'annotations dans les marges, de mots soulignés, de quoi que ce soit qui puisse les éclairer. Comment savoir quels éléments étaient reliés entre eux ? Peut-être le flacon et les mégots faisaient-ils partie de la même histoire, ou le canif et les poèmes. Il était aussi possible que tous ces fragments proviennent de récits distincts qui ne se croisaient que dans le monde physique, dans les couches d'ordures laissées par plusieurs générations. Deux heures plus tard, ils avaient presque tout passé en revue, sans le moindre signe d'une chaussure ou d'un portable.

— Il se peut qu'on en reçoive d'autres, dit Frank. Le labo n'a pas fini de tout traiter.

— C'est quoi ça ?

Nora indiqua une enveloppe en papier kraft, la dernière chose au fond du carton.

Frank lut l'étiquette :

— Échantillons du sol et des plantes.

Il se servit de son canif pour rompre les scellés et déversa un monticule de terre et de débris organiques sur un grand plateau.

Nora en fit l'inspection à l'aide d'un crayon. Certaines feuilles étaient aisément reconnaissables : peuplier, orme, frêne, alaterne. Le terreau était parsemé de toutes sortes de graines.

— Frank, tu te souviens de ce que Buck Callaway

avait récupéré en peignant les cheveux de Tríona ? demanda-t-elle sans relever la tête.

— Bien sûr. C'est comme ça qu'il a su que le cadavre avait été déplacé.

— Si on comparait avec ces feuilles-ci et ces graines…

— Qu'apprendrait-on ? On sait déjà que Tríona a probablement été assassinée quelque part au bord du fleuve.

Nora s'exprima lentement.

— Oui, mais… Si Tríona a été tuée au même endroit que Natalie Russo, il se pourrait qu'elle ait emporté sur elle quelque chose qui soit spécifique à ce lieu. Nous n'avons jamais eu d'échantillon auquel comparer ce que Tríona avait dans les cheveux. Et comme les feuilles et les graines issues d'une seule plante-mère ont la même empreinte génétique…

— Mais les tests ADN prennent des semaines, voire des mois, tu le sais. Le laboratoire de la police scientifique est toujours débordé…

Elle l'interrompit d'un geste.

— On ne passerait pas forcément par eux. Tu te souviens de mon amie Holly Blume, qui dirige l'herbarium de l'université ? Celle qui a identifié les graines retrouvées dans les cheveux de Tríona. Sa spécialité est la génétique des populations, elle est tout le temps en train de décoder l'ADN de plantes. On pourrait lui demander de comparer les échantillons, peut-être qu'on arriverait ainsi à établir un lien entre les deux scènes de crime. Les chances sont minimes, mais ça mérite d'être tenté.

5

Une demi-heure plus tard, Nora précédait Frank Cordova dans un couloir climatisé au septième étage du bâtiment des sciences biologiques sur le campus de l'université du Minnesota à Saint Paul. Elle frappa à la porte d'un bureau, et une petite femme aux cheveux foncés leur ouvrit. Le visage de Holly Blume s'illumina à la vue de cette visite imprévue et elle étreignit Nora avec une vigueur inattendue.

— Nora Gavin ! Qu'étais-tu devenue ? Tu t'es volatilisée. Nous nous sommes tous fait beaucoup de souci pour toi.

Nora était partie en croyant avoir tout perdu, mais peut-être se trompait-elle en s'imaginant avoir perdu ses amis. Quand Holly s'écarta pour l'observer, elle dut lutter pour contenir ses émotions.

— Je vais bien, Holly. J'étais à l'étranger.

— Mais personne ne savait comment te contacter. Tu aurais dû laisser tes coordonnées à quelqu'un. Je me suis mariée, j'ai eu un bébé. J'aurais tant aimé que tu sois là, Nora ! (Son expression s'adoucit.) Je ne t'en veux pas. Je sais que tu avais de bonnes raisons pour partir. Sache seulement combien tu nous as manqué. (Elle regarda Frank.) C'est curieux, mais j'ai comme l'impression qu'il ne s'agit pas d'une simple visite de courtoisie.

— Holly, tu te souviens de l'inspecteur Cordova…

— Oui, bien sûr. Comment allez-vous, inspecteur ? C'est dommage de se rencontrer seulement dans le cadre professionnel. Je vous ferais bien entrer mais on serait trop à l'étroit. Allons à l'herbarium qui est en face.

Malgré son nom latin intimidant, l'herbarium n'était qu'une pièce à température régulée dont les meubles à tiroirs métalliques recelaient des spécimens de plantes séchées du Minnesota et du monde entier. Nul ne pouvait s'aventurer ici sans s'apercevoir à quel point la biologie végétale demeurait un domaine vieillot. Aux murs étaient accrochées des cartes en couleurs des inventaires botaniques menés dans le comté. Certes, les images étaient à présent réalisées par ordinateur, et la dissémination de telle ou telle plante se traduisait en coordonnées GPS, mais les spécimens étaient toujours collectés par des individus se déplaçant à pied à travers champs, talus et forêts pour recueillir des échantillons. Holly leur fit signe de prendre place autour de la table d'examen bien esquintée au centre de la pièce. Elle s'assit à son tour, penchée en avant et les mains croisées, la mine curieuse.

— Nous avons des échantillons de plantes prélevés sur deux scènes de crime, expliqua Nora.

— Nous pensons que les deux spécimens pourraient provenir du même endroit à Hidden Falls, précisa Frank en brandissant deux enveloppes à indices. Mais nous avons besoin de savoir si cela peut être prouvé… sans que persiste le moindre doute.

Holly contempla les enveloppes.

— Je ne vous promets rien mais je peux tout à fait y jeter un coup d'œil.

— Te souviens-tu des graines retrouvées dans les cheveux de ma sœur ? Celles que tu avais identifiées ? demanda Nora.

— Bien sûr. Il y avait toutes sortes d'espèces différentes, si je me souviens bien, caractéristiques des terrains marécageux : frêne noir, peuplier de Virginie, alaterne, souci des marais, vigne vierge, impatiens, ortie des bois. Elles sont toutes assez répandues. Mais il y avait également une graine plus inhabituelle, d'une plante baptisée la fausse sirène. Elle n'a été repérée qu'en deux endroits du Minnesota, à l'extérieur des villes jumelles. J'ai regretté qu'on ne puisse pas déterminer d'où elles provenaient. Je sais que cela aurait facilité l'enquête.

— Une nouvelle occasion pourrait se présenter, dit Nora. Je me souviens du nom. Fausse sirène. Il y a un rapport avec la mythologie, non ?

— Je suis sidérée que tu t'en rappelles !

Holly indiqua un poster sur un mur, des photos d'une plante d'apparence vaporeuse. Trois graines fripées figuraient en gros plan dans un angle.

— La voici, indiqua Holly. Le nom latin est *floerkea proserpinacoides* : le genre, *floerkea*, en hommage au célèbre botaniste allemand Heinrich Flörke, et l'épithète *proserpinacoides*, qui signifie « ressemblant à *proserpinaca* ». La *proserpinaca* est une plante semi-aquatique, aussi connue sous le nom d'herbe sirène. Le type qui a baptisé la fausse sirène trouvait que ses feuilles ressemblaient à celles de la *proserpinaca*. En fait, elles n'ont aucune parenté génétique mais le nom est quand même resté.

— Voilà le lien avec la mythologie, dit Nora.

— Waouh ! dit Holly en souriant. Rien ne t'échappe. Proserpine était la fille de Cérès...

— La déesse romaine de l'Agriculture.

— C'est ça. Quand Proserpine a été enlevée par Pluton, dieu des Enfers, sa mère a passé des années à la chercher. Quand on l'a enfin retrouvée, Cérès en a appelé à Jupiter qui a décidé que Proserpine pouvait revenir sur terre, pourvu qu'elle n'ait rien mangé ni bu pendant son séjour aux Enfers.

Cela revint soudain à Nora.

— Mais Pluton lui avait offert un fruit à son arrivée et Proserpine avait avalé la pulpe d'un seul pépin de grenade.

Holly se tourna vers Frank, la mine dépitée.

— Moi qui m'imaginais être la seule passionnée de mythologie ici ! Jupiter a proposé un compromis : Proserpine passerait six mois sur terre avec sa mère, six mois sous terre avec son mari et ravisseur. Et voici le lien avec l'univers des plantes : comme je l'ai mentionné, la *proserpinaca* est semi-aquatique. Ce qui signifie que la partie inférieure pousse sous l'eau, la partie supérieure à l'air libre. D'où son surnom d'herbe sirène. La *floerkea*, en revanche, pousse sur les terrains spongieux, dans les marécages et autres lieux humides, mais elle n'est pas du tout semi-aquatique, d'où le qualificatif de « fausse »... Désolée, je suis sûre que vous ne demandiez pas tant d'explications. Revenons aux échantillons. Que voulez-vous au juste ?

— Nous cherchons à établir un lien entre deux scènes de crime, répondit Frank, et il nous faudrait quelques faits solides.

— Je sais que tu es spécialisée dans la génétique des populations, intervint Nora, et je me demande s'il existe un moyen d'établir que certaines feuilles et graines des deux échantillons proviennent de la même plante-mère. Je sais que c'est beaucoup demander…

Holly y réfléchit un instant.

— Si l'on prétend à la moindre crédibilité statistique, il faudrait suffisamment de spécimens pour établir des fréquences alléliques, avant de pouvoir affirmer avec certitude que les plantes sont parentes. Il faudrait que je me rende sur place pour y collecter d'autres échantillons. En général, une trentaine suffit.

— L'équipe en a terminé avec les prélèvements sur place, dit Frank, mais je vais en parler au responsable, lui expliquer ce dont vous avez besoin. Ils pourront vous filer un coup de main.

— Même une fois que j'aurai les échantillons, vous êtes conscients que les tests ADN prendront plusieurs jours.

— Malheureusement, dit Frank, le temps est la seule chose qui nous fait défaut. Notre suspect s'apprête à quitter le pays samedi. Si nous pouvions obtenir quelque chose avant…

Holly se leva et brandit la main.

— N'en dites pas plus. Plus vite vous serez partis et plus vite je pourrai m'y mettre.

Ils avaient parcouru la moitié du couloir quand Holly glissa la tête par l'embrasure et les appela.

— J'allais oublier : vous devriez aussi vérifier les vêtements dont vous disposez, voir si vous n'y retrouvez pas des graines ou du pollen. Les plantes sont très douées pour jouer les passagers clandestins, la survie, elles s'y connaissent !

6

Après avoir déposé Nora à son appartement, Frank Cordova s'attarda un moment au croisement de Summit Avenue qu'il devait prendre vers l'est. Il jeta un coup d'œil dans son rétroviseur et, au lieu d'apercevoir Nora, il vit un garçonnet aux yeux foncés, assis sur la banquette arrière. Soudain, il fut cet enfant, le vinyle du siège lui brûlant les cuisses, les bras et la plante des pieds tandis qu'il fixait dans le rétroviseur un regard noir braqué sur lui. Il n'y avait aucun souvenir, aucun contexte lié à cette apparition, rien qu'une terreur épouvantable, écrasante. Puis l'image disparut, encore un fragment du passé remonté à la surface avant d'être à nouveau englouti. Frank l'évacua de son esprit. Il avait des interrogatoires à mener, des indices à comparer. Pas le temps de traquer les fantômes.

Mais un nouveau souvenir émergea, le cadavre de la jeune femme étendu sur la table ce matin-là ; et il en ressentit comme une décharge électrique, puis une autre. La peur vague qui logeait habituellement au fond de son estomac se réveilla peu à peu, accompagnée d'une odeur de renfermé. Il sentit la chaleur envahissante d'une présence à côté de lui, entendit la respiration rauque, le puissant chuchotement qui demandait sans cesse : « Paco, qu'est-ce qui se passe ? Pourquoi papi il crie ? »

Pour faire taire les questions, il devait utiliser ses deux mains. Ce qui libérait ses oreilles, mais il n'avait pas le choix. Personne ne devait savoir où ils se trouvaient. Il plaqua une main à l'arrière du crâne de son frère Chago et l'autre sur sa bouche baveuse, mais celui-ci continua de bredouiller sous ses doigts. Puis Frank se balança d'avant en arrière, les épaules rentrées, comme si cela pouvait l'empêcher d'entendre. Il tenta de noyer les bruits dans la pièce voisine en déversant dans sa tête un torrent ininterrompu de mots : « Je vous en supplie ! S'il vous plaît ! Je vous en supplie ! *Díos te salve María, llena eres de gracia, el Señor es contigo, bendita tú eres entre todas las mujeres, y bendito es el fruto de tu vientre, Jesús. Santa Maria, madre de Díos, ruega por nosotros pecadores, ahora y en la hora de nuestra muerte. Amén.* S'il vous plaît, s'il vous plaît, s'il vous plaît ! » Des dizaines de prières muettes dont il espérait qu'elles amèneraient plus vite le silence qui venait toujours après.

Un crissement de pneus le tira soudain de son espèce de transe. Il fit un écart, par réflexe, pour éviter la voiture qui fonçait vers lui, et donna un violent coup de frein. L'autre véhicule s'immobilisa, la collision évitée de justesse, son conducteur affichant une mine choquée derrière le pare-brise. Cordova avait le cœur qui palpitait ; il se sentait mal et avait le tournis. L'autre voiture s'était arrêtée à quelques centimètres de sa portière, au milieu du carrefour. Il aperçut la cathédrale en face de lui et comprit soudain ce qui était arrivé – il avait brûlé le feu rouge. L'autre conducteur baissa sa vitre et laissa voler une pluie d'injures. Frank voyait ses lèvres bouger, sans que les mots lui parviennent. Il se fit la réflexion, quelque part au fond de son cerveau, qu'il devait être en état de choc. L'autre finit par laisser tomber, et repartit, son majeur dans le rétroviseur en guise de salut final. Cordova contempla ses propres mains, toujours agrippées au volant. Il se souvenait d'avoir déposé Nora, et le souvenir suivant était le crissement de pneus. L'intervalle entre les deux n'était qu'un blanc. Il avait les mains moites, la bouche sèche. Il retira enfin son pied de la pédale de frein et quitta le carrefour. Derrière lui, la circulation reprit son cours normal.

Il effectua le reste du trajet jusqu'au poste dans un état d'hypervigilance, attentif au moindre virage et au moindre panneau. Ce n'était pas la première fois qu'il était brusquement tiré d'une rêverie au volant, parfois à plusieurs kilomètres du dernier endroit où il avait été attentif. Il énuméra mentalement les fautifs : trop de travail, pas assez de sommeil, une mauvaise alimentation, trop d'alcool la veille. Cela faisait plusieurs mois qu'il n'avait pas fait de sport ; jamais le temps. Au train où allaient les choses, il serait recalé à la prochaine visite médicale. Il en avait été le témoin suffisamment de fois pour savoir en reconnaître les signes. Ça démarrait toujours ainsi, le début de la fin.

Il se gara à sa place, détacha les mains du volant et vit qu'elles tremblaient toujours. Il pencha le rétroviseur et y découvrit un regard étranger. Déconcerté, il remit le rétroviseur en position mais il sentait toujours le regard menaçant posé sur lui, gravé dans sa mémoire comme le détail d'un cauchemar.

7

Une demi-heure après que Frank Cordova l'avait déposée chez elle, Nora était au volant de sa voiture de location, en route vers le parc de Hidden Falls. Les mots sur lesquels Holly Blume les avait quittés n'avaient fait qu'ajouter à l'effroi croissant qui s'était emparé d'elle à la morgue ce matin-là. La mort de Natalie Russo était liée à celle de Tríona, elle en était sûre. Mais une certitude n'était pas une preuve.

Après la découverte du corps de Tríona dans le coffre de sa voiture, la police scientifique avait peu à peu fourni des éléments. Buck Callaway avait estimé que le décès remontait à la nuit du samedi, probablement entre minuit et 4 heures du matin. Les graines et les feuilles que Holly avait identifiées dans les cheveux de Tríona semblaient indiquer un sol spongieux – un endroit semblable au coin marécageux où avait été enterré le cadavre de Natalie Russo.

Sur les cartes, le Mississippi traversait la ville de Saint Paul en une série de méandres gracieux, des gorges verdoyantes à l'est jusqu'aux dépôts ferroviaires et enclos à bestiaux à l'ouest. Hidden Falls était au sud-ouest de Crocus Hill, à une distance de six kilomètres que Nora aurait pu parcourir les yeux bandés. Elle prit Saint Clair vers l'ouest, puis River Road vers le sud. Peu après les vastes usines Ford, elle effectua un léger virage à droite pour pénétrer dans Hidden Falls. Le parc épousait la rive sud du Mississippi en son unique gorge naturelle. La route descendait à pic jusqu'à un parking, près d'une aire de pique-nique et d'embarcadères. Nora connaissait très bien les environs. Le fleuve était l'un des rares endroits de la ville où la nature était préservée. Adolescente, elle avait passé beaucoup de temps à Hidden Falls, à collecter des spécimens, à dessiner des insectes et des plantes rares, émerveillée du spectacle de la vie et de la mort qui se jouait en miniature à un niveau échappant à l'attention de la plupart des humains.

Elle se gara près de l'aire de pique-nique et regarda en direction du fleuve. Le niveau était assez élevé pour cette époque de l'année. En plein été, il pouvait arriver qu'on ne voie pas le courant, en fonction des pluies, alors que l'eau avançait quand même sous la surface. Enfant, elle imaginait le flot incessant qui caressait les moustaches des énormes carpes tapies dans les fonds vaseux du fleuve. À cause de la gorge, cet endroit avait toujours été une sorte de *no man's land*, une bande de nature vierge et désordonnée au cœur de la civilisation. À certains moments, le parc paraissait inoffensif, avec les familles qui pique-niquaient et les gens qui promenaient leur chien. D'autres fois, il était menaçant et même dangereux, le genre d'endroit où une femme ne venait pas courir seule. Il était de notoriété publique que les jeunes organisaient des « soirées bière » sur le banc de sable au pied de la maison des anciens combattants ; à un ou deux kilomètres en amont et en aval on trouvait des lieux de rencontre prisés des homosexuels. Depuis des années, des rumeurs de drogue, d'alcool et d'échangisme au bord du fleuve circulaient. Les gens venaient ici pour être quelqu'un d'autre, pour donner libre cours à des appétits et des fantasmes qu'ils n'admettraient en aucun cas. La plupart étaient conscients qu'ils flirtaient avec le danger ; pour certains cela faisait sans nul doute partie du jeu.

Nora se sentit gagnée par un sentiment de malaise, sachant ce qui l'attendait là-bas parmi les fourrés à hauteur de poitrine et sous les couches de feuilles mortes. Les branches tombées et la végétation tapissant le sol de la forêt lui semblaient soudain sinistres, appartenant à un monde souterrain grouillant de corruption et de putréfaction.

Quelques mètres plus loin, un homme attendait dans un pick-up vert. Nora le sentit qui la suivait du regard, mais quand elle releva les yeux il contemplait le fleuve. Elle savait que Frank désapprouverait qu'elle vienne ici seule mais on était en plein jour et il n'était pas son tuteur. Il avait bien d'autres choses à faire. Et puis, elle avait besoin de voir de ses propres yeux l'endroit où l'on avait retrouvé Natalie Russo. Elle enfila son sac à dos sur une épaule, verrouilla les portières et se dirigea vers le fleuve, s'assurant d'un coup d'œil que personne ne la suivait.

Elle avait toujours été attirée par Hidden Falls, autant pour le nom mystérieux que pour l'aspect sauvage et irréel. Un bruit de cascade lui parvenait du ravin sur sa droite. Elle s'arrêta et tendit l'oreille.

Au début du vingtième siècle, on venait des quatre coins de la ville admirer les chutes. L'eau sortait des rochers au sommet de la falaise, s'écoulait en un fin voile devant la paroi de calcaire et atterrissait dans un bassin en contrebas. Un siècle plus tard, le lieu était vaguement à l'abandon, ce qui en faisait le repaire idéal pour les gamins en manque d'aventure et de frissons.

Elle tourna le dos aux chutes et s'engagea presque aussitôt dans une des parties les plus préservées du parc, où d'étroits chemins serpentaient entre les troncs d'arbres gisants. Le sol était marécageux aux endroits les plus bas et, sur la droite, la falaise de calcaire s'élevait à une vingtaine de mètres, sa partie inférieure marquée de graffitis et d'initiales grossièrement taillées. Le fleuve n'était même pas visible en cette partie de la forêt et, pourtant, il était presque impossible d'ignorer la présence menaçante de l'eau. Des levées de terre, certaines atteignant deux ou trois mètres, marquaient le cours variable du fleuve et, dans les nombreuses dépressions, les herbes détrempées et les branches cassées étaient alignées dans le même sens, peignées par les eaux en crue qui s'étaient retirées depuis déjà plusieurs semaines. Nora frissonna et frotta ses bras nus en continuant d'avancer. Elle ne pouvait s'empêcher de penser aux nombreux indices qui avaient dû être balayés et emportés par le courant du fleuve, transportés par les eaux boueuses jusqu'à grossir l'épais *gumbo** de vase, d'écrevisses et de produits chimiques que

* Ragoût épicé, plat typique de Louisiane et du delta du Mississippi.

constituait le delta du Mississippi, plus de mille cinq cents kilomètres en aval. Le fleuve était autrefois l'artère par laquelle s'écoulait le sang vital de tout un continent. Cent cinquante ans de civilisation l'avaient réduit à l'état d'égout et de décharge.

Elle aperçut quelques lambeaux de ruban jaune encore accrochés à des arbres, un peu plus loin légèrement en contrebas, et sut qu'elle avait atteint l'endroit où avait reposé le corps de Natalie Russo. Il n'y avait personne dans les environs. La pente était abrupte le long du sentier. Nora se retint à un arbrisseau pour ne pas déraper sur l'épais tapis de feuilles mortes. Descendant en biais et par petits pas vers l'emplacement où la terre avait été retournée, elle repensa aux excavations de cadavres en milieu humide auxquelles elle avait participé depuis un an. Une tombe était souvent riche d'enseignements. Comme celles qu'elle avait eu le loisir d'examiner, il ne s'agissait pas là d'une inhumation soignée mais de la dissimulation précipitée d'un crime. L'ouverture était profonde. Jonché de mottes de tourbe et de terre, le sol avait été piétiné par les bottes des policiers qui avaient extrait la dépouille et par celles de leurs collègues qui avaient passé les lieux au peigne fin. Elle s'accroupit et regarda à l'intérieur du trou, stupéfaite que la tombe de Natalie Russo comporte encore les empreintes reconnaissables d'une paire de chaussures, le contour de deux semelles parmi un entrelacs de fines racines blanches. Tendant la main pour décrire le contour de la cavité, elle se fit soudain la réflexion qu'à la morgue, pendant qu'elle examinait le cadavre de Natalie Russo, ses pensées étaient tournées vers ce que la victime pouvait leur apprendre sur Tríona. L'espace vide qu'elle avait à présent sous les yeux évoquait une personne à part entière. Une personne dont l'absence continuait sans doute de hanter quelqu'un.

Elle se laissa tomber à genoux, prit une poignée des débris tapissant le sol de la forêt et contempla les squelettes de feuilles et les graines bizarres, l'odeur d'humus lui montant presque à la tête. Que chercherait Holly quand elle viendrait prélever les trente échantillons ? Quelles chances avait-on d'enfin élucider le mystère de la mort de Tríona grâce aux codes que recelaient ces cellules ?

Ses oreilles repérèrent un bruit en provenance d'une partie plus boisée, comme des pas précipités sur des feuilles. Se relevant maladroitement de sa posture accroupie, Nora perdit l'équilibre et avança dans la cuvette marécageuse où elle s'enfonça rapidement dans le sol gorgé d'eau. Si son travail dans les tourbières lui avait bien appris une chose, c'était qu'on ne pouvait surtout pas se fier à ses instincts dans ce genre d'endroit. Elle savait que plus elle se débattrait, et plus son pied s'enfoncerait. La solution était de multiplier ses appuis. Elle s'assit par terre, sentit l'humidité s'infiltrer désagréablement à travers ses vêtements d'été et s'appuya sur les coudes en espérant que ce lieu était trop humide pour l'herbe à puce. Il ne manquerait plus que ça ! Mais son pied était bien coincé. Elle s'allongea de tout son long et tenta de se détendre, observant les feuilles autour d'elle, une fois de plus émerveillée par les plantes et les fruits qui poussaient si près du sol.

Elle se redressa en entendant un craquement de brindilles, les bruits de quelqu'un qui foulait le sol de la forêt encombré de lianes et de branches. L'avait-on suivie ? On aurait dit qu'ils étaient plusieurs. Elle tenta de pivoter pour voir qui c'était, mais avec la jambe enfoncée jusqu'au mollet, impossible de fuir. Elle se rallongea et attendit que les inconnus apparaissent. Quand ce fut le cas, les deux paires d'yeux noirs et craintifs qui se posèrent sur elle n'avaient rien d'humain. C'était une biche à queue blanche et son faon. Le petit, encore tacheté, avait un morceau de liane accroché à une de ses fines pattes arrière. Nora l'avait entendu boitiller. Quand ils passèrent à côté d'elle, la femelle la regarda droit dans les yeux. Nora n'osait ni bouger ni respirer. La biche se figea elle aussi et huma l'air tandis que son petit agitait la patte pour tenter de se dégager. La liane finit par se retirer et tous deux détalèrent, disparaissant silencieusement dans les sous-bois.

Soulagée de se retrouver à nouveau seule, Nora s'efforça d'extraire son pied, lentement et délicatement, jusqu'à ce qu'il se libère enfin. Elle se releva en pensant que si elle n'avait pas arpenté les tourbières irlandaises, jamais elle n'aurait su comment s'y prendre – et elle y aurait sans doute laissé sa chaussure.

Tout d'un coup, elle sentit monter en elle une terrible certitude, en repensant à la chaussure perdue de Tríona. Personne n'avait songé qu'elle pouvait être enterrée.

Elle se laissa tomber à genoux et plongea les doigts dans la terre sans réfléchir, creusant la tourbe meuble. Elle s'arrêta soudain, tendit les mains et vit ses ongles complètement noircis, comme l'avaient été ceux de Tríona. Elle ferma les yeux et imagina sa sœur poursuivie à travers cette forêt, courant maladroitement et trébuchant parmi les ronces et les orties, avant d'être enfin rattrapée et plaquée au sol…

Elle tenta de chasser les images de son esprit, mais celles-ci ne voulaient pas partir.

Elle releva la tête et parcourut du regard les nombreux bourrelets d'humus et endroits où la terre avait été retournée. Au moins une demi-douzaine à portée de vue et quantité d'autres disséminés à travers les bois. Chacun était l'emplacement idéal pour dissimuler un cadavre. Toutes les disparues dont Frank avait étudié les dossiers… combien d'entre elles étaient enterrées par ici ? Les paroles de Tríona lui revinrent. *Il y a des choses que tu ne sais pas… sur Peter, sur moi. J'ai fait des choses moi aussi. Tu n'as pas idée. Des choses inavouables…*

Nora sentit une vague de panique monter en elle. Elle se mit à courir mais bascula en avant, tomba et attendit d'être engloutie.

8

Étendue sur le sol humide, Nora se laissa envahir par l'horrible pensée qui s'échappait de la terre pour s'infiltrer en elle. Si Tríona était venue ici, et si elle avait creusé, cela pourrait signifier qu'elle savait où était enterré le cadavre de Natalie Russo…

C'est choquant, ce qu'on est capable de faire par amour…

Quand elle songeait au nombre de fois qu'elle avait entendu ces mots se répéter en boucle dans sa tête sans en comprendre le sens !

Soudain, de l'agitation se fit entendre à une faible distance. Sans prendre le temps de réfléchir, Nora se précipita vers un arbre couché près du sentier et disparut derrière à l'instant même où apparaissaient deux silhouettes, l'une masculine et l'autre féminine.

La femme s'exprima en premier.

— Nous y voici, Rog. Allez, en place… et veille bien à inclure le ruban jaune de la scène de crime dans le plan.

Nora reconnut la voix : Janelle Joyner, reporter pour une chaîne de télévision locale. Elle avait couvert le meurtre de Tríona. Janelle s'était vantée auprès de bon nombre de gens que Tríona Hallett serait son sésame pour quitter les villes jumelles, peut-être bien son tremplin vers une chaîne câblée nationale. Visiblement, tout ne s'était pas déroulé comme prévu.

Janelle était sans doute là afin de tourner une de ses ignobles bandes-annonces pour le journal du soir. Nora n'avait aucune envie d'entendre ça. Elle parcourut du regard le tronc massif, dans l'espoir de repérer un moyen de s'éclipser sans être vue, et tomba sur deux yeux foncés à trois ou quatre mètres d'elle. Un homme asiatique, menu et d'un âge incertain, s'était dissimulé parmi les racines enchevêtrées du même arbre qu'elle. Il la dévisagea avec appréhension, espérant certainement qu'elle n'allait pas donner l'alarme. Il portait un panier en bandoulière et tenait une canne à pêche dans la main gauche… se pourrait-il qu'il s'agisse du pêcheur qui avait retrouvé Natalie Russo ?

Nora regarda discrètement par-dessus le tronc. Janelle vérifiait son maquillage dans un miroir de poche. Quand le matériel fut en place, le caméraman lui fit signe que c'était bon, et le visage de la journaliste se métamorphosa. Si Nora ne l'avait pas vue l'afficher comme un masque, elle aurait pu croire que sa mine compatissante était sincère.

Janelle était en pleine forme.

— La dépouille d'une jeune femme a été retrouvée dans une tombe peu profonde, il y a trois jours ici même à Hidden Falls. Elle n'a pas encore été identifiée, mais divers cas de disparitions non élucidées pourraient correspondre. La police compare les éléments de cette affaire à plusieurs meurtres en cours d'investigation. La population locale doit-elle craindre la présence d'un tueur en série en son sein ? Reportage complet à 22 heures.

Reportage complet ? Les journalistes de son espèce n'allaient jamais au fond des choses. Ils ne rechignaient pas à traîner une victime dans la boue si ça leur permettait de faire de meilleures audiences. Janelle parut satisfaite de la prise.

— C'est bon, Rog ? OK, on remballe. Il nous reste à faire l'interview avec le responsable des parcs régionaux. Les gens ont besoin de savoir s'ils peuvent venir avec leurs enfants en toute sécurité.

Le caméraman marmonna quelque chose, et la reporter se tourna vers lui.

— À ta place, je ne dirais pas de mal de Channel 8, la chaîne de l'actu utile !

Toujours cachée derrière son arbre, Nora tourna la tête pour voir si le pêcheur avait lui aussi observé le manège de Janelle Joyner, mais il avait disparu. L'espace d'une fraction de seconde, elle se demanda si elle l'avait vraiment vu.

Empruntant River Road vers le nord, Nora comptait seulement passer devant la maison de Peter Hallett, mais son pied se décala comme par automatisme vers la pédale de frein. Elle s'était arrêtée à cet endroit précis plus d'une fois, car tout en étant caché, on pouvait observer l'allée et la porte d'entrée, ainsi que la terrasse adjacente. La maison était située très en retrait de la route, en bordure d'un ravin boisé. Peter l'avait dessinée lui-même, y imprimant sa patte résolument moderniste où dominaient les lignes horizontales et le verre à profusion. Sa création tranchait avec les demeures voisines aux monotones façades de brique et fenêtres en plein cintre. Des murs en verre, voilà qui avait toujours semblé à Nora une prédilection quelque peu paradoxale pour quelqu'un qui menait une double vie. Quand il était parti à Seattle, il avait laissé sa maison en l'état, y compris le mobilier, les œuvres d'art et tous les bibelots – comme s'il savait qu'il reviendrait.

Un éclair dans le rétroviseur signala soudain une Mercedes décapotable qui débouchait du virage derrière elle. Nora observa la voiture s'engager dans l'allée, puis elle ouvrit la boîte à gants et sortit l'appareil photo qu'elle avait apporté. Elle braqua le zoom sur Miranda Staunton qui descendait côté passager. La petite sœur de Marc avait maintenant vingt-sept ou vingt-huit ans. Bras fins et bronzés, cheveux blonds élégamment coiffés, yeux dissimulés derrière des lunettes de soleil à la mode.

Nora zooma davantage et se prépara au choc de revoir Peter Hallett.

Toujours beau à couper le souffle et animé d'une énergie vitale perceptible malgré la distance. Elle le vit se tourner vers Miranda, la gratifier d'un sourire étincelant, et celle-ci le prit par la main pour monter les marches et le faire entrer. Nora en avait le sang glacé. C'était plus qu'un simple frisson : après cinq années de chaos et de frustration, elle sentait que les choses commençaient à prendre un tour nouveau et fatidique. Il y avait la découverte du cadavre de Natalie Russo, et son retour au moment précis où Peter Hallett rentrait de Seattle. C'était presque comme si le dernier morceau du puzzle allait être posé sur la table.

Mais où était Elizabeth ?

Comme si elle en avait reçu le signal, la tête de sa nièce apparut au-dessus d'un appui-tête. Il était incroyable que quelqu'un, même une enfant, parvienne à se glisser sur la banquette arrière – la Mercedes n'était conçue que pour deux passagers. Obligée de se débrouiller seule, Elizabeth tenta d'incliner le siège avant mais ne parvint pas à atteindre la manette. Elle se hissa, sauta par-dessus la roue arrière droite et atterrit maladroitement sur ses deux pieds. Nora ne pouvait détacher son regard. Elizabeth n'était plus une fillette mais une préadolescente gauche, les épaules déjà un rien voûtées avec dédain. Elle avait les cheveux de sa mère et Nora savait que de près elle aurait pu distinguer quelques taches de rousseur, comme sur son propre visage.

Elizabeth ouvrit le coffre et en sortit un sac à dos. Quand elle le posa par terre, un rideau de cheveux cuivrés et ondulés se déploya devant son visage. Ses deux mains se levèrent machinalement pour ramener l'épaisse tignasse derrière les oreilles. Nora serra l'objectif plus fort. D'où lui venait ce geste ? Elizabeth ne pouvait pas se souvenir d'avoir vu Tríona le faire. Pourtant c'était bien le même tic que sa mère, un geste qui lui était parfaitement naturel, inconscient.

Au lieu de suivre son père et Miranda dans la maison, Elizabeth s'aventura sur la terrasse surplombant le ravin et la berge escarpée du fleuve. Elle laissa sa main courir sur le mur en pierres sèches et s'arrêta devant les marches où des cailloux provenant du fleuve étaient disposés dans une vasque peu profonde. Elle en prit un et l'examina. Elle finit par le reposer et s'éloigna.

Pour autant que Nora sache, on n'avait jamais confié à Elizabeth ce qui était arrivé à sa mère. Comment s'y prendre pour expliquer de telles choses à une fillette de six ans ? Quelques jours après l'enterrement, Nora l'avait prise à part et lui avait demandé si elle savait ce que ça voulait dire d'être mort. Sa nièce avait réfléchi un moment, puis lui avait demandé si c'était comme l'oiseau qu'elles avaient retrouvé un jour sur le trottoir. Un petit moineau, encore tiède, poussé trop tôt hors du nid. Oui, avait-elle répondu. C'est comme ça. Et elle avait serré Elizabeth dans ses bras, sentant ses battements de cœur précipités jusque dans ses os. Si fragiles, avait-elle songé. Nous sommes des créatures si douces et fragiles.

Que croyait Elizabeth depuis cinq ans ?

Elle atteignait l'âge de la prise de conscience, elle commençait à dépasser le point de vue de l'enfant. Et elle en savait probablement plus qu'on ne voulait bien l'admettre.

Elizabeth posa les mains sur le large muret en calcaire et regarda par-dessus, peut-être pour essayer d'apercevoir l'eau derrière les arbres. Une curieuse expression passa sur son visage, comme si elle avait senti une odeur qui avait réveillé un souvenir. Elle posa un genou sur le mur et se hissa dessus, vacillant à cause du poids de son sac à dos. Nora sentit son cœur se décrocher. La voix de Peter retentit à travers les arbres.

— Elizabeth ! Descends de là !

Chancelant à nouveau dangereusement, elle sauta

du muret tandis que son père traversait la terrasse. Il l'attrapa par le coude et la tira brutalement.

Nora retint son souffle et tendit l'oreille pour capter des bribes de leur conversation.

— Qu'est-ce qui t'est passé par la tête ?

— Je voulais juste voir le fleuve…

— Quand apprendras-tu à réfléchir avant d'agir ? Qu'est-ce que je t'ai dit ?

— Je n'allais pas tomber.

— Que je ne te reprenne pas à grimper là, tu entends ?

Il resserra sa poigne. Quand elle chercha à se dégager, il tint bon, baissa son visage au niveau du sien et s'exprima très lentement, comme si elle risquait de ne pas le comprendre.

— Rentre à l'intérieur… maintenant.

Quelqu'un d'autre, qui ne serait pas au courant des faits, aurait pu voir en Peter Hallett un simple père inquiet qui prenait en main une enfant rêveuse. Mais Nora savait à quoi s'en tenir. Elle avait vu le défi dans le regard d'Elizabeth. Il n'était pas prudent de défier Peter Hallett.

9

Après un passage rapide à l'appartement pour se changer et enlever la crasse de Hidden Falls, Nora se rendit à Lowertown, un quartier d'entrepôts à l'est du centre-ville de Saint Paul. Elle fit le tour de Mears Park par des rues à sens unique jusqu'à atteindre l'entrée d'un parking souterrain. Prise d'un soudain accès de claustrophobie, elle fut incapable de s'y engager. Quand le conducteur derrière elle klaxonna avec impatience, elle accéléra et se gara un peu au-delà du carrefour suivant, près d'un parc-mètre. Elle rebroussa chemin à pied jusqu'au parking, passa devant le distributeur de tickets et emprunta la forte pente bétonnée qui s'enfonçait en spirale dans les profondeurs d'une caverne creusée par l'homme. Au dernier niveau, elle se dirigea vers le fond et contempla les larges numéros peints au sol – 114. C'était la place où l'on avait retrouvé Tríona, trois jours après sa disparition. L'endroit où avaient pris fin tous les espoirs et toutes les supputations.

Quatre niveaux sous terre, il faisait près de dix degrés de moins qu'à l'extérieur. Le seul éclairage provenait des ampoules à nu dont la faible luminosité était comme absorbée par les murs en béton. Nora sortit une petite lampe de poche de son sac à main, à l'écoute des bruits qui résonnaient sur le ciment et dont les échos se propageaient dans la pénombre. Pas vraiment le genre d'endroit où il était prudent d'enquêter seule, même en plein jour. Mais elle avait besoin de se tenir à nouveau devant ce qui était devenu comme le monument et le tombeau de Tríona.

Elle braqua le faisceau sur les chiffres et se souvint qu'elle s'était interrogée sur le nombre : avait-il une signification pour l'assassin ou bien n'importe quelle place aurait-elle fait l'affaire ? Aucun indice significatif n'avait été relevé ici, seulement un peu de sang avec le cadavre dans le coffre. Tríona avait manifestement été agressée ailleurs puis amenée là. Mais pourquoi ce lieu précisément ? Si seulement on avait pu élucider ce point… Si elle avait été victime d'un inconnu qui l'avait agressée dans sa voiture, pourquoi l'assassin se serait-il donné la peine de laisser le véhicule dans un parking, alors qu'il était plus logique de l'abandonner dans une rue au hasard ? Si Tríona était morte à Hidden Falls, pourquoi ne pas la laisser sur place ainsi que sa voiture ? Peut-être à cause de Natalie Russo. Parce que l'assassin tenait à détourner l'attention des enquêteurs loin du fleuve et de l'autre cadavre, voire plusieurs autres, qui y était enterré. Malgré tout, un parking, cela signifiait des passants, des caméras, un degré de surveillance que ne pouvait négliger même le criminel le moins futé. Mais, comme on l'avait vite découvert, les caméras du parking ne fonctionnaient pas au moment de la mort de Tríona. Le système de sécurité avait été hors service pendant plusieurs jours, le temps d'être entièrement changé. De l'avant-veille du meurtre de

Tríona jusqu'au surlendemain, personne n'avait été filmé en train d'arriver ou de sortir par la rampe. S'agissait-il d'un simple coup de chance ? Il semblait nettement plus probable que l'assassin ait choisi cet endroit à dessein, pour éviter d'être filmé alors même qu'il abandonnait la voiture dans un lieu public. C'était presque comme s'il souhaitait que le cadavre soit retrouvé rapidement. Vu sous cet angle, l'emplacement prenait des airs de provocation, comme une sorte de pied de nez. Non seulement cela correspondait à la personnalité de Peter Hallett, mais cela supposait aussi un niveau de préméditation à faire froid dans le dos.

Mais Nora avait perdu des semaines à chercher un lien entre Peter et ce parking – appartenait-il à un ami ou une connaissance ? Était-il situé près d'un restaurant, d'une galerie ou d'un magasin qu'il fréquentait ? Il n'y avait aucune preuve qu'il s'y fût jamais rendu. Rien. Comment aurait-il pu être au courant pour les caméras ?

Le faisceau balayant les murs attira son attention vers l'écran. Truman Stark rapprocha son siège de la rangée de moniteurs pour observer l'image. Il vit le sujet féminin s'accroupir pour inspecter le sol et éprouva le tressaillement irrésistible de la curiosité piquée, le pouls accéléré accompagnant le premier regard. Une foule de possibilités. Son boulot avait beau être ennuyeux la plupart du temps, assis dans son bureau confiné à fixer des écrans pendant des heures et des heures, il aimait voir comment se comportaient les gens quand ils s'imaginaient ne pas être vus. Il empoigna la manette lui permettant d'orienter la caméra et zooma sur le sujet. Pas mal fichue. De l'allure. Que fichait-elle en bas ? Il s'écarta des moniteurs, tâta machinalement le poids rassurant du holster à sa hanche et quitta le poste de garde en veillant à refermer la porte derrière lui. Ce n'était pas vraiment conforme à la procédure, s'absenter pour ce genre de motif, mais il pouvait se prévaloir de son ancienneté et se disait qu'il pouvait bien se permettre une entorse de temps en temps. Et puis, il était presque en fin de service, les caissières pouvaient le joindre sur son talkie-walkie en cas de problème.

Il avait plaisir à arpenter le parking, vérifier les cages d'escalier, s'assurer que les portes censées être verrouillées l'étaient effectivement. La chemise amidonnée et les lourds souliers en faisaient aussi partie. Il aimait le claquement de ses brodequins sur le sol en béton, surtout dans les escaliers où ça résonnait. Il avait un peu l'impression d'être un flic effectuant sa ronde. Parfois, il oubliait presque que ce n'était pas vrai.

Toute sa vie, il n'avait souhaité qu'une seule chose, devenir flic. Ce désir l'avait habité chaque jour depuis qu'il était gamin – un rêve qui le protégeait, à l'abri de la vraie vie. Il s'était entraîné à prêter serment, il s'était imaginé en uniforme, dialoguant par radio avec le dispatcher. La partie physique ne lui posait aucun problème. Il s'était entraîné avec la matraque, les menottes et d'authentiques armes de poing jusqu'à être capable de s'en servir les yeux bandés. C'était le reste qui l'avait piégé, les machins à lire et à écrire. Il ne s'y attendait pas. Il avait tenté de bûcher quelques bouquins, l'été avant le *community college**. Mais les mots se mélangeaient, comme toujours, et ça lui faisait mal à la tête d'essayer de les déchiffrer. Il pensait qu'être flic serait différent mais c'était encore les mêmes conneries. Se taper des manuels, étudier, aller en classe… des trucs sans intérêt, qui lui passaient au-dessus de la tête. Et en quoi cela vous servait-il sur le terrain ?

Il sentit vibrer l'ascenseur, imagina les câbles et les vérins hydrauliques derrière les murs, s'enfonçant sous terre dans leur coffrage.

Pire encore que d'abandonner la fac, il avait dû rentrer à la maison. Sa mère avait bien pris son échec, mais le vieux n'avait pu s'empêcher de remuer le couteau dans la plaie. Combien de fois Truman s'était-il entendu dire qu'il n'arriverait jamais à rien, qu'il devait être un peu crétin ! Il savait que le vieux lui ressortirait ça tous les jours, matin, midi et soir. Mais ça doit être vrai que la méchanceté donne le cancer, vu qu'il était tombé malade à peu près à la même époque. Il s'était ratatiné, il était devenu de plus en plus petit, jusqu'à ce qu'il crève. Personne n'avait été triste pour lui, ni à l'époque ni maintenant. Loin s'en faut. Tous avaient plutôt ressenti du soulagement.

Globalement, ça allait mieux depuis sa mort, mais ces derniers temps Truman sentait une nouvelle agitation dans ses veines, une insatisfaction qui oscillait entre douleur et démangeaison. Ça ne partait pas. Quelque chose en lui avait changé. Avant, les flics étaient ses modèles, il observait leur façon de

* Établissement d'enseignement supérieur moins coté que l'université.

porter le holster et les menottes à la ceinture, il remarquait que l'uniforme les faisait paraître plus baraqués et plus grands. Il n'arrivait pas à se rappeler le moment précis où son regard avait commencé à changer. Il savait juste qu'un jour, en se rendant au travail, il avait éprouvé une sensation nouvelle en croisant un véhicule de patrouille. Il avait senti les flics le jauger du regard, noter le badge de la société de gardiennage à son épaule et échanger une mimique méprisante. Désormais, chaque fois qu'il apercevait une voiture de police garée aux abords de la rampe d'accès, il était pris d'une seule envie frénétique : tendre les mains par la vitre baissée, traîner ces types dehors et leur faire perdre leur petit air prétentieux.

Il repensa au faisceau balayant le numéro au dernier sous-sol et soudain cela lui revint – 114, la place où l'on avait retrouvé la jeune femme, la rouquine. Il n'avait appris son nom qu'en voyant son portrait au journal télévisé. Il aurait peut-être risqué de perdre son boulot s'il avait parlé à la police, mais il aurait eu bien des choses à leur dire. Qu'il l'avait vue sans arrêt ce printemps et cet été-là, jusqu'à trois ou quatre fois par semaine. Il aurait pu leur raconter qu'il l'avait observée, et parfois même suivie dehors, admirant ses longs cheveux qui semblaient flotter autour d'elle quand la brise se levait. Qu'il les imaginait déployés sur lui quand il contemplait les photos scotchées sur le plafond mansardé au-dessus de son lit. Mais la police n'avait pas besoin de savoir ces choses-là. Il n'était pas question qu'ils découvrent quoi que ce soit. Parce que si ça arrivait, c'en serait terminé de ses moments secrets, et jamais il ne le permettrait.

10

Quittant le parking pour regagner sa voiture, Nora longea Mears Park. Le jardin était plongé dans l'ombre en fin d'après-midi, mais la lumière dorée du soleil se reflétait encore sur les vitres au-dessus des arbres. Le trottoir dégageait un reste de chaleur et l'air demeurait moite. Nora n'en revenait pas d'être de retour. Les larges rues, les amples bâtiments, tout lui semblait étranger et pas du tout familier. Les passants traversaient le parc avec leurs chiens, accompagnés par la musique classique que diffusaient les haut-parleurs du pavillon moderne.

Nora se représenta la chronologie punaisée à l'appartement, les huit heures dont on ne savait rien pour la dernière et funeste journée de Tríona. Chaque minute de chaque heure était composée d'une telle imbrication de couches et de croisements, de flux qui se rejoignaient. Allez savoir si elle ne passait pas à cet instant devant quelque détail d'une importance vitale…

Elle entendit le glouglou d'un ruisseau qui coupait à travers le parc. Il ne s'agissait pas d'un vrai cours d'eau, bien entendu, mais d'une fontaine s'écoulant parmi de faux rochers et de fausses plantes indigènes. Un morceau de nature artificielle au cœur de la ville.

Elle suivit le clapotis jusqu'à l'extrémité du parc, où elle traversa la rue et contourna deux adolescentes qui se tenaient devant la vitrine d'un vaste bureau désert. Au moment où elle passait, l'une d'elles s'écria :

— Hé ! Latrice ! C'était nous à la télé !

Elle tira sa copine par le bras, et Nora dut faire un écart pour éviter la collision.

— Trop pas, dit Latrice.

Mais elle regarda quand même la vitre que l'autre indiquait. Nora ne put s'empêcher de jeter un coup d'œil. Soudain, la vitrine tout entière se transforma en un collage vidéo : une multitude de plans en plongée et en accéléré, où les personnes avaient l'air de fourmis, d'autres bouts filmés au niveau de la rue et au ralenti, le tout émaillé de photos.

La copine insista.

— Je sais ce que j'ai vu !

— Tu me charries ! dit Latrice.

— Je te dis, c'était nous ! insista l'autre, agacée. Là ! cria-t-elle en frappant Latrice sur l'avant-bras. Là ! Je t'ai bien dit que je mentais pas !

Latrice se vit enfin, plus grande que nature sur les images fugitives.

— Merde, c'est trop ouf !

Elle s'essaya à quelques pas de danse.

— Voici Latrice, ma chérie ! En vrai ! Hé ! tout le monde, venez voir ça !

Comme elle faisait la belle et se déhanchait pour la caméra, son amie recula, pliée en deux de rire. Quelques badauds s'arrêtèrent pour profiter du spectacle. Leur bonne humeur était contagieuse. Mais quand une nouvelle série d'images apparut, les deux ados s'éloignèrent en échangeant des coups de coude et en rigolant, gênées de s'être fait remarquer. Nora se tourna à nouveau vers la vitre et aperçut sa propre image. Elle déplaça lentement la main, de haut en bas, et son sosie démesuré en fit autant. L'écran principal afficha soudain un plan filmé au niveau de la rue, une foule se déplaçant au ralenti, la perspective curieusement écrasée par l'œil stationnaire de la caméra.

Nora sentit son cœur s'arrêter en voyant un visage émerger de la foule, puis disparaître une longue seconde, avant d'apparaître à nouveau derrière une silhouette floue au premier plan. La longue chevelure se souleva et parut flotter un instant dans la brise ralentie.

Elle ne s'était pas trompée.

C'était le visage de Tríona.

Nora observa sa sœur qui approchait gracieusement. Il y avait tant de choses qu'elle avait oubliées, elle ressentait le besoin de s'imprégner du moindre détail. Même au ralenti, cela avançait beaucoup trop vite. Tríona dépassa la caméra et disparut à l'angle du cadre.

Nora fit volte-face et parcourut les visages autour d'elle. C'était impossible, elle le savait, et pourtant l'image était si claire… Elle se retourna et fixa l'écran, cherchant à déterminer d'où était filmé ce plan. À l'évidence, la caméra était placée quelque part en face de l'immeuble devant lequel elle se tenait. Mais le coin d'un porche en pierre, édifice reconnaissable situé à une centaine de mètres, était aussi apparu à l'image. Tríona était passée devant. Nora se mit à courir, s'excusant auprès des passants qu'elle bousculait dans sa précipitation. Elle se souvint de la photo qu'elle avait fourrée dans son sac et la sortit sans ralentir. Elle était sur le point de la brandir et d'accoster les gens. « Vous avez dû apercevoir cette femme… elle était là à l'instant… » Mais elle vit tout d'un coup les regards interdits autour d'elle. On la prenait déjà pour une folle. La main qui tenait la photo retomba lentement le long de sa cuisse, et en quelques secondes le flot des piétons se referma sur elle.

Elle était partie trois ans auparavant, persuadée que toutes les pistes avaient été explorées, mais il était clair au vu des quelques coïncidences accumulées ce jour-là qu'elle s'était trompée. Elle rebroussa chemin pour regarder une nouvelle fois la vidéo en vitrine, et elle comprit enfin que toutes les images n'étaient pas filmées en direct. C'était le cas pour elle et les deux adolescentes, mais pour la plupart il s'agissait d'un collage de vidéos qui avaient pu être tournées n'importe quand, il y a cinq ans ou même plus. Elle s'y attarda suffisamment pour constater que c'était diffusé en boucle. Le visage de sa sœur réapparut, identique à la première fois. Nora savait qu'elle avait vu une ombre, une image capturée et reconstituée en une série de un et de zéro. Un spectre numérique.

Mais cela signifiait que Tríona s'était trouvée ici, dans cette rue, au moins une fois, peut-être même plus souvent. Où se rendait-elle ? Nora observa les bâtiments suivants, à la recherche d'une enseigne qui aurait pu inciter sa sœur à entrer. Une cinquantaine de mètres plus loin, la silhouette foncée d'un animal attira son regard.

Le café Au Coyote Bleu occupait l'angle de l'immeuble Sturgis, l'un des rares entrepôts du quartier qui avait résisté à l'embourgeoisement et s'enorgueillissait toujours de sa structure d'origine en fer forgé et bois brut. Quand Nora poussa la porte de l'établissement, pas un seul des cinq ou six clients installés aux tables de couleurs vives et dépareillées n'esquissa un coup d'œil. Elle se dirigea vers le comptoir. L'air maussade, la serveuse posa la pomme qu'elle croquait et son livre de poche – *Anna Karénine* – et dévisagea l'éventuelle cliente sans la moindre trace de curiosité ni d'intérêt. Âgée d'environ dix-huit ans, la jeune femme avait les cheveux noir de jais et les lèvres vert foncé, et elle portait un collier de chien clouté.

— Je ne veux pas de café, dit Nora. Je voudrais parler à quelqu'un qui travaillait déjà ici il y a cinq ans.

— Alors ce n'est pas moi qu'il vous faut. J'avais douze ans à l'époque. Mais je crois que Val était déjà là. Une seconde…

Elle disparut dans l'arrière-boutique et revint au bout de quelques instants en compagnie d'une femme d'un certain âge aux cheveux gris hérissés, et qui arborait un tablier d'un blanc immaculé par-dessus des habits de ville.

— Valerie Marchant, se présenta-t-elle en essuyant ses mains savonneuses sur le tablier. Qu'est-ce que je peux faire pour vous ?

Nora tendit la photo de Tríona.

— Je me demandais si vous la reconnaîtriez.

La réaction fut immédiate.

— Tríona Gavin. Elle venait souvent ici. Désolée, vous dites que vous vous appelez comment ?

— Je ne vous l'ai pas dit... Nora Gavin. Tríona était ma sœur.

Le comportement de la femme changea.

— Je suis vraiment désolée. On a tous été sous le choc en apprenant la nouvelle. D'autant que son mari n'a jamais été poursuivi. Et il était manifestement coupable...

Nora l'interrompit.

— Excusez-moi, vous dites que Tríona venait souvent ici ?

Valerie Marchant parut surprise.

— Tout le temps ! Elle prêtait sa voix pour des enregistrements à l'étage, au studio de Nick Mosher. Beaucoup de ses amis acteurs défilaient chez Nick. Je connaissais un peu Tríona à l'époque où elle était comédienne, avant son mariage... je faisais de la mise en scène autrefois, avant que ce café ne m'occupe à plein temps.

Nora cherchait à comprendre.

— Mais, si vous connaissiez ma sœur, vous et ce Nick Mosher, pourquoi ne vous êtes-vous pas manifestés au moment du meurtre ?

— J'étais à l'étranger, à Helsinki, grâce à une bourse. Je ne suis rentrée qu'en janvier de l'année suivante. Quant à Nicky... (Elle secoua tristement la tête.) Nick Mosher est mort. Il est tombé dans la cage d'ascenseur de l'immeuble. La police a conclu à un accident.

Nora eut le sentiment d'avoir raté une étape.

— Pardon, mais c'est arrivé quand ?

— Ça a fait cinq ans hier. On organise toujours

une petite commémoration à la date anniversaire. Les amis de Nick passent, je ferme la boutique et on se saoule au vin rouge ! Désolée si j'ai de petits yeux… on en est encore à évacuer les cadavres.

— Que faisait-il comme travail ?

— Ingénieur du son. Surtout des publicités pour la radio, quelques livres enregistrés et un peu de musique. Il bossait aussi pour le théâtre, où il avait débuté. Mais le plus rentable c'était les pubs.

— Et vous dites qu'il y avait souvent des acteurs qui passaient au studio à l'étage ?

— Nick faisait travailler régulièrement les amis. Et il payait bien. Il leur sauvait la vie.

— Comment est arrivé l'accident ?

Valerie Marchant secoua la tête.

— Personne ne sait. Nick faisait très attention à la sécurité. J'ai toujours eu des doutes sur le fait que ce soit vraiment un accident.

— Mais vous n'avez jamais rien confié de tout ça à la police ?

— Je n'étais pas là au moment des faits… Je ne voyais pas quels renseignements utiles j'aurais pu leur fournir.

— Comment vous paraissait ma sœur quand elle venait ici ? Vous n'avez jamais remarqué personne qui l'aurait abordée ou suivie ?

— Pas que je me souvienne. Elle arrivait, elle se commandait un thé citron et un double cappuccino avec une dose extra de café pour Nick, puis elle montait. C'est sidérant les trucs inutiles qui ne s'effacent jamais ! dit-elle en se tapotant la tempe.

— Hé ! Val, où veux-tu que je range ça ?

La serveuse tenait des lunettes de soleil légèrement gondolées. Valerie pivota et tendit le cou pour voir.

— Ah ! tu n'as qu'à les poser sur mon bureau...

Elle se tourna à nouveau vers Nora et remarqua son air curieux.

— Un petit souvenir nostalgique qu'on ressort tous les ans. Les lunettes de Nick. J'ai dû oublier de préciser qu'il était aveugle.

— Vous n'avez jamais vu le mari de ma sœur par ici ?

Elle fit non de la tête.

— Je pense qu'on m'aurait prévenue s'il était venu rôder dans les parages. Ce n'est pas le genre de type qui passe facilement inaperçu, hein ? Ni qui aime partager la vedette, d'après ce que j'ai entendu. Votre sœur avait tellement de talent... on a tous été très déçus quand elle a abandonné la scène. Quand elle a commencé à venir ici, j'ai eu bon espoir qu'elle s'y remette. Mais elle semblait toujours un peu nerveuse. Je suis à peu près certaine que Nick la payait en liquide, mais je ne crois pas que c'était du fisc dont elle se cachait. Je ne pense pas que le mari de votre sœur était au courant de son travail ici. À entendre Nick, j'avais la nette impression que ça se passerait très mal si jamais il l'apprenait.

Nora repensa aux paroles de Tríona – *J'ai menti et j'ai trompé tout le monde.* S'agissait-il du travail qu'elle faisait dans le dos de Peter ou d'autre chose de bien pire ?

— Le nom de Natalie Russo vous évoque-t-il quelque chose ?

— J'avoue que non. Désolée. Mais, écoutez, je

vous souhaite bonne chance. On espérait tous que la police finirait par coincer ce salopard.

Devant la vitrine du café, Truman Stark s'arrêta, fit mine de chercher quelque chose par terre, et en profita pour jeter un coup d'œil à la brunette qui se tenait près des pâtisseries et discutait avec la patronne. C'était elle qu'il avait aperçue à l'instant au parking, il en était certain. Elle rangeait un truc dans son sac – une photo de la rouquine. Il existait un lien entre elles. Il savait qu'il l'avait déjà vue, qui fouinait au dernier niveau du parking juste après la découverte du cadavre. Mais elle n'était pas passée récemment, pas depuis au moins deux ans. Truman feignit de consulter la carte, en gardant un œil sur la fille. Certaines personnes avaient un passe-temps comme travailler le bois, élever des pigeons ou faire pousser des tomates. Lui, il employait son temps libre à quelque chose de beaucoup plus important. Un genre de vocation.

Il avait suivi la rouquine plusieurs fois jusqu'à cet immeuble. La toute dernière fois, elle avait traversé le parc. Quand elle s'était arrêtée et assise sur un banc, il s'était tenu à distance et en avait profité pour cueillir une poignée de fleurs au bord du ruisseau. Une vieille garce fripée, installée sur un banc voisin, lui avait fait les gros yeux, comme si le parc était son jardin personnel ! Il s'en fichait. Il avait vu la rouquine sortir un papier de son sac et le contempler un instant. Puis elle l'avait fourré dans sa poche et était repartie en direction de l'immeuble Sturgis. Il l'avait rattrapée au feu rouge où elle attendait pour traverser. Il comptait laisser les fleurs à un endroit où elle tomberait dessus. Elle serait surprise du geste, peut-être même touchée. Elle était comme ça, il avait pu le constater quantité de fois. Il ne laisserait pas de message, pour ne pas en faire trop.

Quand elle était entrée dans le café, il s'était arrêté à l'extérieur pour l'observer par la vitre – ses lèvres qui bougeaient en silence tandis qu'elle discutait avec la serveuse, son corps qui se balançait légèrement pendant qu'elle patientait. Il comptait monter au quatrième étage, sachant depuis la dernière fois que c'était là qu'elle se rendait. Il y déposerait le bouquet. Il pensait avoir bien minuté son coup, mais l'étape au café avait été plus rapide que prévu et elle était montée dans l'ascenseur juste avant que la porte ne se referme. Comme elle avait vu que le numéro 4 était déjà allumé, il avait appuyé sur le 5, rouge d'embarras, comme s'il s'était trompé. Puis elle avait remarqué les fleurs, et lui avait jeté un rapide coup d'œil. Il avait les genoux qui tremblaient. *Ouvre la bouche !* intimait la voix dans son oreille. Pour une raison ou pour une autre, c'était toujours la voix de son père. *Les fleurs lui plaisent… ouvre la bouche et dis quelque chose, andouille !* Mais la cabine avait tout à coup tremblé au bout de son câble, et il avait senti qu'il ne pouvait ouvrir la bouche, sous peine de vomir. Impossible d'émettre le moindre son.

Elle était donc descendue au quatrième, l'abandonnant là avec ses fleurs à la con, pauvre crétin. Il l'avait vue faire la bise à un type barbu, affublé de lunettes de soleil, qui l'avait accueillie devant l'ascenseur. Puis elle lui avait tendu le café, guidant sa main comme si le mec était miro. Subitement, tout s'était expliqué : le type était bel et bien aveugle. Alors ça marchait comme ça quand ils le faisaient ensemble ? Elle était obligée de lui montrer où mettre les mains ?

Quand la porte de l'ascenseur s'était enfin refermée, il s'était affalé contre la paroi, dévoré par l'humiliation et la jalousie, se sentant de plus en plus mal et fiévreux dans la cabine qui montait. Il était sorti au cinquième et s'était rendu sur le toit pour tenter de se ressaisir. La personne suivante qui avait pris l'ascenseur avait dû y trouver un bouquet de fleurs fanées.

Truman observa encore une fois la brunette par la vitre du café et il sentit que ça repartait, la même angoisse que lorsque son père s'en prenait à lui. Quand ce sentiment s'emparait de lui, il perdait pied rapidement. Tout était sur le point de voler en éclats une fois de plus, et il ne pouvait rien y faire.

11

Après être passée au Coyote Bleu, Nora quitta la colline de Lowertown par la 4e Rue encombrée dans les deux sens, en repensant à ce qu'elle venait d'apprendre sur sa sœur. Tríona avait repris le travail sans en parler à personne dans sa famille. Était-ce à cela qu'elle pensait quand elle disait avoir menti et trompé les gens ? L'homme qui l'employait était tombé dans une cage d'ascenseur le même jour qu'elle avait été assassinée. Pouvait-il s'agir d'une simple coïncidence ? Et si c'était Tríona et non Peter qui avait un lien avec le parking ?

Nora se gara devant la bibliothèque municipale au centre-ville de Saint Paul. Elle inséra des pièces dans le parcmètre puis traversa le parvis vers l'entrée principale. Elle avait toujours apprécié le style classique du bâtiment – fenêtres cintrées et régulières, balustrades et terrasses de marbre blanc. Les Romains de l'Antiquité s'y seraient sentis chez eux. Mais elle se trouvait là parce que la bibliothèque constituait un autre morceau inexpliqué du puzzle. Quand on avait mis la main sur la voiture de Tríona, la police avait retrouvé une contravention dans la boîte à gants, délivrée pour expiration du stationnement autorisé devant la bibliothèque. Un tampon avec la date et l'heure y figuraient, établissant que

Tríona était passée là moins de douze heures avant d'être tuée. La police avait interrogé un tas de gens dans l'établissement et aux alentours mais n'avait déniché qu'un seul témoin jurant l'avoir vue à la bibliothèque ce jour-là. Il s'appelait Harry Shaughnessy et appartenait au troupeau d'hommes grisonnants qui effectuaient leur migration circulaire chaque jour, des campements de sans-abri au bord du fleuve jusqu'à la bibliothèque, puis le centre de jour Dorothy Day à midi pour un repas chaud, puis de retour à la bibliothèque ou en direction de la Listening House ou de l'Union Gospel Mission, où le café était à volonté et toujours accompagné d'une dose de Jésus notre Sauveur.

Au moment où elle entrait, Nora remarqua un homme maigre et barbu qui sortait par l'autre porte. Signe révélateur, il portait plusieurs couches de vêtements, y compris un trench-coat, malgré la chaleur. Leurs regards se croisèrent brièvement et Nora s'efforça de ne pas l'observer avec trop d'insistance. N'ayant pas croisé Harry Shaughnessy depuis cinq ans, elle ne pouvait être certaine que ce soit lui. Quand la police l'avait interrogé, Shaughnessy avait d'abord paru d'une grande lucidité, expliquant qu'il venait à la bibliothèque tous les matins pour lire le *New York Times.* Il avait vu Tríona le jour en question, il ne voulait pas en démordre, et il était même sûr et certain de la date. Il se souvenait d'un article qu'il avait lu, ce que l'on avait pu corroborer. Puis il avait confié à Frank Cordova que le même jour il avait vu l'archange Gabriel sur un chariot de feu dans Market Street. On ne pouvait donc pas compter sur Harry Shaughnessy comme témoin crédible devant un tribunal. Mais se pouvait-il qu'on ait écarté tout ce qu'il disait, alors que seule une partie manquait de sérieux ? Et si Harry Shaughnessy n'était que partiellement déconnecté avec la réalité ? Et s'il avait vraiment vu Tríona ce jour-là ?

Néanmoins, même avec la contravention et en tenant compte de la déclaration de Harry sur la présence de Tríona à la bibliothèque, on n'avait jamais pu établir ce qu'elle y faisait. Aucune trace dans le système informatique d'un retour ou d'un emprunt sur sa carte ce jour-là. Malgré tout, le fait qu'elle s'y soit rendue à ce moment-là avait son importance. Pourquoi se serait-elle donné la peine de passer à la bibliothèque au cours de ces dernières heures, quand sa vie semblait échapper à tout contrôle ?

Nora gravit les marches jusqu'à la salle de référence au premier étage, vaste espace au cœur du bâtiment. Les bibliothèques avaient une odeur particulière, immédiatement reconnaissable. Portant le regard vers les fenêtres et les poutres polychromes du plafond, elle fut ramenée à l'époque où sa sœur et elle venaient ici tous les après-midi d'été, pour échapper à la chaleur et y passer de langoureuses journées dans la fraîcheur livresque.

Beaucoup de choses avaient changé depuis son enfance, bien entendu. L'endroit avait été réaménagé, des rangées d'ordinateurs avaient remplacé les fichiers en chêne foncé. Tríona était peut-être venue faire des recherches dans un document ou sur Internet mais la politique de la bibliothèque avait constitué un obstacle imprévu : les formulaires de prêt et les historiques de recherches par ordinateur étaient régulièrement supprimés par les bibliothécaires inquiets des empiétements du gouvernement sur les libertés individuelles. Nora comprenait tout à fait qu'il en fût ainsi. Malgré tout, elle avait ressenti une immense frustration de voir que tout semblait jouer en faveur de Peter Hallett. Si seulement elle pouvait découvrir ce que Tríona cherchait…

Comme l'individu qui occupait le poste informatique le plus proche s'apprêtait à partir, elle s'approcha et patienta. Dès qu'il fut à une distance respectable, elle laissa tomber son sac par terre sous la table et s'assit sur le siège encore tiède. Elle contempla l'écran anonyme qui lui demandait un nom, un mot-clé, un sujet, un auteur, un titre. Elle laissa reposer ses doigts sur le clavier. *Que cherchais-tu ?* demanda-t-elle en silence. *Que faisais-tu ici ?* Aucune vibration ne se manifesta. Elle posa une main sur la table en bois, imaginant sous ses doigts le tracé invisible de centaines de stylos glissant sur des feuilles. Comment se faisait-il qu'elle perçoive tant de choses en présence de la *cailín rua,* l'inconnue aux cheveux roux qu'elle n'avait jamais rencontrée, mais ne sente rien là, avec sa propre sœur ?

Elle se sentit soudain idiote et s'écarta du bureau. L'intuition et le flair c'était bien, pourvu que cela débouche sur des preuves tangibles qui tiennent le coup devant un tribunal. S'imaginait-elle vraiment qu'elle trouverait de tels indices ici ? Il n'y avait plus rien de Tríona à cet endroit.

Elle quitta la salle de référence et se dirigea vers l'espace réservé aux autres domaines que la littérature. Elle se rappela le moment où elle avait découvert, enfant, que la bibliothèque disposait de recoins cachés, des escaliers menant vers des salles dont on ne soupçonnait pas l'existence. Les ouvrages autres que les romans occupaient ce genre de lieu invisible, un demi-étage plus bas que la salle de lecture. C'était là que Tríona et elle avaient passé le plus clair de leur temps. Il y avait de la moquette au sol, l'ambiance était calme et studieuse et, malgré l'absence de fenêtres dans ces limbes entre les étages, les livres eux-mêmes permettaient d'entrevoir toutes sortes d'univers étranges au sein du monde réel.

Tandis que Nora avait parcouru méthodiquement la section des sciences naturelles, Tríona s'était trouvé son propre espace parmi ces rayonnages : un recoin silencieux où elle était entourée d'ouvrages sur les dieux et les monstres, les elfes et les sirènes, tout un domaine de créatures aux formes changeantes. Nora repensa aux nombreuses fois où elle avait tenté de faire enrager sa sœur, se demandant à voix haute comment des livres sur les créatures imaginaires avaient pu être rangés ailleurs que parmi la fiction. En guise de réponse, sa sœur se contentait d'un petit sourire entendu. Quand elles quittaient la bibliothèque en fin d'après-midi, Tríona rangeait son livre préféré du moment le dos tourné vers l'intérieur – une astuce pour le repérer plus facilement la fois suivante.

Nora compta les étagères et s'arrêta à l'endroit où elle retrouvait immanquablement sa sœur, parfois sur le ventre et les genoux pliés, ses pieds nus se balançant doucement, d'autres fois les jambes en l'air appuyées contre le mur, ses cheveux déployés en auréole cuivrée autour de sa tête, tellement plongée dans l'univers où elle s'était aventurée ce jour-là qu'il fallait souvent l'appeler trois ou quatre fois et agiter la main devant son visage pour la ramener à la réalité.

Nora sentit monter une vague de désespoir. Que fabriquait-elle là à rêvasser ? Elle était censée raisonner froidement, avec acharnement, établir des liens entre les faits du dossier. Mais avant de faire demi-tour, elle se baissa, parcourut les étagères du bas et son regard s'arrêta sur un ouvrage qui était le seul rangé à l'envers. Elle prit le livre vert défraîchi et l'ouvrit à une page illustrée en couleurs. Un jeune homme en chausses et pourpoint, qui se tenait au bord d'une mare sombre et brandissait une épée au-dessus de sa tête. Dans l'eau frétillait une femme nue en partie immergée, fée aquatique, ses bras pâles déployés. Le texte sous la gravure avait tout l'air d'une ballade.

Alors il dégaina la lame étincelante
Décidé à la pourfendre sur place
Mais elle s'était muée en poisson
Et partit en nageant, belle sirène.

« Mère, mère, tresse-moi les cheveux
Ma mie sensuelle, prépare ma couche
Frère, prends mon épée et ma lance
Car j'ai aperçu la fausse sirène. »

Elle regarda le dos. *Mariés à la magie : époux et épouses féeriques.* La cote, inscrite à l'encre blanche d'une main tremblante, semblait d'une autre époque.

Cinq ans s'étaient écoulés depuis le dernier passage possible de Tríona. Quelle était la probabilité pour que quelqu'un d'autre ait rangé un livre à l'envers dans sa section préférée ? La part rationnelle de Nora se devait de prendre en compte le nombre de gens qui avaient fréquenté la bibliothèque depuis. Replaçant le livre sur l'étagère, elle sentit une légère résistance. Elle le sortit à nouveau, jeta un coup d'œil dans le trou, y glissa la main et en sortit un papier chiffonné, un article du *Pioneer Press* daté du 13 juillet, un peu plus de cinq ans auparavant.

Le mystère persiste autour de la rameuse disparue

La police a examiné des centaines de pistes au cours des semaines qui ont suivi la disparition de Natalie Russo mais reconnaît ne pas avoir appris grand-chose de plus qu'au premier jour de l'enquête. Les investigations sont rendues compliquées par le manque de renseignements sur la jeune femme de vingt-deux ans, résidant à Saint Paul et toujours signalée comme disparue, indique la police. Les coéquipières de Russo au Club d'aviron des Twin Cities affirment que sa disparition est d'autant plus inexplicable qu'elle prenait part à un entraînement rigoureux en vue des sélections olympiques. On estime que Russo a disparu le 3 juin pendant son habituel footing matinal.

La date de la disparition était entourée en rouge, et d'après les informations au bas de la feuille, cette copie de l'article avait été imprimée cinq ans auparavant – le jour où Tríona était passée à la bibliothèque, le jour de sa mort.

Nora laissa tomber la feuille froissée et se mit à

sortir les livres un par un, sans se soucier du désordre qu'elle mettait, les feuilletant rapidement, à la recherche d'annotations griffonnées dans les marges ou sur les pages de garde. Rien. Elle songea soudain que les empreintes de Tríona figuraient peut-être sur la feuille gisant par terre. Elle prit un sachet à fermeture hermétique dans son sac à dos, attrapa délicatement l'article par un coin et l'y plaça. Elle devrait le confier immédiatement à Frank Cordova mais elle savait qu'elle ne le ferait pas. Pas tout de suite.

Pourquoi Tríona aurait-elle épluché des archives de presse pour se renseigner sur Natalie Russo ? Nora sentit renaître la peur qui l'avait gagnée au bord du fleuve. Si Tríona était au courant pour Natalie Russo, et pour Hidden Falls… *J'ai fait des choses moi aussi. Tu n'as pas idée. Des choses inavouables.*

Les craintes horribles refaisaient leur apparition. Elle résistait depuis tant d'années au ver insidieux du doute, soutenant que tout ce que Peter disait sur Tríona n'était que mensonge. Arrête ! lui intima la voix dans sa tête. C'est exactement ce que Peter veut te faire croire. Ne crois pas ça. Un seul article de journal ne signifiait rien en soi. On ne disposait toujours pas de la preuve irréfutable que Tríona s'était rendue à l'endroit où Natalie Russo était enterrée. Quand bien même, Peter avait pu l'attirer au bord du fleuve par la ruse, ou l'y avoir contrainte d'une façon ou d'une autre… *C'est choquant, ce qu'on est capable de faire par amour…*

Au moment où elle sortait de la bibliothèque, quelques minutes plus tard, Nora aperçut un véhicule de contractuels qui s'éloignait de sa voiture. Elle traversa rapidement mais il était trop tard. Elle prit la contravention glissée sous l'essuie-glace et en éprouva un pincement d'ironie amère. Au fil de cette curieuse journée, elle était de plus en plus convaincue que les coïncidences n'existaient pas.

Elle se tourna en sursautant quand on frappa à la vitre près de sa tête, et vit le sans-abri qu'elle avait croisé en arrivant. Harry Shaughnessy, elle en était maintenant certaine. Quand il lui fit signe de baisser sa vitre, son imperméable s'entrouvrit, dévoilant un sweat gris tout taché. Comment pouvait-on porter des vêtements si épais par une telle chaleur…

— Excusez-moi, mademoiselle. Vous avez fait tomber ça.

Il lui tendit la photo de Tríona. Comment avait-elle pu tomber de son sac ? Quand elle releva les yeux, les quelques lettres blanches visibles sur le sweat formaient le mot « LIAR ». Le vêtement était aussi marqué d'une traînée de couleur rouille.

Shaughnessy recula, leva le bras en une sorte de salut, faisant apparaître d'autres lettres. Nora ressentit une décharge d'adrénaline. Elle ouvrit sa portière.

— Monsieur Shaughnessy… vous êtes bien monsieur Shaughnessy ? Accepteriez-vous que je vous invite à déjeuner ?

Il s'éloigna d'elle, gêné d'être reconnu.

— Je comptais me rendre au centre Dorothy Day…

— S'il vous plaît… j'aimerais vous remercier d'une manière ou d'une autre pour avoir retrouvé ma photo. On pourrait s'installer ici dans le parc.

Elle indiqua le vendeur de hot-dogs à l'angle de la 5e Rue et de Market Street. Harry Shaughnessy se gratta la tête et porta un regard hésitant vers le carrefour, tenté d'accepter le casse-croûte immédiat plutôt que d'aller faire la queue pour déjeuner au foyer.

— Eh bien, c'est pas de refus…

Nora descendit de voiture, soucieuse de ne commettre aucun geste brusque, et gagna l'angle opposé du parc aux côtés de Harry. Elle commanda deux hot-dogs et étudia le visage du clochard pendant que celui-ci observait le vendeur au travail. Impossible de lui donner un âge ; la vie à la dure faisait vieillir prématurément bien des hommes. Mais il avait quelque chose dans l'allure, une façon de se tenir droit et digne, qui rappelait à Nora la génération née au cœur de la grande crise.

Après avoir payé, Nora trouva un banc libre près de la fontaine centrale. Comment allait-elle s'y prendre pour aborder le sujet délicat du sweat taché ? Il y avait un vrai risque qu'il détale à peine elle ouvrirait la bouche. Elle jeta quelques regards en coin à Shaughnessy. Il mangeait lentement, presque délicatement, savourant chaque bouchée, comme si c'était son plus délicieux repas depuis des mois. Ça l'était peut-être. Il avait les ongles noirs de crasse et quelques centimètres d'un caleçon long grisâtre apparaissaient entre ses chaussettes et son pantalon. Ses baskets montantes étaient usées jusqu'à la corde. Mais ce n'étaient là que de menus détails. Le trait le plus frappant chez Harry Shaughnessy était son corps en perpétuel mouvement, ses yeux aux aguets. Comme une bête sauvage, songea Nora. C'était peut-être cela qui lui avait permis de survivre si longtemps dans la rue.

Un peu plus loin, à la périphérie du champ visuel de Nora, des enfants de maternelle traversaient le parc, leurs mains agrippées à des boucles reliées en une longue cordée. La maîtresse marchait en tête, tirant derrière elle sa ribambelle de petits canetons. Harry contempla les enfants et tendit la main comme pour les caresser, alors qu'ils étaient à une vingtaine de mètres.

— Ouais, c'était une fille très bien, dit-il, poursuivant quelque conversation en suspens. La dame de la photo. Je la voyais à la bibliothèque. Ça fait quelques années. Elle me demandait toujours comment ça allait. Des fois elle avait la petite avec elle… quels beaux cheveux roux, comme sa maman ! La plupart des gens, ils ne vous remarquent même pas, mais elle était différente. Parfois, elle m'offrait même un café. (Le regard perdu, fixé ni loin ni près, il se souvenait.) Jamais voulu tuer personne, pas comme certains… (Ses ongles crasseux s'enfoncèrent dans ses paumes.) C'était juste comme ça. Les gars d'en face, c'étaient des bleus comme nous et ils avaient autant peur. Ça se voyait dans leurs yeux…

— Monsieur Shaughnessy ?

Il la regarda, ses yeux chassieux semblant à peine la reconnaître.

— J'espère que vous ne m'en voudrez pas de vous poser la question, reprit-elle. Où vous êtes-vous procuré ce sweat-shirt ?

Il afficha un air interdit.

— Votre sweat. Il vient de Galliard College, dans le Maine, n'est-ce pas ?

— Ah bon ?

Il ouvrit complètement son manteau et elle vit le nom en entier, comme elle l'avait supputé. Harry Shaughnessy portait sur lui un sweat-shirt de l'université où Peter Hallett et Marc Staunton s'étaient liés d'amitié, où le cours de la vie de Tríona, de leur vie à tous, s'était infléchi. Nora n'arrivait pas à détacher les yeux de la tache foncée. Exposée à la lumière du jour, sa couleur semblait reconnaissable parmi toutes.

— On ne croise pas souvent par ici des gens portant un sweat de Galliard. Mon fiancé y a fait ses études.

Une petite voix dans sa tête fit la correction au stylo rouge – mon « ex-fiancé ».

Harry Shaughnessy contempla le hot-dog posé sur les genoux de Nora, auquel elle n'avait pas touché, et son visage se modifia en un éclair, la confusion soudain noyée sous une brusque vague de paranoïa et de suspicion. Il se serra dans son manteau, malgré la chaleur accablante de l'après-midi.

— Qu'est-ce que vous voulez ?

Elle n'eut d'autre choix que de dire la vérité.

— J'ai besoin d'examiner votre sweat de plus près. Je peux tout vous expliquer… je vous en supplie, c'est très important.

Elle tendit la main – une erreur.

Shaughnessy détala comme une flèche et coupa la route au groupe de maternelle, si bien que Nora s'emmêla dans la cordée quand elle partit à sa poursuite, et entraîna plusieurs enfants qui se retrouvèrent à genoux et se mirent à crier, apeurés. Elle l'interpella.

— Monsieur Shaughnessy ! Attendez, s'il vous plaît !

Elle s'extirpa du groupe d'enfants en s'excusant et gagna l'angle du parc, mais Shaughnessy avait déjà atteint le carrefour suivant. Elle ne put que le regarder tourner au coin et disparaître. Elle s'arrêta pour reprendre son souffle en se tenant à un banc.

— Vaut mieux laisser tomber, ma cocotte ! déclara une étrange voix à côté d'elle.

Nora releva la tête. Celle qui s'adressait à elle était une petite vieille maigre comme un clou, affublée d'une robe de soirée bleu ciel bouffante et d'une écharpe satinée en bandoulière sur laquelle était brodé, en belles cursives métallisées, « Princesse du North Star 1974 ».

— Non, marmonna la princesse, les lèvres pincées avec ironie. Personne peut rattraper Harry quand il veut pas qu'on l'attrape.

— Je voulais seulement lui parler.

— Eh bien il n'a pas l'air d'avoir du tout envie de causer avec toi ! (La Reine de beauté dévisagea Nora d'un air méfiant.) T'es flic ? T'as pas une tête de flic.

— Non. Vous connaissez Harry Shaughnessy ?

— Bien sûr ! Qui le connaît pas ?

— Vous sauriez où je pourrais le trouver ?

— Ça se pourrait. Mais des clopes seraient pas de refus… ça m'aide toujours pour la concentration.

Elle se tapota la tempe d'un index ridé et Nora comprit enfin ce qu'elle réclamait. Elle fouilla dans sa poche et sortit un billet de vingt dollars.

— S'il vous plaît, dites-moi seulement où je peux le trouver.

— On se calme, on se calme, dit la princesse qui se livra à tout un cérémonial pour dissimuler le billet dans un repli secret de sa poitrine affaissée. Il sera au campement sous l'ancienne centrale électrique. Tôt ou tard, comme moi.

12

Cormac sortit dans le couloir après une deuxième rencontre avec les médecins des urgences. Il s'assit sur une chaise et Roz vint s'installer à côté de lui.

— Du nouveau ?

— Il est maintenu sous sédatifs en attendant que ça désenfle. On ne saura probablement rien avant demain matin au plus tôt.

Il était près de 22 heures et ils avaient passé la journée à l'hôpital. Cormac était toujours en tenue d'aviron. Roz avait l'air épuisée.

— Tu devrais rentrer au cottage, dit-il. Essayer de dormir un peu. Je vais rester.

— Je ne bouge pas d'ici.

— Bon, alors parle-moi un peu plus de cette Mary Heaney. Comment les gens du cru réagissaient-ils à la présence d'une *selkie* parmi eux ?

— Eh bien, au début ils étaient un peu méfiants, naturellement… mais je suppose qu'ils ont dû s'habituer à elle, d'une certaine manière. Les récits ont commencé à prendre une existence propre. On a rapporté qu'elle se rendait sur la falaise surplombant le village pendant que Heaney était à la pêche. Elle restait assise là pendant des heures, à contempler la mer. Je crois avoir déjà mentionné que certains prétendaient l'avoir entendue chanter dans une langue étrange. Les gens racontaient que les phoques venaient sur les rochers quand ils entendaient sa voix.

— Je suppose que tout cela a nourri les rumeurs.

— Comment voudrais-tu qu'il en soit autrement ? Les villageois se sont mis à croire que Heaney exerçait un pouvoir sur elle. (Elle se tut et le regarda.) Ne te sens pas obligé de faire semblant, tu sais. D'être intéressé, pour me faire plaisir.

— Je ne fais pas semblant, Roz. Ça m'intéresse vraiment. Comment sont nées ces histoires, à ton avis ?

— Quelles sont les origines de tout mythe ? L'épouse féerique est une figure majeure du folklore. Ces récits nous accompagnent depuis toujours, et à peu près dans toutes les cultures. La plupart des légendes de *selkies* ne sont reprises à l'écrit qu'au dix-neuvième siècle, et il est intéressant de constater qu'elles passent par le filtre des valeurs d'alors. Beaucoup de gentlemen de l'époque victorienne étaient des anthropologues amateurs. Ils collectaient sans relâche et nous leur sommes redevables pour ce qu'ils ont accompli. Mais leur fascination pour ce qu'ils appelaient les « cultures primitives. » s'accompagnait d'une révulsion non moins puissante. Ils trouvaient particulièrement répugnante la souplesse des liens du mariage parmi les « races sauvages ». Les victoriens percevaient les épouses féeriques comme foncièrement dangereuses… Farouches et incontrôlables, insensibles à la raison et à la morale, elles se débrouillent toujours pour défaire leurs liens matrimoniaux. Les victoriens détestaient particulièrement ce rebondissement toujours présent dans les contes.

— Comment une *selkie* rompt-elle ses liens ?

— Elle découvre ce qu'on lui a pris, l'objet magique qui permettait de la retenir. Dans le cas d'une *selkie*, c'est sa peau de phoque qu'on lui a volée et cachée. Si elle parvient à la récupérer, racontent les légendes, elle peut retrouver sa nature véritable, regagner la mer où elle se sent vraiment chez elle. Dans d'autres récits, l'objet magique est une toque rouge ou un manteau de plumes. Parfois il n'y a rien de matériel mais le mari humain enfreint quelque tabou : soit il frappe son épouse trois fois sans raison, soit il ose prononcer son nom à voix haute ou bien il lui rappelle ses origines animales.

— Quelle en est la signification ?

— En termes psychologiques, on peut y voir des récits sur des femmes qui aspirent à l'égalité et à l'autonomie au sein du mariage, ou des fantasmes masculins sur la manière de subjuguer la femme et ses pouvoirs. Ou encore le reflet d'une angoisse du mâle, celle d'être abandonné par la femelle.

— Et selon toi ?

— Je pense que nous avons toujours cherché des façons d'expliquer les différences fondamentales, non seulement entre les hommes et les femmes, mais entre tous les êtres humains. Nous sommes tous des créatures mystérieuses et indéchiffrables. Inconnaissables, en vérité. Pour moi, cette histoire parle de la manière de surmonter la fin d'une liaison amoureuse. En général, ce sont ses enfants qui retrouvent la peau de phoque de la *selkie*, ce qui est plutôt ironique. Elle aime ses enfants mais ne peut pas les emmener avec elle. Ils sont à moitié humains, ils se noieraient si elle les entraînait sous la mer. Elle est donc face à un choix déchirant : rester et renoncer à sa nature véritable, ou bien retourner à la mer en abandonnant ses enfants. C'est le thème de l'impossible dualité : quel que soit son choix, la *selkie* demeure divisée.

— Qu'est-ce qui t'a portée à croire que ta Mary Heaney a été assassinée ?

— Rien de très explicite, à vrai dire. Il ne reste qu'un fragment de la chanson *An Mhaighdean Mhara*, mais j'ai trouvé curieux que les enfants soient mentionnés par leur prénom alors qu'il n'est rien dit du mari. Je me suis demandé si c'était là une manière subtile de lui attribuer la responsabilité. Le pointer du doigt justement en ne le nommant pas, si tu comprends ce que je veux dire.

— Mais comment prouver une négation ?

Elle hocha la tête.

— Exactement. En l'absence de cadavre, que pouvait-on faire ? Le journal local a évoqué le fait divers, sans oublier les allusions aux superstitions et aux amours féeriques, ainsi qu'à « l'ignorance de la paysannerie irlandaise ». Fais-moi penser à te montrer l'article, je l'ai à la maison.

— Ce n'est tout de même pas ce qui a fait pencher la balance pour que tu soupçonnes Heaney ?

— Non, il y avait aussi quelques indices circonstanciels.

— Lesquels ?

— Plusieurs personnes m'ont confié des choses que leur avaient racontées leurs parents ou grands-parents, à propos d'un curieux vieillard qui avait suivi Heaney le premier jour de foire après la disparition de sa femme, en lui demandant : « C'est toi ? C'est toi qu'as tué ta dame ? »

— Et comment Heaney a-t-il réagi ?

— Il a frappé le vieillard au visage et l'a mis par terre, la tête ensanglantée. Personne ne connaissait l'individu et on ne l'a plus jamais revu après ce jour-là. Quelques semaines plus tard, un article a paru sur une dizaine de phoques retrouvés battus à mort sur Rathlin O'Birne.

Cormac sentit sa curiosité croître. Il connaissait l'île de Rathlin O'Birne pour l'avoir aperçue depuis les falaises de Bunglas.

— Comment as-tu fait le lien avec Mary Heaney ?

— Toutes mes sources soutiennent que P. J. Heaney était le coupable.

— Avait-on la moindre preuve ?

— Personne n'a été témoin du forfait. Je n'ai à t'offrir que ce que les gens m'ont dit. Certains étaient toujours un peu nerveux d'en parler. En fonction de la pêche du jour, il arrivait que Heaney rentre chez lui couvert de sang de poisson. Mais le soir du massacre des phoques, plusieurs personnes prétendent avoir entendu dire qu'il était rentré au port sans la moindre prise. Son chandail était imbibé de sang mais pas du sang aqueux de poisson, quelque chose de plus épais et plus foncé. Dès qu'il s'est éloigné, plusieurs habitants ont jeté un coup d'œil à sa barque.

— Que cherchaient-ils ?

L'imagination de Cormac lui représentait trois silhouettes aux visages rougeauds, accroupies parmi des filets trempés à la lueur de leurs lanternes.

— Je ne suis même pas sûre qu'eux le savaient, dit Roz. Mais ils ont trouvé un gros poids de pêche, encore maculé de sang et de poils.

Cormac voyait l'horrible chose comme s'il l'avait devant les yeux, rougeoyante sous l'éclairage des lampes. Il imagina la figure solitaire sur l'île, en proie à une violente fureur, semant la peur et la confusion parmi la colonie de malheureuses bêtes lentes à se déplacer. Il entendait leurs cris alarmés, les éclaboussements désordonnés de ceux qui tentaient de s'enfuir par la mer, et il repensa aux créatures qu'il avait aperçues ce matin-là, non loin de Rathlin O'Birne. Peut-être Heaney n'avait-il pas supporté ce qu'il percevait dans la flaque sombre de leurs yeux.

— Qu'ont-ils fait ?

— Que voulais-tu qu'ils fassent ? La loi n'interdisait pas de tuer des phoques, pas à l'époque.

— Mais, si les gens étaient persuadés que Heaney avait tué sa femme, et il semblerait que les soupçons étaient très répandus, pourquoi ne l'ont-ils pas carrément dénoncé ?

— Je pense que les restes de croyances superstitieuses y sont pour beaucoup. Et il faut aussi tenir compte du contexte social de l'époque. Les gens du coin craignaient certes Heaney, mais ils craignaient tout autant la police. La Royal Irish Constabulary n'était qu'un prolongement du pouvoir anglais. Quoi qu'ils sachent, les gens n'avaient pas envie de coopérer. Heaney risquait de s'en prendre à eux s'ils parlaient et, le cas échéant, comment pouvaient-ils faire confiance aux mêmes officiers qui vous expulsaient sans états d'âme quand vous n'arriviez plus à payer votre loyer ? La chanson était peut-être une manière indirecte de dire ce qui était vraiment arrivé. J'ai toujours supposé qu'à la base, les légendes de *selkies* portaient plus sur l'émancipation féminine que sur les créatures fantastiques de la mer. Une fois qu'elles échappent au sortilège, les femmes à la forme changeante reprennent possession de leur identité, délivrées des entraves du mariage et de la pression sociale. Malgré le déchirement, elles sont capables de quitter leur mari, et même leurs enfants. C'est une idée profondément perturbante que les femmes puissent être sujettes à une attirance bien plus puissante que n'importe quelle considération domestique. Quelque chose d'aussi profond et mystérieux que la mer. Un royaume à part.

Cormac ne put s'empêcher de penser à Nora, qui se satisfaisait peut-être de son indépendance, séparée de lui. Roz avait raison, l'idée était perturbante. Il tenta de s'en défaire.

— Qu'est-ce qui t'a décidée à consacrer plusieurs mois à exhumer tout ça ?

— Je suis tombée une fois de plus sur les paroles de la chanson, par hasard, et il s'en dégage une telle puissance, cette capacité à saisir l'atmosphère hivernale d'un lieu… l'obscurité, la neige, la mer glaciale, l'absolue désolation. C'est le ton du morceau, et aussi la situation ambiguë de la *selkie* : elle est sortie de captivité mais elle n'est pas libre pour autant. C'est présent dès le premier vers : *Is cosúil gur mheath tú nó gur thréig tú an greann* – « Tu sembles t'être fanée et avoir perdu le goût de la vie ». Cette femme est prisonnière, malheureuse et épuisée, mais elle ne parvient pas à quitter l'endroit où se sont croisés ses deux univers. Elle est tiraillée, dans son corps et dans son esprit. L'amour qu'elle ressent pour ses enfants est aussi fort que l'appel de la mer. (Elle regarda par la fenêtre.) Je sais qu'elle se trouve là-bas quelque part, Cormac. Les gens peuvent penser que j'étudie ces histoires parce que je crois secrètement aux sirènes. Pas du tout. Mais notre besoin de sirènes est réel. Et aussi la colère, la peur, l'amour farouche et la jalousie ancrés dans les légendes sur elles. Tout ce qui fait que nous autres humains nous comportons comme nous le faisons. Réfléchis un peu : Mary Heaney est morte il y a plus de cent ans, et pourtant des gens qui habitent au coin de la rue se souviennent toujours des détails de son histoire. Pourquoi ? Parce que son dilemme leur parle. Son drame évoque une dualité que chacun de nous porte au plus profond de lui. Les contes folkloriques sont en fait là pour donner chair à des concepts psychologiques complexes. (Elle posa la main sur le bras de Cormac.) Dis-moi, as-tu observé attentivement les murs chez ton père ? Tu as bien dû remarquer la quantité de photos. As-tu compté combien il y en a avec des phoques ? Quand je lui ai fait la remarque, ton père m'a montré les tiroirs et les placards de sa chambre où s'entassent les carnets dans lesquels sa tante Julia collectait des histoires de *selkies*. À cet instant, j'ai éprouvé un sentiment très étrange et je me suis demandé par quel hasard ton père et moi nous étions rencontrés ce soir-là à Port na Rón. Même si on ne croit pas aux autres mondes, au destin, aux heureux hasards – toutes ces sornettes, comme dirait ton père –, force est de reconnaître qu'il se passe des choses bien curieuses.

13

Il était peu après 17 heures quand Nora se présenta chez ses parents. Personne ne vint lui ouvrir quand elle sonna à l'arrière de la maison, ce qui était peut-être préférable ; elle n'avait toujours pas décidé ce qu'elle allait leur dire. Comment leur parler du crâne fracassé à la morgue, de son excursion au bord du fleuve ou d'Elizabeth qu'elle avait aperçue ? Elle éprouvait encore un sentiment bizarre en repensant au fantôme de Tríona dans la vitrine à Lowertown, au livre placé à l'envers sur le rayonnage à la bibliothèque, au sweat-shirt taché de Harry Shaughnessy. À présent, à la fin de la journée, tout ça lui paraissait la trame confuse d'un rêve. Elle avait songé à se rendre au campement sous la centrale mais n'avait pu se convaincre ni de l'utilité ni de la prudence d'y aller. Il existait probablement un tas de raisons plausibles pour expliquer comment Shaughnessy avait récupéré le sweat-shirt, et comment le vêtement avait été taché.

Elle jeta un coup d'œil à sa montre. Trop tard pour appeler Cormac. Elle appuya une nouvelle fois sur la sonnette et entendit le drelin démodé résonner à travers les pièces vides. Ses parents devaient être encore au travail. Ils n'avaient aucune raison de l'attendre.

Elle chercha son trousseau de clés, auquel était encore attachée celle de la maison. Se retrouver là lui évoquait le vague souvenir du jour où ils avaient emménagé plus de trente ans auparavant, notamment la sourde appréhension qu'elle avait ressentie concernant la nouvelle maison, le nouveau pays. La curiosité avait vite supplanté la peur quand elle s'était mise à explorer les nombreuses cachettes secrètes. Les placards, la cave, même un grenier… C'était tellement différent de leur maison en Irlande, tellement dépaysant !

Cela remontait à si longtemps…

Elle traversa la cuisine et la salle à manger, jusqu'à la véranda de devant. Le ronronnement incessant de la circulation sur la voie express était à peine perceptible ; au loin derrière les arbres, on parvenait à distinguer les berges escarpées du fleuve. Cela lui rappela soudain une autre soirée d'été. Ils rentraient à peine d'Irlande et se trouvaient en famille dans la véranda. Ils avaient eu beau temps pendant leurs vacances d'été dans le Donegal ; il avait fait assez chaud pour se baigner parmi les îlots rocailleux dans la baie en face du cottage de location. Une fois, Tríona s'était trop éloignée. Elle avait barboté de plus en plus loin, apparaissant par intermittence entre les vagues. Puis elle avait disparu. Pris de panique, leur père avait plongé dans l'eau, gagné l'île au crawl et retrouvé Tríona sur la grève, toussant et recrachant de l'eau. Elle avait prétendu qu'un phoque l'avait sauvée de la noyade. Nora ne s'était pas laissé convaincre, préférant croire que sa sœur avait tout inventé, qu'elle avait fait semblant de se noyer pour attirer l'attention. Elle se livrait toujours à ce genre de petits manèges. Comment se faisait-il que personne n'ait aperçu le moindre phoque ?

De retour aux États-Unis deux jours après sa mésaventure, Tríona était allongée sur l'ottomane, sorte d'îlot qu'elle déplaçait autour de la véranda en gesticulant des bras et des jambes. Nora se souvenait tout particulièrement du martèlement des patins sur le plancher qui lui avait tapé sur les nerfs.

— Tu peux arrêter de faire ce bruit, Tríona ? Maman, dis-lui d'arrêter !

Sa sœur avait guidé le meuble vers le centre de la pièce et avait dit :

— J'essaye juste d'imaginer comment ça ferait d'être un phoque.

Elle s'était retournée sur le dos et avait contemplé le plafond, comme si les reflets qui s'y dessinaient étaient l'océan au-dessus d'elle.

Nora se rappela qu'elle avait été sur le point de lui décocher une remarque cinglante mais leur mère, plongée dans une grille de mots croisés à l'autre bout de la véranda, avait murmuré distraitement :

— On pourra emprunter un livre à la bibliothèque, Tríona, si tu veux apprendre des choses sur les phoques…

— Je ne veux pas *apprendre*, maman, je veux imaginer. Vous savez qu'ils ont l'air de voler, sous l'eau ? Je me demande bien ce qu'ils voient, au fond de la mer.

Nora se souvenait qu'à cet instant elle avait senti émerger devant elle une autre réalité : baleines, méduses, tortues géantes, serpents de mer et trombes marines. Elle percevait le silence sous les flots infinis. Et elle avait soudain su que Tríona n'avait pas menti au sujet du phoque. Elle n'aurait pas pu se trouver plus loin de l'océan, et pourtant elle s'était sentie comme immergée, attirée par l'eau salée.

De retour au temps présent, Nora poussa légèrement l'ottomane du bout du pied et écouta le bruit sourd que cela fit sur le plancher. Tríona n'avait sans doute jamais réalisé quel beau cadeau elle lui avait fait ce soir-là. Le premier parmi tant d'autres.

Elle passa ensuite dans le vestibule et grimpa les marches de l'escalier deux par deux, les grincements familiers résonnant sous ses pas comme une étrange musique. Partout où elle regardait, des fantômes surgissaient. Tríona assise en tailleur sur le palier, avec ses poupées ou son jeu de solitaire, sa mère qui rangeait du linge plié dans le couloir, son père qui montait lentement tous les soirs après avoir vérifié que les portes étaient fermées à clé… Des fragments épars de leur vie ici, tous ces moments en apparence insignifiants qui composaient l'existence sur terre.

Franchir la porte de la salle de bains lui évoqua le rituel du coiffage des cheveux rebelles de Tríona. Comment cette corvée lui avait échu, elle n'en avait aucun souvenir. Il ne lui restait que l'empreinte de leurs affrontements quotidiens et têtus. Elle entrouvrit le tiroir du haut et aperçut un bandeau orné de perles, en verre et en fausse nacre. Le préféré de Tríona… À une époque, elle insistait pour le mettre tous les jours.

Nora le reposa dans le tiroir et retourna dans le couloir. D'un côté se trouvait la chambre des parents, de l'autre celle de sa sœur et la sienne. La porte de celle de Tríona était fermée. Elle l'ouvrit, ne sachant à quoi s'attendre. Il y avait une odeur caractéristique de renfermé, signe que la porte restait close – peut-être une vaine tentative pour retenir les fantômes susceptibles de loger ici. Comme du vivant de Tríona, c'était un vrai capharnaüm. Livres empilés partout, textes de pièces de théâtre glissés dans tous les sens sur les rayonnages. Tout l'opposé de sa propre chambre ordonnée, avec ses étagères remplies de manuels d'observation, de plantes séchées et de flacons à spécimens, celle de Tríona avait toujours été le royaume de l'imaginaire. Il lui était même arrivé de penser que sa sœur avait dû être adoptée, étant donné qu'elle n'avait aucun point commun avec le reste de la famille.

Elle ouvrit la penderie et reconnut une chemise aux couleurs fanées que leur père avait portée pour faire du jardinage jusqu'à ce que Tríona se l'approprie et se mette à la porter à la maison. Chaque fois qu'elle la revêtait, elle prenait aussi la voix et les tics de leur père – les prémices de sa carrière d'actrice. Les métamorphoses de Tríona avaient toujours été liées à un vêtement, qu'il s'agisse de cette chemise en batiste ou d'un costume pour un rôle. Comme si le fait de changer de tenue pouvait modifier qui l'on était.

Nora retira la chemise de son cintre et l'enfila par-dessus ses vêtements, décelant le fantôme d'un parfum musqué. Tríona avait beau l'avoir longtemps portée, elle semblait toujours imprégnée de l'odeur de leur père. Elle aperçut son reflet dans le miroir de la commode. Sa tête était coupée car la glace était basse ; mis à part les cheveux roux, on aurait pu la confondre avec sa sœur. Elle détourna le regard. Le coton fané pesait sur ses épaules comme une peau supplémentaire.

Elle consulta sa montre ; 18 heures passées et toujours personne. Elle s'assit sur le lit et parcourut les vieilles cassettes audio de Tríona. La plupart étaient des compilations maison de ses chansons préférées. Elle ouvrit le magnétophone et y trouva une cassette sans étiquette. Elle la remit dans le lecteur et appuya sur « play ». Après quelques grésillements, elle entendit sa propre voix, plus jeune et plus haute, sortir des petits haut-parleurs. Puis une deuxième voix se joignit à la sienne, d'un timbre voisin sans être identique, d'abord à l'unisson, puis en une mélodie distincte et envoûtante sur les étranges paroles du refrain. Il y avait tant de choses que Nora avait oubliées… Comme cette soirée étouffante d'août, plus de vingt ans auparavant, pendant laquelle elle était descendue discrètement à la cave, décidée à enregistrer sur une cassette cette chanson qui la tourmentait. Quand Tríona s'était mise à chanter avec elle, tapie dans l'obscurité en haut des marches, elle avait sursauté et avait été un peu fâchée au départ – mais elle était trop intriguée pour s'arrêter.

Elle était rentrée d'Irlande avec cet air dans la tête, et n'osait le chanter qu'aux moments où elle était certaine d'être seule. Mais Tríona avait dû se trouver là tout le temps, à l'écouter en cachette. À la fin du morceau, elle avait repris la chanson au début et toutes les deux l'avaient chantée encore et encore, sans se voir, et pourtant plus proches qu'elles ne l'avaient jamais été. Observant les deux bobines de la cassette tourner ensemble, elle inclina la tête et laissa les larmes tièdes lui piquer les yeux. Pour la sirène esseulée parmi les flots, pour Tríona, et pour elle-même.

Quand la chanson fut terminée, elle se redressa et découvrit son père qui se tenait dans l'embrasure de la porte, se retenant au chambranle des deux mains. Ses cheveux étaient devenus complètement blancs depuis la dernière fois qu'elle l'avait vu et son visage, tellement vieilli, semblait vidé de son sang. Elle ne l'avait jamais vu verser une seule larme, même au cours des effroyables journées juste après la mort de Tríona. Il ne pleurait pas, mais elle perçut de la détresse dans ses yeux caves.

— Je pensais que tu…

Les mots parurent s'étrangler dans sa gorge.

— Que j'étais Tríona ? murmura-t-elle en regardant la chemise au coton fané.

Son père tressaillit, et Nora regretta aussitôt ce qu'elle venait de dire. Elle ne voulait pas prononcer le nom à voix haute.

Son père secoua la tête et détourna le regard.

— Non. Que nous t'avions perdue toi aussi.

— Me voilà retrouvée, dit-elle doucement. Le retour de l'enfant prodigue.

Il eut un demi-sourire mélancolique, et Nora comprit que cet accueil étrange et triste était plus qu'elle ne s'y attendait, et sans doute plus qu'elle ne méritait.

Il y eut du bruit en bas, quelqu'un qui arrivait par la porte de derrière.

— Ta mère est rentrée. Si on descendait la voir ?

14

Frank Cordova referma le coffre. Il venait de perdre trois heures à la société de courses de la 7e Rue où Natalie Russo avait travaillé, puis deux heures à la maison qu'elle avait louée avec quelques collègues. La société n'avait jamais travaillé pour le cabinet d'architecture de Peter Hallett et aucun des coursiers de l'équipe actuelle n'avait connu Natalie. Pour ces gamins, cinq ans en arrière c'était comme de l'histoire ancienne. Personne ne savait si les affaires de Natalie se trouvaient encore à son ancien domicile, deux maisons jumelles délabrées où s'entassait le bric-à-brac de nombreuses vies de passage.

Il consulta sa montre en repartant. 18 h 45, il avait juste le temps de se rendre à son rendez-vous avec l'entraîneur du club d'aviron. La personne à contacter en cas d'urgence, d'après la fiche que Natalie avait remplie pour son employeur. Il prit Shepard Road au niveau de Randolph Avenue et longea la corniche au-delà de Crosby Farm Park. Le hangar à bateaux était situé au bout d'une voie privée qui partait du haut de la falaise, dans un virage en épingle à cheveux. Il se gara sur le côté de la voie de service et entama la descente escarpée. Le chemin était gravillonné et ses semelles de cuir n'étaient pas adaptées au terrain. Personne n'était là quand il atteignit le hangar, mais comme les portes étaient ouvertes, il entra et jeta un coup d'œil. Certains râteliers muraux étaient vides, à d'autres étaient suspendus des embarcations aux couleurs vives. Devant les portes ouvertes, des paires de tréteaux attendaient visiblement le retour des rameurs. Comme il entendait des ordres transmis par porte-voix, il se retourna et aperçut une flottille d'embarcations effilées qui arrivaient à contre-courant. Certaines comprenaient un seul rameur, d'autres deux ; l'une d'elles en comptait quatre aux gestes d'une gracieuse harmonie. Les avirons s'élevèrent comme les bateaux accostaient de part et d'autre du ponton, et les rameurs l'observèrent en même temps qu'ils sortaient de l'eau leurs coques légères et les posaient à l'envers sur les tréteaux. On se mit à défaire les gréements et à essuyer les bateaux avec des serviettes.

Cordova se dirigea vers la personne la plus proche.

— Je cherche Sarah Cates. Elle m'a dit de la retrouver ici après l'entraînement.

La femme releva brièvement les yeux, notant le badge qu'il avait fixé à sa ceinture.

— Elle sera là d'ici une minute. Elle suit dans l'annexe.

Quand tous les rameurs furent arrivés, une femme qui devait avoir dans les trente-huit quarante ans manœuvra une barque à moteur jusqu'au ponton et leva la main pour lui indiquer qu'elle l'avait vu. Pas très compliqué de repérer le seul type en chemise et cravate parmi tant de Lycra ! Elle était svelte et musclée, et son teint mat portait à croire qu'elle était métisse comme lui. Ses boucles châtains étaient parsemées de reflets dorés, signe du nombre d'heures qu'elle passait sur l'eau. Elle attacha la barque et parcourut le ponton. Cordova vint à sa rencontre.

— Merci de me recevoir alors que je vous ai prévenue au dernier moment, Mme Cates.

— Appelez-moi Sarah, je vous en prie. Vous ne me dérangez pas du tout. Je suis ici tous les jours : quand je ne suis pas moi-même en train de ramer, j'entraîne l'équipe féminine. Comme nous n'avons pas de coach en ce moment, nous nous en chargeons à tour de rôle. Venez.

Ils avaient parcouru la moitié de la distance les séparant du hangar quand elle se tourna et lui décocha un regard en coin.

— Vous ne vous souvenez donc pas de moi ?

Cordova se sentit mal à l'aise. Il n'avait pas participé à l'enquête initiale après la disparition de Natalie Russo, mais cela dit, sa mémoire lui jouait bien des tours ces derniers temps… Il secoua la tête.

— Désolé…

— Vous m'avez interrogée. Il y a environ trois ans.

Toujours rien. Il était sidéré. Elle poursuivit.

— J'ai retrouvé un cadavre dans le fleuve. Ne vous en faites pas. Je sais que c'est impossible de vous souvenir de tous les gens que vous rencontrez. Vous savez, je m'étais toujours dit que ça devait être intéressant, le métier d'inspecteur, mais après cet épisode… je ne vous envie pas du tout cette partie-là du boulot. Il était si petit.

Frank eut enfin un déclic. On avait d'abord

retrouvé le corps du bébé. Celui de sa mère avait été repêché le lendemain, un kilomètre et demi en aval. D'après les témoins, elle tenait le nourrisson serré dans ses bras quand elle avait sauté d'un pont d'une trentaine de mètres. Le souvenir de la mère et de son enfant disposés côte à côte à la morgue avait longtemps hanté ses rêves.

— C'était vous ?

Elle hocha la tête.

— Nous nous rencontrons à nouveau. Et je suppose que vous êtes ici encore pour un décès.

— Oui, malheureusement. Vous connaissiez bien Natalie Russo ?

À en juger par sa réaction, Sarah Cates s'attendait à cette visite.

— Le cadavre à Hidden Falls… c'était Natalie ?

Il acquiesça et elle frotta ses bras nus comme si elle avait soudain froid.

— Je doute qu'aucun d'entre nous l'ait vraiment connue. Quand on discutait, on parlait surtout d'aviron.

— Elle venait souvent au club ?

— Tous les jours, matin et soir, qu'il fasse soleil ou qu'il pleuve. C'était une rameuse motivée.

— La plupart des gens qui viennent ici le sont, non ?

Elle sourit.

— Oui, mais certains le sont plus que d'autres.

— Natalie a été retrouvée en tenue de footing. Qu'en dites-vous ?

— Elle courait tous les jours, en plus de l'entraînement. La plupart d'entre nous pratiquons aussi la course à pied. Pour améliorer l'endurance.

— Les gens à son travail et ses anciens colocataires ne savent pas grand-chose sur elle. Serait-il possible de jeter un coup d'œil aux dossiers du club, au cas où on y trouverait un détail susceptible de nous éclairer sur sa vie à l'époque où elle a disparu ?

— Je ne vois pas trop ce que vous pourriez en tirer. Nos dossiers comprennent seulement les coordonnées, tout ce qui concerne l'adhésion, les records personnels en distance et en vitesse, et les registres de présence…

(Elle indiqua un cahier accroché à un clou près de la porte ouverte du hangar.) L'assurance l'exige, tant pour les bateaux du club que pour ceux des membres. C'est par mesure de sécurité : si quelqu'un sort un bateau et n'indique pas l'avoir ramené, nous devons lancer les recherches. Celui-ci ne concerne que ce mois-ci. Les autres sont à l'étage. Vous pouvez tout à fait y jeter un coup d'œil.

Elle pointa un escalier qui menait à une mezzanine. Au passage, Cordova remarqua au bas des marches des panneaux indiquant les vestiaires « hommes » et « femmes ».

— Natalie avait-elle un casier ?

— Désolée, mais je ne peux pas vous répondre. Ce n'est pas faute de vouloir coopérer mais notre système est souple. Les casiers ne sont pas attribués individuellement, il suffit d'apporter un cadenas si on veut en utiliser un. Le club ne s'en occupe pas.

Ils gravirent les marches et Frank en profita pour regarder les photos exposées dans l'escalier. Les plus récentes étaient en couleurs, les plus anciennes en noir et blanc.

— Les photos des équipes, précisa Sarah Cates. Ça remonte jusqu'aux années vingt, quand le club était interdit aux femmes. On n'a pas fait de progrès côté organisation, mais au moins on ne fonctionne plus comme une confrérie étudiante !

— Natalie figure-t-elle sur une des photos ?

— Au moins une, il me semble. Voyons, elles sont classées par ordre chronologique, si on part d'en bas et qu'on remonte de quelques années… la voici.

Natalie Russo figurait au premier rang. Elle était plus petite et plus menue que la plupart des autres rameurs. Dans un esprit de camaraderie, tout le monde avait le bras passé autour de l'épaule du voisin. Le regard de Frank s'attarda sur la blonde qui se tenait directement derrière Natalie. Son visage était en partie dissimulé par un coude, mais il était presque certain de l'avoir vue ailleurs, dans un autre contexte. L'impression était vague mais tenace.

— Vous savez, dit Sarah, même si la photo est toujours prise en début de saison, il n'y a qu'à la regarder pour savoir quelles équipes accompliront de grandes choses.

— Et celle-ci ? s'enquit Frank en indiquant celle qu'ils observaient.

— La meilleure équipe féminine qu'on ait jamais eue. Cette année-là, on aurait pu envoyer quatre filles aux sélections olympiques mais…

— Mais quoi ?

— Natalie a disparu peu de temps avant les sélections… (Elle serra les lèvres.) Après, c'est parti en vrille.

À l'étage s'entassaient les papiers non classés et les habits trouvés.

— Désolée pour le désordre, s'excusa Sarah Cates. C'est le problème habituel, nous sommes tous bénévoles, personne n'est responsable. Donc c'est toujours le foutoir dans le bureau !

Elle prit les boîtes des archives sous une table et trouva celle avec les registres de cinq ans auparavant. Elle feuilleta l'un d'eux.

— Comme je vous l'ai dit, Natalie sortait sur l'eau quasiment tous les jours à compter de la fonte des glaces… En général, elle s'entraînait matin et soir, et entre-temps elle courait beaucoup.

Elle tourna le registre vers lui. Cordova jeta un coup d'œil aux pages recouvertes d'inscriptions manuscrites. La plupart étaient illisibles, mis à part les nombreux « Natalie Russo » soigneusement reportés au stylo-bille bleu. À compter du 3 juin, son nom ne figurait plus dans aucune colonne. Un jour vous êtes là, le lendemain vous n'êtes plus là. Nous finirons tous par disparaître, songea-t-il, sans faire la moindre vague. Il détacha ses yeux du registre.

— Elle devait être douée.

— C'était le coup de rame le plus naturel que j'aie jamais connu. La gestuelle parfaite. Une fois, je me souviens, elle m'a confié que gagner une course c'était le pied total. Elle m'avait raconté que quand elle était petite elle ne se sentait pas très bien dans sa peau. Alors que gamine, elle était un peu grassouillette et manquait de confiance en elle, l'aviron l'avait transformée en quelqu'un qui savait ce qu'elle voulait. À sa façon d'en parler, j'en ai déduit qu'elle avait dû avoir un passé assez compliqué. Vous savez, la plupart des gens se laissent flotter, mais Natalie n'était pas du tout comme ça. Elle avait le feu sacré, l'esprit de compétition, mais pas d'une manière qui la rendait pénible. Il y a toujours un peu de médisance dans un endroit comme ici, de l'ego et du caractère, et tout ce qui accompagne la rivalité sportive, mais Natalie semblait au-dessus de ça. Elle veillait toujours à encourager ses coéquipières, à pousser chacun à donner le meilleur de lui-même… contrairement à la plupart des poids légers que j'ai connus… (Elle baissa la voix.) Comme ils ont toujours du poids à perdre, ils ont souvent faim. Ce qui les rend irritables.

— Certaines de ses coéquipières étaient-elles jalouses du talent de Natalie ?

— Pourquoi donc ? Elle ne passait pas son temps à la ramener. Tout le monde aime gagner, et nous avions de meilleures chances de gagner avec elle.

— Avait-elle des amies, des gens qu'elle voyait en dehors ?

— Pas autant que je me souvienne. Elle faisait des choses avec l'équipe mais pas avec quelqu'un en particulier.

— Vous êtes au courant qu'au travail, elle avait fourni vos coordonnées comme personne à contacter en cas d'urgence ?

— Oui, on m'en a informée quand elle a disparu. J'ai trouvé ça un peu triste. Apparemment elle n'avait aucune famille… du moins, personne avec qui elle souhaitait rester en contact.

— Quels souvenirs avez-vous de l'époque où elle a disparu ?

— Elle ne s'est pas présentée à l'entraînement. Ça ne lui ressemblait pas du tout, surtout à l'approche des sélections. Je l'ai appelée sur son portable mais ça ne répondait pas. J'ai contacté la société de courses et l'on m'a dit qu'elle n'était pas venue non plus au travail.

— Vous avez donc signalé sa disparition…

— Je n'étais pas sûre que quelqu'un d'autre s'en chargerait. Puis on a retrouvé sa moto derrière le hangar. Je me souviens que j'ai eu une horrible sensation, juste là… (Elle indiqua un point sous son sternum.) Je n'arrête pas de rappeler aux gens, surtout les nouveaux, que le fleuve peut être un endroit vraiment très dangereux. (Elle eut un geste en direction des hauteurs.) Ici c'est encore sauvage, contrairement à là-haut. Il nous faut tenir compte d'un tas de trucs bizarres. Le courant, l'hypothermie, les troncs en partie submergés, les débris flottants… et ne me lancez pas sur le sujet des cinglés qui s'amusent à balancer des trucs du haut des ponts ! Il faut toujours être sur ses gardes. Je répétais sans cesse à Natalie qu'elle ne devait pas courir seule mais elle rétorquait qu'elle n'avait pas besoin d'un garde du corps juste pour faire un footing. Je comprenais son point de vue, on ne devrait pas avoir à se méfier. Chaque fois que je viens courir par ici, à mon retour j'ai l'impression d'avoir esquivé une balle. (Elle le dévisagea d'un air intrigué.) Ça doit être bizarre, de faire ce que vous faites tous les jours. Enfin, apprendre à connaître des gens seulement une fois qu'ils sont morts.

— Je n'avais jamais envisagé les choses sous cet

angle. C'est comme tous les métiers : il y a des jours meilleurs que d'autres.

Les yeux de Frank perçurent soudain les taches de rousseur délicatement parsemées sur le visage de Sarah Cates. Depuis tout le temps qu'ils discutaient, ce détail lui avait échappé. Et ses yeux étaient d'une couleur tout à fait inhabituelle, vert pâle comme le fleuve sous le soleil éclatant.

— Moi aussi, je suis ébahi par ce que vous faites. Le froid, le courant, les troncs d'arbres, les noyés… La plupart des gens, il ne leur en faut pas tant pour rester au lit ! Pourtant, vous êtes sur l'eau tous les jours.

— C'est difficile à expliquer, dit-elle en détournant le regard quelques secondes. Quand le vent est léger, quand vous avez la bonne cadence… c'est difficile à exprimer avec des mots. Si vous voulez vraiment comprendre, je pourrais vous emmener un soir pour un cours d'essai. Gratuit. On en donne souvent.

15

Les retrouvailles avec ses parents se déroulaient somme toute mieux que Nora ne s'y attendait. Il n'y eut pas de récriminations parce qu'elle n'avait pas appelé, pas de questions sur ses plans. Comme s'ils étaient tous conscients que le pas de trois compliqué auquel ils se livraient depuis cinq ans était devenu nécessaire. Occupée au rituel quotidien des préparatifs du repas, Nora percevait deux conversations qui se déroulaient en même temps : leurs lèvres prononçaient des banalités – les détails de son vol, son travail à Dublin, les petits changements dans la vie routinière de ses parents – tandis que les questions plus importantes demeuraient tapies juste en dessous de la surface, tues et sans réponses.

Elle s'était déjà imaginé une bonne partie de leurs discussions. Son père l'interrogeant sur son travail à Trinity College, sa mère prenant des nouvelles de gens qu'ils connaissaient à Dublin, et même les quelques silences embarrassés. Le nom de Tríona ne fut pas prononcé. Malgré tout, comme tous trois s'affairaient dans la cuisine, à ouvrir et refermer placards et tiroirs, Nora ressentit à quel point il était agréable d'avoir ses repères, de savoir précisément où tout se trouvait. Mais elle se sentait aussi emplie d'une douleur vague et diffuse.

Elle comprenait, d'un point de vue, que son père fût réticent à condamner Peter Hallett, ou même quiconque d'autre, sans preuves. Comme elle l'observait déboucher une bouteille de vin, elle tenta de se représenter la région où il avait grandi, la côte sauvage et venteuse du Clare, où les affres de l'histoire et les infortunes à répétition avaient nourri une croyance répandue en des forces extérieures au monde connu. Dès son plus jeune âge, il s'était rebellé contre cette éducation, rejetant les vieilles superstitions, exigeant en tout point une explication rationnelle.

Après la mort de Tríona, Nora et sa mère l'avaient vu se plonger encore plus dans ses recherches, se réfugier dans son univers microscopique et ordonné. Il se délectait de la beauté abstraite d'une cellule, d'en percer à jour les mécanismes internes, de déceler des modifications chimiques invisibles. Dans son propre travail, Nora avait suivi les traces de son père assez loin, mais elle avait fini par comprendre l'erreur qu'il y avait à s'en tenir de trop près à la méthode scientifique. Là où il était question du comportement humain, il n'y avait souvent aucune explication rationnelle.

La conversation, qui s'était déroulée quasi normalement pendant qu'ils s'activaient en cuisine, se tarit soudain quand ils passèrent à table. Nora sentit que sa mère essayait de la ranimer mais ses manœuvres échouèrent les unes après les autres, et le repas s'acheva en silence.

— Tu ne nous as pas dit combien de temps tu comptes rester, dit brusquement son père. J'espère que tu n'as pas quitté Trinity College pour de bon.

— On compte sur moi pour la rentrée à l'automne.

Présenté sous cet angle, c'était la vérité.

Tom Gavin se leva quelques instants plus tard.

— Désolé de vous abandonner, mais j'ai une présentation de bonne heure demain matin et je dois encore régler quelques détails. Excusez-moi.

Quand il passa derrière sa chaise, Nora sentit la main de son père s'attarder brièvement au-dessus de son épaule. Cinq ans après le meurtre de Tríona, leurs relations demeuraient au point mort. Quand il fut enfermé dans son bureau, Eleanor Gavin dit :

— Il n'a pas de présentation demain matin. C'est seulement qu'il traverse une passe difficile.

Nora voulut s'exprimer, mais sa mère lui fit signe de se taire.

— Je sais… ces cinq années ont été éprouvantes pour tout le monde. Mais depuis ton coup de fil, ton père a passé presque toutes ses soirées à te guetter sur la véranda. Maintenant que tu es ici, il ne sait pas comment agir. Il est complètement épuisé. Je ne dis pas que c'est ta faute, ma chérie… Ne te méprends pas, je t'en supplie. Je t'explique simplement ce qui se passe. Il a réagi exactement de la même façon au moment de ta naissance. Impossible de manger, de dormir et de se concentrer. Et quand tu es enfin arrivée, il était exténué. Tu lui as terriblement manqué. À moi aussi.

— Il n'a pas l'air très en forme, non ? Il est vraiment pâle… et je sais que les médecins font de bien mauvais patients.

Eleanor expira lentement, signe de sa frustration

autant que de son soulagement d'avoir quelqu'un à qui se confier.

— Il se surmène. C'est sa manière de faire face.

Nora observa le visage de sa mère, émue des changements subtils qu'elle y percevait : les rides d'inquiétude étaient gravées de manière plus prononcée, les yeux plus creusés. Elle avait maintenant les cheveux entièrement blancs. Constater les changements qu'avaient infligés trois années, imaginer ses parents seuls dans cette maison, le silence entre eux qui augmentait de quelques secondes tous les soirs… c'était presque trop à supporter.

— Si tu veux, je peux lui parler…

Sa mère afficha un sourire ironique.

— Tu penses que ça aiderait ? Tu sais à quel point il est fou de toi, ma chérie, mais tu dois bien reconnaître que tu n'as jamais eu un effet très apaisant sur lui. Tu lui ressembles trop. C'est le fichu caractère entêté des Gavin ! Non, occupe-toi de toi. Ton père, j'en fais mon affaire, même si je dois réduire en poudre ses bêtabloquants pour les dissoudre dans son thé !

Nora ne put retenir un sourire.

— Ça te va bien, traiter les autres d'entêtés ! Tu as l'air d'avoir maigri. Tu te nourris correctement ? N'oublie pas ce que disait Mme Makabo…

— « Les hommes, ils veulent pas d'une femme maigrichonne, madame docteur ! » cita Eleanor en imitant l'accent chantant d'une ancienne patiente.

Elles échangèrent un petit sourire en repensant au clin d'œil coquin qui avait accompagné la remarque et au concert de rires qu'elle avait déclenché chez les malades présentes en salle d'attente.

— Comment se porte Mme Makabo ?

— À merveille... quatorze petits-enfants ! Le quinzième devrait naître d'un jour à l'autre.

— Tu lui diras que j'ai demandé de ses nouvelles ?

— Bien sûr. Elle et les autres dames me parlent souvent de toi.

Les patients à la clinique de sa mère étaient principalement des mères immigrées et leurs enfants, et Nora avait pu constater par elle-même leurs difficultés - une nouvelle langue, la bureaucratie, la pauvreté, le racisme, le froid glacial du Midwest. La plupart avaient survécu à tellement pire dans leurs pays d'origine ravagés par les famines, les génocides et les guerres interminables. Pour Nora, ce n'était pas un mystère si sa mère était capable d'imaginer ce qui était vraiment arrivé à Tríona tandis que son père, à l'abri de tout contact humain dans son laboratoire stérile et climatisé, en était incapable.

Elle vit sa mère jeter un nouveau coup d'œil par la porte du couloir puis prendre un air résolu, comme pour lui annoncer une mauvaise nouvelle.

— Il y a quelque chose que je ne t'ai pas dit...

— Si c'est à propos de Miranda, maman, je suis au courant.

— Comment l'as-tu appris ?

— Quelle importance ?

L'air stupéfait de sa mère lui arracha un aveu.

— Bon. Je suis passée ici hier soir. Dehors. Je vous ai entendus discuter, avec papa.

— Nora, pourquoi tu n'es pas entrée ?

— J'étais sous le choc, d'apprendre la nouvelle pour Miranda, puis du voyage de noces en Irlande…

— Je voulais t'en parler, Nora. Je comptais le faire.

— Je sais, maman. Ne t'en fais pas.

— Je ne comprends pas, Nora. Si tu es arrivée hier, où as-tu dormi ?

— Je loue un petit studio. Je ne voulais pas vous déranger, toi et papa…

— Nous déranger ?

Nora perçut le regard blessé de sa mère.

— Nous savons toi et moi que c'est préférable, maman.

— Tu as peut-être raison. Je ne sais pas. J'ai parfois l'impression de ne plus rien savoir. Il y a autre chose, dit Eleanor qui se mit à chuchoter et se leva encore une fois pour s'assurer que la porte du bureau était fermée. Tu veux bien qu'on monte à l'étage ?

Nora suivit sa mère dans l'escalier de la cuisine, intriguée par tant de cachotteries.

Quand elles furent dans la chambre de Tríona, Eleanor s'assit pesamment sur le lit et prit la chemise que Nora y avait laissée. Elle se mit à défroisser machinalement le coton fané.

— Mon Dieu, j'avais oublié cette vieille loque ! Ton père refusait de la jeter, alors qu'elle était usée jusqu'à la corde. Je voulais la jeter mais Tríona m'en a empêchée…

Elle porta le tissu à sa joue, plongée dans des souvenirs intimes de son mari et de sa fille, comme

Nora avant elle. Au bout d'un moment, elle parla à nouveau.

— C'est le seul endroit où j'arrive encore à l'imaginer. Je viens ici tous les deux ou trois mois, en me disant qu'il est temps de faire le ménage… tout de même, de combien de bocaux de coquillages et de cailloux a-t-on besoin ? Mais dès que je touche à quoi que ce soit, je me dis aussitôt : « Tríona devait y être attachée, elle l'a ramassé et l'a conservé pour une raison. » Donc je le repose. Et tout reste en l'état.

Elle n'avait jamais entendu sa mère parler ainsi. Nora s'approcha de trois bocaux d'apothicaire posés sur le rebord de la fenêtre. Le plus proche était rempli de coquillages, les deux autres de bouts de verre dépolis et de cailloux ; ces trésors provenaient de leurs étés passés en Irlande. Chaque année, Tríona avait rapporté en cachette de nouveaux spécimens pour ses étranges collections. Nora souleva le premier couvercle et en sortit un coquillage conique, une patelle à pied noir. Elle la retourna et en admira les rayures multicolores.

— Une fois, dit-elle, j'ai voulu lui expliquer les diverses sortes de patelles et tu sais ce qu'elle m'a répondu ? « Je n'ai pas besoin de connaissances sur tout, Nora. J'apprécie juste leurs formes et leurs couleurs. »

— Tu as toujours essayé de comprendre le monde. Tu es comme ça, ma chérie. C'est ta nature. Il n'y a pas de mal à ça. Je suis sûre que Tríona ne le disait pas comme une critique.

Nora remit le coquillage dans son bocal et vint s'asseoir à côté de sa mère sur le lit.

— Je sais que tu penses que nous vous traitions différemment, dit Eleanor. Et je suppose que c'est vrai, d'une façon, parce que vous étiez si différentes, toi et Tríona. Pas seulement l'une de l'autre, mais aussi différentes de ton père et de moi. Parfois je me demandais d'où vous étiez sorties, toutes les deux ! Une question que se posent toutes les mères, j'imagine. (Elle tendit la main et caressa le visage de Nora.) Chaque fois que je te regarde, même maintenant, je te revois une seconde après ta naissance… quelle tignasse foncée ! Je te revois à six ans, à onze ans, à quatorze ans, à vingt-cinq ans, et le plus curieux, c'est que ton enveloppe, ton aspect extérieur, change, sans cesse, et pourtant l'essence… (Elle posa la main sur le plexus de sa fille.) L'essence de la personne que tu es ne s'est pas modifiée, pas le moins du monde. Depuis que je t'ai portée en moi. Je ne saurais t'expliquer pourquoi, mais je trouve ça rassurant.

Nora avait très envie de tout confier à sa mère : Cormac, Frank Cordova et l'autopsie de ce matin-là, Natalie Russo et le bord du fleuve, l'image de Tríona aperçue dans la vitrine de Lowertown. Le crève-cœur d'avoir revu Elizabeth qui avait tellement grandi, et la terrible peur en apercevant cette main paternelle, tout sauf bienveillante, posée sur elle. *Il y a des choses que tu ne sais pas…* Elle ne put se résoudre à aborder ces sujets. Elle se contenta de prendre la main de sa mère encore posée sur le coton élimé, sentant les os sous la belle peau translucide.

— C'est ça que tu voulais me dire, maman ?

Eleanor fit non de la tête.

— Je voulais te dire que je sais pourquoi tu es rentrée…

Nora ferma les yeux. Nous y voici, songea-t-elle. La liste complète des raisons pour lesquelles elle ne devait pas ramener tout ça à la surface. Elle pouvait presque entendre la voix de son père, tentant de la raisonner. Sa mère poursuivit.

— Ce que j'essaye de te dire, Nora, c'est que je sais pourquoi tu es rentrée. Et cette fois je veux t'aider… Il faut que je t'aide, d'une manière ou d'une autre. Je ne peux plus continuer comme ça, à ne rien tenter, à ne rien éprouver. Je n'ai plus qu'une seule chose à faire, et je me le dois : découvrir ce qui est arrivé à mon enfant… à mes deux superbes enfants.

— Oh ! maman…

— Attends, laisse-moi terminer. Il faut que je sache si tu m'as caché quoi que ce soit. Des choses que tu n'aurais pas osé nous dire, à ton père et à moi, pour nous épargner. Il faut tout me dire maintenant… je t'en supplie.

Il y avait tant de choses qu'elle avait voulu leur épargner. Nora inspira profondément et se jeta à l'eau.

— J'ai accompagné Frank Cordova à une autopsie ce matin. Une jeune femme retrouvée au bord du fleuve il y a trois jours. Elle s'appelait Natalie Russo. Est-ce que ce nom te dit quelque chose ?

Eleanor secoua la tête et Nora reprit.

— Elle a disparu six semaines avant la mort de Tríona, et depuis elle reposait dans un marécage à Hidden Falls…

Nora fut prise d'un vertige en voyant la terreur enfler dans le regard de sa mère.

— Quel est le rapport avec Tríona ? Dis-moi.

— Les blessures sont identiques. Elle a eu le visage défoncé, comme Tríona.

— Qu'es-tu en train de me dire ? Tu penses que Peter l'a assassinée elle aussi ?

Elle aussi. Preuve que ses derniers doutes concernant la culpabilité de Peter Hallett étaient enfin balayés.

16

Quand l'horloge du rez-de-chaussée sonna 22 heures, Nora avait tout raconté à sa mère. Le moindre détail sordide. Les informations qu'elle gardait pour elle depuis si longtemps avaient jailli d'un coup. Sa mère semblait abattue.

— Je savais que tu ne nous avais pas tout dit, finit par murmurer Eleanor. Oh ! Nora, comment pourrais-tu nous pardonner ?

— Je ne vous reproche pas d'avoir refusé de voir ce qui se passait, d'avoir refusé d'y croire. C'est vraiment trop horrible.

— Mais toi, tu l'as vu, Nora. Tu y as cru. Je n'arrive pas à comprendre… Si Tríona était dans une situation si désespérée, pourquoi n'est-elle pas venue nous trouver ? Pourquoi ne nous a-t-elle pas demandé notre aide ?

— Peut-être par crainte de la réaction de Peter. Et par honte. D'après ce qu'elle m'a confié au téléphone, je pense qu'elle craignait de tous nous décevoir, toi, papa, Elizabeth, moi. Nous tous. Dieu seul sait quelles idées il lui avait mis dans la tête.

— Ça paraît impossible, Nora. Qu'on se soit laissé complètement abuser.

— Il sait très bien ce qu'il fait, maman. J'en suis convaincue. C'est pour ça qu'il est si dangereux.

— Mais elle l'aimait. J'en suis sûre. Qu'est-ce qui ne va pas chez lui, Nora ? Quelle faille y a-t-il chez cet homme pour qu'il s'en soit ainsi pris à elle ?

— Je ne sais pas, maman. Le saura-t-on jamais ? C'est sans doute la seule énigme dont nous n'aurons jamais la solution.

Après un instant de réflexion, Eleanor redressa les épaules, comme pour chasser le désespoir.

— Y a-t-il quelque chose qu'on puisse faire ? Dis-moi, je suis décidée.

— J'ai réfléchi… Notre priorité est d'assurer la sécurité d'Elizabeth. Pour commencer, il faut l'éloigner de Peter.

— Elle doit justement venir chez nous. Pendant que Peter et Miranda seront en Irlande. Tout est arrangé. On est censés la récupérer demain soir…

— Es-tu prête à l'emmener loin d'ici, maman. Quelque part où il ne pourra pas la retrouver, où il n'aura même pas idée de la chercher ? Tout de suite, dès demain. Es-tu prête à faire ça ?

Eleanor posa la main sur la vieille chemise de Tríona.

— Je me suis renseignée. En prévision, j'imagine. Il existe un réseau fantastique, quand on sait à qui s'adresser.

— Vous serez peut-être obligés de vivre dans la clandestinité, pendant des semaines, voire des mois, pour échapper à la police. Te sens-tu vraiment prête à affronter tout ça, maman ?

— Crois-moi si tu veux, mais je ne pense qu'à ça depuis cinq ans. Si je dois choisir entre préserver notre petite vie ou protéger Elizabeth, quel choix je ferai, à ton avis ?

De retour à l'appartement, Nora s'approcha de la fenêtre et contempla le peuplier de Virginie dont les feuilles tremblaient légèrement. Une journée entière de passée. Plus que trois jours avant que Peter ne quitte le pays, peut-être pour de bon. Au moins, il n'emmenait pas Elizabeth. Peut-être avait-il attendu le moment opportun pour se débarrasser d'elle ?

Qu'avait-elle vraiment découvert ce jour-là, qu'on ne puisse mettre sur le compte du hasard ou de la coïncidence ? Il n'y avait toujours aucun élément concret pour établir un lien entre Peter Hallett et les révélations de la journée. Les preuves viendraient peut-être bientôt, mais elle était trop fatiguée pour tenter d'assembler d'autres morceaux ce soir-là.

Elle prit dans son sac à dos la cassette qu'elle avait empochée au dernier moment dans la chambre de Tríona. Comment se pouvait-il qu'elle l'ait oubliée ? Tríona avait conservé l'originale et, à voir son aspect, elle s'était même donné la peine de la réparer quand elle avait montré des signes de fatigue. Émue par ce détail, Nora se sentit une fois encore au bord des larmes. Elle inséra la cassette dans le lecteur-réveil sur la table de nuit, mit le son tout bas et s'allongea. Les deux voix l'enveloppèrent, semblables sans être identiques, attirées l'une par l'autre en cette chanson aux paroles d'une simplicité trompeuse :

Vous tous qui êtes amoureux
Et pouvez y échapper
Je vous plains d'endurer tant de douleur
Car je sais d'expérience
Que votre cœur est empli de chagrin
Un chagrin qu'aucun mortel ne sait guérir

Tríona avait à peine quatorze ans au moment de l'enregistrement, et pourtant il y avait quelque chose dans sa voix qui parvenait à exprimer la collision tragique entre espoir et cœur brisé. L'amour se présentait ici comme une maladie, un mal incurable. Comment avait-elle pu ressentir cela alors que Peter n'entrerait dans sa vie que sept ans plus tard ?

Nora ferma les yeux en repensant à un moment quelques jours plus tôt. Elle traversait la tourbière de Loughnabrone quand elle avait aperçu Cormac et s'était sentie soudain comme envahie par une force qu'elle n'aurait même pas su nommer. Cinq ans auparavant, elle s'était crue amoureuse de Marc Staunton mais cela s'était avéré n'être qu'une illusion. La révélation qu'elle avait eue sur la tourbière avec Cormac lui avait semblé complètement neuve. Toute sa vie durant, elle s'était employée à résister au chaos des émotions débridées, et voilà qu'elle se trouvait prise dans l'infernale et inextricable toile de joie, de douleur et de folie qu'était l'amour. Cette souffrance exquise et jubilatoire pour laquelle il n'existait aucun remède ici-bas.

C'était une chose que Peter n'avait certainement pas envisagée, voire jamais comprise. Dès lors qu'un tel sentiment attachait Tríona à son mari, aucune séparation n'était envisageable.

C'est choquant, ce qu'on est capable de faire par amour…

Qu'avait commis Tríona ? Jusqu'où avait-elle été par amour ?

Nora sortit de sa poche la tresse de Cormac et la fit tourner entre ses doigts qui étaient habitués à sa forme effilée. La tête sur l'oreiller, elle écoutait les deux voix et la musique du peuplier dont les feuilles bruissaient dans l'air nocturne de l'autre côté de la vitre. Aux paroles de la première chanson succédèrent celles d'une autre, tandis qu'elle demeurait allongée, les membres de plus en plus lourds, jusqu'à ce qu'elle n'ait plus la force de résister. *Le décalage horaire.* Dans son état à moitié conscient, Nora n'aurait su dire si elle avait prononcé les mots à voix haute ou si elle les avait seulement pensés. Elle tenta de relever la tête mais n'y parvint pas.

En bas dans la rue, Truman Stark coupa son moteur. Il n'avait toujours pas établi quel était le lien entre la fille aux cheveux foncés et la rouquine. Mais maintenant qu'il savait où elle habitait, il pouvait la tenir à l'œil. Il n'avait qu'à se pointer quand ça lui chantait. Vraiment n'importe quand.

17

Il était minuit passé quand Frank Cordova rentra chez lui. Il se baissa pour ramasser le courrier tombé par la fente derrière la porte, et balança le tout sur la table de la salle à manger où s'entassait une pile grandissante. La même chose tous les jours, rien que des pubs et des prospectus. Il se demandait ce qui le retenait de les mettre directement à la poubelle. Aucune raison précise, si ce n'est l'habitude de les empiler sur la table.

Il avait passé une bonne partie de la soirée à éplucher le dossier sur la disparition de Natalie Russo. Il se sentait vidé. Les tequilas de la veille qui lui pesaient toujours sur le crâne n'arrangeaient rien. Dormir était tentant, mais il ressentait aussi le tiraillement familier de la faim. Il ouvrit le frigo et pencha la tête à l'intérieur. La bouffée d'air froid lui fit du bien. Un bruit se fit entendre dans la pénombre au-delà de la cuisine. Il tressaillit, inquiet. À l'autre bout du salon quasi désert, une silhouette sombre se détacha du canapé, comme vaporeuse. La faible lueur provenant de la cuisine se refléta sur les cheveux courts et blonds de Karin Bledsoe, et sur la bouteille de vin et les deux verres posés sur la table à côté d'elle. Malgré l'obscurité, il vit que la bouteille était presque vide. Karin était là depuis un bon moment. Plusieurs pochettes de 33 tours traînaient par terre. Il entendit le bras de la platine, le son de l'accordéon lancinant, puis la voix douce et implorante d'une chanteuse de *corrido*. Il expira longuement et sentit l'adrénaline refluer.

— Qu'est-ce que tu fiches ici, Karin ? Il est tard.

Elle s'approcha et lui mit un verre dans la main, titubant légèrement.

— Super, l'accueil ! Ni « Comment s'est passée ta journée, Karin ? », ou « Ça fait plaisir de te voir, Karin » ? Même pas un petit « Salut ». Juste « Qu'est-ce que tu fiches ici ? » (Elle maintint une certaine distance, comme pour jauger son humeur.) Je pensais que tu aurais besoin de te détendre. Tu avais l'air un peu tendu ce matin. (Elle fit tournoyer le vin dans son verre, sans cesser de le dévisager d'un air intrigué.) J'ai dit à Rolf qu'on était encore de surveillance. Après tout, ce n'est qu'un demi-mensonge : je préfère t'avoir à l'œil !

Il posa son verre sans y toucher. C'était la dernière chose dont il avait besoin.

— Allons, Frank, si tu ne veux pas boire, tu me dois au moins une danse !

Elle prit sa main et la glissa autour de sa taille, mais il se sentait paralysé. Il lui avait toujours semblé que le malheur avait une odeur distincte, et voilà que ce relent âcre s'insinuait dans ses narines. À moins que ce soient simplement les vapeurs d'alcool et la poussière sur les jaquettes des vieux 33 tours. Karin mélangeait souvent les *corridos* et le vin. Il se rappela son visage ruisselant de larmes la fois d'avant. Il avait toujours détesté les *corridos* pour leur ton nauséeux, dégoulinant d'apitoiement sur soi, et il comptait jeter ces disques depuis des lustres mais n'avait jamais pris le temps de le faire. Ils retourneraient sans doute une fois de plus sur l'étagère, dès que Karin serait rentrée chez elle, comme d'habitude. Tout le monde au poste était au courant. Il se demandait bien pourquoi ils se donnaient encore la peine d'agir en cachette ; cet aspect-là des choses ne lui avait jamais plu, même si Rolf Bledsoe l'avait cherché. Ce salopard trompait Karin depuis toujours. Leur mariage demeurait un mystère… Il tenait peut-être grâce au plaisir pervers qu'ils semblaient éprouver à se tourmenter l'un l'autre. Frank avait toujours su qu'il n'était que la munition du moment dans l'incessante guerre matrimoniale que se livraient Karin et Rolf. Tout ça était assez lamentable. Il tenta de ne pas y penser et se dirigea vers le tourne-disque qu'il éteignit.

— Tu ne me demandes pas comment ça s'est passé au tribunal aujourd'hui ?

— Ça s'est passé comment ?

— Génial. La défense nous a sorti les parents divorcés, le père violent, les nombreux voyous qui ont abîmé l'âme sensible de son client dans la cour de récréation, mais l'issue se lisait sur tous les visages dans le box du jury : notre type va morfler. (Elle s'approcha dans le dos de Frank.) J'imagine que je devrais m'en réjouir, un vaurien de moins en liberté. Comment ça s'est passé avec le Dr Gavin ?

C'était donc pour ça qu'elle se trouvait là. Il grimaça soudain et s'appuya deux doigts juste en dessous du plexus. Son estomac faisait à nouveau des siennes ; la même sensation d'élancement et de chaleur que ce matin-là. Puis la douleur reflua, aussi soudainement qu'elle était apparue.

— Écoute, Karin, il est tard et je n'ai pas franchement envie de discuter.

Elle posa son verre, retourna Frank d'un geste langoureux, attrapa sa cravate et se mit à la dénouer lentement. Comme elle se rapprochait de lui, il sentit le souffle tiède de sa respiration contre son oreille.

— Qui a parlé de discuter ?

Il se réveilla en sursaut, peu après 5 heures. À nouveau ce rêve, celui où il errait dans une maison étrange, entendait des cris et des mots répétés encore et encore, comme des prières ou des incantations. Chaque fois il en était tiré de son sommeil, angoissé et déstabilisé, et en général il n'arrivait pas à se rendormir. Parfois, au moment de se réveiller ou de s'assoupir, il voyait un vieillard entièrement vêtu de blanc, qui émiettait des feuilles séchées ou passait une espèce de plumeau sur une personne couchée dans un lit, sur le ventre. « *Susto, susto*, ne cessait de se murmurer à lui-même le vieil homme. *Es muy importante.* » Avait-il vraiment vu ces scènes ou bien les avait-il seulement rêvées ? Il se demandait souvent qui était sur le lit, quel était le pouvoir des feuilles. Autre chose lui revint à la mémoire, un mot qu'il ne connaissait pas – *curandero*.

Comme il sentait la chaleur d'une présence à côté de lui, il se tourna et vit la tête blonde de Karin sur l'oreiller. Ça n'était pas très élégant, mais il était déçu. À propos de sa liaison avec Karin, il regrettait surtout l'absence de tendresse entre eux. Ils s'étaient retrouvés au lit la première fois presque faute de mieux, et ils étaient restés ensemble – si tant est qu'on puisse employer cette expression – pour la même raison. Au moins ni l'un ni l'autre ne se berçaient-ils d'illusions. Il se dit que c'était une bonne chose. Karin bougea et se redressa sur un coude, endormie.

— Il est quelle heure ? On t'a bipé ?

— 5 heures et quelque. Tu peux te rendormir.

Elle replongea dans ses rêves et Frank se rallongea, les bras repliés sous sa tête.

Il pensa à la dépouille abîmée de Natalie Russo. Elle avait très bien pu rencontrer Peter Hallett sur les pistes de footing au bord du fleuve. Toute la difficulté était d'établir le lien au moyen de témoignages, de dates et d'éléments précis. Hallett était trop intelligent pour ça ; il aurait veillé à ne laisser aucune trace dans la vie de Natalie Russo. Et s'ils s'étaient seulement croisés près du fleuve, elle n'avait peut-être jamais su son nom.

Frank ferma les yeux et tenta de concilier les cheveux lisses et foncés de la Natalie Russo en photo avec les mèches abîmées qu'on avait récupérées sur la berge.

Il soupçonnait Nora de s'être précipitée sur la scène du crime dès qu'il l'avait déposée à l'appartement. Pour tenter de comprendre ce que sa sœur faisait dans les bois le soir où elle avait été assassinée, peut-être à proximité d'une tombe clandestine. Il n'y avait toujours aucune preuve que Tríona se fût rendue à Hidden Falls. En supposant qu'on arrive à le prouver, il y avait trois possibilités bien distinctes. L'explication la moins probable était que

Tríona était tombée sur la sépulture par hasard. Ou bien elle soupçonnait son mari d'avoir tué Natalie Russo et traînait dans les parages pour y chercher des preuves.

Il existait au moins un autre scénario – dont il ne pouvait pas parler à Nora, qui avait toujours vu sa sœur comme une victime irréprochable. L'expérience lui avait enseigné que très peu d'âmes étaient entièrement dépourvues de travers. Il se devait de considérer toutes les hypothèses possibles, y compris celle peu probable que Tríona savait où Natalie Russo était enterrée parce qu'elle avait été impliquée, d'une manière ou d'une autre, dans le meurtre. Ou peut-être simplement dans la dissimulation du crime. Frank n'aimait pas envisager cette éventualité, si peu probable fût-elle, mais il fallait bien que quelqu'un le fasse. Rien n'était jamais aussi simple qu'il y paraissait.

De temps en temps, il retrouvait le sentiment d'urgence qui l'habitait autrefois dans son travail. Il aurait aimé pouvoir croire qu'il avait sauvé la vie ou amélioré le sort ne serait-ce que d'un seul innocent. Mais en vérité, il n'était en mesure de protéger personne. Il aurait beau s'épuiser tous les jours, il était voué à l'échec ; comme tous les policiers. Il lui avait fallu neuf ans pour comprendre cette vérité déplaisante. Les gens comme lui n'empêchaient pas que les malheurs arrivent ; ils étaient là pour faire le ménage après coup, pour rédiger un rapport et le classer.

Son métier était de maintenir une illusion d'ordre là où il n'existait pas.

LIVRE TROIS

Nous abordâmes ensuite un sujet plus important, celui du tabou. Le tabou, au sens strict, n'est présent que là où la peau est absente. Plusieurs des formes qu'il prend correspondent à d'anciennes règles d'étiquette. D'autres rappellent certains points spécifiques en rapport avec la vie sauvage, comme l'aversion pour le fer et l'acier, et l'impossibilité de mentionner un prénom. Il est aussi interdit de reprocher à l'épouse ses origines, de lui rappeler sa condition antérieure, de mettre en question sa conduite ou de contrarier sa volonté.

Mais, que le tabou soit présent ou non, la perte de l'épouse est tout aussi inévitable, tout aussi prévisible dès le début. L'union d'un homme ordinaire et d'une femelle extraordinaire est vouée à ce triste sort. Même quand la tunique de plumes est absente, le tabou n'est pas toujours présent. Chez les sauvages, les liens du mariage sont souvent lâches, en particulier chez les races les plus arriérées. Et, chez celles-ci, l'épouse extraordinaire s'enfuit sous un prétexte plus simple, et parfois ce n'est même que l'exercice arbitraire de sa volonté.

La Science des contes de fées : enquête sur les mythes féeriques,
Edwin Sidney Hartland, 1916.

1

Nora fut réveillée par les tac-tac de la cassette coincée dans le lecteur posé à côté d'elle. Elle le tapota mais la cassette continua de tourner dans le vide.

Encore assoupie, elle se redressa péniblement, vérifia l'heure – 7h26 – et appuya sur un bouton au hasard pour éteindre l'appareil. Elle se laissa retomber sur le matelas et entendit la voix de Tríona, anxieuse et précipitée, par le haut-parleur. « Je n'ai pas beaucoup de temps… »

Nora se releva, soudain parfaitement réveillée, tout son corps sur le qui-vive.

« S'il m'arrivait quelque chose, un accident ou quoi que ce soit, je tiens à ce que tu sois au courant… » Tríona chuchotait à présent et Nora devait tendre l'oreille. « Mon Dieu, je n'arrive pas à croire ce que je suis en train de dire… C'est comme un horrible cauchemar. Je pensais le connaître. Puis une partie de moi-même s'insurge et dit : “Comment oses-tu dire des choses pareilles ? C'est le père de ton enfant !” Mais je ne sais plus qui il est, Nora. Je ne sais pas comment on en est arrivés là. Il y a tant de moments dont je ne me souviens pas. Des heures entières… même des journées. J'ai l'impression de perdre la tête. Et malheureusement, peu importe ce que je dis puisque personne ne me croira. Mais je n'invente rien… je te le jure ! Je veux que tu ailles à notre cachette. Tu vois de laquelle je parle. Prends ce que tu y trouveras et remets-le à la police. Je veux qu'Elizabeth sache que je ne l'ai pas abandonnée juste comme ça, que j'étais obligée de le faire. Il fallait que je découvre la vérité. Si je disparais, je veux que tu ailles fouiller à Hidden Falls. Je ne t'ai rien dit au téléphone à l'instant parce que je savais que tu tenterais de me rattraper et je ne peux pas te laisser faire ça… Je dois y aller, c'est presque l'heure… »

Plus rien, seulement le crachotement d'un micro puis le silence.

Presque l'heure de quoi ? Nora s'empara du magnétophone et le secoua. Les petites bobines continuaient de tourner mais il n'y avait rien d'autre.

Comment cela avait-il pu lui échapper si longtemps ? Tríona avait cru qu'elle s'intéresserait à cette cassette bien avant. C'était exactement ce qu'il leur fallait, la preuve que Tríona s'était rendue à Hidden Falls. Et qu'elle savait quelque chose sur Peter, un secret qu'elle avait peur de confier à qui que ce soit, qui l'effrayait rien que d'y penser. Quoi d'autre ?

Je veux que tu ailles à notre cachette. Tu vois de laquelle je parle.

Nora se leva précipitamment et manqua renverser la lampe en retirant la cassette. Un quart d'heure plus tard, elle était à nouveau chez ses parents, dans la chambre de Tríona, à tirer péniblement le lit en fonte. Derrière, une petite porte se découpait dans les panneaux du mur, munie d'une poignée miniature. Quand Nora la tourna, le battant s'ouvrit en grinçant et laissa échapper une bouffée chaude et poussiéreuse en provenance du grenier. Comme l'entrée d'un monde secret, se rappelait-elle avoir pensé quand elle était enfant. L'ouverture était juste assez grande pour s'y faufiler à quatre pattes. Nora s'y glissa et passa la tête dans le grenier, la chaleur et le manque d'air lui donnant légèrement le tournis. Elle s'aventura plus avant, l'épaule gauche plaquée contre la paroi, s'assurant que le plancher tenait bon en même temps qu'elle veillait à éviter les clous auxquels elle risquait de s'accrocher sur la droite. C'était vraiment une cachette pour enfant, un environnement hostile aux grandes personnes. Nora avait découvert cet espace sous les combles le jour où ils avaient emménagé. Niché derrière la cheminée, ce coin aurait été idéal pour transmettre des messages secrets entre leurs deux chambres, mais cela ne s'était jamais fait. Quand sa sœur avait commencé à s'intéresser aux messages secrets, Nora avait passé l'âge. C'était toute l'histoire de leur vie, en fait – toujours en léger décalage.

Elle tâtonna à l'aveuglette, à l'arrière de la paroi rugueuse en brique, en essayant de ne pas penser aux nombreuses bestioles et autres poches soyeuses remplies d'œufs qu'elle dérangeait. Elle attrapa une vieille boîte à cigares, puis regagna à reculons la chambre mal éclairée, des toiles d'araignées accrochées à ses vêtements.

Quand elle souleva le couvercle, le contenu laissa échapper un léger relent saumâtre. Une étiquette, rédigée par elle-même d'une écriture enfantine, annonçait qu'il s'agissait là de la « boîte à secrets de Nora ».

Celle-ci contenait des objets qu'elle avait mis de côté autrefois, à la manière d'un écureuil : trois « buffalo nickels* », six demi-pennies irlandais, un shilling tout usé, la médaille de bronze ternie attachée à un ruban effiloché qu'elle avait trouvée dans la terre sous la véranda, un crâne d'écureuil peu ragoûtant, quelques fossiles intéressants déterrés sur les berges escarpées du fleuve. Il y avait aussi des morceaux de verre dépoli bleus et verts, une fiole de corail du Connemara à l'aspect osseux, deux diamants du Kerry ramassés près de Dingle à Inch Strand, et un tesson de faïence bleu et beige qu'elle avait trouvé sur la plage dans le Donegal. Tout lui était familier ; il n'y avait rien de nouveau. Elle souleva la boîte pour en inspecter le dessous. Rien de scotché, aucune inscription. Tout compte fait, Tríona ne lui avait peut-être rien laissé.

Elle posa la boîte, se faufila à nouveau dans le grenier et tâtonna encore une fois dans le renfoncement derrière la cheminée. Cette fois, elle effleura quelque chose du bout des doigts. Elle parvint peu à peu à rapprocher l'objet et enfin à le sortir. C'était un sac marin en Nylon bleu, couvert de poussière de plâtre et de toiles d'araignées. Elle s'extirpa du grenier et posa le sac par terre. Dedans, elle trouva un petit agenda noir et une liasse de documents – encore des articles sur Natalie Russo. Tous imprimés le dernier jour de la vie de Tríona, comme

* Pièce américaine de cinq cents, ornée d'un bison, émise entre 1913 et 1938.

celui qu'elle avait retrouvé à la bibliothèque. Elle feuilleta l'agenda et nota de grands X rouges inscrits à certaines dates ; un par semaine, parfois plus. Une enveloppe était glissée sous le rabat à la dernière page, adressée à Peter Hallett. Celle-ci contenait un mot manuscrit, sans signature.

Tu vas payer. Pour ce que tu as fait.

Nora inspecta le cachet. La lettre avait été postée à Portland dans le Maine, quinze jours avant la mort de Tríona. Quel lien y avait-il entre ces documents ? Elle sortit enfin un sac en papier kraft, enfoui tout au fond et qui contenait quelque chose de mou. Des vêtements : un short, un tee-shirt qu'elle avait offert à Tríona, orné du logo de la faculté de médecine du Minnesota, un soutien-gorge en dentelle et la petite culotte assortie. Tous étaient rêches, avec ce qui ressemblait à des taches de sang séché.

Nora sentit son cœur s'emballer. Elle était certaine d'avoir offert ce tee-shirt à sa sœur. La veille, elle avait tout fait pour rassurer sa mère, mais il lui fallait cette fois renfermer ses propres craintes au fond d'elle-même, dans le recoin obscur où elles demeuraient tapies. Tríona lui avait demandé de remettre à la police ce qu'elle trouverait ici. Les choses commenceraient tôt ou tard à s'expliquer, même s'il manquait encore beaucoup de morceaux du puzzle.

2

Cormac, qui faisait les cent pas dans le couloir de l'hôpital, s'arrêta brièvement devant la vitre de la chambre où son père reposait immobile, maintenu dans un coma artificiel. Assise sur une chaise à son chevet, Roz Byrne tenait la main du vieillard.

Quand elle sortit de la chambre, Cormac lui dit :

— Je ne sais pas si je peux rester ici davantage. Il n'y a rien d'autre à faire que tourner en rond et attendre. J'ai besoin de sortir.

— Pourquoi tu ne rentres pas au cottage ?

— M'est avis qu'une coupure te ferait du bien à toi aussi. Si on allait quelque part ensemble ?

— Tu proposes quoi ?

— Je ne sais pas… on n'a qu'à rouler un peu. Les médecins ont mon numéro de portable, s'il y a du nouveau.

Ils quittèrent Killybegs et prirent vers l'ouest, tous deux silencieux, Roz au volant. Ils traversèrent Kilcar et Carrick, dans un paysage de plus en plus sauvage et rocailleux.

— J'ai réfléchi à Mary Heaney, finit par dire Cormac. Étant donné qu'on n'a jamais retrouvé son cadavre, comment peux-tu savoir qu'elle n'est pas simplement partie ?

— Je ne lui souhaite que ça. Je lui souhaite de

s'être enfuie et d'avoir vécu très vieille. Mais je ne pense pas que ce soit arrivé.

— Si ça se passait si mal que ça entre elle et Heaney, qu'est-ce qui la retenait de partir ? Pourquoi rester avec lui ?

— Qu'est-ce qui retient une femme de mettre fin à une relation qui ne marche pas ? C'est une énigme éternelle. Sans réponse. (Elle réfléchit un instant.) Tout ça n'aurait pas un rapport avec ton amie aux États-Unis ?

Cormac parut incapable de répondre. Une partie de lui-même ne demandait qu'à battre en retraite, regrettant d'avoir ouvert cette porte.

— Tu n'es pas obligé de m'en parler, dit-elle.

Il comprit soudain que Roz risquait de soupçonner Nora de vouloir prendre ses distances.

Elle gardait les yeux fixés sur la route, ce qui facilitait l'entrée en matière.

— Ce n'est pas ce que tu crois, dit-il. La sœur de Nora a été assassinée il y a cinq ans. Son mari est le principal suspect, depuis toujours, mais on n'a aucune preuve contre lui. Il n'a jamais été poursuivi, ni même arrêté. Nora est rentrée pour tenter de dénicher de nouveaux indices et je voulais la rejoindre pour l'aider…

— Je suis désolée, Cormac. Je ne me doutais pas.

— Ça défie l'entendement, rester avec quelqu'un qui prend plaisir à vous faire mal. Et pourtant les gens restent. Comment l'expliquer quand on ne croit pas aux sortilèges ?

— Que sais-tu du meurtre de sa sœur ?

— Pas grand-chose. En fait, Nora ne m'en a pas beaucoup parlé. Je pense qu'elle se sent coupable de ne pas avoir repéré des choses plus tôt, de ne pas l'avoir mieux aidée. Apparemment, le mari était une espèce de brute. Le plus déchirant, pour Nora, c'est l'idée que sa sœur aimait toujours ce monstre, en dépit de tout.

— Est-ce si difficile que ça à admettre ? Nous sommes des créatures complexes, avec des motivations et des désirs compliqués, des conflits intérieurs.

Elle s'arrêta à l'approche d'un croisement et le regarda.

— Tu as un petit moment à m'accorder ? dit-elle. J'ai quelque chose à te montrer.

Il acquiesça et elle quitta la route côtière pour retourner dans les collines. Dix minutes plus tard, ils cahotaient sur un chemin étroit au sommet d'une éminence tapissée de bruyère.

— Sais-tu où on est ? Le cottage de ton père est juste de l'autre côté.

Comme la voiture franchissait le sommet, le soleil disparut derrière des nuages et une légère bruine balaya le pare-brise. La route serpentait le long d'un ruisseau et prenait fin en un emplacement gravillonné au pied d'une passerelle qui enjambait le cours d'eau jusqu'à une sorte de sentier. Cormac descendit de voiture et observa les quelques ruines sur la pente surplombant une plage de galets et une jetée abandonnée. Des murets de pierre découpaient le promontoire en une série de champs, eux-mêmes subdivisés par du fil de fer. Quelques maisonnettes aux toits en tôle ondulée servaient apparemment de bergeries. Il n'y avait pour l'instant aucun signe de vie, même pas de moutons, alors que le sol portait amplement la preuve de leur passage récent. Cormac entendait le roulement des vagues sur la grève, le bruit creux des galets s'entrechoquant.

— Quel est cet endroit ? s'enquit-il.

— Ça s'appelle Port na Rón.

Le port aux phoques. Mais le terme de « port » avait un double sens. Outre un port, il désignait aussi une mélodie. Le chant des phoques.

— Des colonies de phoques gris occupent les grottes à l'autre bout de la crique, poursuivit Roz. L'endroit est à l'écart mais autrefois il y avait beaucoup de passage. Pirates et contrebandiers venaient s'y réfugier, m'a-t-on raconté. C'est à l'abandon depuis des années. Mais voici la maison où vivait Mary Heaney, dit-elle en indiquant un cottage délabré sur l'autre rive du ruisseau. J'ai réussi à joindre le propriétaire du terrain et je viens d'obtenir l'autorisation de jeter un coup d'œil à l'intérieur.

Ils empruntèrent la passerelle et gravirent le chemin sillonné d'ornières jusqu'au cottage des Heaney, quatre murs en pierre surmontés d'un toit de chaume effondré désormais livré aux nids et aux mauvaises herbes. À l'arrière et sur les côtés, on s'enfonçait dans les orties jusqu'à la taille. C'était la maison de pêcheur typique du Donegal, très basse, avec de petites fenêtres et un appentis. Pas d'avant-toit - pas ici, où le vent profitait de la moindre prise.

Cormac se baissa pour ramasser un caillou de la taille d'un pamplemousse qu'il soupesa. Une dizaine d'autres pierres similaires étaient éparpillées devant les murs. Attachées ensemble avec une corde que l'on passait par-dessus le toit, voilà tout ce qui empêchait autrefois le chaume d'être emporté par une tempête. Il lança le caillou sur le chemin.

— C'est incroyable que cette bicoque n'ait pas été rasée il y a longtemps.

— Les gens du coin se tiennent à l'écart. On dit qu'il y a de la malchance dans l'air. Celui qui la rasera n'a qu'à bien se tenir !

— Que sont devenus Heaney et ses enfants ?

— Je ne te l'ai pas dit ? Six ans après sa femme, Heaney a disparu à son tour. Sa barque a été retrouvée qui dérivait dans la baie, mais le cadavre n'a jamais refait surface. Les enfants ont été confiés à des cousins vers Buncrana. J'ai retrouvé la trace d'un Patrick Heaney de Buncrana décédé à Gallipoli en 1916, mais je n'ai pas pu établir qu'il s'agissait du Patrick Heaney de Port na Rón.

— Et la fille ?

Cormac ne put s'empêcher de penser à la nièce de Nora, si jeune quand sa mère était morte.

— Il n'y a aucune trace d'elle dans le recensement de 1911, ni à Buncrana ni ailleurs dans le Donegal. Elle était peut-être mariée, à moins qu'elle n'ait émigré. Elle avait l'âge pour. Je n'ai pas eu l'occasion de poursuivre mes recherches. Viens voir à l'intérieur. Je suis déjà venue deux fois mais je n'ai touché à rien. Tu vas comprendre pourquoi on l'appelle toujours le cottage de la *selkie.*

Cormac la suivit par la porte ouverte et il aperçut tout d'abord le ventail supérieur d'une porte, arraché à ses gonds et gisant au milieu de la cuisine. Il parcourut la pièce du regard. Autrefois blanchis à la chaux, les murs partaient en lambeaux et étaient devenus verts et noirs à cause de l'humidité infiltrée.

Il restait un peu de vaisselle ébréchée, de la faïence bleu et blanc, sur le buffet en pin. Dans un coin se trouvait un lit clos, dans un autre un lit d'enfant en métal. Sous une fenêtre au fond, il y avait un meuble comprenant un évier ; conserves vides et sachets traînaient sur les étagères en dessous. Quantité de signes indiquaient que des animaux s'étaient installés ici, profitant des provisions abandonnées. Tout était recouvert d'une belle couche de poussière : la table rudimentaire, les chaises d'enfant en osier, la bouilloire en fonte toujours suspendue à un crochet dans l'âtre. Cormac aperçut un ouvrage au tricot inachevé et les contours d'une pipe en terre sous la poussière accumulée sur la plaque à côté de la cheminée. Tout laissait penser que des existences avaient pris fin brusquement et violemment.

— Que vois-tu ici ? demanda Roz.

— Le dur labeur. Les longues nuits d'hiver.

Il imaginait la famille aller et venir dans la pièce, la femme s'occuper du feu, l'homme réparer ses filets à la lueur des flammes, la respiration discrète des enfants dans leur lit. Il tenta d'imaginer Mary et P. J. Heaney sous ses yeux. Que s'était-il vraiment passé entre eux ? Il restait là si peu de choses pour éclairer comment, et dans quel esprit, ces deux êtres humains avaient occupé cet espace. Rien pour capturer ces indices fugaces que sont un regard, un contact physique, une parole. Il n'y avait rien pour retranscrire l'attirance ou la répugnance – voire les deux, l'un succédant sans cesse à l'autre – qui vibrait en eux chaque jour. Rechignait-elle à ce qu'il la touche ou bien l'y avait-elle incité ? Était-elle consentante, victime d'un kidnapping ou amnésique ? Le fait qu'elle était restée avec lui pendant des années n'offrait aucune indication. Les gens restent pour toutes sortes de raisons : l'inertie, l'espoir que ça changera, la peur de l'inconnu, la pauvreté, la crainte que les choses n'empirent. Les objets peuvent fournir quelques aperçus d'une vie mais comment pourraient-ils exprimer le quotidien dans toute sa dimension ?

Nora faisait tellement partie de lui qu'il ne pouvait pas imaginer de vivre sans elle, et pourtant quelqu'un qui fouillerait dans ses affaires n'y trouverait aucune trace concrète d'elle. Rien de palpable. Ils n'avaient échangé qu'un regard, un contact physique et quelques mots – et même pas par écrit, rien que des conversations fugaces et des signes sur un écran qui disparaissaient. Le seul objet qu'il lui avait offert, la tresse en noisetier, lui semblait un gage d'amour modeste et éphémère.

La voix de Roz vint couper court à ses rêveries.

— Je veux prendre des photos, pour avoir une trace de ce qui se trouve ici.

Tandis qu'elle photographiait divers endroits de la pièce, il dessina rapidement un plan des lieux. Il repéra des marques sur le sol, là où on avait tiré quelque chose de lourd dans la poussière. Quelqu'un avait empilé des patelles par dizaines, formant des tours vacillantes, sur les étagères où était rangée autrefois la faïence.

— Tu m'as pourtant dit que personne n'osait s'approcher d'ici, dit-il à Roz.

Elle contempla les piles de coquillages.

— C'est ce que les gens racontaient. Mais on dirait bien que quelqu'un est passé, hein ?

Cormac indiqua les coquillages sur son croquis et les laissa en l'état. Il s'approcha du lit d'enfant, souleva le matelas de paille pourrissant et entendit quelque chose tomber par terre. Il écarta le lit du mur et aperçut une vieille poupée en mousseline élimée. Une silhouette plus animale qu'humaine, un phoque. En guise d'yeux, on avait cousu des boutons noirs en métal mais il en manquait un. Le témoin muet de ce qui était arrivé ici. Sous le lit, il trouva une planchette percée de trous et deux sachets en tissu remplis de sable qui tenaient dans sa paume. Le bois était fendu et taché, mais quand il l'eut dépoussiéré il put constater qu'il avait été autrefois peint en une couleur vive. Pour l'instant, l'unique petite touche de joie de la pièce.

— Viens voir ça, Roz…

Elle s'approcha et prit des photos.

— Une sorte de jeu ?

Il posa la planchette et jeta un nouveau coup d'œil sous le lit. Cette fois, il repéra plusieurs longs cheveux blonds pris dans un des ressorts. Étaient-ils arrivés ici au cours d'une partie de cache-cache inoffensive ou bien dans des circonstances plus funestes ? Il repensa à tout ce qu'il avait remarqué dès son plus jeune âge, les gestes et les conversations entre ses parents ou entre adultes, dont il avait été le témoin quand on croyait qu'il était ailleurs ou qu'il ne leur prêtait pas attention. Un enfant était capable de sentir les choses, de percevoir et d'interpréter des émotions tues, autant que n'importe quelle créature inférieure. Qu'en était-il pour l'enfant, sans doute une fille, qui s'était cachée là ? Quels souvenirs, quelles images avait-elle emportés ?

Les cheveux étincelants lui parurent soudain solides comme du fil de fer entre ses doigts. Et si tout le monde avait négligé le témoin le plus important pour le meurtre de Tríona Hallett ? Il était parfaitement naturel de vouloir protéger une enfant, mais si personne n'avait jamais parlé à Elizabeth de la mort de sa mère…

Il continua d'extraire le fatras d'objets dissimulés sous le lit. Un assortiment de petits cailloux arrondis, certainement glanés sur la plage. Encore des patelles, par dizaines. Le dernier objet était une chaussure de femme, une bottine d'un autre temps. Il appela Roz et brandit sa trouvaille.

— Elle était là, sous le lit. C'est curieux, non ? Qui songerait à sortir avec une seule chaussure ?

3

Nora était dans sa voiture, garée devant le QG de la police de Saint Paul. Sur le siège à côté d'elle se trouvaient les affaires que Tríona avait dissimulées dans le grenier. Elle s'était précipitée jusqu'ici, sans prendre le temps de changer ses vêtements dans lesquels elle avait dormi. Et elle se rappelait à présent comment cela s'était passé la fois d'avant. Sa fragilité émotionnelle était survenue lentement, imperceptiblement au début. Elle tombait sur quelque chose qui pourrait être une piste et l'apportait à Frank, comme elle lui apportait ces affaires ce matin-là – à peine sortie du lit, décoiffée. La dernière fois qu'elle était passée au poste avant de partir en Irlande, elle avait un sac de vieux vêtements qu'elle avait vu Peter Hallett balancer dans la boîte à collecte d'University Avenue. Arrivée au siège, on l'avait fait asseoir à l'accueil pour attendre Frank. Au bout d'un quart d'heure environ, elle s'était enfin aperçue qu'elle était venue en pyjama. Elle s'était sentie gênée, assise dans le hall où les flics allaient et venaient, la regardaient et détournaient la tête avec dédain. Ils l'avaient cataloguée. Une folle, une toquée. Mais elle ne pouvait repartir avant d'avoir remis les habits. En fin de compte, on n'avait rien pu en tirer. Elle avait alors compris que Peter la tourmentait, qu'il cherchait à la déstabiliser. C'était sa spécialité. Il avait mis le sac dans la boîte à collecte en sachant qu'elle l'épiait, que la piste ne donnerait rien.

Et les indices qu'elle venait de trouver ? Allez savoir si ces affaires n'étaient pas là dans le seul but d'incriminer Tríona. Il était capable d'avoir manigancé cela. Elle prit l'agenda et parcourut les pages marquées d'une croix. Quelle en était la signification ? Les croix semblaient avoir été reportées au hasard, sans la moindre régularité. Plusieurs une semaine, aucune la suivante. Il n'y avait pas d'autre inscription. Rien non plus pour indiquer que les croix étaient bien de la main de Tríona. Si c'était le cas, qu'avait-elle pu noter qui fût à ce point irrégulier ? Nora se reporta à la date de l'inauguration du musée. Un gros X rouge y figurait. Elle tourna la page et en vit un autre le 3 juin, le jour où Natalie Russo avait disparu. Peut-être y avait-il une logique tout compte fait.

Nora rassembla les indices qui pourraient incriminer Tríona, et alla trouver Frank Cordova.

Dix minutes plus tard, ils étaient installés dans la salle de réunion de la section des inspecteurs. Frank était encore contrarié par l'incident de la veille. Il donnait l'impression d'avoir passé une nuit blanche. Comme elle le détaillait, Nora prit peu à peu conscience des personnes de l'autre côté de la vitre, les regards tournés ailleurs, signe que tout le service les observait.

— Serait-il possible de baisser les stores ? demanda-t-elle.

Frank se leva et tira sur le cordon, les dérobant à la vue des autres.

Nora se mit à parler en déambulant.

— Je sais que nous avons toujours supposé qu'un lien existait entre Peter et le parking de Lowertown, mais peut-être était-ce Tríona le lien, et Peter était au courant. Peut-être l'a-t-il suivie. J'ai découvert hier qu'elle faisait des enregistrements en studio pour un certain Nick Mosher, des pubs et de la voix off pour la radio. Je crois qu'elle cherchait à gagner de l'argent pour en mettre de côté, qu'elle se préparait à quitter Peter.

— Pourquoi ce Nick Mosher ne s'est-il pas présenté ?

— Il ne pouvait pas. Il a fait une chute mortelle dans l'immeuble Sturgis.

Cordova fit la grimace.

— Génial.

— Et tu sais ce qui est vraiment curieux ? L'accident s'est produit le jour où Tríona est morte.

— Qui t'a parlé du rapport avec ta sœur, alors ?

— Une certaine Valerie Marchant, qui gère un café au rez-de-chaussée de l'immeuble. Elle connaissait Nick Mosher et aussi Tríona, avec qui elle avait fait du théâtre. Mais Valerie Marchant était à l'étranger au moment du meurtre et de l'accident de Nick Mosher, et quand elle est rentrée six mois plus tard elle ne voyait pas ce qu'elle aurait d'utile à dire.

Il plissa les yeux.

— Et comment en es-tu venue à parler à cette femme ?

Elle ne pouvait pas lui parler du fantôme de sa

sœur aperçu dans la vitrine, ni du livre rangé à l'envers à la bibliothèque. Harry Shaughnessy était lui aussi tabou, tant qu'elle n'aurait pas tiré au clair ce qu'elle avait vu.

— Je me suis rendue au parking et j'ai fait un tour dans quartier en montrant la photo de Tríona. La chance m'a souri. Juste après que tu m'as déposée, je suis allée à Hidden Falls… Je crois que j'ai aperçu le pêcheur, le type qui a retrouvé Natalie Russo.

— Un Asiatique ? La quarantaine ?

— Oui… que sait-on sur lui ?

— Un type assez solitaire. Il vit chez des cousins à Frogtown. Il bosse dans leur restaurant cambodgien, le Phnom Penh, sur University Avenue. Il nous a dit qu'il pêchait à cet endroit depuis son arrivée à Saint Paul, il y a bientôt huit ans. Son anglais est approximatif, et ça ne l'enchantait guère de signaler la découverte du cadavre.

— Mais il l'a fait, Frank. Alors qu'il aurait pu s'enfuir. Tu penses qu'on pourrait l'interroger ?

— Il nous faudrait sans doute un interprète. Comme je te l'ai dit, il n'est pas très calé en anglais. Et n'oublie pas, tant que l'affaire n'est pas élucidée, il demeure l'un des suspects. (Il soutint le regard interloqué de Nora.) Que veux-tu que je te dise, c'est la loi du genre.

Elle plongea la main dans le sac marin et en sortit la cassette de Tríona.

— Je l'ai trouvée chez mes parents hier soir. Je n'ai écouté la face B que ce matin. Je te demande de ne rien dire avant de l'avoir entendue en entier.

Elle lui fit écouter l'enregistrement, guettant la

moindre réaction sur ses traits. Il fronça les sourcils et se caressa la lèvre.

— J'ai fait ce qu'elle dit. Je suis allée à la cachette. Voici ce que j'y ai récupéré.

Nora fouilla à nouveau dans le sac bleu et en sortit l'agenda aux croix énigmatiques, le billet anonyme adressé à Peter, la liasse d'articles sur Natalie Russo et, enfin, les vêtements tachés de sang.

Frank prit un stylo et souleva délicatement un pan du tee-shirt.

— Ces vêtements appartenaient à Tríona, Frank. Je lui ai offert ce tee-shirt.

— La prochaine étape est sans doute de déterminer à qui appartenait le sang…

— J'ai le sentiment que c'est celui de Natalie. Je pense que Tríona était épouvantée de ce qu'elle avait peut-être commis. Elle répétait sans cesse qu'il fallait qu'elle sache la vérité. J'ai réfléchi, dit-elle en s'emparant de l'agenda. Regarde les jours qui sont marqués d'une croix, y compris le 3 juin, le jour où Natalie a disparu. Si tu ajoutes ça à ce que Tríona dit sur la cassette, à propos des journées dont elle ne se souvient pas, et à l'ecstasy liquide que tu as retrouvé dans son sac et chez eux… J'ai toujours pensé, comme tu sais, que ce n'était pas elle qui s'approvisionnait mais Peter qui la droguait… tout commence à coller.

— Quoi donc ?

— Pour une raison ou une autre, Peter n'a plus envie d'être marié. Il se met donc à droguer Tríona à son insu pour qu'elle ne se souvienne pas de certains trucs, comme ça il peut faire ce qu'il veut.

Puis il assassine Natalie – je reconnais que je ne m'explique pas encore ni pourquoi ni comment – et il cherche à faire croire à Tríona que c'est elle qui l'a tuée. Elle se réveille le 3 juin, couverte de sang, sans le moindre souvenir de ce qui lui est arrivé. Elle met un peu de temps mais finit par avoir l'idée d'aller à la bibliothèque où elle épluche les journaux, à la recherche d'une agression ou d'un meurtre commis ce jour-là. Voici comment elle apprend la disparition de Natalie.

— Mais comment est-elle au courant pour Hidden Falls ? Cette partie-là ne colle pas…

— Sauf si c'est à Hidden Falls qu'elle s'est réveillée le 3 juin.

— Tu sais, c'est une belle théorie. Je ne dis pas que ça ne s'est pas passé comme ça, mais chacun de ces éléments pris isolément… ça ne nous donne rien de concret à présenter devant un tribunal.

— Si Tríona craignait d'avoir commis quelque chose d'épouvantable, pourquoi conserver des pièces incriminantes ? Autant s'en débarrasser, non ? Et pourquoi aurait-elle recherché tous ces vieux articles sur Natalie ? Au moins, on sait désormais ce qu'elle faisait à la bibliothèque ce jour-là. Si elle s'apprêtait à quitter Peter, elle comptait peut-être se confier à quelqu'un, dévoiler ce qu'elle avait découvert et comment.

— Et le billet anonyme ? dit-il en regardant le cachet. Posté dans le Maine. As-tu une hypothèse ? De quoi Peter est-il accusé ?

— Non… Je te dis, je n'ai pas d'explication pour tout.

Il prit les articles et les feuilleta.

— Regarde ça, dit-il.

Il lui en tendit un qui ne venait pas du *Pioneer Press* mais du *Press Herald*, à Portland dans le Maine.

Suicide de l'assassin d'un couple d'Ogunquit

Jesse Benoit, qui était passé aux aveux il y a trois ans suite au meurtre atroce d'un couple d'Ogunquit, a été retrouvé mort mardi dans sa chambre à la clinique psychiatrique d'Augusta. La direction de l'hôpital n'a fait aucun commentaire sur ce qui semble être un suicide, mais une conférence de presse est prévue cet après-midi. Constance et Harris Nash avaient été retrouvés il y a trois ans sur leur bateau à l'ancre dans le port d'Ogunquit, sauvagement tabassés à mort. La communauté très soudée de cette petite cité balnéaire avait accueilli avec incrédulité les aveux de Benoit, un ami d'enfance du fils des victimes, et son placement d'office à Augusta, après avoir été déclaré inapte à être jugé pour ce geste brutal.

— D'où ça sort ? demanda Frank.

— Je ne sais pas… je ne l'avais pas remarqué.

— Tu connais ces noms ? Jesse Benoit ? Constance et Harris Nash ?

— Non. Mais je sais que Peter a fait ses études dans le Maine. Laisse-moi m'en occuper Frank. Tu as déjà trop de choses à vérifier. Je peux m'en charger.

Il fixait la main droite de Nora, posée sur sa manche. Elle l'y avait placée sans réfléchir. Elle la retira.

4

Elizabeth passa la matinée dans sa chambre, la tête enfouie sous un oreiller. Elle pouvait entendre son père et Miranda qui parlaient et allaient et venaient dans le couloir avec les bagages. Elle aussi était censée faire sa valise mais elle se sentait toujours chamboulée. Les épouvantables mots lus sur l'écran d'ordinateur s'abattaient sur elle encore et encore, à tel point qu'elle avait l'impression que sa tête allait exploser. *Meurtre de Tríona Hallett. Mari de la victime. Principal suspect*. Si tout le monde était sûr que son père avait fait ces trucs horribles, pourquoi n'était-il pas en prison ? Il était dit que sa mère avait été identifiée par des signes distinctifs. C'était quoi au juste, un signe distinctif ? Elizabeth souleva l'oreiller de quelques centimètres pour regarder ses jambes et ses bras. Rien, si ce n'est des taches de rousseur, des ongles rongés et la croûte foncée sur son genou. Ce n'était rien de tout ça, elle en était certaine.

Elle balança l'oreiller par terre. Ils parlaient de l'emmener avec eux pour leur stupide voyage en Irlande. C'était une idée de Miranda. Son père n'était pas d'accord ; il disait qu'elle serait mieux chez ses grands-parents à Saint Paul. Miranda essayait de le convaincre qu'ils passeraient un moment génial tous ensemble.

Elizabeth savait quoi faire. Elle allait s'enfuir, quelque part où ils ne la retrouveraient pas. Elle attendrait qu'ils partent, puis elle irait chez ses grands-parents. Ça n'était pas bien compliqué de trouver un numéro dans le Bottin. Mais avant toute chose, il lui fallait partir d'ici.

Elle fourra quelques vêtements dans son sac à dos, en s'efforçant de ne pas faire de bruit. Elle prit aussi sa carte d'identité scolaire de Seattle et le livre de bibliothèque qu'elle avait volé, l'histoire de la femme-phoque. Elle ajouta sur une impulsion un bout de tissu fané et râpé, reste d'un vieux doudou avec lequel elle s'endormait toujours. Enfin, elle glissa les deux cents dollars économisés sur son argent de poche dans la pochette à zip de sa chaussure. Elle avait le sentiment que Miranda et son père seraient contents d'être débarrassés d'elle. Peut-être même ne feraient-ils pas trop d'efforts pour la retrouver.

Entrebâillant discrètement la porte de sa chambre, elle s'assura que la voie était libre, puis se précipita vers la porte d'entrée. Elle coupa à travers le jardin boisé jusqu'à la route qui passait devant la maison. Il y avait beaucoup de monde sur le chemin – vélos, joggeurs, promeneurs avec leurs chiens. C'était vraiment très différent de Seattle. Pas seulement les arbres et les plantes ; quand on habitait au bout d'une île, on voyait très peu de gens. Elle réalisa qu'elle ne savait pas où elle allait – et que si elle s'en tenait aux routes principales, son père n'aurait qu'à faire un tour en voiture pour la retrouver. Mais la berge du fleuve était très escarpée par ici. Il fallait qu'elle marche jusqu'à ce qu'elle trouve un coin tranquille, à l'écart, où elle pourrait s'asseoir et réfléchir.

Le fleuve était loin en contrebas, au-delà des arbres. De l'autre côté de la route il y avait des maisons et des immeubles. Son sac à dos commençait à lui peser, tirant sur ses épaules. Tout avait changé depuis qu'elle avait lu ces phrases sur Internet. Le monde entier lui paraissait désormais étrange et pas seulement parce qu'elle se trouvait dans une ville inconnue, très loin de tous les endroits qui lui étaient familiers. Quelque chose avait changé en elle également. Dire qu'elle s'était imaginé sa mère installée ailleurs, heureuse avec sa nouvelle famille ! Stupide, stupide, stupide ! Elle avait une curieuse sensation dans le ventre ; peut-être la faim. Pourtant, elle avait la nausée à la seule idée d'avaler quoi que ce soit.

Une énorme usine se dressait en face, dont elle aperçut les cheminées à travers le grillage. La route devenait sinueuse et descendait. Il n'y avait plus d'habitations par ici et moins de gens sur le chemin. Elle atteignit soudain un panneau en bois sur lequel était gravée l'inscription : « Parc de Hidden Falls ». C'était peut-être l'endroit tranquille qu'elle cherchait pour réfléchir. Elle entama la descente escarpée, sentant le poids de son sac à dos et le chatouillement de la sueur qui détrempait le dos de son tee-shirt. Elle ne s'attendait pas à ce qu'il fasse si chaud dans le Minnesota. Au bas de la pente, la route s'achevait en une série de parkings. Un type assis dans son pick-up l'observa se diriger vers le fleuve.

Elizabeth sentit son regard sur elle mais l'oublia dès qu'elle atteignit l'eau. Elle avait raison sur un point : un fleuve, ça n'avait rien à voir avec la baie Inutile. L'eau était d'un vert trouble ; elle avait l'air sale. Elle demeura sur la berge, à observer des garçons sur un banc de sable de l'autre côté, qui jouaient à lancer des bâtons que leurs chiens rapportaient. En voyant leurs têtes reluisantes pointer à la surface de l'eau, Elizabeth repensa à son phoque tacheté dans la baie Inutile. Elle éprouva une bouffée de nostalgie pour sa plage, pour une époque où elle ignorait tout.

Le sol sous ses pieds était tapissé de petits cailloux arrondis aux coloris variés, qui craquaient et crissaient comme du gravier. Elle décida de s'aventurer plus loin sur la rive et marcha jusqu'à un arbre dont les racines tortueuses étaient à découvert au bord du fleuve. Elle retira son sac et le posa par terre. Ses maux de ventre n'avaient fait qu'empirer. Elle prit son sac sur les genoux et se nicha parmi les racines, en essayant de se faire la plus petite possible, et elle se demanda combien de temps s'écoulerait avant que son père ne remarque sa disparition. Il devait penser qu'elle était dans sa chambre ; peut-être ne vérifierait-il même pas.

Les horribles mots sur l'écran d'ordinateur défilaient à nouveau devant ses yeux. Elle n'avait pas vu le cadavre de sa mère. Alors d'où lui venaient ces images qui apparaissaient chaque fois qu'elle fermait les yeux ? La main blanche et immobile, les cheveux roux sur le cou pâle… Elle avait de plus en plus de mal à respirer. Le sac à dos pesait sur elle, la privant d'air. Elle le balança à l'écart, et tout d'un coup des sons lui échappèrent sans qu'elle puisse apparemment les maîtriser. Elle avait la sensation que ses poumons allaient exploser.

— Hé ! l'interpella une voix de l'autre côté du fleuve. Hé ! la rouquine ! Ça va ?

Elizabeth releva la tête. Elle avait de la terre sur les dents et sentit l'odeur putride des poissons morts. Sur l'autre berge, un garçon bouclé et son chien l'observaient. Ils se mirent à l'eau, comme prêts à traverser. Elle se releva précipitamment, ramassa son sac à dos et se rua vers les bois où elle courut sans but précis, simplement pour s'enfuir. Elle entendit la voix du garçon derrière elle, faible et déçue.

— Mince, je voulais pas te faire du mal… je voulais juste savoir si ça allait.

Elle courait de plus belle mais peinait à voir où elle allait à cause des larmes et de la terre dans ses yeux. Les branches lui fouettaient les bras et le visage, les plantes piquaient sa peau nue. Elle finit par apercevoir un ruban jaune tendu entre deux arbres, des gens vêtus de combinaisons blanches. Une voix, cette fois celle d'un adulte.

— Bon sang, arrêtez-la ! Que quelqu'un attrape cette gamine !

Elizabeth piqua un sprint et entendit des pieds fouler la terre dans son dos. Des mains voulurent la saisir. Elle tenta d'esquiver mais une silhouette massive, chaussée de gros souliers et munie d'un large ceinturon avec une lampe torche, des menottes et un gros pistolet noir, surgit devant elle. Elle leva les yeux vers le visage rose et lisse d'un policier au moment où celui-ci posait les mains sur ses épaules.

— Hé ! Pas si vite, petite ! Pourquoi es-tu si pressée ?

Une voix de femme, haletante, s'exprima derrière elle.

— Merci, Mike. Je vais la ramener au poste.

Un bras passé autour de l'épaule d'Elizabeth, elle l'entraîna sur un chemin qui menait au parking, puis directement à une voiture de police. Elle ouvrit la portière arrière, lui fit signe de monter et s'accroupit à côté d'elle. Elle avait les épaules carrées, les cheveux courts et blondasses. Elizabeth trouvait qu'elle avait l'air plutôt coriace.

— Ton sac à dos m'a l'air assez lourd, dit la femme policier. Tu peux le poser, si tu veux. Je ne vais pas te le prendre.

Elizabeth le serra plus fort contre elle, culpabilisant pour le livre volé qui s'y trouvait. Elle ne voulait pas que la police sache qu'elle fuguait.

— Peux-tu me dire ton nom ?

Elizabeth fit non de la tête. Elle n'avait pas envie de fixer les yeux interrogateurs de la femme.

— Étais-tu censée retrouver quelqu'un ici ? Ne t'en fais pas… tu peux me le dire.

Elizabeth percevait de la gentillesse dans sa voix mais peut-être jouait-elle la comédie. On voulait qu'elle dise quelque chose mais elle ne pouvait pas leur parler de sa mère, des raisons pour lesquelles elle fuguait. Si elle disait quoi que ce soit à la police, son père se mettrait en colère.

Quand un autre flic s'approcha, la femme se leva et lui parla à voix basse.

— Merde, t'as vu son âge ? Ils les choisissent de plus en plus jeunes. Salopards !

Qu'est-ce qu'elle racontait ? Personne ne l'avait « choisie ». L'autre policier parlait à la radio mais Elizabeth ne comprenait pas ce qu'il disait. On aurait dit qu'il s'exprimait dans une langue étrangère. Elle tourna la tête et aperçut le type du pick-up, assis à l'arrière d'une autre voiture de police. La femme policier revint enfin et s'accroupit à côté de la portière entrouverte.

— Tu es très chanceuse, Elizabeth… C'est bien ton prénom, n'est-ce pas ? Ton papa et ta maman étaient très inquiets. Ils sont en route pour venir te récupérer.

Tandis que la femme s'adressait à elle, une pensée se répétait en boucle dans le cerveau d'Elizabeth. *Ce n'est pas ma mère, ce n'est pas ma mère. Je me fiche de ce que les gens disent. Cette sorcière de Miranda Staunton ne sera jamais ma mère.*

5

De retour après leur excursion à Port na Rón, Cormac se trouvait seul dans le salon chez son père. Roz était montée prendre une douche, la maison était silencieuse mis à part le ruissellement continu dans la canalisation extérieure. La bottine retrouvée dans la maison de pêcheur l'intriguait toujours autant. Si Mary Heaney s'était enfuie, comme son mari l'avait laissé entendre, aurait-elle oublié sa chaussure ? Les femmes de sa condition n'en possédaient qu'une seule paire tout au plus ; elles s'estimaient probablement heureuses d'en avoir tout court. D'un autre côté, si elle avait récupéré sa peau de phoque et regagné la mer comme le voulait la légende locale, le sujet de ce qu'elle portait aux pieds n'avait plus qu'un intérêt théorique, aussi, pourquoi perdait-il son temps à ces spéculations ?

Se rappelant la remarque de Roz, il s'extirpa du fauteuil devant la cheminée et s'intéressa aux photos exposées sur les murs. Sa grand-tante Julia avait dû être institutrice – sur un des clichés, pris devant l'école communale de Carrick, elle était entourée de ses élèves, ribambelle de taches de rousseur, d'oreilles décollées et de culottes courtes. Alors que les enfants étaient parfaitement nets, Julia Maguire n'était qu'un spectre vaporeux en robe à pois, comme si elle avait réglé l'appareil mais n'avait pu regagner sa place à temps avant que l'obturateur ne s'enclenche. C'était la première fois que Cormac la voyait en photo. Une autre figurait un groupe d'hommes aux traits sombres et décharnés, vêtus de longs pardessus et rassemblés à la porte d'une église, ayant tout l'air d'une bande de corbeaux. Une légende y était inscrite dans un coin au crayon de papier : « Obsèques de papa, 1936 ».

Cormac observa ensuite celles sur le mur d'en face. Des clichés soignés, en noir et blanc – pierres levées à Glen, falaises de Bunglas, cabanes de pêcheurs à Teelin. Sur deux photos figuraient des violonistes du Donegal – John Doherty, que Cormac reconnaissait pour l'avoir vu à la télévision, et deux hommes d'âge mûr, l'un aux cheveux foncés et l'autre avec une belle tignasse blanche et d'épaisses lunettes. Ils jouaient en se tournant le dos ; « Francie Dearg et Mici Bán », était-il inscrit à la main. Il y avait aussi, comme l'avait noté Roz, de nombreux gros plans de phoques, galerie de têtes humides et curieuses. Chacun comprenait une légende dans le coin en bas à droite, comme toutes les autres photos, rédigée de la même écriture d'antan que la lettre qu'il avait reçue de sa grand-tante. Elle avait donc été non seulement institutrice, mais aussi photographe amateur. Cormac s'expliqua soudain les flacons en verre marron dans le cabanon sans fenêtres à l'arrière du cottage – sa chambre noire.

Il s'aventura dans la chambre de son père. Une commode se dressait devant lui – massive, lourde et foncée, comme tout le mobilier de la maison, vestige des générations de Maguire nés et morts ici. Il se fit la réflexion qu'à sa mort son père ferait lui aussi partie de la lignée. Des bribes de vies ténébreuses remontant à une ou deux générations, quelques détails au hasard, la plupart des gens n'en retenaient guère plus. Le reste s'évanouissait dans l'oubli. Il se sentit vaguement coupable d'ouvrir les tiroirs mais se dit qu'il avait besoin de mieux connaître le vieil homme pour communiquer avec lui. Il se trouvait des excuses, bien entendu, incapable de s'avouer la curiosité qui le consumait depuis que la lettre de Julia Maguire était arrivée au courrier trois ans auparavant, une curiosité chaque jour plus forte et plus intense.

Le tiroir coulissa facilement. Sans vraiment savoir ce qu'il s'attendait à y trouver, il fut surpris d'y voir des piles de mouchoirs, certains tout simples et d'autres brodés des initiales ERM. Une montre en or, quelques pièces dans un vide-poches (de l'ancienne devise) et une paire de lunettes à monture métallique. On aurait dit que personne n'avait touché au tiroir depuis la mort de son arrière-grand-père, soixante-dix ans auparavant. Curieusement, il imaginait sans peine Joseph Maguire, jeune homme exalté, tourner le dos à tous ces biens terrestres. Mais, au bout du compte, même lui n'avait pu se défaire entièrement de l'héritage de ses ancêtres. Vous pouviez renier un temps qui vous étiez, d'où vous veniez, mais cela finissait toujours par vous rattraper. Le fait de vieillir déclenchait peut-être aussi le besoin d'entendre l'histoire de ceux qui vous avaient précédé. La passion de Cormac pour l'archéologie n'était peut-être que l'expression détournée de cette pulsion.

Il referma le tiroir aux mouchoirs et inspecta celui de la table de nuit, au cas où il y trouverait quelque chose à rapporter à l'hôpital. Soulevant les lunettes posées sur un livre, il remarqua le bord corné d'une petite photo en noir et blanc qui dépassait d'entre les pages. Il ouvrit le volume et vit une jeune femme aux cheveux foncés, photographiée sur une falaise du bord de mer, son foulard dénoué et agité comme une voile en un geste de joyeux abandon. Sa mère. S'agissait-il d'un souvenir d'avant sa naissance, de jours étonnamment paisibles ? Il observa la douceur et la souplesse de la chair de ses bras tendus en l'air, et s'efforça d'imaginer ses parents jeunes, débordants de vie et d'espoir. L'enchevêtrement de deux vies devenait encore plus complexe quand venait s'y ajouter une existence supplémentaire, un enfant. Il s'était toujours demandé ce que sa venue au monde avait représenté pour son père, mis à part une complication inutile.

Il glissa la photo dans sa poche pour la conserver précieusement, et referma le livre. *La Croyance aux fées dans les pays celtes,* de W. Y. Evans-Wentz. Il remarqua l'ouvrage en dessous – *La Nature radicale de l'amour, de Platon à John Coltrane.* Le titre de cette œuvre lui rappela certains libres-penseurs qu'il avait brièvement côtoyés à l'université, ceux-là qui adoraient passer leurs soirées au pub à dénoncer le sort des travailleurs opprimés, aveugles aux difficultés des femmes et compagnes qu'eux-mêmes abandonnaient à la maison, les mains dans les couches sales. Le monde était bien curieux.

Il se baissa et prit une paire de gros souliers rangés sous la table de nuit. Il en portait de semblables pour les fouilles. Sans réfléchir, il les posa par terre et les enfila. Ils lui allaient parfaitement. Il se pencha en avant, les coudes sur les cuisses, et observa les chaussures, les plis et les fentes dans le cuir, les endroits où les pieds de son père avaient distendu les coutures, les taches de peinture du même rouge que la porte du cottage. Excepté les chaussures, il n'avait vu aucun vêtement de son père. Il se leva du lit et se dirigea vers l'armoire en face. À l'intérieur, entre les robes à imprimés, les cardigans et deux vieux costumes en laine peignée, il repéra quelques modestes affaires : vieux pantalons de treillis, chemises en denim usées jusqu'à la corde et un pull en laine vierge tricoté main. Se pouvait-il que Joseph Maguire ait rapporté si peu d'affaires de ses trente années passées à l'étranger ? Que faisait-il ici ? Pourquoi le vieil homme était-il rentré ? À peine cette pensée l'effleura-t-il qu'il l'étouffa. À quoi bon ressasser une question dont il ne connaîtrait jamais la réponse ?

Sur l'étagère du haut, il dénicha un étui à violon. Il le prit, l'ouvrit et y découvrit, sous un carré de feutre vert, un instrument sans cordes. Curieux. Il ignorait qu'il y avait des musiciens dans la famille. Quand il remit l'étui sur l'étagère, il remarqua un vieux 78 tours poussiéreux. Il emmena le disque dans le salon où le gramophone occupait un angle du côté de la cheminée. Sur la pochette figurait une inscription, de la même écriture que les légendes des photos : « Duo de violons, hôtel de Glencolumbkille, 8 juin 1950 ». Le disque manqua lui échapper quand il lut les noms notés en dessous – Joseph et Julia Maguire. Son père avait seize ans.

Cormac sortit le disque de la pochette, le posa délicatement sur le plateau, tourna la vieille manivelle et positionna l'aiguille sur le sillon. Deux violons à l'unisson, un air fiévreux et endiablé. Il entendait les deux instruments gronder dans les graves et s'interrogea : était-ce son père qui avait le coup d'archet plus hargneux ou sa grand-tante ? Dès la fin de l'air, ils virevoltèrent ensemble vers la mélodie suivante, et Cormac sentit son cœur gonfler à l'écoute de ces sons. Bien qu'attaché à la musique du Clare qui avait baigné son enfance, il avait toujours ressenti l'attrait de la voix singulière et fougueuse du Donegal. Sans jamais vraiment comprendre pourquoi.

Il ferma les yeux et tenta de se représenter la salle à manger de l'hôtel à Glencolumbkille ce jour-là, le linge blanc, les couverts et les verres étincelants, l'auditoire qui vibrait de sympathie, en harmonie avec les violons. Quelque part au fond de son esprit, une idée germait. Et si cette musique parvenait à tirer le vieil homme de son sommeil ? Il n'avait pas pu oublier, pas complètement. Les notes devaient subsister quelque part dans son inconscient, même si elles y étaient enterrées depuis plus de cinquante ans.

Sur la face B figurait *Lord Mayo*, air lent interprété par un seul violon, lamentation sur le temps passé autant qu'hymne à la continuité. À un changement de cadence au milieu du morceau, la voix de Roz Byrne se fit entendre derrière lui.

— Qu'est-ce que tu écoutes ?

Il ne répondit pas mais retira le disque et le lui

tendit. Il nota sa surprise quand elle lut les noms sur l'étiquette.

— Et tu n'en savais rien ?

— J'ai vu mon père trois fois depuis l'âge de neuf ans, Roz. Curieusement, nous n'avons jamais abordé le sujet de la musique.

Elle secoua la tête.

— J'imagine qu'il a laissé tomber quand il est parti faire ses études. À l'époque, la musique du Donegal était pour ainsi dire bannie à la radio. Ça sonnait trop étranger, prétendaient ces messieurs de la RTÉ. Ridicule.

— Il y a tant de choses que j'ignore, dit-il.

Elle le dévisagea d'un air pensif.

— As-tu regardé les photos ?

Il hocha la tête.

— Les phoques… on dirait presque des portraits.

— J'ai pensé la même chose. Je me demandais pourquoi il y en avait tant et ton père m'a raconté une histoire, sur son père… c'est-à-dire ton grand-père et le frère de Julia. Un homme mélancolique et solitaire. Il a passé des années à l'étranger, en France, où il a étudié la médecine. À la mort de son père, il est revenu ici et il a ouvert un cabinet. Quelques mois plus tard, il s'est rendu à l'île de Tory pour une partie de pêche, et à la surprise de tout le monde dans la vallée, il en a rapporté une épouse. Étant originaire de Tory, elle parlait l'irlandais avec un accent différent de celui des gens du coin. On la surnommait « l'étrangère ». Elle est restée quelque temps, jusqu'à la naissance de Joe…

— Et ensuite ?

— Elle est partie. Ton père était encore tout petit

à l'époque. Il m'a dit que sa tante Julia était la seule mère qu'il avait connue.

Cormac n'en revenait pas.

— Pourquoi l'a-t-elle quitté ?

— Personne n'a jamais su. Il n'y a plus eu aucun contact. Si elle a donné des nouvelles à ton grand-père, il ne s'en est jamais confié à personne. Il se rendait sur la falaise à Port na Rón où il contemplait la mer pendant des heures. Joe a dû en être profondément affecté. Il m'a dit que quand tu es arrivé, il n'était pas du tout prêt à être père. Il n'avait aucune idée de ce que ça représentait. La responsabilité le terrifiait.

— Nous parlons bien du même homme qui a traversé la moitié du globe pour tenir tête à une junte militaire ? Tu es en train de me dire qu'un bébé vagissant le terrorisait ?

— Je ne te dis pas que c'est plausible, mais c'est la vérité.

6

Nora passa la matinée à guetter Harry Shaughnessy et à faire des recherches sur le couple assassiné dans le Maine, Constance et Harris Nash. Elle trouva plus d'une vingtaine d'articles dans les bases de données, à commencer par celui évoquant la découverte de l'épouvantable crime sur le bateau des victimes. Les indices menaient à Jesse Benoit, un ami du fils des Nash. L'affaire avait une dimension sociale sous-jacente, à laquelle la presse faisait allusion sans la creuser : la mère de Jesse Benoit faisait le ménage chez les Nash, les deux garçons s'étaient connus comme ça. Tripp Nash était envoyé dans les meilleures pensions alors que Jesse fréquentait l'école publique.

Elle imprima les articles au fur et à mesure, tentant de reconstituer les faits à partir des détails épars qu'ils fournissaient. Jesse Benoit avait expliqué à la police qu'il s'était rendu en canoë jusqu'au voilier des Nash, à l'ancre dans le port, et qu'il était monté à bord avec l'intention de les tuer dans leur sommeil. Les victimes avaient été criblées de coups, d'abord le mari puis la femme, leur visage entièrement détruit. Le double meurtre était survenu alors que leur fils passait le week-end avec sa copine ailleurs dans le Maine. On n'avait jamais retrouvé l'arme du crime mais la police avait relevé sur place les empreintes de Jesse, rouges de sang. Du sang des victimes se trouvait aussi sur son canoë ainsi que sur des vêtements en boule récupérés chez lui au fond d'un placard. L'exemple parfait du dossier bouclé en deux temps trois mouvements. D'après les articles, malgré ses aveux, Jesse Benoit n'avait jamais fourni aucun mobile pour son geste. Après une évaluation clinique, on l'avait jugé inapte à être poursuivi, et interné à l'hôpital psychiatrique d'Augusta. Il s'y trouvait depuis à peine quelques semaines quand il avait mis fin à ses jours.

Jusque-là, le seul lien avec Peter était le billet anonyme qui lui avait été adressé. Qu'avait-il pu commettre ? Qu'est-ce qui le reliait à Harris et Constance Nash ? Au vu des preuves matérielles, on n'avait jamais douté que Jesse Benoit ait commis les meurtres.

Après la mort de Tríona, la police avait fait des recherches sur Peter dans toutes les bases de données nationales – antécédents criminels, liens de parenté, pseudonymes, parcours professionnel. On avait obtenu des renseignements très limités. Les parents de Peter étaient morts dans un accident de voiture quand il était tout petit ; son tuteur légal était un grand-père veuf qu'il connaissait à peine. Il avait passé la majeure partie de son enfance en pension, puis il avait fait ses études à Galliard College dans le Maine et à l'Istituto Universitario di Architettura de Venise. Après sa spécialisation, il avait passé quelques années en Europe. Nora avait tenté de l'imaginer arpentant les rues et les places de Venise, dans les cafés, parlant italien. C'était une facette de lui qu'ils ne connaissaient pas. Elle ne l'imaginait pas sans compagnie féminine pour une période prolongée – il la recherchait, il en avait besoin. Dans ce cas, pourquoi n'avait-on trouvé aucun passé ? Aucune ex, aucune plainte pour violences conjugales. Bien entendu, il existait quantité d'actes, quantité de comportements choquants à divers degrés qui ne constituaient pas pour autant un crime. Peter payait ses impôts, ses accréditations professionnelles étaient à jour, il remboursait toujours ses emprunts, il siégeait au conseil d'administration de diverses œuvres de bienfaisance respectées, il contribuait généreusement à diverses causes sociales et artistiques. Tout cela faisait partie de la façade étudiée qu'il présentait au monde, ne pouvait s'empêcher de penser Nora. Une couverture pour la créature en lui qui prenait plaisir à faire souffrir autrui.

Il y avait un seul lien apparent entre Peter et les Nash : le double meurtre s'était déroulé dans le Maine, où il avait fait ses études secondaires et universitaires. Il devait avoir dix-sept ou dix-huit ans à l'époque, soit environ le même âge que Jesse Benoit et le fils des victimes. Se pourrait-il qu'il ait fréquenté la même pension que Tripp Nash ?

Nora contempla le dernier article à l'écran, celui sur le suicide de Jesse Benoit que Frank avait repéré dans la liasse de Tríona. Gordon MacLeish, inspecteur de la police du Maine, était cité dans plusieurs papiers. Ça vaudrait peut-être le coup de l'appeler. Mais le dossier Nash était classé depuis belle lurette. Il n'existait aucun lien concret avec Tríona. Elle pouvait consacrer des journées entières à suivre des tangentes insensées, comme ce matin-là, perdant de vue le fil principal. En attendant, Peter Hallett s'apprêtait à quitter le pays, peut-être pour de bon. Elle se dépêcha d'imprimer les articles. Le moment était venu de passer à la piste suivante, retrouver Harry Shaughnessy ou bien le pêcheur cambodgien.

Avant de repartir, elle fit un détour par la section où elle avait trouvé l'article sur Natalie Russo, simplement pour revoir l'ouvrage qui l'avait mise sur la piste. Elle compta les rayonnages, s'arrêta au même endroit, mais le livre rangé à l'envers, celui de Tríona, ne s'y trouvait plus. Il y avait un espace vide. Quelqu'un l'avait peut-être emprunté. Elle trouva un ordinateur libre, tapa rapidement le titre et lança une recherche dans le catalogue. *Aucun résultat correspondant.*

Impossible. La reliure en tissu vert élimé, les fines lettres blanches de la cote – elle l'avait vu, elle l'avait tenu en main. Elle gardait en mémoire les bleus et les verts de l'illustration. Le doute commença à l'assaillir. Mais c'était peut-être sans importance : après tout, Frank avait l'article imprimé, sur lequel figuraient peut-être les empreintes de Tríona. Il y avait aussi les affaires retrouvées dans la cachette. Personne ne pouvait douter de ces éléments : il s'agissait d'indices concrets.

Quand le sujet aux cheveux foncés ressortit enfin par la porte d'entrée de la bibliothèque, Truman Stark, qui patientait dans son pick-up, l'observa qui déverrouillait sa portière et montait dans sa voiture. Elle était restée des lustres à l'intérieur. Qu'avait-elle fabriqué pendant si longtemps ? Il avait inspecté son véhicule la veille au soir, devant chez elle. Nickel, comme si c'était une voiture neuve ou de location. C'était là que l'idée lui était venue : elle était peut-être détective privé ou reporter, en train de récolter des trucs pour une de ces émissions traitant de vraies affaires criminelles. Il devait bien admettre qu'il en avait éprouvé un petit frisson d'excitation. Il aimait ce genre de programme, voir comment les types qui commettaient des crimes étaient assez bêtes pour se faire pincer. Eux n'avaient pas pris le temps d'envisager ça sous tous les angles. Contrairement à lui.

Mais il avait la ferme impression que la brunette avait découvert quelque chose. Pour qu'elle soit allée comme ça directement du parking au café, c'était qu'elle flairait un truc. Il en était sûr et certain. Mais elle ne l'avait pas repéré. Et cela ne risquait pas d'arriver. Il s'entraînait à la filature depuis des années. Il était devenu très bon.

Repensant aux événements de cinq ans auparavant, il se souvint que la rouquine se garait toujours à peu près à la même place, au dernier niveau du parking. Comme si elle cherchait à se cacher. C'était comme ça qu'il l'avait remarquée la première fois. Il se rappela les moments où il l'observait sur l'écran de contrôle pendant qu'elle attendait l'ascenseur, sa manière de pencher la tête, les regards en arrière au cas où quelqu'un l'aurait suivie. Mais elle ne savait pas qu'il l'épiait. Elle ne pouvait pas s'en douter.

7

Frank avait l'impression d'avoir passé sa journée à aller et venir entre le laboratoire et son bureau. Les empreintes relevées sur les documents apportés par Nora avaient été confiées aux experts de l'État. La substance sur les vêtements était bien du sang, mais il devait désormais attendre les résultats de l'analyse ADN pour savoir s'il correspondait à quelqu'un dans leur petit cercle de victimes et de suspects, ou s'il faudrait élargir le champ d'investigation. Il venait de sortir le dossier sur le décès accidentel de Nick Mosher ; c'était probablement une simple coïncidence qu'il soit mort le même jour que Tríona Hallett, mais cette fois on mettait tout sur la table. Le temps leur était compté. Il venait de regagner son bureau avec la chemise quand son portable se mit à vibrer.

— Inspecteur Cordova ? C'est Sarah Cates, du club d'aviron. Quand vous êtes passé hier, vous m'avez parlé des casiers, aussi j'y ai jeté un coup d'œil. Comme certains m'avaient l'air de ne plus servir, j'ai cisaillé les cadenas. J'ai pensé que ça pourrait vous intéresser de voir ce que j'y ai trouvé.

Il était 17 heures passées quand il atteignit la route en amont du club. Pour la deuxième fois en deux jours, il se gara en haut et descendit en dérapant la voie escarpée jusqu'au hangar à bateaux. Sarah Cates l'attendait devant l'énorme porte coulissante.

— Je n'ai rien touché mis à part le cadenas. Je l'ai conservé au cas où vous en auriez besoin… Je ne savais pas trop.

Elle lui tendit un sac en plastique transparent qui contenait le cadenas démantelé. Elle marqua un arrêt devant la porte du vestiaire des femmes et cria :

— Tout le monde est visible ? J'amène quelqu'un !

Des voix répondirent en chœur que c'était bon, et ils entrèrent dans la salle embuée.

— C'est par ici. J'ai mis mon cadenas en attendant que vous arriviez.

Elle composa rapidement la combinaison, retira le cadenas provisoire et s'écarta. Cordova enfila une paire de gants en caoutchouc, ouvrit le casier et vit une série de photos fixées sur la partie intérieure de la porte – Natalie Russo en compagnie de diverses coéquipières, toujours avec des sourires triomphaux. Sur l'un des clichés, on pouvait distinguer au bord une coupe argentée floue. Une victoire ?

— La régate de Winnipeg, expliqua Sarah Cates en notant son expression. Ce jour-là, Natalie avait battu tous les records du club et des épreuves. C'est là que nous avons compris qu'elle avait l'étoffe pour participer aux Jeux.

— Je vais emmener tout ça. On verra ce qu'on peut en tirer.

— Alors j'ai bien fait de vous appeler ?

— Oui, vous avez bien fait.

À cet instant, une blonde d'allure sportive entra. Apparemment, elle ne s'attendait pas à trouver un homme dans le vestiaire. L'air interloqué, elle se retourna pour vérifier la pancarte sur la porte.

— C'est toujours le vestiaire des femmes ?

Sarah Cates intervint.

— On ne va pas vous embêter plus d'une minute.

La blonde haussa les épaules avec indifférence et Frank reconnut le visage qu'il avait remarqué sur la photo d'équipe de Natalie Russo. Le nom lui revint enfin.

Miranda Staunton.

Il l'avait interrogée après la mort de Tríona. Mais si la tête de Cordova éveilla quelque souvenir chez la jeune femme, celle-ci n'en laissa rien paraître. Elle les contourna sans leur jeter un regard.

Frank se tourna vers Sarah Cates.

— Vous n'auriez pas un sac ou un carton, quelque chose pour porter tout ça ?

Elle hocha la tête.

— Un instant.

Pendant son absence, Frank ne bougea pas et en profita pour observer Miranda Staunton. Elle avait sans doute connu Natalie Russo, qui avait été sa coéquipière d'aviron. Un pied sur le banc, elle nouait le lacet d'une curieuse chaussure ; il devait y avoir une sorte de fixation sur le bateau. Ignorant qu'il l'observait, elle retira un chewing-gum de sa bouche et le colla sous le banc. Frank s'était toujours demandé quel genre de personne pouvait faire ça.

Maintenant il savait. Il détourna le regard quand Miranda se releva et sortit du vestiaire.

Dès qu'il eut terminé de vider le casier, Sarah Cates le raccompagna à l'extérieur. Il indiqua Miranda, qui préparait un bateau monoplace pour s'entraîner.

— Vous la connaissez ? s'enquit-il.

— Miranda Staunton ? Bien sûr. Elle a rejoint le club à la fin de ses études. Quelqu'un m'a dit qu'elle était partie vivre à Seattle, mais elle est de retour, et s'est réinscrite il y a quinze jours.

— Une bonne rameuse ?

— Excellente…

Cordova perçut une hésitation.

— Mais ?

Sarah se pencha vers lui.

— Vous vous rappelez l'autre jour quand j'ai fait allusion aux poids légers irritables ?

Le portable à la ceinture de Cordova se mit à vibrer et Sarah Cates le salua d'un geste en reculant vers le hangar.

Il s'attendait à entendre la voix de Karin mais c'était sa sœur Veronica, paniquée et essoufflée.

— Oh ! Frank ! Il s'est arrêté de respirer… Je ne savais pas quoi faire…

Inutile de poser la question ; il savait qu'elle parlait de Chago. Bien qu'ils fussent nés à quelques minutes d'intervalle, Frank et son frère ne se ressemblaient en rien. Emmêlé dans son cordon ombilical, Chago s'était mal développé dans le ventre de leur mère. Son esprit demeurait celui d'un enfant, toujours de bonne humeur malgré sa démarche claudicante et son bras atrophié, son visage difforme toujours fendu d'un large sourire. Veronica, l'aînée de leurs trois sœurs, avait toujours été une mère pour eux ; Frank se souvenait qu'elle s'était occupée d'eux dès leur plus jeune âge.

— Luis a appelé l'ambulance, on l'a emmené aux urgences au Regions. Ils nous ont conseillé de faire venir un prêtre…

Elle se tut et se mit à sangloter.

— Vas-y, dit-il. Je te retrouve sur place. Demande à Luis de t'y conduire.

Ses pneus projetèrent des graviers quand Frank quitta en trombe l'aire de parking au-dessus du hangar.

8

Eleanor Gavin se tenait à la fenêtre de sa chambre et observait son mari qui arrachait les fleurs fanées dans le jardin. Il se livrait à cette tâche depuis qu'ils avaient terminé de dîner dans un silence embarrassé. Après sa conversation avec Nora, elle avait envisagé de tout lui dire. Mais elle n'était pas du tout certaine qu'il soit en mesure de l'entendre. Il avait déjà le sentiment d'avoir échoué en tant que père. Non pas qu'il l'ait jamais admis, même à elle, mais elle le voyait à sa posture voûtée devant les rosiers, à chacun de ses gestes et chacune de ses paroles depuis cinq ans. Elle le regardait se pencher et tailler, déposant chaque fleur fanée dans un sac en toile qu'il portait à la taille comme un semoir.

Soudain, elle ressentit un élan de tendresse si violent qu'elle en eut le souffle coupé. Les années de vie commune déferlèrent sur elle en cascade, notamment la première fois que son regard s'était posé sur lui, à l'occasion d'une partie de hurling* avec des amis, à Belfield. Elle avait été marquée d'emblée par son adresse à manier la crosse, ainsi que par sa beauté, sa carrure aux proportions

* Le hurling, sorte de soule pratiquée avec une crosse, est un sport très populaire en Irlande.

plaisantes. Sans vraiment se poser de questions, elle avait alors fait son choix. Voilà comment elle se retrouvait ici, en Amérique, trente ans plus tard, à observer par la fenêtre l'homme qu'elle aimait et respectait plus que n'importe qui au monde, et à qui elle envisageait de mentir.

Elle se rappela qu'il ne disposait pas de tous les faits qu'elle avait appris seulement la veille. Sinon, peut-être ne serait-il pas dehors, à tailler calmement des fleurs mortes. Il était au courant du prochain mariage de Peter, bien entendu. Le monde entier semblait l'être, et pour la première fois elle se demanda comment ce couple s'était formé. À certains égards, le choix de Peter ne l'avait pas surprise. Miranda Staunton avait toujours figuré en marge de leurs existences, depuis que Nora connaissait Marc – toujours présente, saisissant la moindre occasion pour se glisser aux côtés de Peter qui, lui, avait toujours paru assez indifférent à la jeune femme. Mais Miranda avait trouvé du travail à Seattle juste un mois après que Peter s'y était installé, profitant de l'assurance vie d'un million de dollars pour s'offrir un nouveau départ. Comme si elle était la seule à ne pas s'être interrogée sur la culpabilité ou l'innocence de Peter Hallett. Avait-elle seulement idée de ce dans quoi elle s'embarquait ?

Eleanor s'écarta de la fenêtre et s'assit sur le lit qu'elle partageait avec Tom depuis quarante ans. Elle décrocha le combiné, composa le numéro et se jeta à l'eau quand elle entendit la voix au bout du fil.

— Bonjour, Peter. C'est Eleanor… Nous allons

très bien, merci. Comment va Miranda ? La maison est comme vous souhaitez ?

Elle perçut le timbre étrange et faux de sa propre voix, les yeux toujours fixés sur Tom dans le jardin, contemplant les fleurs fanées qui tombaient une par une dans son sac.

— Et comment va Elizabeth ? Nous sommes tous les deux pressés de la voir. C'est pour ça que j'appelais.

9

Quelques minutes avant 20 heures, les lumières s'éteignirent une par une à l'intérieur du Phnom Penh. Il ne devait pas y avoir grand monde dans le restaurant d'University Avenue. Nora observa l'enseigne de la devanture rouge et jaune, la partie supérieure en anglais et celle inférieure en khmer sinueux. Le pêcheur qu'elle avait aperçu au bord du fleuve fut l'avant-dernier à sortir, suivi d'un homme qui baissa le rideau de fer et ferma à clé. Les employés se dispersèrent en silence et le pêcheur se pencha pour défaire la chaîne qui retenait son vélo à une barrière.

Il ne se rendit pas très loin, et s'arrêta devant une de ces maisons à bardeaux typiques du vieux Frogtown, une hideuse bâtisse en séquoia façon années soixante-dix avec un escalier extérieur pour accéder à l'étage. Le pêcheur attacha sa bicyclette à la rambarde métallique, et il venait de poser le pied sur la première marche quand Nora osa lui parler.

— Excusez-moi…

Elle se tenait environ à trois mètres de lui. Il se retourna, sur ses gardes, et jeta un rapide coup d'œil à droite et à gauche dans la rue. À quoi s'attendait-il ? Mieux valait faire vite.

— Je pourrais vous parler une seconde ?

Une idée lui vint en repensant à la reporter qu'il avait pris soin d'éviter au bord du fleuve.

— Je ne suis pas journaliste. Et pas de la police.

Le voyant qui se mettait à gravir les marches à reculons, elle fut prise de panique.

— Attendez, ne partez pas ! Je vous en supplie !

Elle fouilla dans son sac, consciente de la bande de gamins au bout de la rue qui avaient remarqué sa présence. Ils se trouvaient à une cinquantaine de mètres et tiraient un chariot rouge tout cabossé sur le trottoir. Elle ne voulait pas attirer d'ennuis au pêcheur mais s'obstina par nécessité.

— La personne que vous avez retrouvée au bord du fleuve, dit-elle en brandissant la photo de Tríona. Ma sœur.

Elle se sentait coupable de mentir mais n'avait pas le temps de lui expliquer. Natalie Russo aurait pu être la sœur de quelqu'un.

Frank avait évoqué la nécessité d'un interprète. Peut-être ne comprenait-il rien de ce qu'elle disait. Elle tressaillit en l'entendant demander :

— Votre sœur ?

— Oui… ma sœur. Celle que vous avez retrouvée. (Elle fouilla à nouveau dans son sac et en sortit la photo de Peter Hallett.) Et cet homme ? Vous ne l'auriez pas vu près du fleuve ?

Elle en demandait trop. Le pêcheur gravit encore quelques marches, jetant un regard en coin aux jeunes qui approchaient. L'un des plus âgés de la bande l'interpella dans une langue que Nora ne comprenait pas. À en juger d'après son ton, l'apostrophe n'avait rien d'amicale.

Le pêcheur s'exprima à voix basse, visiblement pressé de déguerpir.

— Pas bien ici… vous partir. Moi pêcher tous les jours, même endroit. Très tôt. Grand arbre. (Il décrivit un tronc incliné.) Vous venir là.

Avant qu'elle puisse réagir, il se précipita en haut et disparut. Elle remit les photos dans son sac et se retourna en même temps qu'une nuée d'enfants l'encerclait. Elle contempla leurs visages crasseux. Quatre chiots gigotaient dans le chariot, essoufflés par la chaleur.

— Hé ! m'dame ! lança un des jeunes. Tu veux acheter un chien ? C'est seulement cinq… (Le coup de pied preste d'un camarade le fit changer de musique.) Dix dollars ! C'est pas cher !

Elle regarda le chiot qu'il tendait, un bâtard à mi-chemin entre le golden retriever et le husky.

— Il est très mignon mais je ne peux pas…

— Le père à Tony va les noyer ! Il l'a dit.

— Pouvez-vous les garder au moins jusqu'à demain ?

Ils échangèrent regards et haussements d'épaules.

— Vous connaissez la clinique juste après le croisement ? poursuivit-elle. Si vous pouvez les y emmener demain matin, je connais des gens qui seront peut-être intéressés. Désolée, il faut que j'y aille.

Elle monta dans sa voiture et fut soudain encerclée par des jeunes à vélo, un peu plus âgés, leurs silhouettes projetant de longues ombres sous les puissants rayons horizontaux du soleil couchant. Ils se tenaient en équilibre et s'appuyaient sur la carrosserie, de telle sorte qu'elle ne pouvait démarrer sans risquer de blesser l'un d'eux. Des apprentis voyous, trop jeunes pour l'être vraiment, guère plus âgés que les vendeurs de chiots. Comme en réponse à un signal silencieux, ils se mirent à taper sur la voiture avec la paume de leurs mains, d'abord lentement, puis en un crescendo assourdissant, tandis que Nora, enfermée à l'intérieur, hésitait à appeler le 911. Elle imaginait la voix du dispatcher : « Quelle est la nature de l'urgence, madame ? »

Un cri rauque fendit l'air et le martèlement s'interrompit soudain. Les ados disparurent sur leurs vélos comme un vol de moineaux. Nora aperçut dans son rétroviseur un individu en uniforme descendre du pick-up sombre derrière elle, à contre-jour dans le soleil déclinant. Il tenait à la main une batte de baseball. Quand il se pencha pour regarder par sa vitre, elle vit que ce n'était pas un policier mais un vigile. « Centurion » était brodé au-dessus de sa poche de poitrine ; deux trous étaient visibles dans le tissu, à l'endroit où avait été épinglé son badge. Elle jugea préférable de ne pas baisser complètement sa vitre.

— Ça va, madame ?

Il posa la main droite sur le toit de la voiture tandis que les doigts de la main gauche tripotaient le manche de la batte dont l'extrémité reposait par terre.

— Oui, ça va… merci pour votre aide.

— Vous feriez mieux de ne pas trop vous attarder dans le quartier.

— J'y vais.

Le vigile s'écarta. Au moment où elle démarrait, Nora aperçut la silhouette du pêcheur à une fenêtre du premier étage et se demanda si elle le reverrait à l'aube au bord du fleuve.

10

Le temps semblait comme suspendu alors que Frank patientait avec sa sœur et son beau-frère dans la salle d'attente des urgences. Il n'avait même pas vu son frère ; les médecins avaient promis de tenter l'impossible sans pour autant leur dorer la pilule. Chago était au plus mal. Une quantité inquiétante de fluide s'était accumulée dans ses tissus, symptôme souvent associé aux insuffisances cardiaques critiques.

Peu après 20 heures, une femme médecin vint les chercher et les conduisit à un box fermé par un rideau où Chago gisait sur un brancard.

— Nous avons tout essayé..., dit-elle doucement. Il avait trop de fluide dans les poumons. Je suis sincèrement désolée. Le prêtre est avec lui.

Veronica fondit en larmes et Luis la soutint jusqu'à une chaise.

Frank observa la silhouette vêtue de noir penchée sur Chago, qui murmurait des paroles. L'homme d'Église lui fit un signe de croix sur le front avec de l'huile sainte, puis ramena le drap par-dessus son visage, et Frank sentit son monde basculer. Ce n'était pas censé se passer ainsi. Il avait conduit le plus vite qu'il pouvait. Chago semblait en bonne santé l'avant-veille, proposant joyeusement qu'on organise un barbecue et une partie de base-ball.

— Bientôt, avait promis Frank. Je bosse sur une grosse enquête, mais dès que j'aurai un moment…

Il se dirigea vers le brancard. Il rabattit le drap, contempla le large visage brun de son frère, la bouche flasque et les yeux clos.

Son autre moitié. Sa bonne moitié, à l'esprit et au cœur purs.

Des images se mirent à défiler à une vitesse alarmante : le vieillard vêtu de blanc, agitant un éventail en plumes et murmurant « *Susto, susto* ». Le bruit d'un hochet, la fumée qui lui piquait les yeux. Chago et lui sous le lit, serrés l'un contre l'autre, redoutant de sortir, craignant que les bottes de cow-boy poussiéreuses ne viennent les chercher. Des voix, des coups. Une explosion d'étoiles dans un ciel noir, comme un feu d'artifice. Frank se tenait au chevet de son frère, agrippant le drap. Une vague sombre parut se déployer loin au-dessus de lui, palpitante et menaçante, jusqu'à s'abattre sur lui en un vacarme assourdissant.

11

À 20h20, Nora s'arrêta devant le domicile de Peter Hallett pour la deuxième fois en deux jours. Cette fois-ci la maison était comme embrasée par le soleil couchant, un torrent de lumière qui perçait à travers les arbres. Elle attrapa son appareil photo et braqua le téléobjectif sur le salon. Elle vit Peter inspecter les lieux. Il rapprocha le canapé de la cheminée, de quelques centimètres, et tourna un ancien bouclier asiatique un peu plus vers le centre de la pièce, de cinq degrés. « Il faut toujours que les choses soient comme ci et non comme ça », lui avait confié un jour Tríona.

Nora ajusta l'objectif et observa le visage à la parfaite musculature, le menton légèrement fendu, les larges épaules et les mains gracieuses. Quel étrange pouvoir cet homme avait-il exercé sur Tríona, et peut-être sur d'autres femmes ? Que se passait-il quand il déployait ses charmes sur quelqu'un ? Il releva la tête et regarda dans sa direction. Il n'était pas possible qu'il se doute de sa présence, et pourtant elle manqua lâcher l'appareil en voyant l'expression sur son visage.

Une Volvo rouge passa sur la route et s'engagea dans l'allée. Nora braqua à nouveau son zoom, et une fois de plus, la maison de verre laissa voir la scène qui s'y déroulait, comme au théâtre. Elle regarda sa mère embrasser Peter sur le seuil. Prestation convaincante. Au bout d'une minute ou deux, Elizabeth apparut, Peter se tenant derrière elle, la main droite posée sur sa nuque. Au moment de partir, son père se pencha pour l'embrasser mais elle s'esquiva et se dégagea de sa main d'un mouvement d'épaules. Pourquoi était-elle si pressée d'y aller ? Quand sa mère installa Elizabeth dans la voiture et repartit enfin, Nora se sentit soulagée d'un énorme poids. Cela faisait un gros souci en moins.

Elle posa l'appareil et fixa le pare-brise, surprise d'apercevoir Miranda à une vingtaine de mètres de la voiture. Apparemment, elle s'étirait avant d'aller courir. C'était peut-être son unique chance de lui parler. Maintenant ou jamais.

Après avoir sautillé sur place quelques instants, Miranda consulta sa montre et s'élança. Nora sortit de sa voiture et la suivit à pied, restant une cinquantaine de mètres en arrière, soulagée de ne pas être en escarpins. Elles se déplaçaient entre ombre et lumière sous les lampadaires et passèrent sous le pont couvert de graffitis du Ford Parkway.

L'allure de Miranda n'avait rien d'infernal mais elle ne ralentissait jamais. Elle finit par prendre l'entrée nord de Hidden Falls. Au bas de la pente, elle coupa à travers le parking et se dirigea vers le sentier qui longeait le fleuve au sud de l'embarcadère.

Il fallait saisir l'occasion. Nora piqua un sprint et s'écria :

— Miranda ! Attends !

Celle-ci s'arrêta et fit volte-face. Il y eut un court silence tandis qu'elle reconnaissait le visage et la voix de la personne qui l'interpellait.

— Nora ! Qu'est-ce que tu fais ici ?

— Il faut que je te parle.

Miranda la dévisagea d'un air méfiant.

— À quel sujet ?

— Juste pour te dire… (Essoufflée, Nora pantelait. Elle vit Miranda durcir son expression.) Il n'est pas trop tard. Tu peux encore faire marche arrière et…

— Tu sais, l'interrompit Miranda, Peter m'avait mise en garde. Il m'a prévenue qu'un jour tu viendrais, que tu lancerais de folles accusations…

— Elles ne sont pas folles, Miranda. Regarde ce qui est arrivé à Tríona quand elle a voulu le quitter. Quand elle a découvert ce qu'il était. Écoute-moi, je t'en supplie…

Miranda tremblait.

— Comment oses-tu ? Ressortir ces vieux mensonges ridicules ! Peter n'est en rien responsable de la mort de ta sœur. Quand te mettras-tu ça dans la tête ?

Nora baissa la voix, espérant l'atteindre par un autre moyen.

— Tu ne connais peut-être pas encore le Peter dont je parle. Il doit être gentil avec toi. Il l'était aussi avec Tríona, au début. Je ne peux pas faire comme si de rien n'était et te laisser…

Miranda prit un ton glacial.

— Me laisser ? Non mais pour qui te prends-tu ? dit-elle en tendant la main gauche, exhibant un gros solitaire sur un bel anneau en or. Et pour ta gouverne, nous sommes déjà mariés. Nous sommes passés au tribunal* juste avant de quitter Seattle.

— Miranda, tu ne sais pas ce qu'il a fait…

— Je le sais parfaitement : il n'a rien fait du tout. Tu sais, Nora, j'ai pitié de toi. Tu es amère et perturbée, tu ne supportes pas que quiconque puisse avoir ce que toi tu n'as pas. Je ne peux pas en vouloir à mon frère de t'avoir quittée. Dans ta famille, vous êtes tous complètement frappés ! Tu ne sais rien de Peter. Tu n'as pas le droit de venir ici, de déformer la vérité, d'essayer de tout gâcher. Il faut que tu nous fiches la paix !

Nora déglutit.

— Je t'en supplie, Miranda… réfléchis à ce que je viens de te dire. (Elle fouilla dans sa poche et y trouva une carte de visite.) Tiens, voici mon numéro…

Miranda fouetta la carte d'un geste, et celle-ci tomba doucement par terre. Elle la piétina du talon de sa basket, l'écrasant sur le goudron.

— Maintenant, casse-toi d'ici, avant que j'appelle la police !

Nora leva les mains et recula lentement. Mais l'altercation avait visiblement fait passer l'envie de son footing nocturne à Miranda – elle tourna les talons et regagna la route.

Nora eut amplement le temps de se fustiger en marchant jusqu'à sa voiture. Quel désastre ! Une débâcle totale, sans appel. Pourquoi s'était-elle imaginé que Miranda l'écouterait ? Par son comportement et ses accusations, elle n'avait accompli qu'une seule chose : passer pour une déséquilibrée. Si Miranda

* Aux États-Unis, le mariage civil relève des tribunaux.

avait quelques doutes, elle s'était débrouillée pour les étouffer complètement en l'apostrophant à la manière de quelque prédicateur de rue dérangé. Arrête ! ordonna la voix dans sa tête. Arrête ! Il fallait tenter le coup. Deux jours avaient passé, Miranda et Peter seraient bientôt dans l'avion pour Dublin. Elizabeth n'était plus sous la menace de son père, ce qui représentait au moins une consolation.

Nora ouvrit la portière et fut agacée en constatant qu'elle ne l'avait pas verrouillée. Fort heureusement, rien ne semblait avoir disparu – même pas l'appareil photo qu'elle avait oublié sur le siège. Elle prit la corniche vers le sud, récapitulant la journée dans sa tête. Aucune nouvelle de Frank concernant l'analyse des taches de sang sur les vêtements de Tríona. Elle ferait peut-être bien de chercher Harry Shaughnessy. Elle espérait que le pêcheur lui apprendrait quelque chose d'utile le lendemain matin. S'il avait reconnu Peter sur la photo, et pouvait affirmer l'avoir vu au bord du fleuve…

Plongée dans ses pensées, elle roulait tranquillement. À l'approche d'un virage, elle appuya sur la pédale de frein et s'étonna que celle-ci fût si lente à réagir… Tout de même, une voiture neuve ! Soudain, en un éclair, elle comprit. Ce n'était pas un problème de délai de réaction, la pédale était coincée. Elle n'avait plus de freins.

Le temps parut se ralentir quand la voiture fusa tout droit et quitta la route. Le dernier détail que vit Nora fut le feuillage fouettant le pare-brise tandis que l'automobile plongeait à travers la végétation avant de s'immobiliser au bas du ravin, cabossée et fumante, retenue par deux troncs d'arbres.

LIVRE QUATRE

Il la courtisa avec tant de sincérité et d'amour qu'elle enfila des vêtements de femme qu'il lui apporta, le suivit chez lui et devint son épouse. Quelques années plus tard, alors que deux enfants étaient venus mettre de la vie dans la maisonnée, le mari se réveilla une nuit et distingua des voix en pleine conversation dans la cuisine. S'approchant de la porte à pas feutrés, il entendit sa femme parler à voix basse avec quelqu'un qui se tenait dehors devant la fenêtre. L'entretien touchait à sa fin et il eut à peine le temps de se glisser au fond du lit que sa femme traversait discrètement la chambre. Il était grandement perturbé mais décidé à ne rien faire ni dire avant d'en avoir appris davantage.

Le lendemain soir, comme il rentrait chez lui par la grève, il aperçut un mâle et une femelle phoque allongés sur un rocher à quelques mètres du bord. Le plus costaud des deux animaux se dressa sur ses nageoires et sur sa queue et s'adressa à l'homme stupéfait en ces termes, dans le dialecte que l'on parlait en ces îles : « Tu m'as pris celle dont je comptais faire ma compagne ; et c'est seulement hier soir que j'ai retrouvé sa peau dont la perte l'obligeait à être ton épouse. Je ne t'en veux point, car tu t'es montré bon envers elle, à ta manière. D'autant que mon cœur déborde trop de joie pour nourrir la moindre rancœur. Admire ton épouse pour la dernière fois. »

L'autre phoque le regarda avec autant de timidité et de tristesse que pouvaient en exprimer ses traits désormais grossiers, mais quand le mari éploré se précipita vers le rocher pour récupérer son trésor perdu, elle et son compagnon plongèrent aussitôt de l'autre côté, et le pauvre pêcheur n'eut plus qu'à regagner sa malheureuse demeure auprès de ses enfants qui n'avaient plus de mère.

Histoires légendaires des Celtes d'Irlande,
Patrick Kennedy, 1891.

1

Karin Bledsoe prit une cigarette dans le paquet froissé qu'elle avait toujours dans son sac, l'alluma et tira longuement dessus. Elle ne fumait jamais au lit quand Rolf était là mais il était sur un salon à Las Vegas. Soi-disant. Elle inspira une deuxième bouffée. Qu'il aille se faire foutre. Salopard.

Son portable se mit à vibrer sur la table de chevet ; d'après le numéro affiché sur l'écran lumineux, l'appel provenait du poste. Il s'agissait du responsable des patrouilles à la division centrale. Don Padgett avait un ton désolé.

— Je m'excuse de te déranger chez toi, Karin. On a un problème aux urgences du Regions.

— C'est ton territoire, Don. Depuis quand les patrouilles ne se dérangent plus pour une échauffourée aux urgences ?

— Depuis que la personne responsable est un inspecteur. Ton partenaire.

— Frank ?

— Son frère a été amené suite à un appel au 911. J'imagine qu'ils ont fait le max mais…

— Tu es en train de m'apprendre que le frère de Frank est mort ?

— C'est ce qu'on m'a dit. Frank a pété un câble.

— Je ne savais même pas qu'il avait un frère.

— Moi non plus. Quoi qu'il en soit, j'ai pensé que tu voudrais peut-être t'y rendre. La situation n'est toujours pas réglée, et il a son arme sur lui… Tu pourrais lui parler.

Karin Bledsoe montra son badge à l'accueil des urgences et se guida au bruit jusqu'au dernier box. La sœur de Frank se tenait dans le couloir, en larmes, réconfortée par son mari. Accroupis, quatre agents en tenue tentaient de convaincre Frank de quitter le coin dans lequel il s'était réfugié. Assis par terre, il tenait le corps de son frère serré contre lui, une main plaquée sur la bouche flasque. L'un des policiers, qui avait le grade de sergent, communiquait par radio.

— Ouais, on a effectivement une situation délicate. Il nous faut du renfort.

Il aperçut Karin et se rapprocha d'elle, sans jamais tourner le dos à Frank.

— Vous êtes sa partenaire ? Merci d'être venue. Je suppose que Don vous a mis au courant… Il faut qu'on récupère son arme.

Elle jeta un coup d'œil à l'intérieur du box et aperçut sous le veston replié la crosse striée du revolver de service. Frank n'avait pas l'air enclin à s'en servir mais cela représentait néanmoins un obstacle. Personne ne pouvait réfléchir posément tant qu'un Glock chargé faisait partie de l'équation. Le flingue risquait de les entraîner sur un chemin qu'ils ne voulaient surtout pas emprunter.

— Laissez-moi lui parler, dit-elle.

Elle se glissa dans l'espace délimité par un rideau, consciente des regards inquiets autour d'elle.

— Hé ! Frank ! C'est Karin.

Il avait les yeux ouverts mais ne semblait rien voir. Elle n'avait donc pas tout imaginé ; il se conduisait bizarrement depuis quelques jours. Elle avait mis ça sur le compte du retour de Nora Gavin mais il y avait peut-être autre chose.

— Frank, il faut que tu nous confies ton arme. Je sais que tu n'as pas l'intention de mettre quiconque en danger. Dès que tu me l'auras confiée, on pourra discuter de tout ça. D'accord ?

L'air d'un animal apeuré, il gardait la main sur la bouche de son frère et tournait sans arrêt la tête comme s'il entendait des trucs que personne d'autre ne percevait. Ses lèvres répétaient sans cesse les mêmes mots, ce qui semblait être une prière.

Elle se rapprocha, en se disant qu'elle parviendrait peut-être à atteindre l'arme et à l'extraire du holster. Vas-y lentement, se répétait-elle. Annonce-lui ce que tu vas faire à chaque étape.

— Je vais me rapprocher de toi, puis je vais glisser la main sous ta veste pour prendre ton arme. D'accord, Frank ?

Une seule pensée l'habitait désormais : *Quel merdier ! Mais quel merdier !*

— *Santa María, madre de Díos…*, répétait-il en un murmure monocorde.

Elle n'était plus qu'à quelques centimètres quand il détendit brusquement les deux jambes, ce qui la fit tomber et amena par la même occasion les quatre agents à se jeter sur lui. Une mêlée s'ensuivit tandis qu'ils cherchaient à l'immobiliser, membre par membre. Karin avait connu son lot de suspects qui se débattaient mais Frank, malgré son état diminué, était vraiment puissant et difficile à maîtriser.

— Je l'ai ! s'écria le sergent. J'ai l'arme.

Karin se releva tant bien que mal pendant que deux policiers, à califourchon sur Frank, le menottaient. Les deux autres soulevèrent le cadavre de son frère et le placèrent délicatement sur le brancard. Frank avait le visage plaqué au sol. Ses larmes ruisselaient sur le linoléum.

2

Nora se réveilla avec de douloureux élancements à la tête. Elle demeura un moment immobile, puis contrôla ses membres. Tout bougeait normalement, rien de cassé, mais elle sentait des contusions naissantes aux bras, aux genoux et au torse. Elle avait mal à toutes ses articulations, comme si on avait tenté de les disloquer. Elle sentit en tâtonnant le portable dans sa poche gauche, parvint à le sortir et à l'ouvrir. Pas de réseau – ce devait être une zone sans couverture, en contrebas de la corniche.

Elle détacha sa ceinture, entrouvrit la portière et posa délicatement le pied sur le sol escarpé. Elle parvint à s'extirper du véhicule et à se mettre debout, en se retenant à des arbrisseaux et aux parties saillantes de la roche. Le chant des oiseaux semblait lui parvenir de très loin et sa tête lui faisait un mal de chien. La voiture était coincée entre les troncs de deux arbres massifs, visiblement ralentie dans sa folle course par la végétation. Elle avait eu de la chance de quitter la route à cet endroit-là et non quelque part où ça tombait à pic jusqu'au fleuve. Et aussi de se retrouver entre les deux arbres plutôt que de prendre l'un d'eux de plein fouet.

Elle glissa la main dans sa poche droite et chercha la tresse de Cormac… elle avait disparu. L'instant lui revint aussitôt en mémoire, quand elle avait fouillé dans sa poche pour donner une carte de visite à Miranda. La tresse avait dû tomber à ce moment-là. Une panique glaçante l'étreignit. Il fallait absolument qu'elle retrouve l'endroit où elle avait parlé à Miranda et qu'elle la récupère. Puis elle se rappela qu'elle avait quelque chose à faire, quelque part où elle devait se rendre de bonne heure. Le rendez-vous avec le pêcheur, près du grand arbre penché au-dessus de l'eau.

Quelle heure était-il, au fait ? Combien de temps avait-elle perdu connaissance ? Elle regarda dans la direction du fleuve, dont la surface était tapissée d'une épaisse brume. À travers le brouillard, on ne voyait qu'à deux ou trois mètres, à droite comme à gauche. Était-ce le bord d'un chemin, là-bas ?

Soudain, une main surgit de derrière elle et se plaqua sur sa bouche. Elle distingua des bruissements plus loin dans les bois et d'étranges voix qui se disputaient plus haut.

— Qu'est-ce que tu fous, Skitter ?

— J'avais besoin de pisser. Ça pouvait pas attendre.

— Je t'avais dit de rester et de rien toucher ! Maintenant elle s'est tirée ! Prends les affaires et on se casse !

La personne qui la retenait n'était pas grande mais puissante et vigoureuse. Les voix s'éloignèrent enfin et la main quitta sa bouche. Elle se retourna et se retrouva nez à nez avec le pêcheur cambodgien. II s'exprima en chuchotant.

— Ça va ? Voir docteur ?

Il indiqua sa tête.

— Il faut que je retrouve ma tresse. Pourvu qu'elle ne soit pas perdue.

Avec la sensation qu'elle allait à nouveau s'évanouir, elle agrippa le pêcheur par la manche.

— S'il vous plaît, aidez-moi…

3

Aux urgences, Nora ouvrit les yeux et découvrit sur la chaise à côté d'elle une silhouette qui ne lui était pas familière. Elle devait rêver, tout ça n'était pas réel. Levant les yeux, elle vit le goutte-à-goutte dont s'écoulait un liquide transparent. Bon, ce n'était peut-être pas un rêve.

Des fragments de la soirée de la veille lui revinrent peu à peu. La conversation avec Miranda au bord du fleuve, l'accident. La suite était un peu brumeuse. On avait dû la mettre sous calmants. Elle se redressa péniblement. La silhouette assise se pencha vers elle. Le pêcheur avait sur les genoux une petite boîte à hameçons en plastique.

— Ça va ?

— Pourquoi vouliez-vous me voir au bord du fleuve ? Vous deviez me parler de ma sœur. Je suis désolée, je n'ai plus sa photo.

Il lui tendit la boîte.

— Vous regarder.

Elle la prit et releva le couvercle. La boîte contenait les trésors sans valeur qu'elle-même avait collectés dans son enfance : porte-clefs orange en forme de crabe, roulement à bille rouillé, clef dont le cuivre avait verdi, assortiment de billes et de pièces. Rassemblés ainsi, ils n'avaient pas l'air d'un fatras inutile mais d'amulettes ou de talismans, d'objets investis d'une puissante charge spirituelle. Que voulait-il qu'elle y cherche ? Elle sortit un vieux bout de papier sur lequel était inscrit, au stylo bille bleu et en capitales : JE SAIS CE QUE T'AS FAIT. 11H À HIDDEN FALLS, CE SOIR. Un coin du billet comportait ce qui ressemblait à une tache de sang. Elle le posa et continua de farfouiller. Au fond, ses doigts sentirent une surface caoutchouteuse. Elle écarta le bric-à-brac et aperçut un téléphone Nokia, le même modèle que le portable disparu de Tríona. Voilà qui expliquait qu'on ne l'eût pas retrouvé ! Elle imagina tout d'un coup Tríona qui fuyait à travers les fourrés, tentait d'appeler au secours et laissait échapper l'appareil. Elle se revit dans le hall de l'hôtel ce soir-là, appelant à n'en plus finir tandis que le portable vibrait en vain parmi les feuilles mortes.

Elle agrippa le pêcheur par la manche.

— Où l'avez-vous trouvé ? Où précisément, je veux dire… Vous vous souvenez ?

Il recula, inquiet.

— Au fleuve. Tout au fleuve.

Elle le relâcha.

— Excusez-moi… je ne voulais pas…

Son regard se posa sur une photo aux couleurs fanées, scotchée à l'intérieur du couvercle de la boîte à hameçons. Un père, une mère et leurs enfants.

— C'est votre famille ?

Il hocha la tête.

— Au Cambodge… avant.

Nora fixa avec peine les visages : le père qui

portait des lunettes, la mère vêtue d'un chemisier blanc et d'une jupe foncée, et les quatre garçons du plus âgé au plus jeune, tout le monde prenant la pose. Aucun d'entre eux ne semblait pressentir l'effroyable vague qui allait s'abattre sur eux.

— Vous êtes lequel ?

Il indiqua le benjamin, qui avait les plus grandes oreilles et le plus large sourire. Observant le cliché de plus près, elle remarqua le stéthoscope au cou du père.

— Votre père était médecin ?

Relevant la tête, elle perçut dans son regard un air qu'elle connaissait, réservé et prudent. Il devait être tout jeune quand les Khmers rouges avaient pris le pouvoir, quand les massacres avaient commencé.

— Je suis désolée…

Elle hésita, ne sachant quoi ajouter.

— Vous avez été si gentil, et je ne connais même pas votre nom.

— Sotharith.

Elle rabattit la couverture et s'assit sur le bord du lit. Il parut s'en alarmer.

— Je ne peux pas rester ici, expliqua-t-elle. Il faut que j'y aille. Vous ne sauriez pas où est passé mon téléphone ?

Il lui tendit un sachet qui contenait à l'évidence ses effets personnels. Nora en sortit son portable et consulta rapidement sa messagerie. Toujours rien de Frank.

Une infirmière tira le rideau et s'approcha du lit, vérifiant d'un seul regard le goutte-à-goutte et l'écran de contrôle.

— Comment vous sentez-vous ?

Voyant que Nora ne répondait pas, elle s'adressa à voix basse à Sotharith.

— Désolée, monsieur, mais il faut que vous retourniez en salle d'attente. (Elle indiqua une large porte à double battant dans le couloir.) Nous vous préviendrons dès que votre amie pourra partir.

Sotharith sortit à reculons, la boîte contre sa poitrine. Quand l'infirmière eut le dos tourné, Nora se débrouilla pour cacher le billet et les deux portables sous l'oreiller. Elle interpella le pêcheur par-dessus l'épaule de l'infirmière.

— Ne partez pas, je vous en prie. Je vous rejoins dès que je peux…

Les battants se refermèrent derrière lui. L'infirmière indiqua le rideau d'un geste du menton.

— La police est là pour prendre votre déposition, Docteur Gavin.

Nora releva les yeux, se demandant si on lui avait envoyé un simple agent ou un inspecteur. La dernière personne qu'elle s'attendait à voir était bien la partenaire de Frank, Karin Bledsoe.

— Bonjour, Docteur Gavin. D'après les médecins, vous répétiez sans cesse que votre accident n'avait rien d'accidentel.

Nora s'efforça de rester calme.

— Tout à fait. On a trafiqué mes freins.

— Et qui aurait une raison de faire ça ?

— L'assassin de ma sœur. Peter Hallett.

Nora décrivit dans l'ordre les événements qui s'étaient déroulés depuis la soirée de la veille, de son arrivée chez Peter jusqu'à son réveil aux urgences ce matin-là. Il y avait quelques trous, naturellement.

Karin Bledsoe l'écouta en prenant quelques notes.

— Pourriez-vous m'expliquer ce que vous faisiez garée devant le domicile de M. Hallett ?

Nora déduisit de cette question, et de la mine dubitative qui l'accompagnait, que Karin Bledsoe avait fait une recherche et était tombée sur l'injonction judiciaire que Peter avait obtenue quatre ans auparavant pour la tenir à l'écart. Une fois de plus, elle passait pour la folle qui le harcelait, et lui pour la victime sur qui on s'acharnait.

— Si vous inspectez ma voiture, vous verrez qu'on a bloqué les freins.

— Nous y avons jeté un coup d'œil. Il y avait une bouteille d'eau par terre du côté conducteur. Se pourrait-il que votre propre bouteille se soit coincée par accident sous la pédale ?

— Elle était dans le porte-gobelet.

— Et vous n'avez pas remarqué qu'elle ne s'y trouvait plus quand vous avez repris le volant ?

— Je ne me souviens pas… mon esprit n'était pas focalisé sur ma bouteille d'eau. Je pensais à l'assassin de ma sœur. Et les joggeurs ou les personnes en train de promener leur chien le long de la route ? Quelqu'un aurait pu remarquer quelque chose…

— Des agents s'en occupent. Nous vous tiendrons au courant.

— En attendant, Peter Hallett s'apprête à quitter le pays demain. Il faut que je parle à Frank. Il ne répond pas au téléphone. Vous pourriez le prévenir que j'ai besoin de lui parler ? S'il vous plaît, c'est important.

— Je peux lui transmettre le message, mais je ne peux pas promettre qu'il vous rappellera tout de suite.

— Pourquoi ? Que lui est-il arrivé ? Où est-il ?

— L'inspecteur Cordova est en congé. Je ne peux pas vous en dire plus. Merci pour votre déposition, Docteur Gavin. Voici mon numéro, dit-elle en lui tendant une carte. Appelez-moi si quelque chose vous revient ou si vous avez besoin de quoi que ce soit. Nous vous recontacterons prochainement.

Quand Karin Bledsoe referma son calepin et s'éloigna, Nora comprit qu'elle était seule. S'imaginait-on qu'elle avait fait une sortie de route et provoqué un accident à dessein, uniquement pour mettre en cause Peter ? Comment pouvait-elle s'assurer que Karin Bledsoe enverrait quelqu'un chez lui, vérifierait ce qu'il avait fait pendant la soirée ?

À cet instant, une voix familière fendit le tumulte des urgences.

— Elle est ici, Tom !

Eleanor Gavin entrouvrit le rideau et vit le pansement qu'elle avait au front, les ecchymoses, le goutte-à-goutte.

— Oh ! Nora…, soupira-t-elle. On ne savait pas où tu étais passée, on t'a cherchée toute la nuit.

Son père s'arrêta au pied du lit, ses profondes cernes trahissant son manque de sommeil.

— Qu'est-ce qui t'est arrivé, Nora ?

Elle se sentit incapable de leur confier qu'il ne s'agissait pas d'un accident fortuit.

— Un truc bête… J'ai pris un virage trop vite et j'ai fait une sortie de route. C'est bon… rien de cassé, juste quelques bleus. Pourquoi vous me cherchiez ?

Eleanor Gavin fondit en larmes.

— Oh ! Nora…

— Qu'est-ce qu'il y a, maman ? Quel est le problème ?

— Elle est partie. Elizabeth est partie. Peter l'a emmenée. Nous étions sur le point de nous en aller tous les trois…

— Que s'est-il passé, maman ?

— Laisse-moi parler, Eleanor, intervint son père. C'est bon, Nora. Je sais tout. Ta mère venait de ramener Elizabeth à la maison. Il était 21 heures passées. Nous étions en train de mettre les bagages dans le coffre quand Peter et Miranda sont arrivés en limousine. Ils nous ont dit qu'ils en avaient discuté et que, tout compte fait, Elizabeth pouvait les accompagner. Ils se rendaient à l'aéroport.

Nora dévisagea ses parents à tour de rôle.

— Non… non…

Eleanor lui prit la main.

— On était obligés de la laisser partir, Nora. Que voulais-tu qu'on fasse d'autre ? Qu'aurions-nous dit à la police ? Et Peter a vu les bagages, il a compris ce qui se tramait, j'en suis sûre. Oh ! Nora, j'ai tellement peur qu'on ne la revoie jamais !

4

Cormac vit les paupières de son père qui palpitaient. C'était forcément encourageant. Rêver, si c'était bien cela, était au moins un signe d'activité cérébrale. L'après-midi s'écoula lentement dans l'attente d'un signe, d'une quelconque indication sur l'étendue des dommages provoqués par l'attaque. À ce stade, il n'y avait aucun symptôme apparent, pas de visage affaissé, aucune faiblesse perceptible dans les membres. Mais le cerveau contrôlait également toutes les autres fonctions : le langage, les sensations, la personnalité. La moindre atteinte à l'un ou l'autre de ces mystérieux agrégats de cellules pouvait entraîner bien des dégâts.

Roz somnolait sur la chaise à côté de la fenêtre. Même si elle faisait bonne figure, il savait qu'elle était bouleversée. Tout était chamboulé avant même qu'elle ait eu sa chance. Ils formaient un curieux trio. Quiconque passait dans la chambre risquait d'en arriver à une conclusion hâtive et erronée. Plusieurs infirmières supposaient qu'ils étaient mariés, Roz et lui, et il n'avait pas le cœur à les détromper.

Il lisait les brochures que le médecin lui avait laissées, sur la convalescence après une attaque, et il se sentait tour à tour encouragé et déprimé. On ne savait toujours pas qui allait émerger du coma. L'homme qui se réveillerait serait-il une version diminuée de Joseph Maguire ? Il existait le risque d'un esprit encore vif prisonnier d'un corps en panne.

Les paupières de Joseph Maguire tremblèrent à nouveau, cette fois plus vite. Puis il ouvrit les yeux en grand, en même temps qu'il inspirait longuement. On aurait presque dit qu'il remontait à la surface après avoir retenu sa respiration sous l'eau. Cormac regarda son père cligner à plusieurs reprises ; apparemment il n'arrivait pas à voir clair. Sans doute ne distinguait-il que la grille encrassée de poussière au plafond. Cette forme avait-elle le moindre sens pour lui ? Savait-il seulement ce que c'était ?

Le vieil homme bougeait les lèvres ; il cherchait à émettre un son mais seul un faible gémissement sortit. Il tendit la main et Cormac la prit dans la sienne sans la relâcher.

— Raah... raah..., prononça le vieillard en un râle.

Cormac se rapprocha, hésitant à dire quelque chose.

— *Da** ? finit-il par dire.

Le mot lui semblait étranger. C'était comme s'ils étaient tous deux retombés en enfance, réduits aux monosyllabes.

— Unnh... raah..., répéta le vieil homme.

Cherchait-il à dire « Roz » ?

— Je suis là. Roz et moi sommes là.

---

* Diminutif de *daidi, « papa »* en gaélique.

Des larmes se mirent à couler des yeux de son père mais Cormac n'aurait su dire si elles étaient dues à l'émotion ou simplement aux efforts pour tenter de parler. Il savait seulement qu'il était lui-même bouleversé à l'idée d'avoir une seconde chance, une occasion de repartir de zéro. Combien de gens avaient droit à un tel cadeau ?

Roz se réveilla sur sa chaise.

— Qu'est-ce qui se passe ? J'ai raté quelque chose ?

— Rien du tout, dit Cormac. Il vient à peine d'ouvrir les yeux.

La main du vieillard était chaude et tannée. Malgré l'absence de mots, Cormac fixa les yeux de son père et perçut une flamme qui brûlait au fond de ces gouttes sombres, une lueur de reconnaissance.

— Je pense qu'il m'a reconnu, Roz. (Les doigts tièdes et rêches du vieillard se resserrèrent autour de sa main.) C'est bien ça. Sais-tu qui je suis ?

Nouvelle pression, comme un message codé entre deux personnes très éloignées. Cormac y vit un sémaphore, un signal.

— Connais-tu mon nom ? (Encore la légère pression.) Mon Dieu, tu es là… n'est-ce pas ?

Roz s'approcha du lit, les yeux brillants.

— Comment vas-tu, Joe ? Tu nous as manqué.

Le vieil homme porta son regard sur elle, et Cormac, le cœur serré, vit la lueur de reconnaissance y vaciller et s'éteindre.

— C'est Roz dit-il. Tu connais Roz…

Mais rien n'y fit. Et Roz le percevait elle aussi. Elle avait été effacée de la mémoire de Joe par la tempête qu'avait subie son cerveau. Toute la tendresse qu'il éprouvait pour elle avait été balayée. Il semblait logique que les souvenirs les plus récents fussent les moins solides tandis que les plus anciens – gens, lieux et événements – étaient profondément ancrés comme les fondations d'un bâtiment, la dernière chose à rester debout en cas de calamité.

Roz s'efforça de ne pas montrer à quel point cette indifférence l'affectait.

— Je n'ai qu'à attendre dans le…

Elle esquissa un geste et sortit de la chambre.

Quand Cormac la rejoignit quelques minutes plus tard au bout du couloir, elle avait le visage rougi et trempé de larmes.

— Écoute-moi, Roz. Tu ne peux pas t'attendre à ce que tout soit là, comme si rien n'était arrivé. Il va revenir. Tout reviendra. Tôt ou tard. Il faut que tu sois patiente.

— Je ne suis plus du tout là, Cormac. C'est comme si je n'avais jamais existé.

5

Après l'atterrissage à l'aéroport de Dublin, dès qu'ils eurent franchi la douane, Elizabeth se débrouilla pour se retrouver quelques pas en arrière de son père et Miranda. Elle se laissa distancer un peu plus alors qu'ils se dirigeaient vers la sortie. Elle passa devant des cabines téléphoniques et, la gorge nouée, se glissa dans une boutique emplie de bouteilles de whisky, de flacons de parfum et de bijoux étincelants. *Duty Free* annonçait l'enseigne. Postée près d'un mur de coupes en cristal, de verres et de réveils, elle observa à travers la vitrine les gens qui défilaient, visages et membres fractionnés en mille facettes bordées d'arcs-en-ciel, et songea que c'était là une expression bien contradictoire, *Duty Free.* Elle vit son père et Miranda disparaître de sa vue sans même remarquer qu'elle n'était plus là.

Son plan était de trouver l'adresse de Nora dans l'annuaire et de s'y rendre en taxi. Elle s'approcha du comptoir et s'adressa à la vendeuse.

— Excusez-moi… vous auriez un annuaire ?

La femme avait l'air d'une grand-mère, avec son twin-set marron clair et ses lunettes perchées sur le bout de son nez. Elle la dévisagea en plissant les yeux.

— Pardon, ma chérie ? Que veux-tu ?

— Vous auriez un annuaire que je pourrais consulter ?

— Un annuaire ? Ah ! un Bottin ! Qu'est-ce que tu veux aller t'embêter avec un Bottin ? Je suis sûre que plus personne ne se sert de ces vieux machins imprimés, maintenant qu'on peut appeler les renseignements avec son portable… (Elle fixa Elizabeth et sentit sa déception.) Tu sais, je pense qu'il doit nous en rester un quelque part. C'est celui de Dublin qu'il te faut ?

Elizabeth jeta un coup d'œil derrière elle pour s'assurer que Miranda et son père n'avaient pas fait marche arrière.

— Je ne sais pas trop… J'ai juste un truc à chercher.

La femme continua de farfouiller parmi les caisses sous le comptoir et finit par dénicher un gros annuaire.

— Tiens, voici. Dis, tu n'es pas perdue, ma chérie ?

Elizabeth fit non de la tête et se mit à feuilleter l'annuaire, stupéfaite des innombrables pages de Lynche, de Kennedy et de Kavanagh. Elle trouva enfin une page remplie de Gavin. Il devait y en avoir des centaines ! Elle laissa son index descendre le long de la colonne, et tomba enfin sur ce qu'elle voulait : « Gavin N, Whitefriar Street, Dublin 8 ».

La vendeuse la dévisageait.

— Heu… Vous auriez un stylo ? demanda Elizabeth.

La dame lui tendit un stylo bille en souriant.

Elle griffonna rapidement l'adresse et le numéro

de Nora sur son poignet, et tira sur sa manche pour le dissimuler.

La femme se pencha vers elle et lui parla doucement.

— C'est la première fois que tu viens en Irlande ? Dis, tu n'as pas des ennuis, ma chérie ?

— Oh non ! Pas du tout. Je veux juste faire la surprise à quelqu'un. (Elizabeth se retourna et aperçut un couple bien habillé qui passait devant la boutique.) Voilà ma mère et mon père, ils me cherchent. Merci pour votre aide.

Devant l'entrée du terminal, elle monta dans le premier taxi de la file.

— Il faut que j'aille à Whitefriar Street, dit-elle au chauffeur.

Elle guetta sa réaction. Pourvu qu'il ne se doute pas qu'elle n'avait pas d'argent pour régler la course, du moins pas le bon argent ! Elle s'efforça de ne pas paraître nerveuse quand il l'observa dans son rétroviseur. Avait-il remarqué qu'elle avait vérifié l'adresse sur son poignet ?

— Pas de bagages, mademoiselle ?

— Non, il faut que j'aille à Whitefriar Street, où habite ma tante… C'est pour une urgence familiale.

Voilà qui conférait tout le sérieux voulu à la situation. Le chauffeur la regarda encore une fois dans son rétroviseur, puis s'engagea dans le flot de la circulation.

6

En quittant les urgences avec sa mère, Nora aperçut Sotharith, le pêcheur. Il était toujours là, à l'attendre. Elle tira sur le bras d'Eleanor.

— Un instant, maman… Il y a quelqu'un que je dois voir.

Sotharith releva la tête quand elles s'approchèrent. Il se leva, visiblement mal à l'aise en cet endroit. Mais il était resté.

— Ça va ? s'enquit-il.

— Oui, je peux m'en aller. Voici ma mère, Eleanor Gavin. Maman, je te présente Sotharith… Désolée, je ne connais pas votre nom de famille.

— Seng, dit-il. Seng Sotharith.

— Mon bon Samaritain, expliqua Nora à sa mère. C'est lui qui a hélé une voiture après mon accident, et grâce à qui je me suis retrouvée ici.

Eleanor plaqua ses mains paume contre paume, tout près de son visage, et s'inclina profondément.

— *Chum reap suor*, dit-elle.

Sotharith évitait son regard.

— *Chum reap suor*, murmura-t-il à son tour en imitant sa révérence, encore plus bas. Vous parlez khmer ?

— Un tout petit peu. Quelques mots que m'ont appris mes patients.

Une lueur apparut dans les yeux de Sotharith.

— Vous médecin ?

Eleanor hocha la tête.

— Je dirige le dispensaire de quartier à Frogtown.

— Le père de Sotharith était médecin, précisa Nora. Avant la guerre.

Elle vit que sa mère devinait ce qu'il était advenu du père de cet homme, et peut-être bien du reste de sa famille.

— *Lok* Sotharith, dit Eleanor en se tournant vers lui, vous avez été très bon pour nous. J'aimerais vous remercier de votre bonté, d'une manière ou d'une autre. (Elle lui tendit une carte.) Vous passerez me voir au dispensaire ?

Il prit la carte, acquiesça et s'inclina une nouvelle fois devant sa mère.

Nora était embêtée à l'idée de quitter celui qui l'avait secourue. Il fallait qu'elle lui parle davantage, qu'elle apprenne ce qu'il savait au sujet du téléphone et du billet qu'il avait trouvés dans les bois.

— Mon père est allé chercher la voiture... On peut vous déposer chez vous, ou on pourrait peut-être manger ensemble ?

Il fit non de la tête et elle réalisa qu'il avait passé près d'une journée à veiller sur elle – peut-être risquait-il de perdre sa place au restaurant.

— *Chum reap lir*, dit-il en inclinant le buste.

Cette fois, Nora joignit les mains et salua comme sa mère, en répétant :

— *Chum reap lir.*

Quand Tom Gavin stationna devant l'entrée des urgences, il déclara :

— On te ramène à la maison avec nous, Nora. Inutile de discuter.

— Je n'ai rien dit !

Au moment où ils s'engageaient sur John Ireland Boulevard, non loin du Capitole, le portable de Nora se mit à sonner. Elle espérait que c'était Frank mais entendit une voix de femme, inquiète.

— Nora ? C'est Saoirse Donovan. Comment t'expliquer… J'ai ici une enfant qui prétend être ta nièce.

— Un instant, Saoirse… (Elle plaqua l'appareil contre son épaule pour expliquer à ses parents.) C'est une amie de Dublin. Elle dit qu'elle a Elizabeth avec elle. Je vais éclaircir ça… Saoirse ? Raconte-moi ce qui se passe.

— Eh bien, Jack et moi nous apprêtions à partir pour quelques jours dans notre maison de vacances à Skerries. On était en train de charger la voiture quand une ravissante jeune fille est arrivée, demandant si tu habitais bien à cette adresse. Quand je lui ai répondu que oui mais que tu étais en voyage aux États-Unis, ça l'a beaucoup contrariée. Elle n'a pas dit grand-chose, juste qu'elle est ta nièce et qu'elle a besoin de te voir… C'est important, dit-elle. On n'a rien pu en tirer. Elle ne veut même pas dire son nom.

— Comment savait-elle où me trouver ?

— Je ne sais pas. Elle est arrivée de l'aéroport en taxi, avec l'adresse inscrite sur son poignet. Le problème, c'est que… (Saoirse baissa la voix, l'air embêté.) Le problème, c'est que le chauffeur de taxi est toujours là lui aussi. Il dit qu'il a des enfants et qu'il n'a pas l'intention de confier une gamine à des inconnus sans l'assurance qu'elle ne risque rien. On lui a expliqué que tu es une bonne amie, qu'on est ravis de s'occuper d'elle, mais… tu pourrais peut-être lui parler. Il ne veut pas en démordre.

— Passe-le-moi.

Une voix marquée d'un fort accent de Dublin retentit au bout du fil.

— Sean Meehan à l'appareil ! Qui est au bout du fil ?

— Nora Gavin. Si l'enfant qui se trouve avec vous est bien ma nièce, elle s'appelle Elizabeth Hallett. Demandez-lui, si vous souhaitez vérifier…

Elle l'entendit poser la question.

— J'ai ta tatie au téléphone, ma petite. Tu veux bien me dire ton nom ?

— Elizabeth, répondit une voix jeune. Elizabeth Hallett.

Nora sentit son cœur s'emballer.

— Et le nom de ta tatie, celle que tu cherches ?

— Nora Gavin.

Meehan demeurait sceptique.

— Qu'est-ce qui me dit que vous êtes bien celle que vous prétendez être ? Ces gens ont très bien pu appeler n'importe qui, vous souffler quoi dire.

La question était légitime, songea Nora. Comment prouver qui elle était alors que plusieurs milliers de kilomètres les séparaient ? Le front plissé, elle s'évertuait à penser à un détail qu'Elizabeth et elle seraient seules à connaître, un souvenir partagé. Soudain, elle trouva.

— Demandez à Elizabeth si elle se souvient de la chanson que sa mère lui chantait quand elle était petite.

Elle entendit des sons étouffés, le temps que la question soit posée, puis la voix de Meehan à nouveau.

— Elle n'est pas bien sûre.

— Vous permettez que je tente quelque chose ? Tenez l'écouteur contre son oreille, qu'elle puisse m'entendre.

Les yeux fermés et l'appareil tout près de ses lèvres, Nora se mit à chanter les étranges paroles qui évoquaient le langage des phoques, dans l'espoir de réveiller quelque chose chez Elizabeth, de ranimer quelque souvenir. Quand elle eut terminé, le silence régnait au bout du fil.

— Tu te souviens, Elizabeth ?

Ce fut Meehan qui répondit, la voix enrouée d'émotion.

— Mon Dieu, pauvre gamine ! Qu'est-ce qui est arrivé à sa maman ?

— Ma sœur a été assassinée, monsieur Meehan. (Elle l'entendit jurer dans sa barbe.) Elizabeth était très jeune. Elle n'a jamais vraiment compris ce qui était arrivé, n'a jamais su que son père était soupçonné. Les preuves étaient insuffisantes pour l'inculper. C'est pour ça qu'il est vital que vous ne la confiiez pas à la police. Il a déjà dû les alerter. Et en l'état actuel des choses, les autorités seraient obligées de la rendre à son père. Vous comprenez pourquoi je ne peux pas le permettre ?

Meehan demeurait embêté.

— Bon sang… Je me suis arrêté à un moment, j'ai tenté de la convaincre de retourner à l'aéroport. Elle n'a pas voulu en entendre parler. Ça m'a mis la puce à l'oreille.

— Je peux sauter dans le prochain avion et être là-bas demain, si vous acceptez de la confier aux Donovan. Je vous en supplie. Je me porte garant pour eux. Ils prendront bien soin d'elle jusqu'à ce que je puisse être là.

— Une seule question : le papa connaît-il cette adresse ?

Nora réfléchit un instant.

— Non… enfin, je n'en suis pas certaine. Pourquoi ?

— Je me disais juste… S'il sait où la chercher, vous feriez peut-être bien de mettre la petite ailleurs… Genre, loin d'ici.

— Les Donovan doivent justement se rendre dans leur maison de vacances à Skerries. Elizabeth y sera en sécurité pour le moment. Son père n'aura aucune idée d'où elle est.

7

Harry Shaughnessy descendait les marches taillées dans la colline et se demandait comment il allait s'y prendre pour traverser Shepard Road. Les voitures défilaient dans les deux sens. Il n'aurait pas dû prendre ce chemin, mais c'était plus rapide pour regagner le campement. Dans le temps, tout le monde passait par là. Ça remontait à longtemps, à l'époque des tramways. À présent, plus personne n'allait à pied, tout le monde se déplaçait en voiture. Et tous les endroits où les gens marchaient avant étaient désormais laissés à l'abandon et envahis par les mauvaises herbes.

Il se félicitait d'avoir évité jusque-là la jeune femme qu'il avait rencontrée l'avant-veille devant la bibliothèque. Il l'avait encore aperçue hier. Que voulait-elle ? Mieux valait se tenir à l'écart et ne jamais le savoir. Elle se mettrait à lui poser des questions. C'est ça qu'elle voulait au fond, il le voyait dans ses yeux. L'idée de devoir répondre à des questions déclenchait toujours chez lui un sentiment de panique. Le besoin de s'enfuir. Elle voudrait ensuite fouiller dans son sac, et il n'était pas question de lui céder quoi que ce soit. Pas sans un échange équitable. Jamais de la vie.

Il s'assit en bas des marches pour se reposer une

minute, massant son point de côté et contemplant les baskets montantes amochées qu'il portait aux pieds, tachées sur les côtés, la semelle gauche fissurée… Cela le frappa soudain : pourquoi pas les deux semelles ? Ne faisait-il pas autant de pas avec la gauche qu'avec la droite ? Quelle que soit la réponse à cette énigme, ses chaussures n'en avaient plus pour très longtemps. Il pourrait encore en tirer quelques jours, tout au plus. Dans sa situation, un homme se devait d'être bien chaussé. Il fouilla parmi ses affaires, y prit un sac en papier tout froissé, le déroula et en sortit une paire de baskets noires qui semblaient neuves. Une paire de pompes comme ça, on n'en voyait pas tous les jours ! Il les tint en l'air, admirant les bandes bleu électrique sur les côtés. Elles étaient comme neuves, mis à part quelques taches de sang. Le mendiant ne fait pas la fine bouche, comme disait sa mère.

Il se souvenait encore du jour où elles lui avaient été données. C'était comme ça qu'il considérait la chose, une sorte de don divin. Au bord du fleuve un matin d'été, comme il se lavait les pieds – il se sentait toujours plus humain avec les pieds propres –, il était donc là sur son rocher, le pantalon retroussé, en train de frotter ses orteils avec du sable et de l'eau fraîche, quand un lourd ballot avait dégringolé d'en haut et atterri sur le lit caillouteux du fleuve, à même pas un mètre de l'endroit où il était assis. Le courant s'était mis à tirer sur le paquet et il avait dû faire vite pour l'attraper avant qu'il ne soit emporté. Puis il avait regardé en arrière, cherchant qui avait pu balancer ça. Le propriétaire voudrait peut-être le récupérer, on ne savait jamais. Personne n'était visible sur le pont. Il l'avait donc gardé mais n'avait ouvert le sac que tard dans la soirée. Il y avait trouvé les baskets noires, le sweat qu'il portait, et aussi un pantalon. Comme si quelqu'un là-haut savait de quoi il avait besoin. On avait froid à dormir par terre, même en été. Les habits lui allaient bien, mais pas les chaussures, quelle guigne ! Elles ne lui iraient jamais. Il les avait tout de même gardées, en vue de les échanger contre une autre paire. Mais celles-ci étaient particulièrement précieuses, elles valaient beaucoup en termes d'échange. Personne ne lui en avait jamais offert leur valeur. Des chaussures à porter pendant des années. Il les troquerait seulement contre d'autres qui lui serviraient longtemps, avec tout ce qu'il marchait. Quand il eut terminé d'admirer les baskets, il les remit dans le sac en papier kraft et le rangea dans son sac à dos. Il plongea la main dans la poche ventrale de son sweat et sortit le billet qu'il y avait trouvé la première fois qu'il avait enfilé le vêtement. Y était écrit : JE SAIS CE QUE T'AS FAIT. 11H À HIDDEN FALLS, CE SOIR. Comment quiconque pourrait-il savoir ce qu'il avait fait ? Il ne faisait que ce qui était nécessaire, ce qu'il était bien obligé de faire. Comme tout le monde.

Harry positionna le lourd sac à dos sur ses épaules et observa la voie ferrée, puis Shepard Road juste derrière. Il traversa les rails en faisant attention où il mettait les pieds pour ne pas trébucher. Ce n'était pas très risqué. Il n'y avait plus que deux trains par jour, marcher le long de la voie était moins dangereux que dans le temps. Mais au-delà des rails, les voitures défilaient à une vitesse ahurissante. Il attendit patiemment que la voie soit libre dans les deux sens avant de se décider à traverser. Quand l'occasion se présenta, il se déplaça avec la grâce et l'agilité d'un homme beaucoup plus jeune.

Mais le 4 × 4 qui le heurta filait à cent à l'heure, et Harry Shaughnessy fut arraché au monde des mortels, soudainement et sans cérémonie.

LIVRE CINQ

Dans les trois versions, le mari a l'interdiction de porter trois coups injustifiés. Naturellement, il désobéit… Un jour, le mari et sa femme sont invités à un baptême dans les environs. La dame, toutefois, semble peu désireuse de s'y rendre, avançant l'excuse bien féminine que c'est trop loin pour y aller à pied. Son mari lui suggère de prendre un cheval dans le champ. « Volontiers, si tu veux bien m'apporter mes gants que j'ai laissés à la maison. » Il retourne à l'intérieur, revient avec les gants et, voyant qu'elle n'est pas allée chercher le cheval, lui tapote gentiment l'épaule avec l'un des gants en disant : « Va, va. » Sur quoi elle lui rappelle l'interdiction de la frapper sans raison et lui conseille d'être plus vigilant à l'avenir.

Une autre fois, comme ils assistent ensemble à un mariage, elle fond en sanglots alors qu'autour d'elle ce n'est que gaieté et allégresse. Son mari lui effleure l'épaule et s'enquiert de la raison de ses larmes. Elle répond : « Ces gens s'engagent dans le malheur, et le tien va certainement commencer, car tu viens de me frapper sans raison une deuxième fois. »

Découvrant la large interprétation qu'elle fait des coups injustifiés, l'infortuné mari s'évertue à éviter tout ce qui pourrait constituer le troisième et dernier coup. Mais un jour qu'ils se sont rendus ensemble à un enterrement où, au milieu du chagrin, elle affiche sa bonne humeur et s'autorise des fous rires immodérés, son mari en est tant choqué qu'il lui touche le bras en murmurant : « Chut, chut, ne ris pas. » Elle rétorque qu'elle rit « car les gens, en mourant, se défont du malheur ». Sur ce, elle se lève et quitte la maison en s'exclamant : « Le dernier coup a été porté, notre contrat de mariage est rompu et caduc. Adieu. »

La Science des contes de fées :
enquête sur les mythes féeriques,
Edwin Sidney Hartland, 1916.

1

Quand Nora franchit la porte coulissante dans la zone des arrivées à l'aéroport de Dublin, Sean Meehan tenait une pancarte sur laquelle il avait inscrit « GAVIN ». Il avait promis de venir la chercher et avait tenu parole. Il était à peu près tel qu'elle se l'imaginait : un Dublinois d'origine populaire, rasé de près, cheveux poivre et sel coupés court, sweat à capuche gris, blouson d'aviateur et jean noir. Lui aussi la jaugea du regard.

— La voiture est devant, dit-il.

Apparemment elle était présentable.

— Écoutez, monsieur Meehan. Vous n'êtes vraiment pas obligé. Vous en avez déjà fait bien assez comme ça. Jack Donovan a proposé de venir me chercher à l'arrêt de bus…

— Mais non. On va se rendre tous les deux à Skerries. Et je ne mettrai pas le compteur. On ne discute pas. Et appelez-moi Sean.

Il prit son sac et ils se dirigèrent vers le parking. Après avoir réglé au guichet automatique, il se tourna vers elle :

— J'ai préféré ne pas faire ça à l'intérieur, où n'importe qui pouvait nous voir, mais j'imagine que vous voulez la preuve que je suis bien qui je dis, avant de monter dans une voiture avec moi… Alors voici… (Il les tendit un par un.) Permis de conduire, passeport, carte de taxi, le portable de l'épouse. Vous pouvez l'appeler, si vous voulez.

Nora jeta un coup d'œil aux papiers et les repoussa.

— Ce n'est pas nécessaire… je vous crois.

— Sachez, dit-il en remettant le passeport et les cartes dans sa poche, que je tiens à aller à Skerries. Je m'en voudrais de ne pas vérifier comment se porte la petite. Je n'arrête pas de me répéter : et si c'était la mienne ?

Quand elle monta dans le taxi, Nora aperçut une photo glissée dans le pare-soleil côté conducteur. Trois garçons et une fille, âgés de six à douze ans, qui avaient tous les cheveux foncés et les yeux bleus, comme l'homme à côté d'elle.

— Vos enfants ?

— Ah, oui, mais c'est une vieille photo. L'aîné, Damien, a bientôt seize ans. Mon Dieu, comme le temps passe !

Ils quittèrent l'aéroport par la M1 et traversèrent le village de Swords, en silence. Sean Meehan prit un paquet de Majors dans sa poche et en alluma une. Puis il parla, comme s'il y réfléchissait depuis quelques minutes.

— On ne peut pas faire disparaître un enfant juste comme ça. Ils vont forcément lancer des recherches. Comment vous allez vous y prendre ?

— Je ne sais pas. Nous allons probablement chercher quelque part où nous terrer. Nous essayons de réunir de nouvelles preuves contre mon beau-frère en Amérique, mais quant à savoir si cela donnera quelque chose…

— Vous voulez un conseil ?

Nora repensa à sa suggestion raisonnable de la veille, qu'Elizabeth ne reste pas à Dublin.

— Que préconisez-vous ?

— Éloignez-vous le plus loin possible de Dublin. Vers Cork ou dans le Kerry, ou dans le comté de Mayo, à l'ouest, où il n'y a pas grand monde. Un endroit reculé. Sur le flanc d'une colline tourbeuse, où l'on n'aura pas idée d'aller vous chercher. Une planque, voilà ce qu'il vous faut. Ne dites à personne où vous vous rendez. Et veillez à ce qu'on ne puisse pas remonter jusqu'à vous par votre moyen de transport. J'imagine qu'il est exclu de voler un véhicule ? (Avant qu'elle puisse répondre, il lui jeta un regard en coin.) Je plaisante ! Quoi que vous fassiez : rien que des espèces, jamais de carte de crédit. (Il lui tendit une enveloppe remplie de billets.) Il doit y avoir environ trois cents euros. Je pourrai m'en procurer davantage, si vous avez besoin. Il vous faudra aussi un portable, le système avec recharge. Je peux en acheter un dans le prochain village, comme ça seul mon nom apparaîtra. Et si vous cherchiez un autre moyen de locomotion… un bateau, mettons… vous n'avez qu'à me contacter.

Elle fixa son profil un moment.

— Ne m'en veuillez pas si je vous demande comment vous avez pensé à tout ça…

— Disons simplement que je connaissais des gens qui connaissaient des gens, à l'époque. (Il la regarda.) Beaucoup d'eau a coulé sous les ponts. (Il tira une dernière et longue bouffée, puis jeta le mégot par sa fenêtre.) J'ai lu qu'un type de Ballina s'était pris une amende pour avoir fumé dans son propre taxi, deux cent cinquante euros ! Putain ! Ma petite me tanne, et j'ai essayé, mais c'est sacrément difficile d'arrêter de fumer la cigarette, vous savez ? Vous n'avez jamais fumé ?

Elle fit non de la tête.

— Avec mon métier, ce serait un comble.

— Vos amis m'ont dit que vous étiez docteur.

— Pathologiste.

— Quoi, comme dans *Les Experts* ?

— Pas exactement. J'enseigne l'anatomie. Et ce que je vois sur la table d'autopsie… Eh bien, disons que ça vous dissuade de fumer…

— Bonté divine !

Sean Meehan sortit de sa poche le paquet à moitié entamé, le contempla quelques secondes puis le balança dehors.

Ils arrivèrent chez les Donovan à Skerries peu avant midi. Leur maison faisait partie d'une enfilade d'habitations de l'époque victorienne, avec vue sur la mer d'Irlande. Ils se garèrent au bout de l'étroite rue, sous un ciel où les mouettes tournoyaient et criaient. La maison et le muret autour du jardinet miniature étaient peints dans des tons bleus et jaune vif, dignes d'un album illustré. L'air était chargé d'odeurs de poisson et de goémon, et en face se dressait une digue entourée de sable et de rochers tapissés de varech marron, qui disparaissaient sous l'eau à marée haute.

Nora se fit soudain la réflexion qu'Elizabeth ne connaissait l'Irlande qu'en photos. Le pays lui semblerait-il étranger, ou bien en aurait-elle quelque souvenir inconscient, comme inscrit dans son sang ? Une réflexion de Cormac lui revint : « Nous sommes faits de l'eau, de l'air et de la terre des lieux qui ont nourri nos ancêtres et étanché leur soif, les éléments fondamentaux des endroits qui leur ont donné vie. Est-il si surprenant que nous ressentions les heurts et saccades de ces lieux, même des siècles plus tard, dans les vibrations de nos atomes ? »

Saoirse Donovan vint leur ouvrir.

— Oh ! Nora, je suis tellement contente que tu sois arrivée ! Et vous, Sean, merci de l'avoir amenée. Entrez, je vous en prie. Elizabeth est dans le salon, Nora. Je te laisse seule avec elle pendant que je prépare le thé.

Nora attrapa le bras de son amie.

— Comment va-t-elle, Saoirse ?

— Elle refuse de parler à quiconque d'autre que toi, Nora. Mais il faut que je te prévienne…

Elle marqua une hésitation, embêtée.

— Qu'est-ce qu'il y a, Saoirse ? Dis-moi !

— Hier soir, elle a pris des ciseaux et s'est défoulée sur ses ravissants cheveux : elle a tout coupé, jusqu'au cuir chevelu ! Je m'en veux terriblement, Nora. J'aurais dû la surveiller de plus près. Je préférais t'avertir avant que tu ne la voies, pour atténuer le choc.

Sean Meehan plissa le front et pointa le pouce en arrière.

— Je suis dans la cuisine, si vous avez besoin de moi.

Nora poussa la porte du salon, une boule au ventre. Elizabeth était assise en tailleur sur la banquette du bow-window, un grand livre ouvert sur les genoux. Comme Saoirse l'en avait avertie, l'adolescente n'avait plus sa longue chevelure qu'elle avait grossièrement coupée court. Ce qu'il en restait rebiquait en d'étranges touffes et crêtes. Ses yeux, qui ressemblaient tant à ceux de Tríona, si grands et si lumineux, étaient presque trop grands pour son visage, à présent qu'elle avait les cheveux coupés. Elle vit le regard de sa nièce se poser brièvement sur le pansement qu'elle avait à la tête. Elle ressentit l'envie de se précipiter pour prendre Elizabeth dans ses bras. Pourtant, quelque chose la retint. Le regard blessé et interrogateur de sa nièce l'en empêcha. Elles se dévisagèrent un long moment, chacune se demandant quoi dire, que faire, comment combler le fossé des cinq dernières années. Nora s'assit à l'autre bout de la banquette, délibérément à l'écart.

— Tu souhaitais me voir, dit-elle. Me voici.

Elizabeth referma son livre et se mit à jouer avec les lacets de ses chaussures, à en serrer les boucles très fort, elle-même de plus en plus nouée. Elle attendait et souhaitait, savait Nora, que disparaisse l'horrible sensation nichée au creux de son ventre. Seulement, elle ne s'en irait pas, du moins jamais complètement. Elle semblerait s'atténuer un moment et puis, sans raison apparente, elle éclorait à nouveau, ranimée comme un être vivant.

Nora tendit la main pour calmer les doigts qui gesticulaient.

— Tu m'as beaucoup manqué, Lizzabet…

Elle releva la tête.

— Plus personne ne m'appelle comme ça !

Cette enfant était un animal blessé qui s'attaquait à la moindre main tendue, même celles qui lui proposaient leur aide. L'instinct d'Elizabeth était de lui résister, mais Nora était plus que prête. Elle avait espéré ce moment, l'avait redouté autant qu'elle en rêvait, tous les jours depuis cinq ans. Elle put enfin attirer Elizabeth vers elle, enserrer de ses bras les frêles épaules, sentant la force de la plainte silencieuse que la fillette retenait en elle. Les mots n'étaient pas suffisants. Elle ne pouvait que lui offrir sa farouche détermination, la promesse de ne jamais lâcher. Il n'y eut pas de larmes, ni chez l'une ni chez l'autre. On a largement le temps pour ça, songea Nora. Elle caressa les cheveux de sa nièce, en se disant que jamais elles n'arriveraient à surmonter cette épreuve. Il y avait des décisions pratiques à prendre, des plans à mettre au point, comme si leur vie en dépendait. Ce qui était peut-être le cas. Elle veillerait à ce que plus personne ne fasse souffrir cette enfant. Et si cela impliquait d'enfreindre la loi, d'être longtemps séparée des gens qu'elle aimait, elle y était préparée.

Mais Sean Meehan avait raison : il leur fallait se rendre dans un endroit reculé, quelque part où personne ne songerait à les chercher. Puis elle repensa à une phrase de Cormac, la manière dont il avait décrit le cottage de son père : « C'est à l'écart de tout. Je ne savais pas que ce genre d'endroit existait encore. »

Elle s'était abstenue de l'accabler avec ses problèmes ; cela lui aurait paru injuste. Pourtant, quel choix avait-elle quand l'enjeu était si considérable ? Elle redressa la tête de sa nièce et la regarda droit dans les yeux.

— Écoute-moi, Lizzabet. Je pense savoir où nous pourrions aller.

2

Frank Cordova reprit conscience. Quelques spectres étaient tapis à la lisière de sa perception : les battements d'un éventail, la poussière et la chaleur oppressante, et l'étrange et soudaine sensation qu'il avait souvent ressentie étant gamin, sans jamais pouvoir l'expliquer. La pièce était plongée dans l'obscurité, et curieusement il se sentait épuisé, alors qu'il se réveillait à peine. Il ouvrit les yeux, vaguement conscient d'agripper le bras d'une femme, mais il ne sentait pas ses doigts. Il avait les jambes lourdes, la bouche pâteuse, et un bourdonnement incessant à l'arrière du crâne.

— Qu'est-ce qu'il m'arrive ?

— Vous êtes à l'hôpital du Regions. Vous étiez sous sédatif. Je vais appeler le médecin et le prévenir que vous vous sentez mieux.

Il releva légèrement la tête pour regarder ses jambes. Pas de plâtre. Pas de blessure par balle. Dans ce cas, que fichait-il à l'hôpital ?

— Ça fait combien de temps que je me trouve ici ? demanda-t-il à l'infirmière.

Elle lui sourit.

— Vous avez été hospitalisé jeudi soir… Enfin, en réalité on était déjà vendredi matin. Et aujourd'hui, c'est samedi.

— Samedi ? Il faut que je sorte.

— Je pense qu'il serait préférable d'en parler d'abord au médecin…

Il tenta de s'asseoir.

— Vous ne comprenez pas. Je bosse sur une enquête et je n'ai pas le temps…

Il se tut, assailli de nouveaux fragments de souvenirs. Le visage en larmes de Veronica, une respiration heurtée, une épouvantable odeur de désinfectant, une lutte quasi silencieuse sur un sol dur et froid. Il sut alors la vérité, qu'il avait refoulée au cours des longues heures de sommeil ténébreux. Saisi d'une soudaine angoisse, il comprit que les rêves qu'il avait faits n'en étaient pas.

Chago.

Il ne pouvait rien faire pour protéger son frère. Il ne pouvait plus rien pour lui. La pièce se mit à tourner et il se rallongea, les larmes tièdes coulant sur ses oreilles.

Santa María, Madre de Díos, ruega por nosotros pecadores, ahora y en la hora de nuestra muerte – Maintenant et à l'heure de notre mort.

— Reposez-vous un peu, lui conseilla l'infirmière en rebordant la couverture. Parfois ça peut aider de se concentrer sur sa respiration.

Il hocha la tête, mais à peine fut-elle sortie qu'il arracha le sparadrap du goutte-à-goutte et retira l'aiguille, en appuyant pour éviter que ça ne saigne. Il trouva ses habits dans le placard mais on lui avait pris son portefeuille, son badge, son arme et son portable – ainsi que ses clefs de voiture ; il se rappelait distinctement avoir conduit jusqu'aux urgences après le coup de fil de Veronica.

Il décrocha le téléphone, composa le numéro de sa partenaire et en vint droit au but.

— Karin, j'ai besoin que tu passes me prendre.

Elle lui répondit d'un ton méfiant.

— J'en déduis que ça va mieux ?

— Oui…

Son ton ne lui indiquait pas si elle était au courant de ses mésaventures ; cela dit, il y avait fort à parier pour qu'elle en sache beaucoup plus que lui. Il se sentit mal à l'aise à cette idée.

— Je suis au Regions. Il faut que tu viennes me chercher. Tout de suite.

— Tu crois que c'est raisonnable, Frank ?

— Je me fiche de savoir si c'est raisonnable. Si tu refuses, je prendrai le taxi.

— D'accord, d'accord… Je suis au boulot. On se retrouve à l'entrée principale d'ici dix minutes.

Il emprunta subrepticement l'escalier le plus proche et gagna le rez-de-chaussée. Karin l'y attendait déjà.

— Tu es sûr que ça va ? dit-elle en contemplant sa main sur laquelle était encore collé le sparadrap du goutte-à-goutte. J'ai demandé à un agent de ramener ta voiture au poste l'autre soir, mais je peux te déposer directement chez toi, si tu préfères…

— Ça ira, dit-il en se tournant vers elle. C'est samedi, qu'est-ce que tu fabriques au boulot ?

— Avec toi sur le carreau, on est en sous-effectifs, et on a hérité de deux nouveaux dossiers. Ton amie le Dr Gavin a fait une sortie de route à Hidden Falls, elle est tombée dans un ravin.

La peur s'insinua en lui.

— Elle s'en est sortie ?

— Quelques égratignures - rien de grave. Mais elle prétend que ce n'était pas un accident, que quelqu'un a trafiqué ses freins.

— Et tu ne l'as pas crue ?

— Difficile de savoir ce qu'il en est. Sa voiture a été remorquée au garage. Apparemment, une bouteille d'eau est tombée et a roulé sous la pédale. Les seules empreintes sur la bouteille sont les siennes. On ne peut rien prouver.

Frank digéra la nouvelle. Peter Hallett aurait tout aussi bien pu laisser sa signature. Bidouiller les freins en se débrouillant pour que Nora paraisse fautive et passe pour une folle en l'accusant.

— C'est quoi l'autre affaire ?

— Le décès d'un piéton renversé, avec délit de fuite. C'est arrivé hier. Un SDF, peut-être le connaissais-tu… Harry Shaughnessy ?

3

Nora roulait vers le nord-ouest, en direction du Donegal. Elle n'était pas habituée à réfléchir en fugitive ; jamais elle n'avait eu à éviter de se faire repérer, à communiquer sans laisser de traces. Elle n'avait dit à personne où elle comptait se rendre avec Elizabeth en quittant Skerries, même pas à Sean Meehan, ni aux Donovan à qui elle avait emprunté leur voiture. Malgré tout, elle savait qu'elles étaient loin d'être tirées d'affaire. Elizabeth était certainement recherchée par la police, mais elle n'osait pas allumer la radio pour en avoir le cœur net. Peter montrerait autant d'habileté à manipuler les autorités ici qu'aux États-Unis. Le Donegal avait le mérite d'être éloigné de Dublin, mais nulle part sur l'île elle ne se sentirait à l'abri.

Elle traversa les pâturages de Meath et Cavan, en s'en tenant aux routes secondaires qui passaient par des villages où flottaient des fanions aux couleurs de telle ou telle équipe qualifiée au niveau régional. Elles tournicotèrent à travers les petites collines de Leitrim sous une pluie battante qui bouchait la vue, en prenant soin de contourner la frontière – inutile d'attirer l'attention en passant en Irlande du Nord.

Elizabeth demeurait silencieuse, les yeux rivés sur la fenêtre. D'ici à ce qu'elles s'arrêtent, elle risquait d'avoir un sacré torticolis ! Elle essuyait de temps en temps sa vitre, mais la buée de sa respiration s'y déposait à nouveau.

Comment c'est arrivé ? aurait voulu lui demander Nora. T'es-tu souvenue de quelque chose ? As-tu compris toute seule ?

Elle s'efforça de se souvenir d'elle-même quand elle avait six ans, à l'époque où elle était arrivée en Amérique avec Tríona et ses parents. À quel moment commençait-on à quitter la mer fantastique de l'enfance pour s'aventurer sur la terre ferme de l'âge adulte ? À onze ans, Elizabeth se tenait au bord de cet océan. Elle avait toujours les talons dans l'eau, mais le bercement des vagues lui manquait déjà. Il était normal de se sentir maladroite et gauche dans le nouveau monde des adultes ; l'atmosphère respirable devait lui sembler bien peu substantielle, comparée à la mer de l'enfance qui vous enveloppait entièrement.

— Si on mettait un peu de musique ? proposa-t-elle à sa nièce.

Pas de réponse. Nora alluma quand même la radio, fit défiler rapidement les stations commerciales au bla-bla enjoué et trouva enfin de la musique traditionnelle. Raidió na Gaeltachta, la radio en langue gaélique. C'était exactement ce qu'il lui fallait. Pas un mot en anglais. Aucun risque d'y entendre un flash exceptionnel concernant une enfant recherchée dans tout le pays. Du moins, pas dans une langue qu'Elizabeth comprendrait. À la fin du morceau, le présentateur se mit à parler de ce qu'on venait d'entendre. Elizabeth tourna brusquement la tête. Elle écouta attentivement pendant quelques secondes.

— C'est quoi ?

— C'est du gaélique, la langue que parlent les gens d'ici.

Elizabeth réfléchit un instant.

— Je pensais qu'ici on parlait anglais.

— Euh… Oui, mais certaines personnes parlent surtout le gaélique, en particulier dans la région où l'on va.

Elizabeth écouta à nouveau le présentateur.

— C'est… (Elle chercha le qualificatif qui convenait) mélodieux.

Nora ne pouvait qu'acquiescer.

Le gaélique lui avait toujours paru une langue expressive et très musicale ; elle regrettait de ne pas savoir mieux le parler.

Au bout de quatre heures de route, elles arrivèrent aux abords de la ville de Donegal. Elles s'arrêtèrent dans une station-service où elles achetèrent des sandwichs insipides, des chips, des pommes et des bananes, de l'eau minérale et quelques gâteaux secs. Au-delà de Donegal, la route serpentait le long de la côte jusqu'à Mountcharles où elle obliquait vers l'intérieur des terres. Elizabeth gardait le nez à la vitre. À Bruckless, le moment était venu de faire une pause. Nora quitta la route principale et s'engagea entre les arbres sur un chemin tranquille qui conduisait à une plage rocailleuse. Elle se gara le long du bois.

— Allons, dit-elle, on va manger nos sandwichs au bord de l'eau.

Elizabeth afficha une moue sceptique mais la suivit jusqu'à une pointe rocheuse qui s'avançait dans la baie de Bruckless. Elles s'installèrent sur deux rochers plats et sortirent leur pique-nique. Un parfum de goémon flottait dans l'air – non pas l'odeur forte et putride qui arrivait parfois à marée basse mais une senteur plus légère et plus pure. Pourquoi certains endroits du littoral sentaient plus mauvais que d'autres, c'était un mystère. Nora indiqua un cottage à flan de coteau, sur la rive d'en face.

— Tu vois cette maison ? Elle me rappelle beaucoup une maison où nous avons passé des vacances quand j'avais ton âge. Ta maman devait avoir six ou sept ans.

D'ailleurs, plus Nora observait le paysage vallonné, et plus elle était convaincue qu'il s'agissait de l'endroit précis où un phoque avait secouru Tríona de la noyade. Il avait dû pleuvoir au cours de ces semaines estivales et pourtant Nora ne gardait le souvenir d'aucune journée nuageuse. Elle et Tríona avaient passé des heures à escalader les rochers, à la recherche de bouts de verre dépolis et d'autres merveilles. Le tesson de faïence bleu et beige de la boîte à trésors de Tríona provenait des environs. Les séjours, chaque été, chez leurs grands-parents dans le Clare n'étaient jamais des vacances au sens habituel. Il y avait les œufs à ramasser, les vaches à traire, les bouts de jardin à désherber, le miel à récupérer dans les ruches. Ici, dans le Donegal, il n'y avait pas eu de corvées, rien que d'infinies journées consacrées à l'exploration et à l'imaginaire. Nora avait fait des rêves de naufrages tout l'été.

— Regarde…

Une pointe d'excitation transparaissait dans la voix d'Elizabeth. Nora mit sa main en visière, scruta la mer et aperçut une petite tête foncée qui oscillait à la surface.

— Je le vois.

Le phoque nagea vers elles, visiblement intrigué par ces pâles créatures étendues sur les rochers. Quand il fut assez près, Nora constata que l'animal avait la partie gauche de la tête abîmée. Il les contempla d'un seul œil, terne et sombre.

Elizabeth se releva d'un bond et s'avança le plus loin qu'elle put au bout de la pointe, ses pieds cherchant d'eux-mêmes leurs appuis, sans détacher les yeux de la tête reluisante dans l'eau. La fille et le phoque s'observèrent avec un vif intérêt. L'animal huma l'air en frétillant du museau et des moustaches, en quête d'indices sur la petite humaine, tandis qu'Elizabeth gardait la main vaguement tendue, comme en un geste de salut. Puis le phoque se mit à tournoyer en une joyeuse danse, son corps en partie hors de l'eau.

Nora l'observa, captivée, en songeant aux nombreux instincts qui renseignaient les animaux et que l'homme s'était empressé d'oublier dès qu'il avait disposé du langage. Après quelques instants de communication silencieuse, le phoque plongea la tête sous l'eau et disparut, ne laissant qu'un remous circulaire là où il s'était trouvé.

Elizabeth fixa l'eau pendant plusieurs minutes avant de se retourner. Nora observa son visage pendant qu'elle regagnait les rochers plats.

— Tu parlais au phoque ?

— Non.

Les oreilles désormais bien dégagées d'Elizabeth devinrent toutes rouges.

— N'aie pas honte, Lizzabet. Ta mère leur parlait tout le temps. Elle disait qu'ils n'avaient pas l'air de comprendre quand elle s'exprimait en anglais mais qu'ils semblaient connaître un peu de gaélique.

Elizabeth la regarda comme si elle venait de confirmer quelque vérité depuis longtemps tapie dans l'univers des intuitions.

C'était exactement ce que Tríona avait dit. Nora l'avait complètement oublié jusqu'à ce que les mots franchissent ses lèvres. Le simple fait de revenir en un lieu pouvait raviver les souvenirs. L'odeur des algues, la texture des rochers sous ses pieds, l'angle particulier des rayons du soleil sur la mer… En fermant les yeux, elle imaginait dans l'eau des bras pâles, des cheveux déployés vers la surface, deux yeux noirs comme du charbon, proches et menaçants…

Dans la voiture, la radio se ralluma en même temps que le moteur. Un nouveau morceau débuta comme elles atteignaient Carrick ; Nora savait qu'elle avait déjà entendu cet air quelque part. Le violoniste laissait glisser son archet sur les cordes d'une main experte, démarrant dans les graves et remontant par folles envolées.

C'était la mélodie que Cormac lui avait envoyée l'autre soir, elle en était certaine.

À la fin du morceau, le présentateur se mit à parler en gaélique. Elle parvint seulement à saisir quelques mots – *go hailainn*, merveilleux ; *an fhidil*, le violon. Le nom de la composition défila en un éclair. Quelque chose comme *i Meiriceá* – en Amérique. Cormac avait promis de lui révéler le titre du morceau à leur prochaine rencontre. Ça ne saurait tarder.

À la sortie de Carrick, elles passèrent sous une bannière qui flottait au vent, accrochée à deux poteaux plantés de part et d'autre de la route. L'inscription disait : *FÁILTE FIDLEIRI !* – BIENVENUE AUX VIOLONISTES, SEMAINE DU VIOLON À GLEN.

À Glencolumbkille, le bureau de poste était fermé mais le patron de l'*óstan*, l'auberge voisine, connaissait le cottage des Maguire.

— C'est à environ cinq kilomètres de Glen, leur expliqua-t-il. Juste après le lieu-dit de Port na Rón. Ce petit patelin ne figure peut-être pas sur votre carte. Ça fait des années que plus personne n'y habite. Mais continuez sur cette route jusqu'à ce que vous atteigniez une fourche. Prenez bien à gauche, un chemin qui descend, et le cottage des Maguire sera sur votre gauche, légèrement contre la colline. Vous ne pouvez pas le rater. Et si vous arrivez à Maghera, c'est que vous avez dépassé l'embranchement.

— Vous connaissez Joseph Maguire ?

— Pour sûr ! Même qu'on était à l'école ensemble. Josie, qu'on le surnommait à l'époque. Sa tante Julia était notre institutrice. C'est elle qui lui a laissé la maison, il y a environ trois ans. On avait entendu dire qu'il était parti en Bolivie ou par là-bas. On ne pensait pas le revoir. Mais les gens du Donegal sont comme ça, voyez-vous. Ils s'en vont parfois des années. En Amérique, en Australie, en Écosse, dans toutes sortes de contrées étrangères. Mais ils reviennent toujours. Il y a quelque chose ici qui les attire, ils ont ça dans le sang. Vous savez, c'est étonnant.

Maguire ne manque pas de visiteurs ces derniers temps. J'ai été bigrement ému d'apprendre ses ennuis. Tomber malade comme ça… Il est toujours hospitalisé à Killybegs. Je suis étonné que vous ne soyez pas au courant, vu que vous êtes une amie de la famille.

Nora perçut une curiosité cancanière dans les yeux qui la fixaient par-dessus les lunettes, et concocta à la va-vite un mensonge crédible.

— Je dois avouer que je ne le connais pas personnellement… C'est un cousin issu de germain de mon mari, quelque chose comme ça. Ma fille et moi sommes là pour la semaine du violon. Mon mari doit nous rejoindre ce week-end. Nous sommes hébergées chez des amis à Ardara, mais j'avais prévu de lui rendre visite si je passais dans le coin… Maintenant, s'il est à l'hôpital… C'est dommage.

— Je suis sûr qu'il aura bientôt la force de recevoir des visiteurs. Dites donc, vous avez bien de la chance d'avoir des amis dans le coin ! Quand vous êtes entrées, j'ai craint que vous ne me demandiez s'il me restait des chambres. Ç'aurait été un crève-cœur de refuser une petite dame aussi charmante que vous !

La route que lui avait indiquée l'aubergiste montait vers l'église puis quittait Glen. Au-delà du village, les habitations étaient peu nombreuses et très espacées, entourées de toute part par une tourbière escarpée et dépourvue d'arbres. Des tranchées peu profondes marquaient par endroits le sol noir. Des entassements de tourbe se dressaient ici et là, ceints de palettes retenues ensemble par des cordes ou des filets pour décourager les voleurs, et coiffés de joncs pour les protéger de la pluie et du vent qui ne pardonnaient pas. Sur les collines, des clôtures de pierre ou de fil de fer délimitaient de modestes pâturages pour les moutons. Cette région paraissait stérile mais Nora savait que c'était tout le contraire, du moins au plan culturel. Les contrées les plus pauvres donnaient souvent des musiques d'une richesse exceptionnelle.

Une grande fatigue s'abattit soudain sur elle, à tel point qu'elle peinait à tenir le volant. Elle jeta un coup d'œil à Elizabeth à côté d'elle. Faisait-elle bien de venir ici, de débarquer chez Cormac sans prévenir ?

— Tiens bon, dit-elle à Elizabeth. On est presque arrivées.

En même temps qu'elle parlait, elle sentit une bouffée d'épuisement, à la limite du vertige. Elle toucha le pansement qu'elle avait au front. Plus que tout au monde, elle avait envie de dormir, mais une foule de soucis l'accablait. Au sortir du virage suivant, la route formait une fourche. Nora prit à gauche et guida précautionneusement le véhicule sur la chaussée en mauvais état. Elle aperçut soudain, un peu plus loin sur la gauche, une colline avec un cottage comme niché sous elle, tel que l'avait décrit l'aubergiste. Jamais Nora n'avait été si heureuse d'arriver quelque part ! Le long crépuscule était entamé. Deux voitures étaient garées devant la maison, et il y avait de la lumière à une fenêtre. Cormac était donc là. Elle se gara derrière sa Jeep et se tourna vers Elizabeth.

— Laisse-moi entrer d'abord… (L'impatience se

lut sur le visage de sa nièce.) Ne t'en fais pas, je reviens tout de suite. Promis.

Elizabeth ne leva pas les yeux. Elle tripotait la fermeture Éclair de son sac à dos. Nora remarqua pour la première fois qu'elle avait la peau des doigts toute rongée. Et elle ne se séparait jamais de ce maudit sac à dos – que diable transportait-elle dedans ?

La porte d'entrée était entrouverte. Le son métallique d'un vieil enregistrement de violon s'en échappait. Elle jeta un coup d'œil à l'intérieur, aperçut la tête de Cormac de dos et se sentit si émue d'être de retour qu'elle manqua en tomber à la renverse. Il était installé sur un vieux canapé en cuir face à la cheminée. Elle était sur le point de prononcer son nom quand une tignasse rousse apparut dans le creux de son épaule.

Elle l'entendit dire :

— Non, Roz, je t'en supplie… Ne pleure pas, tout va s'arranger.

Le sol se mit à trembler sous les pieds de Nora et la musique devint très forte. Elle agrippa le chambranle de la porte et tenta de rester debout, mais ses genoux se dérobèrent sous elle. Le sol vint brusquement à sa rencontre.

Nora se sentit plusieurs fois reprendre et perdre connaissance, pendant ce qui lui parut un très long moment. Un linge humide sur son visage, des murmures. Elle avait la même sensation que lorsqu'elle était assise à l'arrière de la voiture, quand elle était petite, et que les adultes la croyaient endormie. Réveillée en sursaut par l'image de la voiture, elle s'assit brusquement.

— Où est Elizabeth ? Je l'ai laissée dans la voiture…

La voix de Cormac était proche. S'y entremêlaient des notes de soulagement et d'inquiétude.

— Elizabeth est là, Nora…

Le visage de sa nièce s'approcha.

— Tu as seulement perdu connaissance une ou deux minutes, poursuivit-il. On a juste eu le temps de te transporter à l'intérieur. (Il lui caressa le visage du bout des doigts.) Repose-toi un peu.

Nora sentit les petits doigts froids serrer sa main très fort. Aucun signe de la rouquine. Peut-être imaginait-elle des choses. Elle eut l'impression d'être à nouveau emportée par la marée.

Plus tard, elle fut réveillée par une horloge qui sonnait. Elizabeth dormait à poings fermés sur le canapé, emmitouflée dans une couverture. Quelqu'un bougea dans le fauteuil à côté d'elle. Elle releva la tête et vit la femme aux cheveux roux, celle qui pleurait sur l'épaule de Cormac. Elle avait maintenant les yeux secs et s'exprima en un chuchotement.

— Comment vous sentez-vous ?

— Mieux.

Nora tenta de se redresser sans réveiller Elizabeth. Elle avait encore les muscles engourdis et douloureux suite à l'accident.

— J'ai dormi combien de temps ?

— Environ une heure et quart, répondit la femme. Au fait, je m'appelle Roz Byrne. Une collègue de Cormac à l'UCD. Je loge ici tout à fait par hasard… Il est dans la cuisine. Je vais le chercher, hein ?

Elle disparut par la porte du salon et Cormac apparut une seconde plus tard. Il s'agenouilla par terre et approcha son visage du sien.

— Nora… Comment vas-tu ?

— Ça va. Tu dois te demander ce que nous fabriquons ici.

— Tu n'as pas vraiment eu l'occasion d'expliquer quoi que ce soit. Y compris ça… (Il indiqua le pansement qu'elle avait au front.) Je commençais à me demander si tu n'avais pas une commotion cérébrale.

— Non, ce n'est qu'une égratignure… Vraiment.

Elle regarda en arrière. Elizabeth dormait toujours profondément. C'était merveilleux à quel point les enfants paraissaient encore plus jeunes dans leur sommeil.

— C'est une longue histoire, dit-elle. Tu m'offrirais une tasse de thé ?

Cormac l'aida à se lever et lui passa un bras autour de la taille tandis qu'ils traversaient la pièce. Dans le couloir, il s'arrêta, l'adossa au mur, appuya son corps contre le sien, lui tint doucement la nuque et l'embrassa délicatement, les lèvres légèrement entrouvertes, jusqu'à ce qu'elle se sente flotter, en proie à un désir qui lui coupa le souffle. Il laissa son front reposer contre le sien.

— Désolé, mais Dieu sait que tu m'as manqué, Nora. J'ai l'impression que tu es partie depuis des années.

Elle lui caressa la joue.

— Une vie entière, tu veux dire.

4

Les vêtements de Harry Shaughnessy étaient disposés sur une table au centre du laboratoire. Frank Cordova observa les taches sur le sweat-shirt. Sous l'éclairage lumineux, ç'avait tout l'air d'être du sang. Des taches foncées et récentes à l'encolure, d'autres plus grosses et fanées sous l'inscription « Galliard » en lettres blanches. Comment se faisait-il que Shaughnessy portait un sweat de l'université où Peter Hallett avait fait ses études ? Cela dit, ce n'était pas forcément le sien. Frank connaissait plusieurs autres habitants des villes jumelles qui auraient pu appartenir à la même association d'anciens élèves, notamment Marc Staunton ; Harry l'avait peut-être récupéré au dépôt Saint-Vincent-de-Paul de la 7e Rue Ouest.

L'experte en criminalistique Jackie Smart examinait le sweat centimètre par centimètre, armée d'une loupe, d'une pince, de ruban adhésif et de cotons-tiges, traquant l'ADN.

— Quelqu'un m'a dit que tu le connaissais ?

— Tout le monde le connaissait, répondit Frank.

C'était la vérité. Plusieurs générations de flics de Saint Paul avaient connu Harry Shaughnessy. Sa silhouette arpentait le parc Rice depuis son retour de Corée en 1953. Il n'avait plus jamais été le même. Il y en avait beaucoup d'autres comme lui, un peu plus après chaque guerre, des hommes qui dormaient sous les ponts, incapables de faire face à la vie normale, et qui péroraient au coin des rues ou bien se tuaient à petit feu avec la boisson. Il en existait certainement beaucoup d'autres qui jouaient au golf ou bricolaient dans leur garage ou à leur établi en sous-sol, qui eux aussi n'avaient plus jamais été les mêmes. La plupart d'entre eux savaient mieux le dissimuler que Harry Shaughnessy, voilà tout.

— As-tu testé ces taches qui ressemblent à du sang ?

— Le laboratoire a effectué l'analyse préliminaire, c'est tout à fait du sang. La victime de l'accident n'a pas beaucoup saigné. D'après le légiste, son cœur a tout simplement cessé de battre au moment de l'impact. Les taches sous les lettres ont de toute façon l'air beaucoup plus anciennes. Regarde… Tu vois comme la surface est fendillée et par endroits complètement écaillée ? Et que dis-tu de ça ? (Elle indiqua un bout de papier posé près du sweat, un billet manuscrit crasseux et chiffonné.) Je l'ai trouvé dans la poche.

Frank observa les lettres capitales. L'encre bleue du stylo bille avait passé. JE SAIS CE QUE T'AS FAIT. 11H À HIDDEN FALLS, CE SOIR. Ça avait l'air d'une menace. Hidden Falls ce soir, sinon… Sinon quoi ? Je dévoile où tu as enterré Natalie Russo ? Avec ce mot, il devenait encore plus crucial d'obtenir un résultat avec l'ADN.

— Jackie, penses-tu pouvoir identifier l'ADN de la personne qui portait ces affaires ?

— Bien sûr, je peux essayer… On obtient en général de bons prélèvements à l'encolure et au niveau des aisselles.

Frank prit les baskets noires quasi neuves et inspecta leurs semelles légèrement crottées.

— Et ça ?

— Encore une fois, l'analyse préliminaire s'est avérée positive pour le sang. Il faudra des analyses complémentaires pour déterminer s'il correspond à celui du sweat. C'est un peu curieux… La victime portait ces vêtements, mais pas ces chaussures. Elles étaient rangées dans son sac à dos. Il avait aux pieds cette ravissante paire taille 45… (Elle brandit deux baskets montantes en piteux état.) Les noires étaient beaucoup trop petites pour lui. Mais elles ont été portées : j'ai récupéré des fils de coton blancs à l'intérieur en faisant mes prélèvements pour l'ADN. Il y avait aussi pas mal de terre dans les motifs des semelles. Dès que j'en aurai terminé ici, je transmettrai le tout au service des traces et indices. Tu n'as qu'à jeter un coup d'œil…

Elle pointa le pouce en arrière. Frank positionna son œil sur le viseur du microscope et observa les cristaux aux multiples couleurs des particules de terre, les fragments ternes de feuilles en décomposition, et plusieurs dizaines de petites sphères striées. Elles ressemblaient exactement aux graines sur le poster de Holly Blume, celui avec l'image de la plante rare retrouvée dans les cheveux de Tríona, qu'elle avait pu identifier. *Les plantes sont très douées pour jouer les passagers clandestins,* avait dit Holly. *La survie, elles s'y connaissent.* Soudain, il eut l'impression que mille flashes se déclenchaient dans sa tête, et une bouffée d'espoir engloutit l'habituelle sensation amère qu'il avait à l'estomac.

— Écoute, Jackie. Pourrais-tu me rendre un service et comparer l'ADN prélevé sur ces vêtements avec celui de deux autres dossiers ? (Il griffonna les noms et les numéros de référence dans son calepin, arracha la feuille et la lui tendit.) Je te promets de remplir les formulaires dès que possible. Autre chose… Pourrais-tu recueillir un échantillon de terre sous les baskets noires et l'adresser à Holly Blume, la botaniste de l'université ?

— Et il te faut tout ça pour quand ?

— Pour hier… Ou plutôt avant-hier ! Je te revaudrai ça, Jackie.

5

Garrett Devaney, inspecteur à la Garda, plaça un dernier bagage dans le coffre, l'étui à violon de sa fille Róisín qu'il posa délicatement sur les autres sacs. Il s'émerveillait toujours de cet instrument qui ne pesait rien du tout mais dont on pouvait tant tirer.

— Tu es sûre que c'est tout ? demanda-t-il à Róisín.

— Oui, papa.

Elle leva les yeux au ciel, l'air de se demander qui était censé se montrer le plus nerveux à propos de ce voyage, son cher père ou bien celle qui allait participer au concours ? Il avait tenté de minimiser son angoisse face à cette étape importante, mais il le vivait comme son heure de vérité, à la fois comme enseignant et comme père. Même s'il s'efforçait de ne pas le montrer, Róisín comprenait parfaitement ce que ça représentait pour lui qu'elle se soit mise au violon. Elle était déterminée à ne pas le décevoir, et tout le danger était là.

Sa femme Nuala avait tenté de le rassurer la veille, quand elle s'était allongée à côté de lui.

— Il n'y a qu'à regarder son visage quand elle joue, Gar. Ils seront tous épatés ! J'aurais bien aimé avoir la même confiance en moi à son âge.

Il n'avait rien dit, l'esprit toujours soucieux. Certes, ça ne serait que justice que Róisín obtienne un franc succès. Mais si ça tournait autrement ? Dans ce genre de manifestation, on était toujours à la merci des jurés. Certains d'entre eux étaient étroits d'esprit, chacun défendait sa chapelle... Depuis des mois, Róisín ne parlait plus que de cette compétition. Elle tenait à y participer et il n'avait pas pu lui refuser ça. Il l'observait souvent, la tête penchée au-dessus du ventre arrondi de l'instrument, parfaitement concentrée. Il avait vu les notes s'infiltrer dans son oreille, puis dans son âme, et avait compris que son rôle à lui se limitait à l'apparence. Ce qu'elle devait apprendre ne pouvait pas s'enseigner, pas directement. Il fallait s'approprier la musique en grandissant avec elle. Par chance, Róisín tout comme son père avant elle, était tombée amoureuse de la sonorité du violon, avec sa palette de couleurs et d'émotions. Aucun niveau de savoir-faire technique ne pouvait s'y substituer. Il ne pouvait que lui montrer comment lui-même s'y prenait pour reconnaître ces instants rares, comment les accueillir quand ils se présentaient.

Pendant des semaines, Garrett s'était tracassé à propos du concours. Il se demandait si c'était une bonne idée, et au bout du compte il avait décidé que ça ne pouvait pas faire de mal, du moins pas à une enfant comme Róisín. C'est en écoutant les autres qu'elle affinerait son oreille, son goût musical. Elle avait entendu très peu de violonistes, mis à part lui-même, et le moment était venu d'élargir son univers artistique. L'idée qu'elle puisse rencontrer quelqu'un dont elle admirerait le style encore plus que le sien ne l'avait jamais effleuré avant. Comment réagirait-il si elle se trouvait un nouveau modèle ? Il décida de courir le risque.

Róisín agita la main devant ses yeux.

— Papa ! Reviens sur terre ! Il faut qu'on y aille.

Il sortit de ses songes et la vit qui le dévisageait avec une expression où se mêlaient de l'enthousiasme et une pointe d'espièglerie. Non seulement futée, mais aussi effrontée.

Nuala sortit pour leur dire au revoir. Elle étreignit Róisín et déposa un baiser sur sa tête. Elle ne pourrait plus le faire très longtemps, vu que leur fille n'arrêtait pas de pousser. Róisín aurait douze ans dans quelques mois. Comment était-ce possible ?

— Je penserai fort à toi, ma chérie, dit Nuala en s'exprimant par-dessus la tête de sa fille, comme si elle s'adressait à lui. Je sais que tu feras de ton mieux. Rien que pour ça, je suis déjà très fière de toi.

Garrett la salua d'un geste par sa vitre en démarrant. À des moments pareils, il avait souvent le sentiment de ne pas mériter tout ce que lui offrait la vie. Il finirait bien par croiser quelque écueil sur son chemin. Il le sentait venir. Pourtant il allait de l'avant, il faisait son boulot et vivait sa vie. Quel autre choix avait-il ?

Garrett et Róisín venaient à peine de partir que le téléphone sonna. Nuala Devaney décrocha en pensant que c'était peut-être son mari qui avait oublié quelque chose. Mais la voix au bout du fil ne lui était pas familière. Une voix féminine, qui plus est, et américaine.

— Allô… Je cherche à joindre l'inspecteur Devaney.

Cela concerne donc le travail, songea Nuala. L'accent n'était pas purement américain. Elle s'était formé l'oreille au fil des ans, à force d'entendre des voix inconnues au téléphone. Être mariée à un inspecteur incitait à se comporter en policier, qu'on le veuille ou non.

— Désolée, il n'est pas joignable en ce moment…

— Je suis confuse de le déranger chez lui, mais il m'a dit que je pouvais l'appeler n'importe quand.

Forcément. C'était là un sujet de dispute incessant, le fait qu'il permette à toutes sortes d'individus d'appeler chez eux à n'importe quelle heure. Nuala avait tenté de lui faire comprendre quels en étaient les dangers, et les coups de téléphone avaient plus ou moins cessé. Jusque-là.

— Si vous souhaitez me laisser votre nom, je pourrais lui transmettre un message.

— Non, c'est vraiment…

La femme hésitait visiblement à lui demander un numéro de portable, mais décida de n'en rien faire. Encore heureux ! Il n'était pas question qu'elle communique le numéro privé de Garrett à une inconnue.

La femme avait dû sentir sa réticence.

— Et si je rappelais plus tard ? Merci bien.

Après avoir raccroché, Nuala garda la main sur le combiné un moment. Merci pour quoi ? Elle n'avait fait que lui mettre des bâtons dans les roues. À présent, elle avait le choix entre deux possibilités : appeler Garrett et voir ce qu'il souhaitait faire, ou ne rien faire du tout. L'inconnue n'avait pas laissé de message. Ça ne devait pas être très important, non ?

6

Frank Cordova contempla les objets disposés sur son bureau, que Tom et Eleanor Gavin venaient de lui apporter. Outre la nouvelle du départ de Nora pour l'Irlande, ils lui avaient transmis trois enveloppes en papier kraft qu'elle avait préparées à son intention.

La première contenait deux choses que Seng Sotharith, le pêcheur cambodgien, avait trouvées aux abords du fleuve : un portable Nokia incrusté de boue et un billet manuscrit. JE SAIS CE QUE T'AS FAIT. 11H À HIDDEN FALLS, CE SOIR. La formulation était identique au mot retrouvé sur Harry Shaughnessy, ainsi que les lettres capitales au stylo bille bleu.

La deuxième enveloppe comprenait le compte rendu de la rencontre entre Nora et Harry Shaughnessy devant la bibliothèque et la description de son sweat maculé de sang. Elle ignorait visiblement le sort du SDF, puisqu'elle demandait à Frank de le retrouver.

Dans la troisième enveloppe était glissée une liasse d'articles sur le meurtre des Nash dans le Maine. Nora avait entouré le nom de l'enquêteur en chef, un certain Gordon MacLeish. Il passa un coup de fil à la police du Maine.

Il venait de raccrocher quand son téléphone sonna. C'était Nora.

— Frank ! Dieu merci tu es vivant ! Ça fait plusieurs jours que j'essaie de te joindre. Karin Bledsoe t'a prévenu que j'avais appelé ? Elle m'a seulement dit que tu étais en congé.

— J'avais des trucs à régler… Des histoires familiales.

Il ne put se résoudre à lui parler de Chago, des événements qui l'avaient conduit à l'hôpital.

— Ça va… Tes parents viennent de passer à l'instant me déposer tes paquets. Ils m'ont dit que tu étais rentrée en Irlande.

— T'ont-ils expliqué pourquoi ? Elizabeth a fugué. Elle a semé Peter et Miranda à leur arrivée à Dublin et elle a cherché à me rejoindre là-bas. Je ne pouvais pas attendre sans rien faire qu'on la rende à son père. C'était impensable.

— Et où es-tu maintenant ?

Elle hésita.

— C'est bon, Frank. On est en sécurité.

— Tu n'as eu aucun contact avec Hallett ?

— Non, je n'ai aucune nouvelle. Je ne sais même pas s'il a alerté les autorités. S'il soupçonne qu'Elizabeth est avec moi, j'imagine qu'il leur raconte que je l'ai kidnappée. Mais c'est faux, et cette fois j'ai des témoins pour le prouver. J'ai tenté de joindre l'inspecteur que je connais ici, sans succès jusqu'à présent. C'est pour ça que j'ai besoin de ton aide. Si tu pouvais contacter la police irlandaise, expliquer la situation, qu'Elizabeth est en sécurité et ne court aucun danger avec moi…

— Il doit bien y avoir quelqu'un chez nous qui a

des contacts là-bas. Je vais aussi mettre le FBI et Interpol sur le coup, voir s'ils peuvent nous aider à retrouver la trace de Hallett. Tu aurais dû me dire que tu cherchais Harry Shaughnessy…

— J'ai essayé mais je n'arrivais pas à te joindre. Il faut absolument que tu le retrouves et que tu lui demandes…

— Malheureusement, on ne va rien pouvoir lui demander. Il a été renversé par une voiture en traversant Shepard Road. Mort sur le coup.

Il l'entendit inspirer profondément au bout du fil.

— Il me fuyait, finit-elle par dire. Il pensait que je voulais lui demander quelque chose… Et c'était vrai. Le sweat qu'il portait.

— Celui aux couleurs de Galliard. Il est au labo. Les analyses ont confirmé que c'était bien du sang, et on en a aussi retrouvé sur une paire de baskets qu'il avait dans son sac. Les comparaisons sont en cours avec le sang de Tríona et celui de Natalie. Ce pourrait être un sacré coup de pouce pour l'enquête.

— J'y ai réfléchi, Frank, et c'est trop beau pour être vrai. Je me méfie. Même si le sang s'avère être celui de Tríona ou celui de Natalie, Peter est bien trop intelligent pour laisser traîner un indice aussi compromettant. Ce sweat-shirt ne doit pas être à lui.

— Attendons les résultats de l'ADN. Tu dois tout de même convenir qu'on est en bien meilleure posture qu'il y a une semaine. Si c'est bien le portable de Tríona que tu as récupéré auprès du pêcheur, on tiendra enfin notre premier lien avec la scène du crime. Et peut-être même des traces de sang comme preuve. Quant au billet…

— Il se pourrait qu'il ait servi à attirer Tríona vers le fleuve ce soir-là. Elle croyait peut-être que celui qui le lui avait adressé saurait lui dire ce qui était arrivé le soir de la disparition de Natalie.

— Je me suis fait la même réflexion. On en a retrouvé un autre, exactement le même mot, dans la poche de Harry Shaughnessy. Même formulation, même écriture.

Nora marqua une hésitation.

— Deux billets, ça n'a pas de sens… À moins que chacun n'en ait reçu un, Tríona *et* celui ou celle qui portait le sweat…

— Ce qui pourrait signifier une tierce personne…

— Peut-être. Attendons le résultat des tests ADN. Et *quid* du meurtre dans le Maine ? Et de la lettre anonyme adressée à Peter ? À ton avis, qu'a-t-il bien pu faire pour être menacé de la sorte ? Je n'arrive pas à trouver un lien.

— J'ai appelé la police d'État du Maine. Si j'apprends quoi que ce soit, je te tiens au courant.

Pris d'un nouvel élancement à l'estomac, il se plia de douleur. Pourvu que ça ne se soit pas entendu. Mais Nora avait l'ouïe fine.

— Tu es sûr que ça va, Frank ? Je me suis inquiétée quand je n'arrivais pas à te joindre. Dis, tu me dirais si quelque chose n'allait pas, hein ?

— Mon frère était malade, l'interrompit-il.

— Il va mieux ?

Il marqua une hésitation. Plus possible de se défiler.

— Non, il ne va pas mieux. Il est mort, Nora.

— Oh ! Frank, je suis vraiment désolée…

— Tu ne savais pas.

Il ne s'attendait pas à ce qu'elle comprenne. Comment pourrait-elle comprendre ? Il ne lui avait jamais parlé de sa famille. Maintenant le sujet était clos.

— Je suis au courant pour ton accident, Nora. La bouteille d'eau coincée sous la pédale de frein. Seules tes empreintes y figuraient. En revanche, les techniciens ont relevé d'autres empreintes sur la carrosserie de ta voiture, au-dessus de la vitre côté conducteur.

Nora demeura silencieuse un instant.

— Il se pourrait que ce soit celles du vigile.

— Quel vigile ?

— Je me suis rendue au restaurant cambodgien sur University Avenue, puis j'ai suivi Seng Sotharith jusqu'à Frogtown où il habite, pour essayer de lui parler. Des voyous ont voulu me faire peur. Un type avec un uniforme de vigile passait justement par là et les a chassés. Il était au volant d'un pick-up… Je n'ai pas pu relever le numéro d'immatriculation mais il y avait sur sa chemise un badge avec l'inscription Centurion. Les empreintes doivent être les siennes. Peter ne commettrait pas une telle erreur, tu t'en doutes.

— Il a tenté de te tuer, Nora. Tu le sais et je le sais. S'il découvre où tu es et qu'Elizabeth est avec toi, il reviendra à la charge. Il ne va pas lâcher le morceau.

— Il ne nous trouvera pas. Nous sommes en sécurité ici.

Le perçut-il à son intonation ? Frank sut soudain

où elle était. Chez *lui*, le type avec qui c'était sérieux. Il sentit la jalousie s'insinuer en lui et l'étreindre.

— Dis-moi juste une chose… Ton ami de là-bas, il ne serait pas flic ?

— Je t'en supplie, Frank, dit-elle d'une voix douce. Ne fais pas ça, je tiens beaucoup à toi. Tu as été le seul à me soutenir, à m'empêcher de sombrer… Le seul. Mais je ne sais pas ce qui m'a pris cette fameuse nuit… Je n'avais pas toute ma tête, pour dire la vérité. Je ne voudrais pas tout gâcher entre nous à cause d'une nuit irréfléchie.

Il était clair qu'elle ne gardait pas le même souvenir que lui de cet épisode. Il ne savait pas quoi répondre.

— Dis quelque chose, Frank. Je t'en supplie…

Mais il n'y avait rien à ajouter. Il détacha le combiné de son oreille et coupa la communication.

En entendant la voix de Nora, Cormac s'était dirigé vers la cuisine. Il était tard, presque 1 heure du matin, mais il aurait juré qu'elle parlait à quelqu'un. Tandis qu'il s'approchait, quelques bribes de la conversation lui parvinrent. *Je ne voudrais pas tout gâcher entre nous à cause d'une nuit irréfléchie… Dis quelque chose, Frank. Je t'en supplie.*

Il resta figé derrière la porte, hésitant entre frapper et attendre un peu, embêté qu'elle puisse se douter qu'il avait entendu. Il y avait manifestement des choses qu'elle ne lui avait pas dites. Le doute et la jalousie avaient si vite fait de s'insinuer. Il hésita encore un instant, puis poussa la porte de la cuisine.

— Tu es réveillé toi aussi ? dit-elle en indiquant

le téléphone posé sur la table. Je viens d'avoir Frank Cordova.

— Des nouvelles ?

— Les choses avancent à tout petits pas. On a peut-être retrouvé le portable de Tríona, ce qui pourrait nous permettre de localiser la scène du crime. On a aussi un sweat-shirt maculé de sang, aux couleurs de l'université où Peter a fait ses études… Ils vont faire des analyses d'ADN pour voir s'il pourrait s'agir du sang de Tríona.

— Eh bien, ça serait déjà ça, non ? Enfin, depuis le temps que vous cherchez des indices…

— Oui, mais il y a quelque chose qui ne colle pas. On n'est pas certain que ce sweat ait appartenu à Peter et je ne peux pas croire qu'il se soit montré aussi négligent, ni pour ça ni pour quoi que ce soit d'autre. Il planifie tout, il envisage la moindre possibilité. Commettre une erreur aussi stupide, ça ne lui ressemble pas. Fais-moi confiance, je sais d'expérience qu'il contrôle jusqu'au plus infime détail. Je ne t'en ai pas dit le quart !

— Si tu me racontais maintenant ? J'aimerais bien savoir comment tu t'es fait ça, dit-il en indiquant son front.

— Je veux bien te le dire, à condition que tu ne me fasses pas la morale.

Il tendit la main comme pour prêter serment et elle poursuivit.

— J'ai eu un accident de voiture. Je pense que quelqu'un avait coincé une bouteille d'eau sous la pédale de frein…

Il ne put s'empêcher de réagir.

— Mon Dieu, Nora !

— Tu as promis de ne pas me faire la leçon. Il n'y a aucune preuve, bien entendu. Pas d'autres empreintes que les miennes. Rien ne dit que la bouteille n'a pas roulé par accident sous la pédale. Ou que je ne l'y ai pas placée moi-même pour incriminer Peter.

Il regarda vers l'étage où Elizabeth dormait.

— Il faut qu'on parle de ce qu'on fera s'il débarque ici. Il est peut-être déjà en route à cet instant.

— Comment saurait-il où chercher ?

— Tôt ou tard, il fera le lien entre nous, Nora. Quand bien même il serait moitié moins intelligent que tu ne le dis. Il y a une bonne demi-douzaine de personnes à Dublin qui sont au courant de ma présence ici. Comment as-tu fait pour trouver la maison ?

— Je me suis arrêtée à l'*óstan* de Glencolumbkille, mais j'ai inventé une histoire, comme quoi j'étais là avec ma fille pour le concours de violon, et que ton père était un cousin éloigné…

— Malgré tout, dit-il doucement, tu es américaine et tu voyages avec une enfant. Je ne te critique pas. Je dis simplement qu'il n'aura aucune peine à retrouver ta trace s'il est vraiment déterminé. Il nous faut un plan, un lieu de rendez-vous, au cas où nous serions séparés. Il y a un ancien village de pêcheurs à l'abandon, de l'autre côté de la pointe. Ça s'appelle Port na Rón. Roz m'a parlé de cavernes sous les rochers, au bout de la baie. Ce serait un bon point de rendez-vous et on pourrait même s'y cacher, si besoin.

Elle le dévisagea d'un air intrigué.

— Dis donc, tu y as beaucoup réfléchi.

— On n'est jamais trop prudent. (Il prit un sac sous la table et en sortit deux talkies-walkies.) Comme les portables ne passent pas toujours par ici, je me suis dit qu'on pourrait utiliser ça. Je m'en sers sur les chantiers de fouille, ils sont tous réglés sur la même fréquence. La portée est de quarante kilomètres. Chacun aura le sien.

— Tu crois vraiment qu'il va venir ici ?

— Mieux vaut se préparer à cette éventualité. Penses-tu qu'il aura signalé la disparition d'Elizabeth ?

— Probablement. Il a dû être surpris qu'elle s'enfuie. J'imagine qu'il aura prévenu la police ; il a eu beaucoup de chance avec eux jusqu'ici. La plupart d'entre eux en tout cas, se reprit-elle.

— Si ta photo risque d'être diffusée à la télé, il serait peut-être préférable de se tenir à l'écart de la civilisation. Te faire discrète.

— On m'a bien proposé un bateau, dit-elle en s'efforçant de sourire. Oh ! Cormac, je ne comptais pas t'imposer tout ça…

Il se rapprocha d'elle.

— Veux-tu arrêter ? Tes problèmes sont les miens, Nora. On va s'en sortir… Il faut juste se montrer vigilant. Je vais t'indiquer où trouver les grottes à Port na Rón…

Il prit une carte dans son sac et lui indiqua l'endroit où ils se trouvaient présentement. Les longues parcelles de tourbière et de pâturage enjambaient la colline.

— Tu franchis la pointe vers le sud, ici, et tu arrives au village. Tu verras une plage de galets. Les grottes dont je t'ai parlé sont situées ici, au bout du port. Il faut que je passe voir mon père à l'hôpital demain matin. Tu pourrais en profiter pour aller jeter un coup d'œil aux grottes avec Elizabeth. Au retour, je m'arrêterai pour acheter quelques provisions qu'on pourra stocker là-bas, au cas où. (Il s'écarta et la regarda.) Elizabeth t'a-t-elle dit pourquoi elle s'est enfuie ?

Il repensa aux cheveux blonds et à la chaussure qu'il avait retrouvés dans le cottage de la *selkie*.

— Elle sait peut-être quelque chose qu'elle ne veut pas dire, ajouta-t-il. Les enfants sont beaucoup plus observateurs qu'on ne l'imagine.

Elle secoua la tête.

— J'ai essayé d'en discuter mais elle reste fermée. De temps en temps, j'ai l'impression qu'elle a envie de parler mais elle se l'interdit, peut-être par loyauté envers son père. En dépit de tout, il est toujours son père. On ne pourra jamais rien y changer, malheureusement.

Cormac posa sa main sur la sienne et porta le regard vers le couloir qui conduisait à la chambre vide de son père.

— Non, en effet.

7

Elizabeth se réveilla dans une chambre baignée de lumière. Le drap et la couverture pesaient sur son corps, et ça sentait bizarre, une odeur de renfermé et d'humidité. Rien ne lui semblait réel depuis leur arrivée dans cette maison. Elle n'avait aucun souvenir de s'être couchée ; peut-être l'avait-on portée jusqu'ici. Elle entrouvrit à peine les yeux et put distinguer les motifs foncés d'un papier peint à fleurs, la silhouette d'une armoire au pied du lit. Elle s'assit lentement et parcourut la pièce d'un regard circulaire. Il y avait une petite fenêtre par laquelle on apercevait l'allée et la route au bout. Allaient-ils rester ici, ne jamais rentrer en Amérique ? S'ils étaient censés se cacher, ce lieu étrange et désert ne paraissait pas être le meilleur endroit. C'était vraiment une curieuse maison, avec ses fenêtres minuscules et très basses, tout droit sorties d'un conte de fées. Les murs étaient couverts de vieilles photos en noir et blanc, et il y avait un peu partout des bibliothèques remplies de livres, y compris dans cette chambre. Elle pencha la tête et lut quelques titres sur l'étagère la plus proche : *Le Peuple de la mer. Les Selkies à travers le folklore, les mythes et les légendes.*

Elle avait vécu la journée de la veille comme en

rêve, le réveil au bruit de la mer chez les Donovan, puis le long trajet en voiture avec l'arrêt sur la pointe où le phoque borgne avait nagé vers elle. C'était comme s'ils n'avaient jamais été séparés. Son cerveau lui disait pourtant que c'était impossible, son vieil ami de la baie Inutile n'avait pas pu la suivre jusqu'en Irlande. Seattle devait être pile à l'opposé sur le globe. Mais combien de phoques avaient la même tache en forme d'étoile ? Il y avait aussi la façon dont il l'avait observée, en se hissant hors de l'eau, exactement comme celui de la baie Inutile. Elle avait voulu s'adresser à lui, dans ce curieux langage animal qu'elle l'avait parfois entendu employer, mais aucun son n'était sorti de sa bouche.

Une pression à l'abdomen lui indiqua qu'il était temps de trouver les toilettes. Elle sortit du lit et s'aventura dans le couloir, retenant son souffle quand son pied fit craquer bruyamment une latte. La porte de la salle de bains était munie d'un carreau en verre dépoli ; il y avait une baignoire sabot et des toilettes à l'ancienne, très hautes et avec une chaîne pour tirer la chasse d'eau. Elle y pénétra et referma la porte derrière elle, persuadée que tout le monde au rez-de-chaussée pouvait l'entendre se déplacer. Chaque bruit embarrassant – le claquement du pêne, le grincement des charnières, et tout particulièrement le jet sonore quand elle vida sa vessie – semblait amplifié dans la pièce où résonnait le moindre son. En même temps qu'elle se lavait les mains, elle observa sa nouvelle coupe de cheveux dans le miroir. Elle tripota les touffes inégales et se rappela le poids de chaque poignée de longues mèches coupées, avant qu'elle n'atterrisse au fond de la corbeille. Elle n'avait jamais désiré appartenir au monde des adultes, et depuis quelques mois elle mettait toute son énergie à refuser de franchir ce seuil. Mais la transformation s'effectuait malgré tout, contre son gré. C'était une inconnue qu'elle voyait dans le miroir. Parfois, elle avait la sensation que quelqu'un ou quelque chose d'autre se trouvait en elle – une créature sauvage et dangereuse qui risquait de surgir en hurlant si elle ouvrait la bouche.

Elle entrebâilla la porte de la salle de bains et écouta deux voix qui lui parvenaient du rez-de-chaussée. Elle reconnut celle de Cormac ; était-il le petit ami de Nora ? Vu son comportement de la veille, elle pensait que oui. Elle s'approcha de l'escalier sur la pointe des pieds et l'aperçut en bas dans le couloir avec Roz, la femme qui était déjà là la veille. Il lui parlait à voix basse, comme s'il n'avait pas envie que Nora entende.

— Ne t'en va pas, Roz, je t'en supplie. Rien ne t'oblige à partir.

— Si, Cormac. Je ne peux pas rester ici.

— Il pourrait reprendre connaissance à tout moment.

Elizabeth se demanda de qui ils parlaient.

— Je t'en supplie, Cormac… Nous savons toi et moi que ce n'est pas vrai. Je ne suis pas sûre de pouvoir supporter cette expression dans son regard, jour après jour…

— Et tes recherches ici ? N'as-tu pas envie de retourner au cottage de la *selkie* ?

— J'ai terminé tous les entretiens prévus. Je ne

retrouverai jamais Mary Heaney, Cormac. Elle n'était qu'un prétexte pour m'attarder ici.

Roz se mit à pleurer et Cormac la serra dans ses bras.

Elizabeth sentit son estomac se contracter. Tout compte fait, il n'était peut-être pas le petit ami de tante Nora. Elle retourna dans sa chambre, ne sachant plus trop si elle devait descendre, et se souvint d'une autre conversation qu'elle avait surprise trois jours auparavant.

Son père ne savait pas qu'elle se trouvait sur le palier, et aucun mot ne lui avait échappé.

— Je n'arrive pas à croire que tu n'aies pas remarqué ce qu'elle manigance. Pourquoi penses-tu qu'elle joue la comédie, qu'elle cherche à attirer ton attention, juste au moment où on est censés partir en voyage ? Elle le fait pour avoir son papa rien qu'à elle, comme avant. Elle ne souhaite que ça depuis le début.

— Ce n'est qu'une enfant, Miranda.

— Tu ne t'en aperçois vraiment pas ? Ça me dépasse que tu puisses être aveugle à ce point…

— Ça suffit ! Il aurait pu lui arriver quelque chose près du fleuve.

— Il ne lui est rien arrivé.

— D'accord, peut-être bien, mais qu'est-ce qui lui a pris de s'enfuir ? Tu lui as fait une remarque ?

— Ça c'est la meilleure ! La gamine fugue, et bien entendu, c'est ma faute ! Je n'y suis peut-être pour rien. Peut-être ressemble-t-elle plus à sa mère que tu ne l'imagines…

Elizabeth n'avait pas vu la gifle, mais le claquement résonnait encore dans ses oreilles. Quand son père s'était exprimé à nouveau, sa voix était méconnaissable.

— Que je ne t'entende plus jamais dire des choses pareilles, compris ? Laisse ma fille tranquille.

Au souvenir de cette confrontation, Elizabeth se sentit mal à l'aise. Son père et Miranda ne s'étaient jamais disputés comme ça, en tout cas pas à sa connaissance. C'était sa faute, pour s'être enfuie. Pourquoi avait-elle lu ces trucs sur Internet et tout gâché ? C'était mieux de ne pas savoir. Elle regrettait le vide qui l'habitait avant et qui était à présent rempli de doutes et de questions. Elle voulait juste que tout redevienne normal.

Elle se glissa à nouveau dans le lit étroit et ramena la couverture sur sa tête. Elle avait peut-être eu tort de prendre la fuite. Elle savait ce qu'ils imaginaient tous, Nora et les autres, qu'elle avait fugué à cause de son père, mais ce n'était pas vrai. Il la grondait parfois mais il y avait des raisons. Elle faisait toujours des bêtises ou des trucs idiots - comme grimper sur le muret. Son père cherchait à la protéger. C'est pour ça qu'il s'était mis en colère contre Miranda. Ce n'était pas possible qu'il ait fait mal à sa maman… Sinon, il serait forcément enfermé, non ? On ne pouvait pas commettre quelque chose d'aussi horrible et ne pas aller en prison. Elle sentait les questions s'accumuler et se bousculer en elle. Nora, son père, Miranda, ses grands-parents - chacun avait un avis différent et ils ne pouvaient pas tous avoir raison. Il y avait forcément quelqu'un qui mentait.

Elle n'avait pas prévu de s'enfuir à l'aéroport, jusqu'au moment où ils étaient descendus de l'avion.

Peut-être ressemble-t-elle plus à sa mère que tu ne l'imagines... Que voulait dire Miranda ? Certains souvenirs réapparaissaient parfois quand elle était dans son lit, enveloppée dans l'obscurité, le plus souvent quand elle s'endormait, ou bien juste au réveil. Comme ces quelques mots qu'elle se rappela alors : « *Lizzabet, maman est fatiguée.* »

Puis cela lui revint. Tous les jours où sa mère était tellement fatiguée qu'elle ne se réveillait pas. Elizabeth se souvenait d'avoir erré dans la maison silencieuse, sursautant au moindre bruit que faisait le distributeur de glaçons. La vaisselle sale s'empilait dans l'évier, les jouets et les habits traînaient un peu partout dans la maison. Elle avait passé des journées entières à jouer toute seule dans sa chambre, obligée à la longue de braver le réfrigérateur grommelant pour y trouver à manger. Elle retournait ensuite voir sa mère et tentait une nouvelle fois de la secouer par l'épaule. Pourquoi ne voulait-elle pas se réveiller ?

La moiteur sous la couverture lui pesait de plus en plus, aussi finit-elle par la rabattre pour prendre une bouffée d'air frais. Celle-ci s'accompagna d'odeurs de pain grillé et de bacon échappées du rez-de-chaussée, réveillant en elle une faim tenace comme elle n'en avait pas éprouvée depuis des jours, et le souvenir des tartines que lui préparait son père le dimanche matin, coupées en triangle comme elle aimait, dégoulinantes de beurre fondu. Elle serra ses bras contre son ventre pour lutter contre la faim. Son père lui manquait tellement. Elle n'aurait jamais dû s'enfuir.

8

Truman Stark empruntait toujours les petites rues pour rentrer du centre-ville. La 9e Rue, puis Broadway, Grove Street, où il passait devant le siège de la police, Olive Street, et enfin Phalen Boulevard, le long de la voie ferrée, jusqu'à Clarence Street. Par la fenêtre de sa chambre, il avait observé la construction du bâtiment flambant neuf à l'angle. Le Bureau des arrestations criminelles, ou BCA en abrégé. Une sorte de FBI au niveau de l'État. Il s'y croyaient vachement, les gens qui y bossaient. Ils les voyait bavarder et rigoler, monter dans leur voiture en fin de journée. Ça lui arrivait même d'en filer un, de temps en temps. C'étaient des gens normaux, comme lui. Ils n'avaient rien du tout de remarquable. Alors comment se faisait-il qu'eux travaillaient là alors que lui était coincé dans un parking, à fixer des écrans et à compter les heures ? L'injustice de la situation lui restait en travers de la gorge et il manquait s'étrangler chaque fois qu'il jetait un coup d'œil par la fenêtre de sa chambre.

Il tourna à gauche dans Clarence Street, sachant ce qui l'attendait à la maison. Comme d'habitude : sa mère lui confierait une corvée, un service à la con comme changer une ampoule ou aller chercher ses médicaments au Walgreen. Ou bien elle voudrait qu'ils regardent ensemble un jeu télévisé alors qu'il avait des choses bien plus importantes à faire.

Tant qu'il se trouvait ailleurs, il pouvait oublier les sacs poubelle remplis de fripes et les piles de vieux journaux et de dépliants publicitaires, oublier l'odeur de pisse de chat au rez-de-chaussée, si pestilentielle qu'il en avait les larmes aux yeux même dans sa chambre à l'étage. Sa mère n'était pas comme ça quand le vieux était encore en vie. Depuis sa mort, elle avait une case en moins.

Il aperçut les flics dès qu'il s'engagea dans sa rue. Un homme et une femme. Des inspecteurs. Cela se voyait à leur tenue, à leur manière de se déplacer. La femme fumait, mais dès qu'elle vit le pick-up, elle laissa tomber son mégot sur la chaussée envahie par les mauvaises herbes. À ce moment-là, il se rappela les nombreuses photos punaisées au mur de sa chambre. Il envisagea brièvement de mettre le pied au plancher et de prendre la fuite. Mais il n'en fit rien. D'une part, sa rue était un cul-de-sac, et puis, ils l'avaient déjà vu. Il n'avait aucun espoir de s'échapper. Et ce n'était pas tout. Il y avait aussi en lui une part de curiosité qui brûlait de découvrir ce que savait exactement la police.

— Nous cherchons Elwyn T. Stark, expliqua Karin Bledsoe en exhibant son badge. C'est vous, Elwyn ?

Le jeune homme la dévisagea en plissant les yeux.

— Personne ne m'appelle comme ça.

— On vous appelle comment ?

— Truman.

— Bien, Truman. Je suis l'inspecteur Bledsoe et voici l'inspecteur Cordova. Ça vous embêterait de répondre à quelques questions ?

— Pas du tout.

C'est tout juste si le gamin n'eut pas un sourire railleur. Frank vit les étincelles dans le regard de Karin et il entendit ses pensées. *Petit connard prétentieux. Pour qui tu te prends ?*

Ils savaient qui était Stark. Il était employé par Centurion, une société de gardiennage qui procurait des vigiles à une dizaine de parkings du centre-ville, dont celui où avait été retrouvé le corps de Tríona Hallett. On l'avait identifié grâce à ses empreintes qui figuraient dans la base de données de l'employeur.

Stark évitait soigneusement de regarder la maison et il se pencha vers l'avant, une posture qui indiquait son peu d'empressement à les voir se rapprocher davantage.

— On veut juste vérifier si vous connaissez cette femme.

Frank brandit une photo de Nora, fournie par les services du permis de conduire. Stark l'examina.

— Je ne l'ai jamais rencontrée.

Une réponse quelque peu biaisée.

— Mais vous l'avez déjà vue ?

— Ça se peut. Je ne me souviens pas.

— Vous ne vous souvenez pas de l'avoir vue au parking jeudi après-midi ? Vous avez terminé à 15 heures ce jour-là, d'après votre supérieur.

Stark commençait à s'inquiéter.

— Pourquoi vous me demandez ça ?

— Ça vous embête de nous dire où vous êtes allé après le travail jeudi ?

Il détourna le regard, mal à l'aise.

— Je ne sais pas. Je roulais juste comme ça.

— Vous vous êtes arrêté quelque part, vous avez parlé à quelqu'un ? Il n'y a personne qui pourrait certifier que vous étiez à tel ou tel endroit ?

— Ben non… Je vous dis, j'ai juste fait un tour en voiture.

— Un pick-up comme le vôtre a été signalé à Frogtown lors d'un incident peu après 20 heures, le soir en question, dit Karin. Un vigile vêtu d'un uniforme Centurion a chassé une bande de voyous en les menaçant avec une batte de base-ball. Vous ne seriez pas passé à Frogtown, pendant que vous faisiez « juste un tour en voiture » ?

— Peut-être. Comme je vous ai dit, je ne me souviens pas vraiment. Je suis passé dans plein d'endroits ce soir-là.

Il croisa les bras.

— Vous demandiez pourquoi toutes ces questions ? Vos empreintes ont été relevées sur la voiture impliquée dans l'incident de Frogtown. Le même véhicule est tombé au fond d'un ravin, un peu plus tard ce soir-là.

— Et cette personne-ci ? demanda Frank. Vous la connaissez ? (Il tendit une photo de Tríona Hallett et vit Stark devenir tout blême.) Je peux vous rafraîchir la mémoire. Son corps a été retrouvé il y a cinq ans dans le parking où vous travaillez. Ça vous dit quelque chose ?

Stark s'humecta nerveusement les lèvres.

— Ça me rappelle vaguement un truc, ouais…

— Mais vous affirmez, dit Frank en brandissant à nouveau la photo de Nora, ne pas avoir suivi cette femme quand elle a quitté le parking jeudi après-midi ? Vous feriez bien de regarder plus attentivement.

— Vous pensiez sans doute que ça s'était tassé après le meurtre, lança Karin. Vous n'avez pas dû apprécier que quelqu'un se mette à fouiner, remue à nouveau toute cette histoire. Vous vouliez vous assurer qu'elle ne vous attirerait pas d'ennuis.

— Foutaises ! Je n'ai pas touché à ses freins…

Il se tut mais trop tard. Frank se frotta le menton, laissant Stark mariner pendant quelques longues secondes.

— Dites-moi, monsieur Stark, qu'est-ce qui vous permet de déduire aussi promptement que notre présence ici ait un rapport avec un quelconque sabotage de freins ?

— Rien.

Le jeune homme se renferma soudain sur lui-même.

— Je suis sûre de ne pas l'avoir mentionné, fit Karin, et je ne pense pas que vous en ayez parlé non plus, inspecteur Cordova. Apparemment, on va devoir ramener M. Stark au poste pour y passer en revue quelques détails.

Une petite femme grisonnante apparut derrière la porte à moustiquaire de la maison.

— Qu'est-ce qui se passe, Truman ? Qu'est-ce qu'ils veulent ?

— Rien, maman. Retourne à l'intérieur.

La voix de la femme grimpa d'une octave.

— Pourquoi vous embêtez mon fils ? C'est un brave garçon !

Truman Stark tourna la tête sur le côté et aboya :

— Bordel de merde, maman ! Rentre à l'intérieur et ferme cette putain de porte !

Frank se tenait à un mètre de lui, et pourtant la bouffée de chaleur honteuse du jeune homme était presque palpable.

Sans crier gare, toutes les émotions qui bouillaient en lui jaillirent soudain.

— Pourquoi c'est moi qui porterais le chapeau ? Qu'est-ce que je peux y faire si vous ne faites pas votre boulot, si vous ne protégez pas les gens ? Où étaient les flics quand des petits cons se sont introduits ici et ont piqué la télé de ma mère, hein ? Regardez-la, elle n'a rien d'autre que sa putain de téloche ! Quand elle leur a demandé si on allait la retrouver, les flics lui ont ri au nez. Elle n'était qu'une pauvre conne qui croyait pouvoir récupérer sa vieille télé. Vous me dégoûtez tous ! leur cracha-t-il. Allez-y, emmenez-moi au poste, cuisinez-moi si vous voulez. Je n'ai rien fait à la rouquine, ni à l'autre. Vous n'arriverez jamais à le prouver !

Quand ils eurent ramené Truman Stark dans les locaux de Grove Street, il leur fallu encore deux heures pour obtenir un mandat de perquisition. Après quoi, Frank put enfin enjamber les sacs poubelle remplis de vêtements et les piles de journaux pour gravir les deux étages jusqu'à la chambre de Stark au grenier, Karin sur ses talons. Contrairement aux étages inférieurs, la pièce était ordonnée et bien rangée, mais en dépit des désodorisants disposés stratégiquement en divers endroits, l'odeur d'urine de chat s'insinuait jusque-là. En haut des marches, sur une étagère et sur une table reposaient un scanner de la police, un kit pour le relevé des empreintes, différents types de matraques, des bombes à poivre, plusieurs paires de menottes et des jumelles à vision nocturne.

— Putain, Frank ! T'as vu le matos ? Le petit sournois me paraissait louche et, tiens, tiens, nous voici avec un lascar qui rêverait d'être flic.

— Tout ce matériel représente une coquette somme…

Frank ouvrit un placard et vit une série de chemises bleues style uniforme, ainsi qu'une planche à repasser, un fer et cinq ou six bombes d'amidon. Le lit double niché dans un renfoncement aurait passé avec succès l'inspection de n'importe quel caporal de caserne. Frank dut pencher la tête en arrière pour inspecter les photos qui tapissaient le plafond mansardé. Une série de clichés en noir et blanc, au grain très prononcé, figurant une femme qui regardait par-dessus son épaule. Malgré l'absence de couleurs, il reconnut immédiatement la magnifique chevelure, les yeux, les pommettes, la courbure du cou…

Accroupie à côté de lui, Karin observait également les photos en plissant les yeux.

— Hé ! attends une seconde, finit-elle par dire, ce ne serait pas… ?

— Tríona Hallett, dit-il doucement. Oui, c'est bien elle.

9

Cormac était assis au chevet de son père. D'après les médecins, il respirait par ses propres moyens depuis la veille. Mais il demeurait dans cet univers incertain entre la vie et la mort. Cormac envisagea de confier à son père que Roz était partie, mais à quoi bon s'il n'avait aucun souvenir d'elle ? Il se pencha vers lui et se contenta de dire :

— Je vais peut-être devoir m'absenter un peu. Si ça se confirme, je ne pourrai pas te rendre visite pendant quelques jours. Je voulais juste que tu sois au courant. Au cas où tu m'entendrais. Au fait, c'est Cormac. (Aucune réaction. Rien que l'inspiration et l'expiration.) Bien… Alors à plus tard.

Quand il arriva à Glencolumbkille, le village semblait avoir été envahi par les violonistes. Une banderole ornée de notes de musique et de spirales claquait au vent, tendue en travers de la rue entre deux boutiques, et il régnait dans l'air une excitation qui ne s'y trouvait pas quand il était passé à l'aller. Des adolescents munis d'étuis à violon traversaient précipitamment, les passants s'agglutinaient aux coins des rues, en devanture étaient proposées des chambres d'amis transformées en chambres d'hôtes, la plupart affichant complet. Cormac s'arrêta à l'épicerie pour acheter les boîtes de conserve qui feraient l'affaire en cas d'urgence. Quand il eut terminé cette partie-là des courses, il fit un tour au rayon bricolage où il regarda les verrous et les systèmes de fermeture pour fenêtre. À côté des outils, on proposait également quelques flûtiaux et un grand choix de cordes pour violon. C'était bien le seul endroit d'Irlande, une région qui grouillait de violonistes, où les cordes de violon figuraient au nombre des provisions de base disponibles dans la moindre épicerie de village. Il en prit deux lots en vue de réparer l'instrument qu'il avait trouvé dans l'armoire de la chambre de son père. Cela dit, le vieil homme n'était pas près de reprendre son violon pour en jouer. Mais il n'y avait rien de tel que la musique pour éloigner un homme de la tombe.

Au moment où il réglait ses achats, une demoiselle aux cheveux foncés passa sur le trottoir, de l'autre côté de la vitrine, en pleine conversation avec un individu doté d'une remarquable tignasse blanche et argentée. L'homme avait le visage tourné, mais son allure disait vraiment quelque chose à Cormac. Le duo réapparut comme il mettait ses courses à l'arrière de la Jeep. Cette fois, ils entrèrent dans le pub, et il décida de les suivre, par simple curiosité.

Il faisait sombre à l'intérieur, comparé à la luminosité extérieure. Cormac commanda une bière puis se retourna et parcourut la salle du regard. L'homme aux cheveux argentés et sa jeune comparse avaient trouvé des places au fond. Ils venaient de sortir leurs instruments quand l'attention de Cormac fut attirée par deux quadragénaires accoudés au comptoir à côté de lui. L'un d'eux portait une casquette toute simple, l'autre un chapeau en tweed, sous lequel il affichait une mine déconfite.

— Ne t'en fais pas, Denis, ne t'en fais pas, dit l'homme à la casquette qui essayait de remonter le moral à son ami. Ton petit fera mieux l'an prochain.

Originaires de l'ouest du Kerry, supputa Cormac d'après l'accent. Mais Denis ne voulait rien entendre. Il esquissa un geste dépité.

— Tu m'en verrais ravi, mais l'autre petite, ça ne fait qu'un an qu'elle s'est mise au violon, à ce qu'il paraît. Jouer comme ça au bout d'un an seulement, c'est pas Dieu possible !

Il secoua tristement la tête et s'enfila d'un trait le cognac que son ami lui avait commandé, avant de s'attaquer à sa pinte dont il engloutit près de la moitié avant de reprendre son souffle.

— Je vais te dire une chose, Michael… (Il essuya la mousse sur ses lèvres du dos de la main, et marqua une pause des plus théâtrales.) Dès que je rentre à la maison, je fiche cette maudite télé par la fenêtre !

Cormac se tourna à nouveau vers les violonistes dans l'angle. Voilà pourquoi l'homme aux cheveux argentés lui paraissait si familier… Maintenant que ses yeux s'étaient acclimatés à l'atmosphère du pub, il vit que l'individu n'était autre que Garrett Devaney, l'inspecteur de police dont Nora et lui avaient fait la connaissance à Galway. À quel jeu le hasard se livrait-il ? Comme la vie aimait souvent le lui rappeler, très peu de choses tenaient purement au hasard. Il existait une part de logique même dans ce que les hommes appelaient le chaos. Devaney devait être là pour la semaine du violon. C'était quelque peu surprenant. Il ne lui avait pas semblé du genre à fréquenter les concours de musique. Vu la ressemblance, ce devait être sa fille avec lui. Cormac les regarda prendre leur archet, avec presque le même petit mouvement de poignet, et entamer *The Pigeon on the Gate* en sol mineur. Il fut frappé par les regards qu'ils échangeaient tandis que virevoltait la mélodie, par le plaisir manifeste que leur procurait la musique, par le véritable dialogue qui s'instaurait entre eux. C'était manifestement la fille du policier, et son élève. Cormac pensa à son père, alité à l'hôpital, réalisant encore une fois pleinement ce dont il avait été privé. C'était trop tard, maintenant. Le ressentiment se rallumait parfois en lui, quand il imaginait ce qu'ils auraient pu partager. Puis il repensa à ce que Roz lui avait raconté sur ses grands-parents, et à la sonorité des deux violons sur le vieux 78 tours. C'était tante Julia qui jouait avec son père, tant d'années auparavant. C'était peut-être là un détail insignifiant. À moins que cela ne fasse partie de leur histoire complexe, des raisons pour lesquelles Joseph Maguire n'avait jamais appris à être père.

Cormac demeura immobile, à écouter les deux violons jouer à l'unisson, et il sentit quelque chose craquer en lui, se fissurer, comme la glace d'une rivière gelée. L'hiver qu'il vivait depuis longtemps touchait à sa fin. Sa colère, autrefois un moyen de protection, ne lui semblait plus avoir grand sens.

Relevant la tête à la fin du morceau, Devaney le reconnut et leva sa pinte en guise de salut. Il posa son violon, confia l'archet à sa fille et se fraya un chemin parmi les clients jusqu'à Cormac. Le policier avait le teint rose et pimpant.

— Maguire, juste ciel ! Comment allez-vous ? Vous ne seriez pas ici pour le concours ?

— Non, pas du tout. Je rends visite… à de la famille.

Mon père. Il n'arrivait toujours pas à prononcer ces mots ni même à les formuler dans sa tête.

— Le Dr Gavin est-elle avec vous ?

Cormac eut soudain l'impression que toutes les oreilles autour de lui se tendaient pour l'écouter.

— Elle passe un peu de temps aux États-Unis. (Il changea de sujet.) Vous semblez avoir quelque chose à célébrer. La journée vous a réussi ?

Devaney afficha son petit sourire habituel, lèvres pincées.

— Ah ! Róisín s'est bien débrouillée ! Mais ce n'est pas ça que nous célébrons. Après seulement une journée, elle en est arrivée à la conclusion que les compétitions, c'est de la foutaise. Diantre, je ne pourrais pas être plus ravi ! Vous n'auriez pas votre instrument ? (Il chercha un étui à flûte autour de Cormac, puis pointa le menton vers l'angle de la salle.) L'endroit se prête bien à la musique.

— Désolé, je ne peux pas rester… Je suis venu en ville faire quelques courses et il faut que je rentre.

— Oui, eh bien… (Devaney attrapa un dessous de bock et sortit un stylo bille avec lequel il griffonna un numéro de téléphone.) On est là toute la semaine, on espère bien s'offrir quelques airs et du *craic**. Voici mon portable. Appelez-moi, qu'on puisse jouer ensemble la prochaine fois que vous serez dans les parages.

Cormac jeta un coup d'œil en direction de l'angle où Róisín était assise. En attendant que son père revienne, elle répétait les notes du morceau suivant sur le manche de son violon.

— Vous l'avez bien formée, dit Cormac.

Devaney s'efforça de minimiser le compliment.

— Oh ! elle se débrouille ! Mais vous savez comme moi que l'enseignement n'y est pas pour grand-chose.

Cormac tapota le dessous de bock en guise d'adieu, puis le glissa dans sa poche et se dirigea vers la sortie.

---

* Terme gaélique désignant le bon temps que l'on prend notamment au cours d'une soirée passée à discuter, à boire et écouter de la musique.

10

Karin Bledsoe s'assit sur le bord de la table et s'adressa à Truman Stark.

— OK, récapitulons encore une fois. On a relevé tes empreintes sur une voiture qui a eu un accident parce que quelqu'un avait saboté les freins. Et tu nous dis que tu n'en sais rien ?

— C'est ça.

— Allez, Truman, raconte-nous ce qui est arrivé. Nous n'allons pas progresser si tu refuses de coopérer.

Cela faisait trois heures qu'ils interrogeaient Stark. Jusque-là, il se contentait de tout nier en bloc. Frank contempla un dessin qu'il avait gribouillé dans son calepin, un ovale rempli d'hexagones entrecroisés. Karin avait malmené le jeune homme comme un puma jouant avec une tortue. Et Truman Stark avait réagi comme n'importe quelle autre créature dans la même situation : il s'était recroquevillé. Il avait le regard de quelqu'un qui s'était pris trop de coups pour faire confiance à qui que ce soit. Mais s'il savait que quelqu'un avait touché aux freins de Nora, pourquoi ne le disait-il pas ? Qui cherchait-il à protéger ?

— On a retrouvé les photos dans ta chambre, Truman… Les photos de Tríona Hallett. Ça te plaisait d'imaginer des petites scènes que vous pouviez jouer à deux ? Que s'est-il passé ? Les choses ne se sont pas déroulées tout à fait comme tu l'avais prévu ?

Truman demeurait immobile, les mains dans les poches, les yeux rivés sur la table. Il n'avait pas demandé d'avocat, et Frank n'arrivait pas à se défaire de l'impression qu'il avait quelque chose à leur dire. Mais quoi ?

Karin revint à la charge.

— À quoi te sert tout l'équipement qu'on a retrouvé chez toi ?

— À rien.

— Ne me la fais pas. Je pense que tu sors en patrouille. Presque comme un vrai flic. Tu te prends pour Superman, Batman et Spiderman réunis en un seul homme, hein ? Avec ta radio, tes menottes et ta grosse matraque. Comment t'en es arrivé là ? T'as foiré tes études en filière « métiers de la police » ? Peut-être n'es-tu jamais arrivé à ce niveau-là…

La respiration de Stark se faisait plus courte, plus nerveuse.

— Vous ne savez rien.

— Tu sais, il est illégal de se faire passer pour un agent de police.

— Je n'ai jamais dit à personne que j'étais flic.

— Non, tu t'es contenté de patrouiller tous les soirs avec ton uniforme super-classe et ton faux badge rutilant. On ne peut pas appeler ça se faire passer pour un policier, mais alors vraiment pas.

— Il faut bien que quelqu'un…

Karin approcha son visage à quelques centimètres du sien. Elle s'exprima d'un ton glaçant.

— Quoi ? Qu'allais-tu dire ? « Il faut bien que quelqu'un s'en charge » ? Fais-moi rire ! Si on est obligés de te relâcher et que j'apprends par la suite que tu nous as menés en bateau, que c'est vraiment toi qui as défoncé le visage de ces femmes, je peux t'assurer que ta propre tronche sera bonne pour un ravalement, l'ami ! Tu piges ?

À cet instant, l'entêtement de Stark sembla masquer autre chose. De la stupeur ? L'espace d'une fraction de seconde, Frank se dit que Truman Stark n'avait jamais su comment Tríona Hallett était morte, ni qu'elle n'était pas la seule victime ; le jeune homme venait de l'apprendre. Malgré tout, ils en étaient toujours au point mort. Frank intervint.

— Inspecteur Bledsoe, j'aimerais vous parler un instant…

Ils sortirent dans le couloir où il s'exprima à voix basse.

— Ça ne fonctionne pas, Karin. Il ne va rien lâcher en s'y prenant comme ça.

— Tu critiques ma technique d'interrogatoire ?

— Non, je pense juste qu'il faut passer à la vitesse supérieure, tenter une nouvelle approche.

— Vas-y, mon grand ! Jusqu'ici, on ne peut pas dire que tu m'aies beaucoup soutenue…

— Écoute, si tu es fâchée contre moi pour une raison ou une autre…

— Quelles raisons aurais-je d'être fâchée, Frank ? Voyons… Parce que tu ignores mes coups de fil ? Non, ça ne peut pas être ça. Parce que tu explores en solo des pistes pour des enquêtes sur lesquelles on est censés bosser à deux ? Non, ce n'est pas vraiment ça. Ah, oui… c'est peut-être le fait que ton frère soit mort et que ce soit l'agent Don Padgett qui m'a appris que tu avais un frère ! On est censés être des *partenaires*, Frank. Est-ce que ça représente quelque chose pour toi ? Tu m'as laissée tomber. Depuis que tu as reçu ce putain de coup de fil de Dublin, tu joues à cache-cache et tu fais tout pour m'éviter. Tu sais que c'est la vérité.

En effet. Mais il éprouva soudain une profonde lassitude, vis-à-vis de Karin, de Nora et de tout le reste.

— Écoute, il faut vraiment qu'on en discute maintenant ? On est en plein interrogatoire…

— Parle pour toi, Frank. Moi, je suis en carafe. Je suis carrément larguée. (Elle le dévisagea un instant.) OK, occupe-toi de Stark. Fais comme tu le sens. Moi, je vais en haut commencer à remplir ma demande de mutation.

— Karin…

Il perçut la note de résignation dans sa propre voix, et elle aussi, forcément.

— Fais pas cette tête, Frank. Ce sera un soulagement pour toi. Et puis, inutile de se voiler la face, je n'ai jamais été du genre sentimental. On sentait tous les deux la chose venir depuis un petit moment.

Elle tourna les talons et s'en alla. Frank attendit quelques secondes avant de retourner dans la salle. Il s'assit en face de Truman Stark et ouvrit sur la table un dossier qu'il tenait à la main. Il décela une lueur de panique dans les yeux du jeune homme, mais s'en tint à sa tâche, calme et méthodique. Il posa une photo de Nora devant Stark.

— Nous savons que cette femme est passée au

parking l'autre jour. Pour inspecter l'endroit où a été retrouvé le cadavre de sa sœur. (Un rapide coup d'œil lui apprit que Truman Stark ignorait ce fait.) Eh oui, des sœurs. Je parie que tu te demandais pourquoi elle s'intéressait tant à cette place de parking. Tu t'es dit quoi, qu'elle devait être journaliste ou détective privé ? (Aucun contact visuel.) Tu as chassé les voyous à Frogtown, tu lui as épargné de se faire tabasser. Moi, je vois mal pourquoi tu ferais ça si tu comptais t'en prendre à elle par la suite. Ça n'a pas de sens.

— Je ne lui ai rien fait.

— Je n'ai pas dit le contraire. Mais tu as vu quelque chose, n'est-ce pas ?

Frank avait imaginé une main gantée, la main de Peter Hallett, plaçant la bouteille d'eau sous la pédale de frein, dans l'espoir d'être débarrassé une bonne fois pour toutes de Nora Gavin. Il était tout près de coincer ce salopard. Il le sentait. À cet instant, Truman Stark représentait le dernier obstacle. Difficile de ne pas faire pression sur lui, mais il savait que ce serait précisément la mauvaise tactique.

Il préféra plutôt pousser une photo vers Stark, un magnifique portrait de Tríona Hallett. Celui-ci s'efforça de ne pas la regarder mais il ne put résister.

— Superbe, hein ? fit Frank. Je comprendrais qu'on ait envie juste de l'observer. De l'admirer.

Pas de réaction. Frank poursuivit.

— Tu la voyais à Lowertown, n'est-ce pas ? N'aie pas peur, je ne cherche pas à t'accuser de quoi que ce soit. Il me faut juste des renseignements.

Après un long silence, Stark marmonna :

— Elle venait se garer au parking. Je la voyais sur les écrans de contrôle. Pas tous les jours mais assez souvent.

Frank observa la mine défaite du jeune homme.

— Tu ne lui as jamais parlé, au garage ou ailleurs ?

Stark secoua la tête, sans un mot.

— Mais tu as tiré des photos d'elle… Tu l'as suivie.

— C'était pas comme ça.

— C'était comment, alors, dis-moi.

Frank patienta. Le silence, meilleur ami de l'interrogateur. Les yeux de Stark ne tenaient pas en place et il se mordillait la lèvre, comme indécis.

— Nous avons interrogé tous les employés du parking, mais tu es le seul à avoir vu Tríona Hallett dans le quartier, et tu as menti à ce sujet. Tu as déclaré à l'époque du meurtre que tu ne l'avais jamais vue, et il s'avère pourtant que sa photo est placardée partout dans ta chambre. Tu comprends que ça me pose un problème, non ?

Stark resta muet.

— Que s'est-il passé, Truman ? Tu l'as suivie, tu as essayé de lui parler ? Tu n'avais peut-être pas l'intention de lui faire mal. Les accidents, ça arrive… On peut comprendre ça. Le problème, vois-tu, c'est que tu nous as menti, alors autant dire que ça se présente mal.

— Je ne l'ai pas touchée, juré… Vous m'avez dit qu'on n'était pas là pour m'accuser.

Sa voix devenait plaintive et fébrile.

— Tu as prétendu que tu étais chez toi le soir du meurtre. Ta mère l'a confirmé, mais en fait tu n'étais pas chez toi, n'est-ce pas Truman ? Tu étais en patrouille, comme jeudi soir, comme tous les soirs. J'ai vu où tu habites, je comprends pourquoi tu ne peux pas rester chez toi.

— Si je vous disais la vérité, vous ne me croiriez pas. Vous comprenez tout à l'envers.

Frank perçut quelque chose de nouveau dans sa voix.

— Qu'est-ce qu'on comprend à l'envers ?

— Vous ne comprenez rien. Je ne lui aurais jamais fait mal… Je cherchais à la protéger.

— Et pourquoi avait-elle besoin d'être protégée ?

— Elle regardait sans arrêt par-dessus son épaule, comme si elle avait quelqu'un à ses trousses.

— Tu n'as jamais vu personne la suivre ?

— Une fois. Peut-être.

— Était-ce cet individu ?

Frank trouva une photo de Peter Hallett dans son dossier et la glissa vers Stark.

— Non, pas lui.

Frank sentit ses espoirs vaciller et s'écrouler. Truman Stark le regarda droit dans les yeux pour la première fois.

— C'était pas du tout un type… C'était une blonde. Un peu coincée. Je l'ai revue près du fleuve jeudi soir. Avec elle, dit-il en pointant la photo de Nora. Elles se disputaient.

11

La route qui passait devant le cottage d'Ardcrinn était déserte à perte de vue et pourtant Nora ne cessa de regarder par-dessus son épaule lorsqu'elle l'emprunta avec Elizabeth pour se rendre à Port na Rón, le village de pêcheurs de l'autre côté du promontoire. Elle avait glissé un des talkies-walkies de Cormac dans la poche de son blouson, juste au cas où. Il devait avoir l'autre sur lui. Elle jeta un coup d'œil à Elizabeth qui la suivait d'un pas traînant sur la pente dépourvue d'arbres et contemplait ce qui lui semblait un paysage de désolation battu par les vents. Les tourbières de couverture du Donegal étaient tout à fait différentes des tourbières hautes des Midlands. Ici, la tourbe ne dépassait pas quatre ou cinq mottes de profondeur, fin manteau marron déployé sur la roche impitoyable. Comme toujours avec les tourbières, l'aspect monotone et ingrat n'était qu'une apparence. En fait, l'endroit grouillait de vie : renards, faisans, lièvres, oiseaux, insectes et plantes bizarres, une grande variété d'univers miniatures et microscopiques. Comme la route, le village en ruine était désert. Le promontoire offrait une vue spectaculaire. Une plage de galets commençait au pied de la falaise et épousait la baie en forme de croissant. Les vagues étaient fortes ce jour-là. Elles se brisaient en grondant comme le tonnerre, et se retiraient en crissant et en faisant rouler les galets. Une cascade blanche et silencieuse fendait la pente verdoyante un peu plus loin à l'intérieur de l'anse. Une dizaine de moutons noirs et blancs broutaient dans le pâturage surplombant la grève, leurs flancs laineux badigeonnés d'une teinture bleu vit Nora pouvait aussi distinguer quelques îlots rocailleux et les silhouettes foncées d'oiseaux marins accrochés à leur nid précaire. Les grottes dont Cormac avait parlé devaient être situées quelque part en contrebas de la chute d'eau. Le vent était plus soutenu que jamais, mais l'air iodé qu'il charriait sous les gros nuages était tiède et moite. Nora secoua son pull ; elle n'avait pas encore entamé la descente jusqu'à la plage qu'elle transpirait déjà. Elle n'avait parlé à personne d'un détail troublant qu'elle avait remarqué la veille durant leur traversée de l'Irlande. Comme Elizabeth avait laissé sa valise à l'aéroport de Dublin, elles s'étaient arrêtées dans un Dunnes à la sortie de Sligo pour acheter quelques vêtements et des affaires de toilette. Passant devant le rideau de la cabine d'essayage, Nora avait entraperçu sa nièce qui portait des sous-vêtements blancs mais aussi une espèce de morceau de tissu bien serré autour de son menu torse d'enfant, et maintenu en place par une épingle à nourrice. Un moment s'était écoulé avant que son cerveau n'enregistre l'image. Nora avait tout de suite pensé aux ballades d'antan sur les jeunes filles qui se comprimaient la poitrine et s'habillaient en marin pour partir en mer. Quelle raison Elizabeth avait-elle de cacher ses formes naissantes ? Nora était à nouveau en proie à l'hésitation qui la faisait tergiverser depuis deux jours : aborder le sujet, ou bien se taire et attendre ?

Au bout du compte, rien ne garantissait qu'attendre amènerait un résultat.

— Lizzabet, sache que je suis prête à t'écouter quand tu auras envie de parler.

Aucune réaction. Nora avait l'impression de s'aventurer sur un terrain périlleux.

— Je me souviens quand j'avais ton âge, insista-t-elle. Je ne voulais pas grandir et j'aurais voulu que rien ne change jamais…

Elizabeth fixait le sol à ses pieds, ses oreilles rouges de honte, et Nora comprit qu'elle avait été trop loin.

— Peu importe, on n'est pas obligées d'en parler tout de suite.

Les questions inquisitrices de Nora l'avaient quelque peu déstabilisée, mais quand Elizabeth regarda la plage de galets en contrebas, puis la mer, cela lui mit du baume au cœur. Enfin un endroit qui se rapprochait de la haie Inutile ! Suivant sa tante qui descendait vers la plage, son attention fut attirée par les touffes d'herbe humide qui poussaient entre les rochers, et elle fut fascinée en découvrant les toiles d'araignées intactes et alourdies de fines gouttelettes de rosée, les crosses de fougère, les petits escargots rayés noir et blanc qui laissaient leurs traces brillantes sur la partie inférieure des feuilles épineuses de chardon. Comme elles atteignaient la plage, elle s'arrêta et souleva la cloche violette d'une fleur délicate.

— C'est une campanule, dit Nora qui se tenait à côté d'elle. Je ne savais pas que tu t'intéressais aux plantes.

Elizabeth haussa les épaules.

— Je ne connais pas les noms… J'aime juste les regarder.

(Elle se baissa pour ramasser un petit caillou ovale dont elle examina la surface blanchie et polie par les flots.) J'aime collectionner des trucs.

— Quel genre de trucs ?

— Surtout des cailloux et des coquillages. J'ai été obligée de les laisser à Seattle… Mon père a dit que ça n'avait aucun intérêt de trimballer si loin des machins inutiles. (Elle reposa le caillou et en prit un autre.) J'ai quand même gardé le verre dépoli. C'est assez difficile à trouver.

Nora se détourna brusquement et Elizabeth se figea un instant, se demandant si elle avait dit quelque chose de mal.

— Je peux aller faire un tour ? finit-elle par demander.

Nora acquiesça sans se retourner. Elizabeth s'écarta doucement et suivit la laisse de haute mer, ses yeux repérant les coquilles crénelées des patelles, les moules bleutées et nacrées à l'intérieur. Elle se pencha pour ramasser une petite coquille Saint-Jacques et regarda en arrière. Nora se tenait toujours au même endroit, bras croisés, comme pétrifiée sur place. Elizabeth continua d'avancer parmi les cailloux arrondis. En fait de chasse au trésor, elle tombait surtout sur des déchets : vieux filets, fils de Nylon et pots de yaourt dont les couleurs vives ressortaient parmi les galets. Elle jeta un coup d'œil à sa tante qui ne bougeait pas et l'observait. Elle repensa à ce que Nora lui avait dit, sur l'envie de ne pas grandir. C'était difficile de savoir ce qu'elle pouvait lui confier et ce qu'il était préférable de garder pour elle.

Elle repensa au livre de la bibliothèque qu'elle avait volé et se mit à imaginer que l'histoire se déroulait sur cette plage. Elle voyait l'étrange femme-phoque gagner le rivage avec le pêcheur, l'aider à sortir sa barque de l'eau, l'accompagner chez lui et devenir sa femme. Elle tenta de se figurer comment on s'y prenait pour se transformer de phoque en humain. Était-ce douloureux de quitter sa peau de phoque ? Était-ce aussi simple que de retirer ses vêtements, ou bien plus compliqué et plus salissant… comme le documentaire qu'elle avait vu une fois à la télé sur la naissance d'un veau ? C'était dégueu et ça dégoulinait de partout, elle n'avait pas trouvé ça agréable. Elle tenta d'imaginer une femme doucement expulsée de sa peau de phoque, étrange et visqueuse, sa nouvelle peau d'en dessous pâle et délicate comme celle d'un nouveau-né. Si on retrouvait son ancienne peau, comme la mère du garçon dans le conte, comment faisait-on pour l'enfiler à nouveau ? Et si on n'arrivait pas à rentrer dedans ? Le livre ne se donnait pas la peine d'expliquer tout ça.

Le climat était doux par ici, contrairement à ce qu'elle avait imaginé. Elle s'assit sur un rocher plat, retira ses chaussures et ses chaussettes, puis se tint au bord de l'eau, ferma les yeux et approcha les mains de son visage, humant leur parfum de sel et d'algues. Plus d'erreur possible, cette plage était exactement comme celle de son rêve. Celui où elle suivait dans l'eau l'inconnue aux cheveux roux, au-delà des rochers et des algues ondoyantes, jusqu'à l'endroit où vivaient les créatures de la mer, en sécurité dans leur monde secret et caché. Elle l'avait vu dans ses rêves.

La main en visière, Nora observait deux grands aigles marins qui battaient des ailes et se disputaient quelque chose au bord du précipice. Elle regardait Elizabeth, mais les oiseaux avaient détourné son attention un instant. Quand elle ramena le regard à l'endroit où elle avait aperçu sa nièce pour la dernière fois, il ne restait plus qu'une paire de chaussures et des chaussettes. Elizabeth marchait dans la mer. Les vagues se brisaient sur sa poitrine, certaines lui passaient au-dessus des épaules et tout d'un coup, sa tête disparut.

Nora se débarrassa de son sac et se mit à courir, ralentie par les galets. Elle avait l'impression de se mouvoir dans un cauchemar épouvantable. Elle atteignit enfin l'eau et se jeta dans les vagues, la tête baissée et les bras en action, jusqu'à ce qu'elle soit dans le sillage d'Elizabeth qui se débattait.

— Tiens-toi à mon cou ! cria-t-elle.

Nora prit un coup de coude en plein dans la pommette. Elle parvint à tenir le choc, malgré les trente-six chandelles.

— C'est bon… Je t'ai… Accroche-toi bien…

Tenant l'enfant contre elle, elle se débrouilla pour nager d'un seul bras avec de longs gestes réguliers, jusqu'à ce qu'elles aient pied. Elle attrapa Elizabeth par les deux bras.

— Qu'est-ce qui t'a pris, nom de Dieu ? Tu ne te rends pas compte à quel point c'est dangereux…

Elle vit les grands yeux de sa nièce s'emplir de larmes.

— N'aie pas peur, Lizzabet ! Je ne suis pas fâchée contre toi, ma chérie. Promis. J'ai eu peur, c'est tout. S'il t'arrivait quoi que ce soit… (Elle sentit l'enfant se mettre à grelotter.) Promets-moi de ne plus jamais t'éloigner comme ça. Tu veux bien me le promettre ?

Elizabeth hocha la tête. Nora jeta un coup d'œil à la ronde et repéra un cottage en ruine, légèrement en amont de la plage.

— Viens, on va se mettre à l'abri du vent.

Elles gravirent la pente escarpée jusqu'au cottage. Une maison de pêcheur, songea Nora en franchissant le seuil. Des filets moisis étaient suspendus aux poutres. Il y avait une bassine près de la porte donnant sur l'arrière et un buffet rudimentaire sur lequel reposaient des morceaux de vaisselle cassée et des coquilles de patelles, là où autrefois s'empilaient tasses et soucoupes. Le peu de lumière provenait d'un trou béant dans le toit, à l'angle opposé de la pièce. Les rideaux avaient été réduits en lambeaux grisâtres, comme des toiles d'araignées, par le vent qui soufflait sans répit à travers les carreaux brisés.

Elle installa Elizabeth sur une chaise basse devant l'âtre. La petite grelottait encore de tout son corps. Ses yeux s'habituant à l'intérieur mal éclairé, Nora constata que le logis était demeuré curieusement intact : mobilier, bougies, literie, et même une pipe sur la cheminée. Tous ces objets encore à leur place, ça faisait vraiment froid dans le dos, comme si les occupants étaient partis précipitamment. Elle repéra un petit panier à côté de la cheminée et en souleva le couvercle.

— Il reste un peu de tourbe… Je vais essayer d'allumer un feu.

Elle récupéra quelques poignées de paille dans un matelas éventré, prit un morceau de bougie et deux allumettes dans son sac à dos, et parvint à démarrer un petit feu, étonnée que la vieille tourbe soit encore suffisamment sèche pour brûler. Elle rapprocha Elizabeth, prit place à côté d'elle sur une autre petite chaise et s'occupa tour à tour de lui frotter les bras et de souffler sur les faibles flammes.

— Que… Quel… Quelqu'un habite ici ? demanda Elizabeth en claquant des dents.

— Plus maintenant. Cormac m'a dit que tout le village était à l'abandon…

Elle se tut quand son regard se posa sur une peluche rudimentaire en mousseline que sa nièce tenait dans la main gauche. Un petit bouton noir figurait un œil à la base d'un très long museau et un peu de rembourrage s'échappait d'une couture effilochée.

— Où as-tu trouvé ça ? s'enquit-elle.

— Là-bas, répondit Elizabeth en indiquant le lit d'enfant contre un mur.

— Je peux voir ?

L'œil bouton demeurait fixé dans le vide. Les bras étaient courts et plats comme des nageoires, la partie inférieure du corps d'un seul tenant se terminait en une queue fendue. Un phoque.

Elle le rendit à Elizabeth qui le berça sur ses genoux. Nora inspira longuement.

— Tu sais, Lizzabet, il faudra tôt ou tard qu'on en parle. La raison pour laquelle tu t'es enfuie. Je crois pouvoir la deviner, en partie… Tu as tout découvert, n'est-ce pas, sur ce qui est arrivé à ta maman ?

Elizabeth fixait le sol en silence. Au bout de quelques secondes, elle essuya une larme et Nora eut l'impression que son cœur allait se déchirer.

— Oh ! Lizzabet, j'aurais tant voulu qu'on puisse tout t'expliquer, mais tu étais si petite ! C'était très difficile de savoir quoi te dire…

Elle tendit la main mais Elizabeth s'écarta.

— Est-ce que tout le monde croit que mon père est un assassin ?

— Elizabeth…

— Il n'a rien fait, je sais qu'il n'a rien fait. Ce n'est pas possible.

— Il y a tant de choses qu'on ne sait pas encore…

— Je ne veux pas savoir ! Je ne veux pas écouter.

Elle enfouit sa tête dans ses bras et se mit à pleurer. Nora se sentit désarmée. Que dire à cette enfant ? Comment la rassurer ? Sans un mot, elle attira sa nièce contre elle. Elizabeth voulut résister mais finit par s'accrocher à elle comme elle l'avait fait dans l'eau, craintive et désemparée. *Nous y voilà*, songea Nora. *C'est un début.*

Au bout d'un moment, quand elle fut réchauffée par le modeste feu, et sous le coup de la fatigue due au décalage horaire et aux larmes, son corps se fit de plus en plus pesant. Nora la garda dans ses bras, n'osant pas bouger, sachant combien le répit du sommeil, même temporaire, lui était nécessaire.

Elles demeurèrent immobiles une vingtaine de minutes, et Nora en eut le côté droit tout ankylosé.

Elizabeth ouvrit les yeux et s'écarta, visiblement étonnée de se trouver encore dans le cottage.

— J'ai rêvé de cet endroit, dit-elle. (Elle semblait sonnée. Peut-être était-elle encore un peu dans son rêve.) Il y avait encore des gens qui habitaient ici. Quelqu'un chantait.

Elle trouva la vieille peluche sur ses genoux et se mit à jouer avec la queue élimée.

— Tu sais, même avec les cheveux courts, tu ressembles énormément à ta mère.

Elizabeth ne voulut pas laisser transparaître combien ce renseignement l'intéressait.

— Vraiment ?

— Mêmes cheveux, mêmes taches de rousseur, et aussi les mêmes genoux esquintés ! Tríona n'arrêtait pas de tomber à vélo.

— C'est vrai ?

— Tout à fait, dit-elle en rajustant une mèche rebelle sur le front de sa nièce. Tu as des souvenirs d'elle ?

Elizabeth fixa le sol en réfléchissant.

— Je me souviens qu'elle avait une odeur de savon au citron… (Elle marqua une hésitation et se frotta les yeux.) Parfois, elle m'autorisait à venir avec elle dans son lit. Elle acceptait de me lire une histoire, mais en général elle s'endormait. Elle dormait beaucoup. C'était pas grave. Je savais me débrouiller pour mon petit déjeuner.

Un peu plus tard, comme elles traversaient le promontoire en sens inverse, Nora sentit quelque chose de lourd et humide lui frapper l'épaule et tomber au sol. Elle leva les yeux et aperçut un aigle de mer, probablement un des deux qu'elle avait vus auparavant, qui battait des ailes et criait de désarroi. Elle se baissa pour ramasser l'objet que l'oiseau avait laissé échapper. Un bas de laine noir. En bon état, malgré quelques trous de mites et le talon reprisé. C'était tout de même curieux qu'un oiseau transporte ce genre d'objet par ici. Elle était sur le point de le jeter par terre mais se ravisa et le fourra dans sa poche. Elle l'inspecterait plus attentivement une fois de retour au cottage.

12

Truman Stark semblait fatigué ; il était presque une heure du matin et l'interrogatoire se poursuivait depuis la fin d'après-midi. Pourtant, il n'avait pas l'air pressé de rentrer chez lui. Frank n'arrivait pas à se défaire de l'impression que le jeune homme avait encore un renseignement à lâcher, mais il ne voyait pas comment s'y prendre.

— OK, fit Frank en tapotant son calepin avec son stylo. Reprenons encore une fois. Tu reconnais avoir suivi le Dr Gavin quand elle a quitté le parking mercredi après-midi…

— Je savais qu'elle avait quelque chose à voir avec le meurtre, vu comment elle inspectait la place de parking… celle où on a retrouvé le cadavre.

— Alors tu t'es dit que t'allais mener ta petite enquête ?

— C'est pas interdit. Les gens le font tout le temps, quand les flics se plantent.

— Laissons la police de côté pour l'instant. Tu as donc suivi le Dr Gavin mercredi soir jusqu'à chez elle, puis tu l'as filée tout le lendemain. Sinon, comment aurais-tu su où elle se trouvait le jeudi soir ? (Stark ne répondit pas, ce que Frank prit pour un acquiescement.) Tu as chassé les gosses à Frogtown (toujours pas de réponse), puis tu l'as suivie sur la route de la rivière et tu l'as vue parler avec la blonde mystérieuse à Hidden Falls. Elles se sont disputées, et qu'est-il arrivé ensuite ?

— La blonde est remontée jusqu'à la route. Elle est passée juste à côté de moi, elle était en pétard.

— Mais tu es resté près du Dr Gavin ?

— C'est ça. Elle a regagné sa voiture et elle a pris la corniche vers le sud.

— Et ?

— Et rien. Je suis rentré chez moi.

— Mais tu savais que quelqu'un avait saboté ses freins.

— Je ne savais rien. J'ai juste…

— Quoi donc, Truman ?

— J'ai juste supposé.

— Tu as vu ce qui est arrivé. Elle prenait les virages un peu trop vite. Tu savais qu'elle n'avait plus de freins. Puis elle est tombée dans le ravin. Pourquoi n'as-tu rien fait ?

— J'ai paniqué, d'accord ? Je savais que la police me mettrait l'accident sur le dos alors que je n'y suis pour rien.

— Si tu te souciais tellement d'elle, pourquoi ne t'es-tu pas arrêté ? Tu n'as même pas appelé le 911, Truman.

— Elle n'est pas retombée très violemment. Il y avait beaucoup d'arbustes… J'ai cru la voir bouger et il n'y avait pas d'incendie… Apparemment, elle allait s'en sortir toute seule. Je ne pouvais pas me permettre d'être impliqué, OK ? Ma mère ne peut pas se débrouiller sans moi. Je suis rentré à la maison.

— Mais tu étais déjà impliqué, Truman. Tu as

sans doute oublié que tu avais laissé tes empreintes sur la voiture. Encore heureux pour toi qu'elle s'en soit sortie indemne.

Stark fixait la table, l'air malheureux.

— Bon, revenons un peu en arrière. Tu dis avoir vu la blonde, celle qui s'est disputée avec le Dr Gavin, en train de suivre Tríona Hallett à Lowertown quelques jours avant son assassinat.

— Ouais, je vous ai répété ça au moins cent fois.

— Comment peux-tu être certain qu'il s'agit de la même personne ?

— Parce que je la connais. Je l'ai vue au boulot.

Frank se redressa sur sa chaise.

— Raconte-moi.

— Je n'ai jamais su son nom. Elle organisait un super gala de charité dans l'immeuble en face du parking.

— Le Great Northern Trust ?

— Peu importe, je ne sais pas comment ça s'appelle. Le patron lui a fait faire le tour du parking. Elle n'arrêtait pas de nous bassiner à propos de la sécurité des VIP, parce qu'elle avait deux vedettes de cinéma et un grand sportif qui devaient assister à sa fête. Comme les voituriers allaient se servir du parking, elle voulait s'assurer que tout était nickel chez nous. Le patron lui a parlé du système de sécurité dernier cri qu'on faisait justement installer cette semaine-là. Elle a posé beaucoup de questions.

Frank avait la sensation que ses poumons venaient de se vider de tout leur air. Stark releva les yeux, l'air blessé et rageur.

— Eh oui, depuis tout ce temps, vous n'avez

jamais su qu'elle existait. J'aurais pu vous parler d'elle…

— Et pourquoi n'as-tu rien dit ?

— Parce que personne ne m'a posé la question. C'était votre boulot. Me parler, et pas comme si j'étais qu'une merde collée sous la semelle d'un flic. Mais personne ne l'a jamais fait.

LIVRE SIX

Le paysan irlandais, quand bien même serait-il affamé, a des goûts très arrêtés s'agissant des nourritures animales qu'il s'autorise à déguster. J'ai entendu par exemple un pêcheur objecter que la raie avait un « goût sauvage », et je me suis évertué en vain à les convaincre que la chair de baleine constituait un excellent substitut au bœuf…

Il m'a été beaucoup plus aisé de comprendre leur répugnance à manger de la chair de phoque. D'après une de leurs superstitions, qui me semble fort poétique, les âmes des pauvres malheureux qui se sont noyés au moment du Déluge se sont introduites dans le corps des phoques et y sont demeurées. L'expression plaintive qui transparaît dans les yeux de ces créatures amphibies se prête à cette idée fantaisiste…

Ils apprécient manifestement la musique et sont prêts à suivre un bateau sur une longue distance dès qu'un membre d'équipage attire leur attention en chantant ou en sifflant. J'ai été une fois le témoin malheureux d'un coup de feu qui a tué une mère dont le bébé, une petite créature qui n'était pas encore sevrée, était tranquillement allongé sur son dos humide et d'allure peu confortable. L'air pitoyable du jeune phoque éploré, quand il dériva jusqu'à moi, était on ne peut plus humain par l'intensité de son désespoir lourd de reproches.

In « La pêche au filet en baie de Killary »,
de M. C. Houstoun, publié dans *London Society,*
le périodique mensuel de littérature distrayante
et légère pour les heures de détente,
vol. LVIII, juillet-décembre 1890.

1

Pendant que Nora se douchait à son tour après leur bain de mer, Elizabeth descendit discrètement à la cuisine, contente d'être débarrassée du sel qui la grattait partout. Elle tenait dans la main gauche le phoque qu'elle avait emporté, le glissant sous son tee-shirt à un moment où Nora ne regardait pas. L'animal la fixait de son unique œil noir, sans ciller. Elle ne savait même pas pourquoi elle l'avait pris, si ce n'est que le pauvre animal semblait avoir besoin qu'on s'occupe de lui. Elle remit à l'intérieur la laine moelleuse qui s'échappait par une couture décousue le long de sa tête. La conversation qu'elle avait eue avec tante Nora à la maison de pêcheur la tracassait. Avait-elle bien fait de lui raconter tout ça sur sa mère ? Son père ne trouvait pas que ce soit une bonne idée de parler des siestes de sa maman. Il disait que ça pourrait leur attirer des ennuis.

Cormac arriva par la porte de derrière, chargé d'un lourd carton de provisions. Elizabeth recula dans un angle de la cuisine, laissant échapper un objet qu'elle tenait. Cormac se baissa pour le ramasser et reconnut le phoque de la maison de la *selkie.* Il l'observa un instant avant de le lui rendre.

— Ça va, Elizabeth ? Où est Nora ?

— En haut… Elle se douche.

— J'ai une surprise, dit-il pour essayer de la mettre à l'aise. J'espère que tu vas trouver ça intéressant… (Il fouilla parmi les courses et sortit un sachet marron.) Voici la première chose dont nous avons besoin, et la deuxième se trouve ici…

Il alla dans la chambre de son père et en rapporta l'étui à violon. Il sortit l'instrument et le posa sur la table.

— Vois-tu quel est notre problème ?

Elizabeth regarda le violon de plus près.

— Il lui manque ses cordes.

— Nous allons y remédier tout de suite.

Comme il attrapait son étui à flûte, Elizabeth prit place à table, le phoque caché sur ses genoux.

— Vous avez fait quelque chose d'intéressant toi et Nora, pendant que j'étais sorti ?

— On est allées sur une plage… avec un tas de cailloux ronds.

— Ah, je vois de quel endroit tu parles. Ça s'appelle Port na Rón. *Rón* veut dire « phoque » en gaélique. Comme ton ami. Port na Rón, c'est le port des phoques. Les gens racontent qu'autrefois c'était un repaire pour les pirates et les contrebandiers.

— Des pirates ?

— Juré. Les cailloux ronds, on appelle ça des *duirlings* en gaélique. Tu sais parler le gaélique ? (Elle secoua la tête.) Veux-tu que je t'en apprenne un peu ? (En guise de réponse, elle eut un haussement d'épaules évasif) Bien. Imaginons que quelqu'un veuille te demander ton nom. On dirait : *Cad is ainm duit ?*

— *Cand iss AH-nim dicht.*

— C'est bien. Et toi, tu répondrais : *Is mise Éilis.* Je m'appelle Elizabeth. Tu veux essayer de répéter ?

— *Iss missha AY-lish.*

— Excellent ! Elizabeth était le prénom de ma mère, mais tout le monde l'appelait Éilis.

Nora franchit la porte et fut surprise en voyant les instruments posés sur la table.

— À qui appartient ce violon ?

Cornac releva la tête.

— Je l'ai trouvé dans une armoire et je me suis dit que j'allais essayer d'y mettre des cordes... avec l'aide d'une assistante compétente, bien entendu ! Elizabeth rougit légèrement mais continua d'enrouler la corde autour de la cheville.

— Tu arrives juste à temps, dit-il. On va s'accorder et voir ce que ça donne.

— Dis, tu ne sais tout de même pas jouer du violon ?

— Non, mais on finit par apprendre quelques trucs, à force de fréquenter des violonistes.

Il prit sa flûte, joua un la et fit signe du regard à Elizabeth pour qu'elle pince la corde de la. Il lui montra comment accorder grâce aux chevilles. Quand les notes furent à peu près justes, il prit l'instrument et passa l'archet sur les cordes deux par deux pour vérifier l'intonation.

— Bien, maintenant à ton tour, dit-il en tendant l'instrument à Elizabeth. Laisse le manche reposer dans ta main et glisse cette partie-là sous ton menton, comme ça... (Il plaça l'archet dans sa main.) Tu n'as pas besoin de le tenir fort. Reste détendue, le poignet bien souple. Allez, vas-y !

Elizabeth tira l'archet et la corde du haut émit une plainte profonde.

— Bien ! Continue. Amuse-toi avec.

Il se faufila sur le banc jusqu'à Nora et porta la main à sa bouche pour s'exprimer sans qu'Elizabeth n'entende.

— Tu ne devineras jamais qui je viens de croiser à l'instant au village… Garrett Devaney.

Elle écarquilla les yeux.

— Tu plaisantes ?

— Au pub. Il est ici avec sa fille pour le concours de violon.

— C'est incroyable ! J'ai cherché à le joindre pendant le trajet entre Dublin et ici mais la personne sur qui je suis tombée, sans doute sa femme, m'a répondu qu'il n'était pas joignable. Maintenant, je comprends pourquoi. Tu lui as parlé ?

— Brièvement. Il m'a proposé de passer jouer avec eux un de ces jours. Sa fille a à peu près le même âge qu'Elizabeth. Elle joue bien. Au fait, il m'a demandé ce que tu devenais mais j'ai répondu que tu étais aux États-Unis. Je ne savais pas trop quoi lui dire. Les murs ont parfois des oreilles.

— Tu crois qu'on pourrait les inviter ici pour jouer ensemble ? Dès ce soir ? Frank Cordova, l'inspecteur de police de Saint Paul, comptait contacter la police irlandaise pour qu'on l'aide à retrouver la trace de Peter. On pourrait demander à Devaney de se tenir informé et de nous prévenir s'il apprend quoi que ce soit.

Il plongea la main dans sa poche et en sortit un dessous de bock sur lequel était griffonné un numéro de portable.

— Je lui propose de passer à 6 heures et demie ?

Elizabeth continuait de tâtonner avec le violon dont elle parvenait à tirer quelques notes. Leur son plaintif rappelait à Cormac le chant des phoques qu'il avait aperçus en ramant. Il regarda Nora, qui semblait soucieuse, et la gratifia d'un demi-sourire chargé d'espoir.

— Regarde-moi ça : elle pourrait bien y prendre goût !

2

Au bout du compte, après un interrogatoire de plusieurs heures, Frank dut relâcher Truman Stark. Il n'avait aucun motif valable pour le garder. Qui plus est, Frank souhaitait se pencher sur le cas de Miranda Staunton. Il passa le reste de la nuit à éplucher d'anciens comptes rendus d'interrogatoires. À l'époque, les enquêteurs s'étaient arrêtés au lien secondaire avec Tríona Hallett : le frère de Miranda était fiancé à la sœur de Tríona. Miranda avait été interrogée à deux reprises et elle avait été parfaite, apportant un éclairage supplémentaire. Elle n'avait même pas figuré parmi l'éventail de suspects. La déposition de Stark modifiait tout.

Miranda n'avait même pas mentionné qu'elle travaillait dans le bâtiment du Great Northern Trust à l'époque du meurtre de Tríona Hallett. La réception elle-même ne s'était tenue que quelques mois plus tard, mais elle se trouvait déjà sur place au mois de juillet, pour les préparatifs. Personne n'aurait jugé louche qu'elle se soit trouvée dans le quartier. En revanche, si elle avait croisé Tríona Hallett, voire l'avait carrément suivie, comme le prétendait Truman Stark…

À 7 h 10 du matin, son portable se mit à vibrer. Il

fouilla parmi la montagne de papiers sur son bureau et finit par mettre la main dessus.

— Cordova à l'appareil.

— C'est Holly Blume, inspecteur. J'ai quelque chose à vous montrer.

Vingt minutes plus tard, Frank était à l'herbarium, observant par le viseur d'un microscope les mêmes formes fripées qu'il avait vues au laboratoire de la police scientifique.

— Voici le premier des deux échantillons que vous m'avez apportés, expliqua Holly. Provenant des deux scènes de crime. Vous vouliez qu'on établisse, à partir des indices végétaux, si certaines feuilles ou certaines graines des deux échantillons provenaient en fait du même lieu.

— Alors ?

— C'est oui. Je ne sais pas si vous reconnaissez ces graines… Vous vous souvenez de la plante dont Nora et moi avons parlé lors de votre dernière visite ?

— La fausse sirène. Les graines retrouvées dans les cheveux de Tríona Hallett, et que vous avez pu identifier.

— C'est ça. La *floerkea proserpinacoides.* En fait, les deux échantillons que vous m'avez apportés ce jour-là contiennent des graines de *floerkea.* De même que le troisième, celui que m'a fait parvenir hier le laboratoire de la police. La *floerkea* présente des propriétés intéressantes et inhabituelles. L'une des raisons pour lesquelles l'espèce est menacée par ici est le faible nombre de graines qu'elle produit, en général entre quatre et douze par tige. Elles sont vraiment grosses et lourdes, pour une si petite plante, et elles n'ont ni cils ni ailes, ni aucune autre caractéristique pour faciliter leur dispersion. En termes de population, cela peut poser un vrai problème. Qui plus est, en général les insectes laissent les graines de côté parce qu'elles contiennent des glycosides flavoniques toxiques… En d'autres termes, elles ont un goût épouvantable. Ce que je cherche à vous expliquer, c'est que les graines de *floerkea* ne s'éloignent jamais beaucoup de la plante-mère, à moins qu'on ne les y aide. Je vous livre tout ça en préambule des résultats des tests ADN. Je me suis rendue sur la scène de crime, où j'ai fait des prélèvements supplémentaires. Pour réaliser l'analyse dont vous aviez besoin, j'ai dû commencer par établir les fréquences alléliques. Quels allèles sont fréquents chez l'espèce et lesquels sont plus rares. Vous comprenez jusque-là ?

— Oui, je crois.

— J'ai obtenu des renseignements utiles auprès d'un collègue qui a étudié en détail la *floerkea*. La conclusion est que les graines de vos trois échantillons proviennent effectivement de la même plante-mère. Les profils ADN sont identiques.

Frank prit le temps d'y réfléchir un instant. Avec ces nouvelles preuves, on savait que Tríona Hallett et la personne qui avait porté les baskets de Harry Shaughnessy s'étaient rendues à l'endroit où Natalie Russo avait été enterrée. Ça ne leur disait pas qui avait tué Natalie, ni Tríona, mais c'était un lien irréfutable. Enfin une base sur laquelle construire.

— Il y avait autre chose, dit Holly. Je ne sais pas si on vous a montré ça au labo… (Elle lui fit signe de s'approcher d'une paillasse adjacente.) Ce microscope-ci présente l'échantillon A, provenant du premier prélèvement que vous m'avez apporté.

— Les indices récupérés dans les cheveux de Tríona.

— Nous avons ensuite l'échantillon B, prélevé sur votre scène de crime à Hidden Falls. Le troisième, l'échantillon C, recueilli sous les semelles de basket, vient de m'être adressé par le laboratoire de la police scientifique. Regardez et dites-moi ce que vous voyez.

Frank se pencha sur les trois oculaires à tour de rôle.

— On dirait le même genre de graines.

— Oui, ce sont toutes des graines de fausse sirène. Qu'est-ce que vous remarquez d'autre ?

— Les échantillons A et C m'ont l'air d'être d'une couleur légèrement différente.

— Très bien. Certaines graines de *floerkea* dans vos prélèvements semblaient être enrobées d'une autre substance. J'en ai renvoyé quelques-unes au laboratoire pour qu'ils les analysent. Ils viennent de me rappeler. C'est la deuxième information que j'ai pour vous. Il s'avère que la substance est du sang séché…

— Ce qui signifie que le sang était frais quand les graines s'y sont collées. La personne qui portait les baskets de Harry Shaughnessy pourrait bien être un témoin ou un assassin.

— Vous y êtes, inspecteur. Félicitations.

— Merci, Holly. Vous m'avez rendu un fier service. Je vous revaudrai ça.

— Je fais simplement mon boulot. Je vais mettre

mes conclusions par écrit et je vous les transmets au plus vite.

Frank s'arrêta sur le seuil.

— Vous entendez ? dit-il.

Elle le dévisagea d'un air interloqué.

— Désolée, je n'entends rien…

— Écoutez bien… C'est la porte de la vérité qui s'entrebâille.

3

Nora eut un moment de panique quand la sonnette retentit à 18 h 30. Cornac alla ouvrir à Garrett Devaney qui lui tendit une bouteille de vin rouge et s'en excusa.

— Malheureusement, ils n'avaient que ça au pub.

— C'est parfait. Entrez.

Cormac conduisit Devaney et sa fille dans le salon. L'inspecteur marqua une légère surprise en voyant Nora.

— Docteur Gavin… j'avais entendu dire que vous étiez aux États-Unis.

— Je viens de rentrer. Appelez-moi Nora, je vous en prie. Et voici ma nièce…

— *Éilis,* dit Elizabeth. *Is mise Éilis.*

Nora dut masquer son étonnement. Elle guetta la réaction de Devaney. Celui-ci ne laissa paraître aucun signe comme quoi il serait officiellement au courant de la disparition d'une petite rousse de onze ans, même s'il sembla regarder d'un drôle d'air sa curieuse coupe de cheveux.

— Ma fille Róisín, dit-il.

Nora observa les deux filles qui se toisaient du regard. Les enfants ont si vite fait d'apprendre à jauger les autres ! se dit-elle. Elizabeth était particulièrement intriguée de voir que Róisín avait apporté son propre étui à violon.

Quand ils passèrent à table, Nora ne put s'empêcher de remarquer la déférence que Devaney témoignait à sa fille par une série de petites attentions délicates : placer correctement la cuiller avant de lui passer les pommes de terre, lui chuchoter à l'oreille quel morceau de poulet rôti pourrait lui plaire. Elle vit que cela n'avait pas échappé non plus à Elizabeth.

Après le repas, ils profitèrent de la longue journée d'été pour marcher jusqu'à Port na Rón et s'arrêtèrent en haut de la falaise pour admirer la vue. C'était une belle soirée et le roulement des galets sur la plage recouvrait presque le souffle atténué du vent. Les deux filles s'éloignèrent, abandonnant les adultes sur le promontoire.

— Je dois vous avouer que nous avions une arrière-pensée en vous invitant à dîner, confia Nora à Devaney. Allez, je vous le dis carrément : il se pourrait que nous soyons recherchées par la police… Elizabeth et moi. Elle a échappé à la surveillance de son père et de sa belle-mère quand ils sont arrivés à Dublin vendredi.

— Elle les a semés à l'aéroport, précisa Cormac. Elle a pris un taxi jusqu'à l'appartement de Nora.

— Seulement, je n'y étais pas. J'étais retournée aux États-Unis la semaine dernière. Fort heureusement, j'ai d'adorables voisins qui ont pu s'occuper d'elle en attendant que je prenne l'avion le lendemain.

Devaney plissa le front.

— Pourquoi a-t-elle fugué ?

— Je pense qu'elle a appris la vérité sur sa mère, répondit Nora en regardant Cormac. Ma sœur Tríona a été assassinée. C'est arrivé il y a cinq ans. Elizabeth était trop jeune pour comprendre.

— Nous pensons qu'elle a peut-être découvert que son père demeure le principal suspect, ajouta Cormac.

— Il n'a jamais été poursuivi, dit Nora. Malheureusement, chaque fois que nous tenons une piste prometteuse, celle-ci finit par s'évanouir. L'essentiel, c'est qu'Elizabeth est venue me trouver pour que je l'aide, pour que je la protège. Je ne peux pas la renvoyer juste comme ça…

— Nous avons un autre souci, dit Cormac. Son père pourrait prétendre que Nora l'a enlevée. Vous voyez que la situation est compliquée…

Devaney se frotta le menton.

— Vous n'avez parlé à personne de la police irlandaise ?

— Je ne savais pas quoi faire, dit Nora. L'inspecteur qui mène l'enquête aux États-Unis m'a dit qu'il allait contacter la Garda et Interpol, pour les informer que le suspect d'un meurtre se trouvait ici. Au fait, mon beau-frère s'appelle Hallett… Peter Hallett.

— Et personne ne le surveille ?

— Non, pour autant qu'on sache. Comme je vous ai dit, il est arrivé à Dublin vendredi. Il a pu se rendre n'importe où en Irlande.

— Et vous ne savez pas s'il a signalé la disparition ?

Elle secoua la tête.

— Désolée, dit Nora, mais nous n'en savons rien.

Nous pouvions difficilement appeler la police pour leur poser la question. Frank Cordova, l'inspecteur américain, explore de nouvelles pistes. Plusieurs éléments sont apparus ces derniers jours, mais…

— Mais il n'y a toujours pas de quoi engager des poursuites ?

— Non, malheureusement.

Devaney réfléchit un instant.

— Eh bien, fit-il, il me semble que votre seul choix est de vous terrer un moment, au moins le temps que votre inspecteur puisse dégoter du nouveau. Il n'a qu'à me téléphoner et je pourrai l'aiguiller vers la bonne personne à la police criminelle. En attendant, je vais appeler quelques contacts, voir ce que je peux apprendre.

— Quoi que vous puissiez faire pour nous aider, je vous en serai profondément reconnaissante. Mais je dois vous avertir : Peter Hallett est dangereux. Il a l'art de déformer les choses, de tout inverser afin de passer pour la victime, et quiconque ose mettre sa parole en doute paraît sérieusement dérangé. Il a fait croire que ma sœur était complètement folle… et il essaye de faire la même chose avec moi depuis cinq ans.

Les deux filles avaient gravi les rochers qui surplombaient le port. Nora porta sa main en visière pour les observer.

— Se pourrait-il qu'Elizabeth en sache beaucoup sur la mort de sa mère, au point d'être en danger ? demanda Devaney d'un ton pensif.

— Je ne sais pas… Elle n'avait que six ans et elle était en voyage avec mes parents au moment du meurtre de Tríona.

— Malgré tout, les enfants n'ont pas leur pareil pour voir et entendre certaines choses. C'est particulièrement vrai pour les violences conjugales. Mais ils ne veulent pas donner l'impression de trahir l'autre parent. A-t-elle vu une assistante sociale ou une psychologue ?

— Son père ne l'a pas permis. Comme il a déménagé après la mort de ma sœur, je n'ai eu aucun contact avec Elizabeth depuis quatre ans. Même maintenant, elle refuse de me parler. J'ai voulu qu'elle m'explique cet après-midi pourquoi elle s'était enfuie, et vous savez ce qu'elle m'a demandé ? Si tout le monde croyait que son père était un assassin. Elle nie catégoriquement qu'il puisse être en quoi que ce soit responsable de la mort de ma sœur.

— C'est fréquent, malheureusement. Il leur faut parfois longtemps pour comprendre les choses. Mais elle est venue vous trouver, c'est déjà bon signe.

Nora se rappela combien elle avait mis Elizabeth mal à l'aise en insistant.

— Je n'ai guère d'expérience avec les enfants, dit-elle.

Devaney eut une mimique compatissante.

— Ma femme me dit de ne plus m'inquiéter mais de mieux écouter… Je crois que c'est un très bon conseil ! Alors, prêt à jouer un morceau ? demanda-t-il en se tournant vers Cormac.

De retour au cottage après la promenade, Nora observa les musiciens qui se préparaient à jouer. Róisín sortit un petit instrument de son étui tandis que son père passait un morceau de résine ambrée sur les cordes de son archet. Une fois les préparatifs terminés, les deux violonistes gardèrent leur instrument sur l'avant-bras en pinçant distraitement les cordes, l'archet posé sur la table.

— Vous et Róisín pourriez jouer un air pour débuter ? suggéra Cormac à Devaney. Pourquoi pas celui que vous avez joué au pub cet après-midi, *The Pigeon on the Gate* ? C'est une belle entrée en matière.

Le père et la fille échangèrent un bref regard puis entamèrent le morceau, ni trop vite ni trop lentement, les trilles virevoltant autour de la partie aiguë de la mélodie, les notes graves produisant une sorte de grognement guttural. Elizabeth paraissait secrètement admirative qu'une fille de son âge puisse s'installer comme si de rien n'était et se mettre à jouer d'un instrument. Elle ne pouvait détacher ses yeux des doigts dansants de Róisín. Quand les deux violonistes enchaînèrent en souplesse sur un autre air et que Cormac prit sa flûte pour se joindre à eux, elle écarquilla les yeux encore plus.

Nora repensa à une remarque que lui avait faite une fois une amie qui ne touchait pas à une goutte d'alcool, un soir qu'elles se trouvaient dans l'arrière-salle bondée d'un pub : « Je ne bois pas ! lui avait-elle crié à l'oreille pour se faire entendre par-dessus le brouhaha, mais j'aime en être ! » Nora ressentait la même chose au contact de cette musique. Les airs appartenaient à un autre univers, un monde différent dont elle ne faisait pas vraiment partie. Elle ne parlait pas la langue et pourtant, écouter ces morceaux était pour elle quelque chose d'essentiel, presque une nourriture. Elizabeth avait toujours les yeux rivés sur le violon de Róisín. Certaines personnes sont sensibles à cette musique, d'autres pas. Elizabeth semblait subjuguée.

— Si on essayait quelques airs du Donegal ? proposa Cormac. *The Gravel Walks* par exemple…

Il se mit à jouer, les entraînant à travers un enchevêtrement de mélodies saccadées. La musique avait vraiment quelque chose de différent par ici. Le Donegal avait la réputation d'être un endroit paisible, où l'existence d'autres mondes allait de soi, tout comme le fait d'entendre une musique portée par le vent ou de nager avec les âmes des noyés.

La soirée passa rapidement, mais après un régal d'excellents morceaux, Róisín montra des signes de fatigue. Nora sentit que cela touchait à sa fin quand le regard de Cormac se posa sur elle.

— Nora, si tu nous chantais un air ?

— Je ne suis pas en très grande forme…

— S'il te plaît, insista-t-il en lui prenant la main.

Comment serait-il possible de refuser ? Elle ferma les yeux et entonna :

Is cosúil gur mheath tú nó gur thréig tú an greann
Tá an sneachta go frasach fá bhéal na trá
Do chúl buí daite is do bhéilín sámh
Siúd chugaibh Mary hÉighnigh is í ndiaidh an Éirne shnámh

Il y eut soudain du bruit, et quand Nora rouvrit les yeux, Elizabeth s'était levée de sa chaise et avait quitté précipitamment la pièce.

— Excusez-moi, dit Nora.

Quand elle la rejoignit dans la chambre à l'étage,

Elizabeth s'était faufilée dans l'espace entre l'armoire et le mur. Elle plaquait son visage contre le meuble, comme si elle avait voulu se réfugier derrière. Avait-elle réagi ainsi à cause de la chanson ? Elle ne devait même pas en comprendre les paroles. Nora s'accroupit devant l'armoire.

— Elizabeth, dis-moi s'il te plaît ce qui ne va pas.

— Va… t'en !

Ses sanglots jaillissaient comme de petits cris involontaires. La tête de Cormac apparut dans l'embrasure, mais Nora lui fit signe que ça allait pour l'instant et il se retira.

— Je t'en supplie, Lizzabet, ne me repousse pas.

— Tu ne comprends rien !

— Laisse-moi au moins essayer.

— Tu crois… que je me suis enfuie… parce que mon papa… (Sa voix monta presque d'une octave.) Il n'a rien fait. C'est mon papa… Il me manque.

Nora eut l'impression une fois de plus que son cœur allait se fendre.

— Dans ce cas, Lizzabet, pourquoi es-tu venue me trouver ?

Il n'y eut pas de réponse au début, rien que des hoquets. Quand Elizabeth s'exprima enfin, sa voix était ténue et distante.

— À cause de Miranda. Elle dit qu'elle sait parfaitement ce que je manigance. Mais je ne vois pas du tout de quoi elle veut parler… Je ne manigance rien du tout.

— Non, bien sûr que non.

— Elle dit que je cherche à attirer l'attention. Et que je ressemble sans doute plus à ma mère que les gens ne s'imaginent. Qu'est-ce qu'elle raconte ? Pourquoi est-elle si méchante ?

— Oh ! Lizzabet, je ne sais pas… (Nora s'était suffisamment rapprochée pour pouvoir tendre le bras entre l'armoire et le mur afin de lui caresser le dos.) Mais je sais une chose qui est vraie : ta maman t'aimait plus que n'importe qui, plus que tout au monde. Elle te tient en ce moment dans ses bras, ma chérie, et jamais elle ne te lâchera.

4

Il était 10 heures passées quand Elizabeth s'endormit enfin. Nora redescendit dans la cuisine mais Garrett Devaney et sa fille étaient déjà partis. Cormac terminait la vaisselle, avec pour seul éclairage les bougies sur la table et sur le large rebord de la fenêtre. Il rangea un dernier verre à vin dans le placard et y prit un paquet qu'il avait manifestement entreposé là auparavant. Il le tendit à Nora et parut gêné quand elle découvrit les grosses chaînes de sécurité qu'il contenait.

— J'ai pensé que ça serait une bonne idée, mais je ne voulais pas vous alarmer cet après-midi.

Il trouva un tournevis et commença à marquer des repères sur le chambranle de la porte.

— Cette chanson dont tu nous as chanté le début, *An Mhaighdean Mhara*, où l'as-tu apprise ?

— J'ai entendu quelqu'un l'interpréter dans un concours.

Elle revoyait le visage de la jeune femme, seule face à un public agité dans un gymnase scolaire plein de courants d'air. La foule s'était peu à peu tue, les gens se laissant captiver les uns après les autres. Sa chanson terminée, la jeune femme avait calmement regagné sa place tandis que cris et salves d'applaudissements venaient rompre le silence.

— Tu sais que c'est une chanson célèbre du Donegal ? dit Cormac.

— Non, je l'ignorais.

— Qu'est-ce qui t'a décidée à la chanter ce soir ?

— Je ne sais pas. Peut-être parce qu'on la chantait souvent ensemble, Tríona et moi. Ça remonte à très longtemps. Je ne pense pas qu'Elizabeth nous ait jamais entendues.

— Tu crois que c'est la chanson qui l'a contrariée ?

Elle croisa les bras et soupira.

— Je n'en sais rien... J'ai l'impression de ne plus rien savoir.

Cormac posa la chaîne et s'approcha d'elle.

— Qu'est-ce qui ne va pas, Nora ? Que t'a dit Elizabeth ?

— C'est tout ce qui est arrivé, hier et ce matin en ton absence. On est allées à Port na Rón pour repérer les grottes, comme tu l'avais suggéré. On n'y est jamais arrivées. On n'est pas allées plus loin que la plage. J'ai été distraite un instant et quand je me suis retournée, Elizabeth avançait dans l'eau vers le large, comme si elle se dirigeait vers un endroit précis. Il a fallu que j'aille la chercher.

— Tu ne penses tout de même pas que c'était un geste délibéré ?

— Je ne sais pas, Cormac. C'est à n'y rien comprendre. Je n'arrive vraiment pas à communiquer avec elle. Je me sens complètement dépassée. Je ne suis pas du tout à la hauteur.

— Tu fais de ton mieux.

— Elizabeth regrette d'avoir fugué. Sais-tu ce qu'elle m'a confié en haut ? Qu'elle ne fuyait pas son père mais Miranda. (Cormac voulut se rapprocher mais elle leva la main pour l'en empêcher.) Qu'est-ce que je fais ici ? Je ne devrais pas être ici.

Elle se mit à déambuler.

— Qu'est-ce que tu racontes, Nora ?

— Tout le temps que j'ai passé ici, trois années à fouiller les tourbières, ce n'est pas ce que j'avais de mieux à faire. J'aurais dû rester chez moi. Tous les éléments sur lesquels nous sommes tombés à Saint Paul depuis une semaine, ils se trouvaient là depuis le début…

— Qu'est-ce qui te prend, Nora ? Ça ne te ressemble pas du tout…

— Qu'en sais-tu ? C'est peut-être la vraie moi. Et maintenant, dit-elle en brandissant la chaîne, je t'ai embarqué dans cette histoire. Frank aussi. Son frère est mort, Cormac, mais il continue d'enquêter aux États-Unis, parce qu'il ne veut pas me laisser tomber. Mais s'il y en a bien une qui a laissé tomber les autres, c'est moi. Je n'arrête pas de me dire : cette fois, on va trouver les preuves, on va enfin savoir la vérité, cette fois, ça va marcher, à coup sûr. Et si ça ne marchait pas ? Et si Peter récupérait Elizabeth et parvenait à convaincre tout le monde que je l'ai enlevée ? Ça pourrait arriver. Auquel cas, je ne m'en tirerais pas avec une simple injonction judiciaire. Je pourrais me retrouver en prison pour kidnapping.

— Laisse-moi t'aider…

— Comment ? Comment peux-tu m'aider ? Il y a tant de choses que je ne t'ai pas dites…

— Dis-les-moi maintenant.

Nora avait l'impression de se tenir au bord d'un précipice. Elle était sur le point de fermer les yeux et de basculer en avant, sans parachute. Elle laissa Cormac la faire s'asseoir dans un fauteuil et expira longuement.

— Personne ne se doutait de rien. Après la mort de Tríona, de curieux détails ont fait surface, peu à peu. La plupart d'entre eux ne riment toujours à rien. (Elle marqua une pause, s'efforçant de rassembler ses idées.) Le premier élément étonnant était un flacon de gouttes pour les yeux retrouvé dans le sac à main de Tríona. Quand la police a analysé le liquide, on s'est aperçu que ce n'était pas du tout un collyre. C'était une drogue, le GHB…

Cormac secoua la tête.

— Désolé, je ne sais pas ce que c'est.

— Ça a toutes sortes de noms : fantasy, ecstasy liquide. C'est une drogue très courue en boîte de nuit. Je ne sais pas comment on l'appelle en Irlande. À la base c'est un anesthésique, conçu il y a des années, mais quelqu'un s'est aperçu qu'il avait un effet sur l'appétence sexuelle. Beaucoup de gens se sont mis à en consommer dans un but festif. Quand la police a fouillé la maison de Tríona, ils ont trouvé une dizaine de flacons similaires, cachés un peu partout. Les empreintes de ma sœur figuraient sur tous.

— Tu penses qu'elle en prenait ?

— C'est ce que tout le monde a supposé, mais Tríona ne se droguait pas, Cormac. Elle n'aurait jamais touché à la drogue. Seulement voilà, le GHB provoque aussi une amnésie. L'équivalent d'un bouchon et on ne se souvient de rien. Il est très facile d'en verser discrètement dans une boisson alcoolisée et ça agit très vite sur l'organisme. N'importe quel flic te dira que c'est la plus redoutable des drogues du violeur. Je pense que Peter lui en donnait. J'ai retrouvé à la maison une cassette que m'avait enregistrée Tríona, quelques consignes au cas où il lui arriverait quoi que ce soit. Elle y dit qu'il y a des heures, parfois des journées entières, dont elle ne garde aucun souvenir. Elle ne comprenait pas ce qui lui arrivait.

— Si quelqu'un la droguait, on devrait pouvoir le prouver.

— Les effets du GHB disparaissent dès que l'organisme a éliminé la drogue. Il n'y a aucune façon de prouver qu'elle n'en prenait pas volontairement. Et le tableau ne fait qu'empirer plus j'en apprends sur les agissements de Peter. (Elle luttait pour ne pas flancher.) Au début, Peter s'est montré catastrophé à propos de la drogue. Il a dit à la police qu'il tombait des nues, que leur mariage était solide comme tout. Il ne voyait pas qui aurait eu un mobile pour tuer Tríona. Mais à force d'être interrogé par la police…

— Laisse-moi essayer de t'aider, Nora. Je t'en supplie…

— Après plusieurs entretiens, Peter a craqué et il leur a raconté que parfois, en rentrant du travail, il trouvait Tríona qui dormait encore, et Elizabeth toujours en pyjama. Il leur a confié que depuis l'été précédent, Tríona sortait à n'importe quelle heure du jour et de la nuit, et quand elle rentrait enfin, elle avait des brindilles et des feuilles dans les cheveux, des bleus un peu partout, mais aucun souvenir d'où elle avait été ni de ce qui lui était arrivé. Il a expliqué que depuis plusieurs mois il ne savait plus quoi faire, qu'il vivait tous les soirs avec la crainte de ne jamais la revoir. Ce n'étaient que des mensonges, Cormac. C'est obligé. Tríona n'était pas comme ça… Vraiment pas. Mais il était tellement convaincant, et il n'y avait aucune façon de prouver que les choses ne s'étaient pas déroulées ainsi. Quand la police a fouillé la maison, on a retrouvé non seulement le GHB, mais aussi les vêtements… (Elle ferma les yeux en s'efforçant de tenir bon.) Les vêtements de Tríona, déchirés et crottés, et tachés de…

— Tachés de quoi ? Dis-moi, Nora.

Elle ne put que chuchoter.

— Des substances organiques… du sang et du sperme, provenant d'une multitude de sujets inconnus, pour reprendre la formulation si délicate du laboratoire. Peter s'est débrouillé pour donner l'impression que ma sœur négligeait sa fille, qu'elle sortait et se droguait, et qu'elle s'envoyait en l'air avec n'importe qui…

— Ainsi, le meurtre pourrait être la conséquence de son comportement à risques, tandis que lui a l'air parfaitement innocent…

— Pas seulement innocent, il passe carrément pour un saint ! Tu n'as pas idée à quel point il est retors. Détruire sa réputation n'était pas suffisant. Il lui a tout volé. Elle s'est mise à douter de qui elle était. Elle ne se connaissait même plus. Dans son message enregistré, Tríona m'a indiqué où retrouver quelques affaires qu'elle avait cachées. Il y avait un agenda dont certains jours sont marqués ; peut-être ceux où elle savait avoir été droguée. Il y avait aussi des vêtements tachés de sang, et une liasse d'articles de journaux sur la disparition d'une jeune femme survenue quelques semaines avant la mort de Tríona. Je pense que Peter l'a assassinée elle aussi mais qu'il a essayé de faire croire à Tríona que c'était elle la coupable. Je pense qu'elle s'est réveillée un matin couverte de sang, sans la moindre idée de ce qui était arrivé. Je crois qu'il a tout manigancé pour la persuader qu'elle avait commis quelque chose d'épouvantable. Et il y avait une partie d'elle-même qui y croyait. Elle devait avoir l'impression de perdre la tête. Mais elle ne s'est pas débarrassée des vêtements tachés de sang. Elle les a conservés, les a cachés, et m'a fait savoir où les trouver. Elle avait un travail, elle mettait de l'argent de côté, et le week-end où elle a été assassinée, elle avait confié Elizabeth à nos parents. Je sais qu'elle allait le quitter, Cormac. Elle était à deux doigts de le faire…

— Qu'est-ce qui la retenait ?

— Je ne sais pas. Je sais seulement ce qu'elle m'a dit au téléphone ce soir-là…

— Que t'a-t-elle dit, Nora ?

— Ce que je t'ai déjà dit une fois, que Peter semblait prendre un curieux plaisir à lui faire du mal. J'ai cru qu'il la battait, mais c'était bien pire que ça. Et puis…

Cormac prit son visage entre ses mains.

— Dis-le-moi Nora. Je t'en supplie.

— Elle m'a dit qu'elle avait fait des choses elle aussi, des choses inavouables. Qu'elle avait menti et trompé tout le monde. Qu'il fallait qu'elle découvre la vérité. Et elle a ajouté : « C'est choquant, ce qu'on est capable de faire par amour. »

— Oh ! Nora…

— Elle doutait plus d'elle-même que de lui. C'est ce qui l'a poussée à aller dans les bois ce soir-là. Elle ne cherchait pas la vérité sur Peter mais la vérité sur elle-même. Elle l'aimait profondément et il s'en est servi pour la détruire. Il continue de la détruire, aux yeux de son enfant, aux yeux du monde entier. Je ne peux plus le laisser faire. C'est décidé.

— Tu portes tout ça depuis tant d'années ?

— Une seule autre personne au monde sait ce que je viens de te raconter.

— Frank Cordova.

— Lui seul m'a prise au sérieux. As-tu seulement idée de ce que ça fait d'être dénigrée comme ça pendant des années ? D'être soutenue par une seule personne ? C'est arrivé malgré moi, la nuit que Frank et moi avons passée ensemble. C'était avant que je te rencontre, Cormac. Je ne peux plus continuer… (Il se rapprocha d'elle, mais elle le repoussa encore une fois.) Tu comprends ? Je ne peux plus… Ce qui nous arrive depuis quelques mois, je ne le mérite pas, vraiment pas… J'aurais dû écouter Tríona… J'aurais dû comprendre que…

Mais il s'approcha à nouveau, doucement, lentement, attirant son corps vers le sien. Au bout de quelques instants, elle cessa de résister, inclina la tête en avant et la laissa enfin reposer sur la poitrine de Cormac.

Au large de Port na Rón, Ferghal O'Gara décida de relever ses filets pour la soirée et appuya sur le bouton. Encore une pêche misérable. Il allait être obligé d'arrêter si ça ne s'améliorait pas. Mais que ferait-il à la place ? Il ne savait que pêcher : les bancs de sable et les marées, naviguer par mer houleuse, manipuler les filets, négocier un prix pour sa pêche. Mais il était de plus en plus dépassé, avec les grosses entreprises qui raflaient la mise.

Ferghal refusait de se fier à toute opération à échelle si colossale. C'était pure folie. Car lorsqu'un désastre se produirait, et il s'en produirait forcément un, lui aussi serait de taille colossale. Il demandait juste de rapporter à la maison de quoi nourrir les enfants. Était-ce trop exiger ? Et de quoi s'offrir une pinte de temps à autre. Une fois les filets rentrés et les maigres prises à l'abri, il alluma le moteur Diesel et prit la direction du port. La lune était haute dans le ciel. Au passage devant la grève de Port na Rón, il remarqua de l'agitation dans l'eau, des phoques par dizaines qui poussaient des cris et s'agitaient dans la baie. Qu'est-ce qui avait pu déclencher la panique ? Il n'avait jamais entendu parler d'une orque chassant de nuit.

Ferghal coupa le moteur et sortit sur le pont avant. Il écouta leurs gémissements à vous donner des frissons et se rappela une histoire que lui avait racontée son grand-père, à propos d'un groupe d'hommes qui chassait le phoque dans les grottes au pied de Port na Rón, il y a environ cent ans. L'un d'eux avait brandi son gourdin et s'apprêtait à frapper un bébé phoque quand il avait entendu la mère s'écrier en gaélique : *Mo pháistín, mo pháistín !* Mon enfant, mon enfant !

Ferghal lui-même était bien habitué à ces bêtes. Il avait pour ainsi dire été élevé en leur compagnie. Ils traînaient toujours autour de son bateau, à l'affût d'un poisson qui s'échapperait de son filet. Force était de reconnaître que les phoques avaient quelque chose de particulier, leur façon de lever la tête hors de l'eau pour vous regarder, leurs yeux exprimant qu'ils partageaient vos peines les plus profondes.

Tout d'un coup, une voix s'éleva au-dessus des autres. *Oro, mo pháistín ! Oroo !* Elle portait autant que les voix des vieilles femmes qu'il avait entendues une fois à une veillée funèbre, avec leurs étranges prières et incantations. Puis la voix se tut. Il tendit l'oreille mais les clapotis et le vent l'empêchaient de savoir s'il l'avait vraiment entendue ou si c'était seulement son imagination.

Le bateau gîta brusquement quand le dos d'une orque émergea à tribord. Ferghal s'agrippa au platbord et parvint tant bien que mal à ne pas être projeté contre la timonerie. Comme l'énorme prédateur fendait l'eau, il semblait assez proche pour pouvoir le toucher. Mais la baleine s'éloigna, et quand elle plongea et disparut, le dessous blanc de sa queue étincela brièvement au clair de lune. Les phoques s'étaient tus.

Ferghal frissonna et remit en marche le moteur Diesel. Dès qu'il serait rentré chez lui, il s'offrirait un mug de thé bien fort, peut-être même un petit remontant. Puis il irait se coucher et ferait quelques galipettes avec sa femme, s'il avait la chance qu'elle soit partante. Et il ne dirait jamais à personne, au grand jamais, ce qu'il avait vu et entendu ce soir-là, de peur qu'on le traite de fou.

5

Installé à son bureau, Frank Cordova s'efforçait d'assembler tout ce qu'il savait sur Miranda Staunton. Elle avait été aperçue qui filait Tríona Hallett à Lowertown, et si Truman Stark disait la vérité, elle était renseignée sur le système de sécurité du parking. On s'était échiné pour tenter de coincer Peter Hallett, et voilà que les éléments convergeaient de moins en moins vers lui et de plus en plus vers Miranda.

Il jeta un coup d'œil à sa montre. Déjà 16 heures passées, et il avait rendez-vous à 18 heures aux pompes funèbres pour se recueillir en famille devant la dépouille de son frère avant la veillée funèbre. Le téléphone sonna et il décrocha.

— Cordova à l'appareil.

— Salut. Voici le topo pour les vêtements que tu m'as demandé d'analyser… (Frank reconnut la voix de Jackie Smart et l'entendit consulter ses notes en même temps qu'elle lui parlait.) Le sang sur le tee-shirt et le short de l'université du Minnesota correspond à celui de ta victime de Hidden Falls, Natalie Russo. J'ai aussi prélevé de l'ADN sur l'intérieur des vêtements, mais l'échantillon est pas mal contaminé…

— Ce qui signifie ?

— Qu'ils semblent avoir été portés par plus d'une personne. Au moins un homme et une femme. Ne me demande pas pourquoi. Je n'ai pas terminé les profils.

Tríona détenait donc des vêtements qu'avait portés l'assassin probable de Natalie Russo, donc rien ne prouvait que c'était Tríona qui les portait. Ni le contraire. Qui pouvait bien être l'homme mystérieux qui avait mis les habits de Tríona ?

— Les résultats sont aussi intéressants pour le SDF renversé, poursuivit Jackie. Les taches les plus récentes sur le sweat de Galliard correspondent au sang de la victime, Harry Shaughnessy. Aucune surprise de ce côté-là. Les taches les plus anciennes étaient assez dégradées, mais en les amplifiant j'ai pu établir que l'ADN correspondait à celui de la victime de ton ancienne enquête. Tríona Hallett.

Frank sentit son cœur s'emballer.

— C'est génial, Jackie. Je te remercie de t'être démenée…

— Je n'ai même pas encore abordé le point le plus intéressant, le troisième profil ADN pour l'intérieur du sweat… (Elle fouilla à nouveau parmi ses papiers.) J'ai relevé l'ADN de Harry Shaughnessy sur les poignets et sur le col, probablement les seuls endroits qui soient entrés en contact avec sa peau. Mais j'ai un autre ADN laissé par de la sueur à l'intérieur du vêtement. Il ne correspond à aucun profil dans les bases de données, ni victime ni condamné. La seule chose que je peux affirmer avec certitude à ce stade, c'est que l'autre personne à avoir porté le sweat était une femme.

— Une femme ?

— Ouais. Pareil pour la belle paire de baskets. Le sang à l'extérieur correspond à la même victime, Tríona Hallett. À l'intérieur, même ADN que l'inconnue qui a porté le sweat.

Cordova s'affaissa dans son fauteuil. Peter Hallett leur échappait à nouveau, de plus en plus.

— Tu es absolument certaine qu'il s'agit d'une femme ?

— Aussi certaine que peut se le permettre un expert. Désolée si ce n'est pas ce que tu avais envie d'entendre. Comme les fichiers n'ont rien donné, il ne va pas être simple d'identifier notre mystérieuse inconnue, à moins que tu n'aies une idée.

— J'en ai peut-être une.

— Il nous faudrait un échantillon avéré pour faire des comparaisons.

— Je vais voir ce que je peux faire.

Il raccrocha. Encore une série d'indices qui semblaient désigner Miranda Staunton. Il y avait aussi son lien avec Natalie Russo, par le club d'aviron. Une rameuse confirmée comme Miranda Staunton avait certainement beaucoup de puissance dans le haut du corps, mais de là à pouvoir rendre un visage humain méconnaissable… Et puis, où allait-il récupérer son ADN ? Il repensa à la dernière fois qu'il l'avait croisée, dans le vestiaire du club… Il décrocha son téléphone.

Quand Sarah Cates l'accueillit à l'entrée du hangar une demi-heure plus tard, elle n'était pas en tenue d'entraînement comme il s'y attendait, mais portait un tailleur bleu-vert qui mettait en valeur la couleur de ses yeux.

— Ravie de vous revoir, inspecteur. Que puis-je faire pour vous cette fois ?

— J'ai besoin de retourner dans le vestiaire des femmes.

Il suivit Sarah Cates qui, comme la fois précédente, s'assura que tout le monde était visible avant de le faire entrer. Il se dirigea tout droit vers le banc où il avait vu Miranda lacer ses curieuses chaussures. Il sortit de sa poche une enveloppe à indices, déplia son canif et s'accroupit. Le chewing-gum se trouvait encore là, celui que Miranda avait collé l'avant-veille sous une latte. Il le décolla et le fit tomber dans le sachet.

Sarah Cates s'exprima dans son dos.

— J'ai quelque chose à vous dire quand vous aurez terminé.

— C'est bon, dit-il en se redressant. Je vous écoute.

— Vous m'avez demandé l'autre fois si quelqu'un jalousait Natalie pour son talent.

— Vous m'avez répondu qu'aucun nom ne vous venait à l'esprit.

— Mais votre question m'a fait réfléchir. Cette année-là, la finale d'une de nos épreuves principales s'est mal passée. Il y a eu une controverse à propos des handicaps. Je ne me souviens même plus sur quoi portait le désaccord. Je me rappelle seulement que la deuxième de la course estimait qu'elle aurait dû gagner. Mais la décision des commissaires était sans appel. La perdante était assez remontée.

— C'était qui ?

— Vous m'avez demandé si je la connaissais, la

première fois que vous êtes venu. Miranda Staunton.

— Oui, vous m'avez dit qu'elle s'était inscrite au club à la fin de ses études.

— En effet, nous avions de la chance de l'avoir chez nous. Galliard avait une très bonne équipe universitaire, vraiment de haut niveau.

6

À 18h30, Frank Cordova se tenait devant le cercueil ouvert à contempler le visage de son frère, serein et posé – si différent de ce qu'il avait été de son vivant. Frank caressa la joue de Chago, sachant qu'elle était froide, mais il fut malgré tout surpris. On aurait dit une poupée de cire, une marionnette. Plus rien à voir avec le vrai Chago. Il sentait que Veronica et Luis craignaient une nouvelle crise de sa part mais il savait que ça n'arriverait pas. Plus personne ne pouvait rien pour Chago. Il aurait aimé pouvoir croire à ce que Veronica affirmait, que Chago était maintenant au ciel avec leur mère, que ceux qui avaient souffert y trouvaient leur récompense, mais il n'y arrivait pas. Pourtant il avait essayé.

Frank alla s'asseoir sur une chaise au dernier rang et regarda sa sœur qui accueillait les gens pour la veillée. À un moment elle l'aperçut et vint se reposer à côté de lui. Quand il était petit, Veronica était à ses yeux la plus belle de ses sœurs, et elle l'était toujours. Elle s'était un peu enrobée avec l'âge, mais elle gardait ses petites mains délicates et ses pieds élégants, et son visage était toujours aussi ravissant. Il lut l'inquiétude dans son regard.

— C'est bon, Noni. Je ne vais pas faire une scène.

— Tu sais très bien que je ne m'inquiète pas pour ça, Paco. (Elle passa son bras autour de lui et serra sa main dans la sienne.) On n'a jamais imaginé que c'était si dur que ça pour toi et Chago, je t'assure. Sinon on ne serait jamais parties, Mila, Luisa et moi. Après, on était bien obligées de rester ici, avec nos emplois à l'usine de bagages. On ne savait pas que c'était si épouvantable à la maison. Marna aurait voulu vous amener ici, toi et Chago, pour vous offrir une meilleure vie, je sais qu'elle en a toujours eu envie, mais elle ne pouvait pas quitter papa. Elle voyait bien qu'il était malade, elle a même fait venir le guérisseur, le *curandero*…

— Le vieillard vêtu de blanc ? Je croyais qu'il venait pour Chago.

— Non, pour papa. Tu étais trop jeune pour comprendre, Paco. On ne savait pas trop si vous en auriez des souvenirs, toi et Chago, si vous étiez capables de comprendre. Papa ne savait pas ce qu'il faisait, c'était un mal qu'il avait en lui, le mal de son esprit. Sinon il n'aurait jamais fait souffrir maman comme ça, j'en suis sûre. (Elle posa la main sur le torse de Frank.) Tu as beau lui ressembler, tu n'es pas papa. Dis, tu m'entends ? N'aie jamais cette crainte.

Il jeta un coup d'œil en direction de Chago, dans son cercueil, les traits reposés, et il se sentit comme ramené vers la surface. Jusque-là, sa vie avait été prisonnière d'un rêve confus. Maintenant que Chago n'était plus là, il pouvait commencer à se débarrasser de la poussière, à dénouer le fil de fer qui les maintenait attachés ensemble depuis tant d'années.

La voix de Veronica s'immisça dans ses pensées.

— Paco, ton portable est en train de vibrer.

Il le sortit ; le numéro affiché ne lui était pas familier.

— Désolé, Noni. Il faut que je réponde…

— Vas-y. Chago sait que tu l'aimes. Vas-y.

Frank sortit sur le porche à l'arrière. Au moment où il refermait la porte, il crut apercevoir une silhouette en tailleur bleu-vert à l'entrée des pompes funèbres.

— Frank Cordova, dit-il en portant l'appareil à son oreille.

— Inspecteur Cordova ? Je suis Gordon MacLeish de la police du Maine. En fait, je suis à la retraite. J'ai entendu dire que vous cherchiez des renseignements sur une de mes anciennes enquêtes.

— Tout à fait. Le meurtre des Nash.

— Que savez-vous au juste ?

— Pas grand-chose, seulement ce qui a figuré dans les journaux. Que les Nash ont été assassinés à bord de leur bateau et qu'un ami de leur fils est passé aux aveux…

— Effectivement, Jesse Benoit. Tous les indices le désignaient comme coupable…

Frank perçut une hésitation.

— Mais ?

— Eh bien, Jesse n'a jamais fourni le moindre mobile. Après son internement à l'hôpital psychiatrique d'Augusta, sa mère est venue me trouver en soutenant qu'il n'aurait jamais pu préméditer ni commettre un double meurtre, pas tout seul. Elle l'aimait, bien évidemment, vu qu'il était son fils, mais il fallait que je sache que c'était un garçon très influençable. Elle était persuadée que Tripp Nash avait tout manigancé et l'avait manipulé.

— Comment en est-elle arrivée à cette conclusion ?

— Une fois qu'il s'est retrouvé à Augusta, Jesse a expliqué à sa mère pourquoi il avait assassiné les Nash. Il lui a raconté qu'il l'avait fait pour Tripp. Des années auparavant, Harris Nash avait surpris les deux garçons qui s'amusaient à essayer les habits de Connie Nash. D'après Jesse, M. Nash menaçait Tripp de dévoiler son secret s'il n'acceptait pas de lui prodiguer… quelques petites faveurs. En fait, Connie Nash était soi-disant au courant mais elle se soignait à l'alcool et s'efforçait de ne pas trop y penser. D'après sa mère, Jesse n'aurait plus supporté que son ami soit exploité de la sorte.

— Pourquoi n'a-t-il pas parlé plus tôt ?

— Tripp l'aurait imploré de ne jamais dévoiler à personne qu'ils s'amusaient à se travestir. La mère de Jesse soutenait que son fils n'était pas un menteur. Ça lui arrivait parfois d'entendre des voix ou de se prendre pour un oiseau, mais ça ne voulait pas dire qu'il ne disait pas la vérité. Je l'ai crue, mais avant que je puisse m'organiser pour interroger Jesse, il a réussi à se pendre à une fenêtre de sa chambre. Je me suis alors tourné vers le fils des Nash. Il m'a juré ses grands dieux qu'il n'y avait jamais eu ni travestissement ni sévices sexuels, que Jesse avait dû tout inventer.

— Il ne restait plus personne pour affirmer le contraire.

— Exactement. Je flairais un sale coup mais il n'y avait pas le moindre indice pour impliquer Tripp Nash dans le double meurtre. Je ne l'ai pas lâché. J'ai essayé de l'avoir à l'usure. Au bout de six mois, il m'a sorti qu'il se sentait en confiance avec moi.

Frank imaginait MacLeish hocher la tête en se souvenant.

— Que vous a-t-il dit ?

— Que Jesse avait toujours été son meilleur ami mais qu'il était devenu bizarre depuis environ un an. Quand je lui ai demandé des exemples, il m'a dit que Jesse était jaloux dès qu'il lui parlait des filles qu'il rencontrait en pension. Comme ça le mettait mal à l'aise, il avait tenté de prendre ses distances, mais la situation n'avait fait qu'empirer.

— Comment ça ?

— Jesse s'était mis en colère, il avait proféré des menaces contre lui et sa famille. Dans toute ma carrière de policier, je vous jure que je n'ai jamais rencontré menteur plus convaincant. Il était admirable dans son rôle, il savait parfaitement jusqu'où aller. Le gamin n'avait que dix-sept ans, mais il avait pensé à tout. Il savait que je ne pouvais rien contre lui et il avait raison.

— Vous pensez donc qu'il s'agit d'un meurtre par procuration ?

— Je serais prêt à parier n'importe quoi. Je n'ai jamais raconté ça à personne, mais je me suis souvent rendu à son université. Je me garais aux abords du campus et je restais dans ma voiture, au grand jour, là où il pouvait me voir, en me demandant s'il aurait le culot de tenter quelque chose sous mon nez. Il n'a jamais rien fait, il était beaucoup trop malin pour ça. J'ai perdu sa trace quand il a terminé ses études. Mais vous savez comment c'est, il y a toujours une enquête que l'on n'arrive pas à se sortir de la tête. Ça fait huit ans que je suis à la retraite mais il m'arrive toujours de feuilleter mes notes sur l'affaire Nash de temps à autre, au cas où quelque chose ferait tilt. Mais je dois vous dire, j'ai toujours eu dans l'idée que ce coup de fil viendrait. La dernière fois que j'ai parlé à la mère de Jesse… ça doit bien faire cinq ans… elle m'a confié qu'elle avait enfin retrouvé Tripp Nash. Après tant d'années. Mais elle est décédée avant de pouvoir me donner les détails.

— Qu'est-il arrivé ?

— Crise cardiaque. J'ai cherché à savoir ce qu'elle avait découvert, mais à l'époque elle vivait dans un foyer à Portland. Quand la nouvelle de sa mort m'est parvenue, ses affaires avaient déjà été balancées. Dites, je suis curieux de savoir quel est le rapport avec votre enquête…

— Je ne sais pas trop. On a retrouvé un article sur l'affaire Nash, parmi d'autres sur une certaine Natalie Russo, qui a été assassinée par ici. Le nom ne vous dit rien ?

— Non.

— Avec les articles, il y avait aussi un billet anonyme, adressé à notre suspect : « Tu vas payer. Pour ce que tu as fait. » Posté de Portland, dans le Maine.

— Et comment s'appelle votre suspect ?

— Hallett. Peter Hallett.

MacLeish jura, du bout des lèvres mais avec véhémence.

— Connie Nash était la tante de Tripp, la sœur de son père. Après la mort de ses parents dans un accident de voiture, le gamin a été confié à la garde de son grand-père maternel, mais le vieillard ne s'est jamais vraiment occupé de lui, aussi Connie Nash et son mari l'ont-ils accueilli chez eux. Il se faisait appeler Nash mais aucune procédure d'adoption n'a jamais été engagée. Tripp n'était qu'un surnom. Son vrai nom était…

— Ne me dites pas… Peter Hallett.

Ce fut au tour de Frank de jurer. Il parla à MacLeish du meurtre de Tríona, de la découverte du cadavre de Natalie Russo, de leur échec à établir un lien entre Hallett et la première victime.

— On est persuadés qu'il est impliqué mais jusqu'ici tous les indices semblent indiquer que les deux meurtres ont été commis par une femme.

— Ça ne me surprend pas. En revanche, vous savez ce qui m'étonne ? Qu'il n'y ait pas eu en coulisses quelque suspect tout trouvé, le coupable idéal qui puisse porter le chapeau pour le meurtre de sa femme. Tripp Nash, ou Peter Hallett, appelez-le comme vous voulez, ne commet jamais rien. Il n'a pas besoin. Vous voulez un conseil ? Cherchez dans son entourage, l'assassin est forcément un proche, quelqu'un comme Jesse Benoit, sujet à la jalousie, manipulable. Quelqu'un qui est persuadé que Hallett a été maltraité, martyrisé. (MacLeish se tut un instant.) Il va continuer à sévir, n'est-ce pas ? À moins qu'on l'en empêche.

7

Le lendemain matin, pendant que Cormac effectuait sa visite quotidienne à l'hôpital, Nora et Elizabeth prirent à nouveau la direction des grottes de Port na Rón. Un beau ciel bleu avait succédé au temps couvert de la veille, mais sous la voûte céleste dégagée, la brume se levait au-dessus d'une mer d'huile. Elle avait pour effet d'altérer les distances, les îlots dans la baie semblant se rapprocher puis s'éloigner. La brume de beau temps n'était parfois qu'un fin voile, alors qu'à d'autres moments elle semblait étonnamment solide, telle une passerelle par laquelle on pouvait gagner les pointes rocheuses. Cette fois, elles contournèrent la plage et se rendirent de l'autre côté de la baie, au-delà de la maison du pêcheur. Les grottes étaient plus faciles d'accès par la mer que par la terre. Elles descendirent parmi les rochers, Nora ouvrant la marche. À mesure qu'elles se rapprochaient, une odeur fortement animale venait se mêler aux parfums d'algues et de goémon. Ces grottes servaient d'abri à une colonie de phoques, avait expliqué Cormac. Ils venaient y mettre bas et s'y réfugier durant la période où ils étaient les plus vulnérables. Nora s'engagea à l'intérieur, imaginant le sol tapissé de corps tièdes, de bébés phoques tétant leur mère. La saison de reproduction était à l'automne et ne commencerait pas avant plusieurs semaines, avait assuré Cormac. Aussi pourraient-ils s'installer ici en cas de besoin, sans perturber la migration annuelle. Nora sortit de son sac des bougies, des piles et de la nourriture qu'elle cacha dans une anfractuosité entre deux rochers. Quand elle se retourna, elle vit Elizabeth qui était accroupie et inspectait le sol de la grotte.

— Regarde, lui dit sa nièce en indiquant un creux peu profond à ses pieds. Tu penses que c'est quoi ?

La petite dépression en forme d'écuelle était marquée de taches rouge sombre. C'était forcément du sang ; un animal s'était blessé par ici.

Entendant un bruit de respiration, Nora releva la tête. Un phoque gris tacheté se tenait dans l'ouverture de la caverne et les observait. Il avait un œil abîmé et une cicatrice en forme d'étoile sur le côté de la tête. Il ressemblait à celui qu'elles avaient aperçu à Bruckless. Ce n'était pas inconcevable – les phoques étaient capables de longues migrations, en quête de nourriture. C'était tout de même étonnant.

— Lizzabet, dit-elle en s'efforçant de parler calmement pour ne pas effrayer l'animal. Revoici ton ami.

Elizabeth tourna lentement la tête et écarquilla les yeux en apercevant l'intrus inattendu. Son corps charnu étalé en travers de l'entrée, l'animal les fixa tour à tour de son œil noir brillant. Nora se fit la réflexion qu'elle n'avait jamais été si près d'une bête sauvage, du moins aucune aussi impressionnante que ce phoque. Elle observa les fins cils blancs qui lui conféraient un air de perpétuel étonnement. Il avait une plaie à son cou massif. Le sang provenait peut-être de là. L'animal renifla légèrement puis il ouvrit la gueule, dévoilant sa langue et ses crocs, et il émit un cri qui résonna incroyablement dans la grotte.

— Qu'est-ce qu'il veut à ton avis ? demanda Nora.

Comme en réponse à sa question, le phoque se mit à ramper à reculons. Une fois à l'extérieur, il fit pivoter sa masse corpulente et tourna son œil droit vers elles.

— Il veut qu'on le suive, dit Elizabeth.

Le phoque les guida vers la mer et la plage, en se retournant toutes les trois ou quatre secondes, comme pour s'assurer qu'elles le suivaient toujours. Dès qu'il atteignit le bord de l'eau, il se précipita dans les flots ridés et plongea, la bête lourdaude aussitôt transformée en torpille. Inutiles sur terre, les nageoires palmées paraissaient merveilleusement gracieuses dans l'univers marin. Il finit par disparaître, ne laissant à la surface qu'une série de cercles concentriques. Elizabeth continua de scruter l'eau, peut-être dans l'espoir d'apercevoir une tête brillante, tandis que Nora tournait son attention vers un yacht rutilant amarré à la jetée en béton. Elle n'avait rien entendu, mais la brume épaisse et le roulement des galets avaient peut-être suffi à étouffer le bruit du moteur. Les petites vagues faisaient doucement tanguer la coque blanche. Il semblait n'y avoir personne à bord. Nora sentit un frisson lui parcourir les bras. Elle grimpa le talus d'où partait la jetée, suivie par Elizabeth. Avant de s'engager sur la digue, elle se retourna vers sa nièce.

— Reste là, Lizzabet. Ne bouge pas.

Le bateau mesurait sept ou huit mètres au bas mot, avec une cabine intérieure et un puissant moteur très peu bruyant. Comment se faisait-il qu'on l'ait abandonné là ? Elle jeta un coup d'œil à Elizabeth et sortit le talkie-walkie en espérant qu'elle se souviendrait des instructions de Cormac pour s'en servir.

— Allô ? Cormac ? Tu es là ?

Elle se rapprocha précautionneusement du yacht, s'attendant à voir une tête apparaître par l'écoutille. La voix crachotante de Cormac se fit entendre par le haut-parleur.

— Que se passe-t-il, Nora ? Où es-tu ?

— À Port na Rón. Il y a un bateau accosté à la jetée, mais je ne vois personne. Pas de nouvelles de Devaney ?

— Non. Tu ferais peut-être mieux de retourner au cottage…

— Je vais voir s'il y a quelqu'un en cabine…

— Non, Nora…

Sa voix fut coupée comme elle raccrochait le talkie-walkie à sa ceinture et posait le pied sur l'échelle accrochée à la jetée.

— Reste là ! cria-t-elle à sa nièce. Je reviens tout de suite.

Arrivée au niveau du bateau, elle enjamba le plat-bord et sauta sur le pont. Une paire de lunettes de soleil était posée sur le rebord au-dessus du gouvernail, mais c'était là le seul signe apparent d'une présence humaine. Pas de clef dans le contact. Elle s'approcha de l'écoutille.

— Il y a quelqu'un ?

Pas de réponse. Elle reprit son talkie-walkie et appuya sur le bouton pour parler.

— Cormac ? Tu es toujours là ?

— Qu'est-ce qui se passe ? Ça va ?

— Le bateau est vide. Il n'y a vraiment personne. C'est bizarre.

— Écoute, j'arrive bientôt à Kilcar. J'appelle Devaney tout de suite. Veux-tu bien t'en aller de là ? Préviens-moi dès que vous êtes de retour au cottage.

— Je n'y manquerai pas. Promis.

Elle raccrocha le talkie-walkie à sa ceinture, remonta par l'échelle et se figea en découvrant le spectacle qui l'attendait. Elizabeth se tenait au début de la jetée, les mains prisonnières dans son dos. Celle qui la retenait n'était autre que Miranda Staunton, la nouvelle Mme Hallett.

8

Miranda eut un sourire glacial.

— Qu'y a-t-il, Nora ? Tu t'attendais à trouver quelqu'un d'autre ? Un pas de plus et je lui casse les bras. Ne me tente pas.

Elizabeth inspira vivement quand Miranda exerça une pression sur ses coudes. Nora brandit la main droite et fit signe à sa nièce de rester immobile, tandis qu'elle rapprochait peu à peu sa main gauche du talkie-walkie à sa taille. La voix implacable de Miranda la fit se figer.

— Arrête ça. Lance-le par terre.

Elle n'avait pas le choix. Nora laissa traîner son pouce sur le bouton du talkie-walkie en même temps qu'elle le décrochait, et la voix de Cormac se fit entendre parmi les crachotements de la friture.

— Nora ? Nora ? Es-tu là ?

Miranda secoua la tête.

— Dommage que tu ne puisses pas lui répondre. Maintenant, envoie-le dans l'eau d'un coup de pied. Dépêche.

Nora lui donna un tout petit coup en espérant l'envoyer sur le quai en contrebas, mais la coque en caoutchouc qui rendait ce maudit appareil indestructible le fit rebondir. Il atterrit dans l'eau avec un plouf sonore.

Miranda se mit à gravir la pente au-dessus de la jetée, en gardant les yeux sur Nora et sur Elizabeth devant elle. Ça fusait dans la tête de Nora. Si seulement elle pouvait gagner du temps…

— Comment avez-vous fait pour nous retrouver ?

Miranda s'empara du sac à dos d'Elizabeth et montra une rondelle minuscule attachée à la fermeture Éclair.

— Les merveilles de la technologie moderne. Le GPS pour suivre ses enfants à la trace. L'indication précise de leurs moindres mouvements sur ton BlackBerry.

— Et tu t'imagines que Peter te sera reconnaissant de lui ramener Elizabeth, c'est ça ?

— Je ne suis pas venue ici pour la ramener, répondit Miranda d'un ton tranchant. Tu t'imagines que l'idée de la trimballer jusqu'ici est venue de qui ? Son père comptait la laisser à Saint Paul. Bien entendu, tu ne figurais pas dans le plan initial, mais maintenant que nous sommes toutes réunies, je me dis que tout compte fait c'est pour le mieux. Une succession de tragédies, voilà tout. Elizabeth subira un accident malencontreux en voulant échapper à sa ravisseuse hystérique, autrement dit toi, et ensuite, en proie au remords, tu te jetteras dans le vide. À moins que tu ne dérapes, je n'ai pas encore décidé. Parfois il est préférable de laisser les choses suivre leur cours.

Elle continuait de gravir la colline à reculons en tirant Elizabeth. La pente raidissait à chaque pas. Nora savait qu'elle devait faire parler Miranda pour qu'elles aient une chance de s'en sortir.

— Qu'est-ce qui te fait croire que tu vas t'en tirer impunément ?

Miranda s'arrêta et laissa apparaître toute sa jubilation malveillante.

— Mis à part le fait que je n'ai jamais été inquiétée jusque-là ? Y compris pour ta sœur chérie…

Nora vit Elizabeth bouger les lèvres sans émettre un son : *Maman.*

— Tu es en train de me dire que Peter n'est en rien responsable de la mort de Tríona ?

— Quand vas-tu te mettre ça dans la tête, Nora ? Peter ne ferait pas de mal à une mouche, ça a toujours été son problème. Fort heureusement, je suis prête à lui passer ce petit défaut.

— C'est toi qui as mis la bouteille d'eau sous ma pédale de frein.

— Il fallait bien que quelqu'un veille à ce que tu ne viennes pas tout gâcher. Bon sang, Nora, tu n'avais même pas fermé à clef, c'était quasiment une invitation.

— Et Natalie Russo ? T'as quoi à me dire sur elle ?

Miranda plissa les yeux.

— Tu te crois très intelligente ? Je savais qu'il y aurait des problèmes quand on retrouverait cette pauvre Natalie. Ça devait arriver. J'espérais seulement être partie très loin entre-temps. Elle s'imaginait pouvoir prendre ma place aux sélections olympiques…

Le sommet de l'escarpement n'était plus très loin. Miranda marqua une pause, un peu essoufflée, agrippant toujours les bras d'Elizabeth dans son dos.

— Je ne sais pas comment c'est arrivé, mais Tríona a découvert pour Natalie, poursuivit-elle. Et elle comptait me le faire payer. Tu t'imagines qu'elle était parfaite, mais tu n'as pas idée des trucs qu'elle pouvait faire : la drogue, les virées au fleuve, la baise tous les soirs. Sais-tu qu'elle menaçait Peter de l'accuser d'avoir maltraité leur fille si jamais elle n'obtenait pas ce qu'elle souhaitait ? Elle comptait demander le divorce et le plumer. Tu n'imagines pas de quoi elle était capable.

— C'est toi qui lui as envoyé le billet… pour qu'elle te retrouve au bois ce soir-là.

— Qu'est-ce que tu racontes ? C'est elle qui m'a donné rendez-vous à Hidden Falls.

— Qu'en as-tu fait ?

— Qu'ai-je fait de quoi ?

— Le mot, Miranda. Qu'as-tu fait du mot ?

— Je l'ai mis dans ma poche. Qu'est-ce que ça peut faire ?

Les pensées fusaient dans la tête de Nora. Le sweat de Galliard - il n'avait jamais appartenu à Peter, c'était celui de Miranda. Elle s'en était débarrassée après avoir tué Tríona. Pourtant, il y avait deux mots, celui dans la poche du sweat de Harry Shaughnessy, et celui que le pêcheur avait ramassé dans les bois. Miranda croyait que Tríona lui avait adressé le mot, pour la faire chanter au sujet de Natalie… Mais Tríona avait reçu un mot identique, lui enjoignant de se rendre à Hidden Falls, l'endroit où elle s'imaginait avoir tué Natalie… Le scénario se cristallisait soudain dans toute son horreur. Miranda n'était que l'arme du crime, l'instrument que Peter avait manipulé à distance. Le plan était si retors, si démoniaque ! Nora en avait presque le tournis. Mais il fallait avant tout qu'elle parle.

— Je sais depuis combien de temps tu l'aimes. Depuis le début, bien avant qu'il ne rencontre Tríona. Peter le sait très bien lui aussi. Il te manipule depuis toujours, il se sert de toi. Tu ne t'es pas étonnée qu'il change subitement ? Qu'après des années d'indifférence, il s'intéresse soudain à toi ? C'est parce que tu lui étais utile. Tu pouvais résoudre un problème pour lui. Je suppose qu'il a dû craquer plusieurs fois à propos de Tríona, de toutes les souffrances qu'elle lui avait fait subir. Il comptait sur toi : si seulement il pouvait être débarrassé d'elle, tu l'aurais enfin rien que pour toi. Mais que se passera-t-il quand tu deviendras son problème à ton tour ? Parce que cela finira par arriver tôt ou tard, et tu disparaîtras comme ma sœur. Tu t'imagines qu'il n'a pas tout prévu ? Il a plusieurs coups d'avance sur toi, Miranda. Depuis des années, il a toujours un temps d'avance sur tout le monde.

— Tais-toi.

— Il t'a menti sur Tríona. Rien de ce qu'il t'a dit sur elle n'était vrai. Il a inventé un tas d'histoires scandaleuses pour t'inciter à la tuer. Il était au courant pour Natalie, d'une manière ou d'une autre. Il t'a peut-être vue l'agresser en faisant son footing. Il a alors compris qu'il pouvait se servir de toi. Il a récupéré les vêtements dont tu t'es débarrassée ce matin-là. Et il a mis du sang de Natalie partout sur les habits de Tríona. Il l'a persuadée qu'elle était impliquée dans le meurtre de Natalie. Il lui a envoyé un mot sur lequel il avait écrit « Je sais ce que tu as fait. » Le même que celui qu'il t'a adressé. Après, il n'avait plus qu'à observer et laisser faire. Tríona s'est rendue au bord du fleuve ce soir-là parce qu'elle redoutait épouvantablement d'avoir tué Natalie. Parce que Peter l'avait privée de son respect de soi. Il est parvenu à lui faire croire ça. Peter t'observe et se sert de toi depuis des années, Miranda. Tu ne le vois pas ?

— Je t'ai dit de te taire, lança froidement Miranda. (Elle s'empara d'un pistolet de détresse qu'elle avait glissé dans la ceinture et en braqua le canon sur la tempe d'Elizabeth.) Plus un mot.

Elles continuaient de gravir lentement la pente. Les appuis de Miranda devenaient de plus en plus précaires. Nora demeurait silencieuse. Elle s'efforçait de ne pas regarder le canon de l'arme collé contre la tête de sa nièce mais plutôt de fixer ses yeux apeurés. *Surtout ne dis rien, Lizzabet*, lui recommandait-elle en silence. *Reste calme.*

Sans prévenir, le pied droit de Miranda se déroba sous elle. C'était leur seule chance.

Nora attrapa Elizabeth par le bras et la poussa devant elle.

— Continue d'avancer ! cria-t-elle. Ne regarde pas en bas et monte. Vas-y !

Nora la suivit, ses pieds cherchant des appuis et manquant souvent déraper sur la pente raide. Un banc de brouillard commençait d'envelopper le promontoire. Nora se doutait que Miranda n'était pas loin derrière mais elle n'entendait que sa propre respiration haletante et le fracas des vagues en contrebas. Au bout de quelques secondes, elle sentit les doigts de Miranda lui effleurer la cheville.

— Continue ! cria-t-elle à Elizabeth. Ne t'arrête pas !

Elle décocha un violent coup de pied vers le bas et entendit un craquement ; elle avait atteint Miranda quelque part. Un peu plus loin, elle cria à nouveau.

— Tu y es presque. Continue, Elizabeth ! Tu vois le sommet ?

À travers le brouillard, elle aperçut un instant deux jambes comme suspendues en l'air puis disparaître.

— Cours jusqu'à la maison, Elizabeth ! Va chercher Cormac !

Atteignant le sommet quelques secondes plus tard, Nora se hissa à son tour par dessus le rebord, se releva tant bien que mal et se précipita vers le chemin gravillonné où Elizabeth avait détalé. Elle n'avait pas parcouru dix mètres que Miranda la plaqua par-derrière. Elles dégringolèrent sur la pente, et quand elles s'immobilisèrent enfin, Nora avait la tête et les bras suspendus dans le vide. Le vent s'était levé, en bas la mer était déchaînée.

9

Nora était immobilisée, Miranda à califourchon sur elle, brandissant à deux mains une pierre au-dessus de sa tête. Nora tenta de lui attraper les poignets pour maintenir l'arme à distance. Après quelques instants de lutte acharnée, Nora parvint à pivoter énergiquement et à se dégager. Elle se releva tant bien que mal et se mit à courir vers le sommet de la colline mais Miranda la rattrapa et se jeta encore une fois sur elle. Elles dégringolèrent ensemble sur les éboulis et parvinrent à se relever, amochées et à bout de souffle, agrippées l'une à l'autre comme deux catcheuses sur un ring. Une voix retentit en amont.

— Miranda ! Qu'est-ce que tu fabriques ?

Elles relevèrent la tête ensemble et aperçurent Peter sur la crête. Il descendit en dérapant sur les cailloux et faillit perdre l'équilibre.

— Que se passe-t-il ?

Nora savait qu'il ne lui restait plus qu'une seule chance. Elle retint Miranda par les épaules.

— Dis-moi, t'arrive-t-il parfois de te réveiller sans aucun souvenir de la veille ?

— Ne l'écoute pas, Miranda ! intervint Peter.

Mais Nora vit que sa question avait fait mouche et s'empressa de poursuivre.

— Ça t'est arrivé combien de fois ? Une fois ? Deux fois ? Plus ? C'est l'effet de l'ecstasy liquide, on ne se souvient de rien. Peter s'est déjà retourné contre toi, Miranda. Comme il s'est retourné contre Tríona.

— Elle ment, Miranda. Tu sais bien qu'elle déforme tout…

Peter se mit à avancer tout doucement, mais elle lui intima d'un geste de s'arrêter.

— La ferme ! Taisez-vous, tous les deux !

Tout le monde se tut. Le pied gauche de Nora, planté au bord du précipice, commençait à trembler. Elle jeta un coup d'œil en arrière et vit quelques petits cailloux dégringoler dans le vide.

— Ce truc, dit Miranda. Ça a quel effet quand on en prend ?

— Tu serais prête à baiser n'importe qui. Ensuite, ça t'endort…

Peter s'avançait à nouveau. Nora le regarda droit dans les yeux et elle y vit la même expression que le lendemain du meurtre de sa sœur. Il était parfaitement calme. On pouvait même avoir l'impression qu'il était ravi. Comment ne pas l'être alors que ses deux pires problèmes étaient sur le point de se régler mutuellement ? Sans avoir à lever le petit doigt, il était près de triompher à nouveau.

Nora cessa soudain de résister. Elle se sentait terriblement fatiguée.

— Vas-y, dit-elle à Miranda. Pousse-moi. Tu verras ce qui se passera. Il dira à la police qu'il a tenté de t'en empêcher. Tu seras condamnée pour meurtre et il sera débarrassé de nous deux. C'est ce qu'il veut, en fait. (Elle tira Miranda vers le précipice.) Le plus pratique, ce serait encore qu'on tombe toutes les deux.

Les pieds de Miranda dérapaient sur les graviers tandis que Nora l'entraînait.

— Aide-moi, Peter ! Elle veut me tuer…

Mais Peter resta à l'écart, comme Nora s'y attendait.

— Miranda, ne fais pas de bêtises.

Nora vit la peur dans le regard de Miranda.

— Il n'attend que ça, Miranda. Tu ne le vois pas ? C'est exactement ce qu'il veut. Quoi qu'il arrive, il est tranquille. Débarrassé de nous deux, juste comme ça.

Tout d'un coup, il se passa quelque chose que Nora n'avait pas envisagé.

Elizabeth déboula sur le chemin gravillonné en hurlant.

— Arrête ! Arrête ! s'écria-t-elle en criblant Miranda de coups de poing dans le dos. Laisse Nora tranquille.

Avant que quiconque puisse l'en empêcher, Miranda réagit. Elle fit volte-face et décocha un coup de pied rageur, et Elizabeth bascula dans le vide, ses bras et ses jambes tournoyant comme un moulin à vent au ralenti. Nora ne vit que ses yeux lumineux, qui ressemblaient tant à ceux de Tríona, écarquillés de terreur. Puis elle disparut.

Miranda eut un petit rire sans joie. Et à cet instant, Peter se métamorphosa. Son visage, si calme et si détendu un instant auparavant, devint blême. Il fit deux pas en avant, empoigna sauvagement Miranda par la gorge, et la propulsa au sol. Sa main gauche chercha à tâtons un caillou assez gros pour lui fracasser le crâne. Il s'exprima d'un ton doux et neutre, comme s'il réprimandait un chien désobéissant.

— Pauvre idiote, pauvre connasse… Je t'avais dit de la laisser tranquille. Ce n'est qu'une enfant…

Quand Nora remarqua enfin le pistolet de détresse, il était trop tard pour réagir. Elle vit Miranda braquer l'arme sur le visage de Peter et appuyer sur la détente.

La balise explosa dans un éclair. Horrifiée, Nora se laissa retomber en arrière et regarda Peter se relever à moitié et reculer d'un pas, sonné et désorienté, la tête en flammes, la pierre toujours dans sa main droite. Logée dans son œil droit, la cartouche recrachait un jet d'étincelles.

Miranda se jeta sur lui et se mit à hurler.

— Je ne voulais pas… ! Regarde ce que tu m'as fait faire !

Il rugit de douleur et voulut se dégager d'elle, mais elle ne lâcha pas prise. Ils se débattirent, engloutis dans une terrible pluie de feu, avant de basculer ensemble à la mer.

Nora s'approcha maladroitement du bord mais elle ne vit qu'une flamme rougeoyante sous l'eau, au pied de la falaise. La voix de Cormac lui parvint soudain depuis la crête.

— Nora ! (Il descendit en dérapant la pente gravillonnée.) Qu'est-ce qui s'est passé ? Où est Elizabeth ?

Elle pointa l'index, muette, et il tendit le cou au-dessus du vide.

— Je ne la vois pas, dit-il. Elle n'est pas là.

— Mais je l'ai vue tomber… de mes propres yeux.

— Allez, dit-il en l'aidant à se relever.

Ils descendirent la pente escarpée jusqu'à la plage de galets. Nora s'arrêta au bord de l'eau et repéra quelque chose qui flottait à la surface - on aurait dit une silhouette humaine, curieusement immergée. Ce n'était pas possible. Elle ferma les yeux et les rouvrit. C'était bien cela. Elizabeth flottait dans l'eau peu profonde, sur le dos, prise dans un enchevêtrement d'algues. Nora se précipita jusqu'à elle et lui tâta les bras et les jambes ; elle ne semblait avoir aucune fracture. Mis à part quelques égratignures, aucune blessure apparente. Comment était-ce possible ? Un léger reniflement la fit se retourner, juste à temps pour apercevoir un phoque gris s'éloigner dans la mer. L'animal se retourna pour la regarder, son œil valide clairement visible. Il émit un seul cri plaintif puis disparut dans les vagues. Nora se laissa tomber à genoux dans l'eau, prit sa nièce dans ses bras et caressa ses cheveux hirsutes. Cormac fut soudain à ses côtés. Il les serra toutes les deux dans ses bras en murmurant :

— Non, par pitié…

Nora contempla le visage doux et immobile de l'enfant qu'elle tenait dans ses bras, puis caressa la joue de Cormac.

— Non, Cormac… Elle est vivante. Vivante.

LIVRE SEPT

L'Irlande et la Bretagne demeurent les principales contrées où les croyances aux fées ont encore largement cours. Et l'attachement de leur population à la religion tient peut-être en partie à la persistance de ces croyances…

Il existe, à ce propos, une curieuse superstition. Quand les fées souhaitent arracher une personne à ce monde pour l'emmener dans le leur, les Irlandais disent que les fées rendent cette personne mélancolique, lasse de la vie. Quand la mélancolie s'empare de vous et que peu vous importe d'être mort ou vivant, les fées ont le pouvoir de vous ravir. Vous mourez et votre âme devient une fée… Il arrive en Irlande qu'on explique ainsi la disparition d'une femme de la campagne. Il est plus probable que celle-ci ait été assassinée ou soit tombée dans une tourbière.

In *Vie et Littérature,* de Lafcadio Hearn,
extraits d'une série de conférences prononcées
à Tokyo entre 1896 et 1902, choisis et présentés
par John Erskine, Ph. D., professeur de littérature
à l'université de Columbia, 1917.

1

Le combiné toujours plaqué contre son oreille, Frank Cordova se demanda s'il avait bien entendu. Il avait l'impression d'avoir encaissé un puissant coup de poing dans le sternum. Il lui paraissait impossible que Peter Hallett soit mort. Cinq longues années et c'était terminé, juste comme ça.

Miranda Staunton avait avoué le meurtre de Tríona, mais ce que Frank supputait depuis le coup de fil avec Gordon MacLeish était confirmé. Peter Hallett avait assassiné sa femme tout autant que s'il lui avait lui-même défoncé le crâne. Tout comme il avait assassiné son oncle et sa tante dans le Maine. Mais quand Nora lui avait raconté comment cela s'était terminé, Frank ne s'était pas du tout senti délivré – il s'estimait floué, privé d'un procès où il aurait pu regarder ce salopard droit dans les yeux, présenter les preuves et entendre le verdict prononcé par le juge : coupable.

Nora se sentait-elle trahie autant que lui, qu'on lui ait brusquement arraché ce qui constituait le centre de sa vie depuis cinq ans ? Peut-être l'avait-elle déjà remplacé par autre chose. La douleur qu'il ressentait à la poitrine ne voulait pas partir.

— Frank ? Tu es toujours là ? (Sa voix était

distante.) Il reste tant de choses dont nous n'avons pas encore parlé.

Il sentait sa présence au bout du fil et se demanda si ça aurait pu tourner autrement entre eux, s'ils s'étaient rencontrés dans d'autres circonstances... Mais la situation était ce qu'elle était. Il n'y avait plus rien à y faire.

Il s'éclaircit la gorge.

— Il faut peut-être que je te laisse retourner auprès d'Elizabeth... Merci pour le coup de fil...

Après un silence, elle dit :

— Prends soin de toi, Frank. Promets-le-moi.

Il ferma les yeux et imagina qu'elle lui caressait encore une fois le visage, comme par cette brève nuit si marquante. La porte se refermait à nouveau, cette fois-ci pour toujours.

— Toi aussi. Adieu, Nora.

Il raccrocha. Contemplant les dossiers empilés sur son bureau, songeant aux existences fourvoyées et gâchées qu'ils représentaient, il ne ressentit qu'un vide immense. Et pourtant, il demeurait une chose, un tout petit détail qui le travaillait : qu'Elizabeth ait survécu à une chute dans laquelle avaient péri son père et sa belle-mère. Et mieux encore, qu'elle s'en soit apparemment sortie indemne. Comme quoi les innocents survivaient parfois. Miraculeux.

Milagroso ! Le mot retentit quelque part en lui, accompagné du souffle de l'éventail du *curandero*.

2

Après s'être échouée sur la plage à Port na Rón, Elizabeth dormit. Selon les médecins, elle n'était pas dans le coma mais en état d'hypersomnie, de longues heures d'un profond sommeil dont on ne parvenait à la tirer qu'à grand-peine. Elle ouvrait les yeux de temps à autre, mais l'état de veille ne durait pas. Il était encore plus mystérieux, au plan médical, qu'elle n'ait subi aucune blessure grave au cours de sa chute, ni interne ni externe. Personne n'était en mesure de l'expliquer. Nora ne quitta quasiment pas le chevet d'Elizabeth à l'hôpital. La nuit, elle dormait dans un fauteuil.

Elle observait sa nièce quand elle nota un mouvement des pupilles sous les paupières, à peine perceptible dans la semi-obscurité. À quoi Elizabeth rêvait-elle, en proie à ce sommeil mystérieux et tout-puissant ? Compte tenu de tout ce qui lui était arrivé, personne ne pouvait lui en vouloir de ne pas avoir envie de se réveiller. Prise d'une soudaine frayeur, Nora se pencha vers elle et lui murmura doucement à l'oreille :

— Reviens parmi nous, Lizzabet... Tu n'as pas terminé ton parcours...

Elizabeth bougea et inspira longuement, comme si elle remontait enfin à la surface. Elle détacha sa tête de l'oreiller et ouvrit les yeux, mais elle ne semblait pas pleinement consciente. Nora tendit la main pour réveiller Cormac qui somnolait dans un fauteuil.

— Je vais chercher l'infirmière, dit-il.

Il se précipita dans le couloir.

— J'ai soif, murmura Elizabeth.

Nora versa de l'eau dans un verre et le plaça dans la main de sa nièce.

— Comment te sens-tu ?

— Où est mon papa ? Il faut que je voie papa.

Nora se rapprocha d'elle.

— Veux-tu quelque chose à manger ?

Elizabeth secoua la tête et bâilla profondément en se laissant retomber sur l'oreiller.

— Non. Je veux juste voir papa. Où est-il ?

— Il est… Il n'est pas là, Lizzabet.

— Qu'est-ce que tu veux dire ? Où est-il ?

Elle parut comprendre que quelque chose n'allait pas, se redressa en position assise et regarda Nora d'un air inquiet, comme si elle suspectait une conspiration.

— Pourquoi tu ne veux pas me dire où il est ?

— Oh ! Lizzabet ! Il est tombé à Port na Rón… Il y a eu une bagarre. Miranda et lui ont fait une chute…

Elle fut incapable d'ajouter autre chose.

Elizabeth s'appuya contre la tête de lit et s'exprima en un murmure.

— Il est mort, hein ? Mon papa est mort ?

Nora ne put que hocher la tête. Elle esquissa un geste de réconfort, mais Elizabeth se débattit sous les draps, les souvenirs lui revenant peu à peu.

— J'ai entendu tout ce que tu as dit sur lui à Miranda. C'est pas vrai, t'es qu'une sale menteuse !

Elle se mit à taper Nora qui prit quelques gifles avant de parvenir à la maîtriser.

— Pourquoi t'as dit ces choses ? T'es qu'une sale menteuse !

Nora se rapprocha pour tenter de la calmer.

— Lizzabet, s'il te plaît... Écoute-moi... Je t'en supplie...

Mais sa nièce gesticulait de plus belle.

— Va-t'en ! Tu ne sais rien du tout ! Je ne veux pas de toi ici ! Dégage !

Nora recula et se réfugia dans le couloir, encore sous le choc des coups enragés de sa nièce. Que s'était-elle imaginé ? Comment une enfant pouvait-elle réagir à une telle nouvelle ? Le problème était qu'elle n'y avait jamais pensé, qu'elle ne s'était pas permis de pousser la réflexion aussi loin. Elle ne s'était préoccupée que de réunir des preuves, de faire condamner Peter, pas des conséquences qui s'ensuivraient. Elle croyait que tout serait résolu si seulement la justice l'emportait, si seulement elle parvenait à convaincre le monde entier que Peter Hallett était coupable. Mais elle n'avait pas réussi jusqu'ici à persuader la personne dont la vie lui importait le plus. Ses parents devaient arriver le lendemain. Qu'allait-elle leur dire ? Après tout ce qui était arrivé, il n'y avait pourtant toujours pas la moindre preuve concrète contre Peter. Il était tout compte fait responsable de la mort de cinq personnes, peut-être davantage, mais il n'était pas exclu qu'on ne parvienne jamais à le prouver. Une fois de plus, on en revenait à la parole de Nora contre la sienne.

Elle se pencha en avant et appuya son front endolori contre le carrelage frais. Elle se sentait si lasse. À l'évidence, compte tenu de ce que Miranda avait dévoilé sur la falaise et de ce que Frank lui avait appris, ils n'avaient fait que gratter en surface, mais qui continuerait à creuser, maintenant que les assassins de Tríona étaient morts ? Elle ne pouvait plus s'en remettre à Frank. L'affaire serait officiellement classée. Il avait d'autres enquêtes, d'autres obligations. Ils se parleraient peut-être au téléphone, mais elle savait avec certitude qu'elle ne poserait plus jamais les yeux sur Frank Cordova.

Les choses n'étaient pas censées se dérouler ainsi. Peter Hallett continuerait de la hanter pour le restant de ses jours.

Nora sentit une présence à côté d'elle. Cormac lui effleura l'épaule.

— Elizabeth ne va pas trop mal, dit-il. L'infirmière est avec elle. Elle est toujours en état de choc, Nora.

— Il l'a montée contre moi… Il a beau être mort, il continue de la monter contre moi. Elle ne croira jamais rien de ce que je dis.

— Maintenant, Elizabeth a besoin de se protéger. Pour survivre. Il va lui falloir du temps pour comprendre ce qui est vrai et ce qui ne l'est pas.

— Elle a tout entendu, Cormac. Ce qu'il a fait subir à Tríona, puis à Miranda. Comment peut-elle ne pas y croire ?

— Elle n'est qu'une enfant, Nora. Celui qui était sa seule famille depuis cinq ans vient de lui être arraché et elle ne sait plus vers qui se tourner. Elle se trouve soudain propulsée vers le monde des adultes, mais elle n'est pas sûre que ça lui convienne. Tu ne peux pas lui en vouloir d'avoir envie de se réfugier dans le passé, une époque où elle croyait que son père était un type bien. Chacun de nous a envie de croire que son père est un type bien, même si ce n'est pas le cas. (Il la fit se retourner.) Tu veux bien venir avec moi ? Il y a quelqu'un que je veux te présenter.

— Je ne peux pas, Cormac…

— Mais si… Viens.

Il la prit par le bras et l'entraîna dans le couloir en direction du service de réanimation où les patients étaient visibles derrière des vitres. Il s'arrêta et lui indiqua un vieillard aux cheveux blancs qui dormait la bouche entrouverte, insensible au monde qui l'entourait.

— Je ne t'avais pas présentée à mon père. Tu n'auras peut-être jamais l'occasion de le connaître tel qu'il était avant. Moi-même, je n'en ai eu que très brièvement l'occasion. Le court moment qui nous était imparti touche peut-être à sa fin. Mais les quelques jours que je viens de passer avec lui m'ont appris une chose, Nora. J'ai besoin de comprendre qui il est et d'où je viens… Tout comme Elizabeth aura besoin de comprendre, un jour. (Il tourna le visage de Nora vers lui et lui caressa la joue.) Il faut me croire. Elle reviendra vers toi, pourvu que tu lui en laisses le temps.

Les joues ruisselantes de larmes, Nora contemplait Joseph Maguire de l'autre côté de la vitre.

3

Nora contemplait le crachin derrière sa vitre. Le temps passait des averses aux éclaircies. Ils rentraient au cottage et venaient de traverser Glencolumbkille, embouteillé pour cause de festival, quand le portable de Cormac sonna. Après une brève conversation, il referma l'appareil et se tourna vers elle.

— C'était Garrett Devaney. Tu te sens d'attaque pour un rapide détour ? Il a quelques renseignements concernant l'enquête qu'il préférerait nous livrer de vive voix. Il se trouve au Cassidy's, un pub qui se situe apparemment sur cette route, près du carrefour de Largybrack. Si j'ai bien compris, quelques musiciens se sont retrouvés en cachette. Tu t'en sens le courage ?

— Pour te dire la vérité, un petit remontant me ferait du bien.

Le Cassidy's occupait une modeste bâtisse en pierre, près d'un croisement à l'entrée d'un vallon. Cormac commanda deux doubles whiskys et les rapporta à leur table. Nora jeta un coup d'œil aux musiciens installés dans un coin au fond de la salle et vit que Garrett Devaney les avait repérés. À la fin du morceau, il posa son violon et les rejoignit.

— Comment va Elizabeth ?

Nora semblait incapable de répondre.

— Mieux, dit Cormac. Elle s'est réveillée. Mais elle n'a pas encore eu l'occasion de tout digérer. Elle sait que son père est mort, mais…

Devaney fit la grimace.

— Elle nie toujours qu'il ait fait quoi que ce soit de mal ?

— Pour elle, tout est ma faute, dit Nora.

L'inspecteur secoua la tête.

— Écoutez, vous ne pouvez pas penser ça. Je me doute que ça doit être dur mais il ne faut surtout pas vous en vouloir. (Il parcourut la salle bondée du regard. Il baissa la voix.) J'ai appelé quelques contacts. J'ai un pote qui bosse à la brigade criminelle. C'est eux qui sont chargés de l'enquête. Voici ce qu'il m'a confié : dans les valises de Hallett, on a retrouvé son BlackBerry, lequel était relié à un GPS dissimulé dans le portable de Miranda.

— Ce qui signifie quoi au juste ? s'enquit Cormac.

— C'est logique, dit Nora. Peter a toujours su où se trouvait Miranda, de même qu'ils savaient tous les deux où était Elizabeth. Peter ne laissait rien au hasard. Il savait sans doute ce qu'elle mijotait, qu'elle voulait s'en prendre à nous. Il se servait d'elle contre moi.

— Ce n'est pas tout, dit Devaney. Les enquêteurs ont également trouvé un petit flacon de collyre…

— En fait, ce n'est pas du collyre. Je peux vous dire ce que c'est : du GHB, de l'ecstasy liquide. Il a raconté à tout le monde que ma sœur se droguait, qu'elle était devenue incontrôlable, alors qu'en fait il lui en donnait à son insu. Sur le promontoire, j'ai demandé à Miranda si ça lui arrivait d'avoir des trous de mémoire. À en juger d'après sa réaction, je pense que Peter la droguait elle aussi. Mais il est peu probable qu'on arrive à le prouver.

— Malgré tout, le fait qu'on en ait trouvé en sa possession établit déjà qu'il savait où s'en procurer, souligna Cormac. C'est déjà ça.

Devaney pinça les lèvres, l'air un peu gêné.

— Je ne sais pas vraiment comment aborder le point suivant, sauf à dire carrément la chose : votre Hallett aimait visiblement porter des vêtements féminins. Notre légiste a retrouvé sur lui des sous-vêtements en dentelle, sous ses habits normaux. Je ne sais pas comment il faut l'interpréter, je laisse ça au psychologue. Mais j'ai jugé préférable que vous soyez au courant, au cas où il y aurait des fuites dans la presse.

Nora entendit que Cormac posait une question mais elle était très loin de là en pensée, de retour parmi les cartons de pièces à conviction au siège de la police de Saint Paul. Les nombreux articles de lingerie sale que les enquêteurs avaient récupérés au fond des tiroirs et sous le lit de Tríona, qui comportaient des traces de son ADN et celui de Peter, sans compter celui de nombreux inconnus, hommes et femmes. On avait toujours présumé que l'ADN de Peter y figurait parce qu'il était marié avec elle, et c'était là une supposition logique, mais voilà que se présentait une tout autre explication.

Le fleuve était l'endroit où les gens se rendaient pour devenir quelqu'un d'autre, pour se défaire des contraintes et des apparences auxquelles ils se soumettaient en haut, dans le monde réel.

Il y a des choses que tu ne sais pas, Nora. Sur Peter, sur moi…

— Car j'ai vu la fausse sirène, murmura Nora.

Devaney échangea un bref regard avec Cormac.

— Bien, je vais vous laisser. Il faut que je me dépêche d'aller retrouver Róisín, avant qu'on me la corrompe avec tous ces airs du Donegal !

Après le départ de l'inspecteur, Nora demeura silencieuse un long moment, les yeux rivés sur le fond de son verre vide.

— Pourquoi n'est-elle pas venue me trouver, Cormac ? Pourquoi ne m'a-t-elle pas fait confiance ? J'aurais pu l'aider…

Les musiciens s'interrompirent soudain et les oreilles se tendirent quand une vieille femme entama une chanson. Excepté quelques rares mots en gaélique, les sons ne voulaient rien dire, une série de longues voyelles plaintives. Mais la voix éraillée était tellement chargée d'expérience et de chagrin que tous l'écoutèrent avec fascination, captivés jusqu'à la dernière note.

Nora s'essuya les yeux.

— Qui est cette chanteuse ? demanda Cormac au barman qui était venu ramasser leurs verres vides.

— Ah, c'est Kitty Sean Cunningham. Elle vient de Cappagh, juste au nord de Teelin. Elle a fêté ses soixante-dix-huit ans lundi de la semaine passée, mais elle sait encore bien chanter. (Il se pencha en avant et baissa la voix.) On raconte qu'elle chantait quand elle ramassait les algues et que les phoques venaient sur les rochers pour l'écouter. Ce n'est pas donné à tout le monde d'attirer les phoques, mais

Kitty a ce pouvoir, dit-on, parce que sa grand-mère était une *selkie*.

— Les gens croient toujours à ces histoires ?

Le barman sourit.

— Bien sûr que plus personne ne croit aux vieilles légendes. Mais comme disait ma grand-mère, ça ne veut pas dire qu'elles ne sont pas vraies. Je peux vous servir autre chose à boire ?

— Non merci, on a terminé.

Ils quittèrent le pub, Nora toujours sous le choc. Les renseignements de Devaney faisaient surgir toutes sortes d'hypothèses épouvantables sur ce qu'avait subi Tríona au cours de ses dernières semaines. Chaque nouvelle prise de conscience ravivait la douleur. Cormac l'accompagna dehors, ne sachant pas trop quoi dire. Quand ils atteignirent la voiture, elle se tourna vers lui.

— Tu te rends compte de ce que ça signifie ? J'ai toujours cru que Peter était simplement possessif et jaloux. Qu'il avait tué Tríona, enfin qu'il l'avait fait tuer, parce qu'il ne supportait pas l'idée qu'elle s'en aille. Mais ce n'était pas ce genre de jalousie, c'était complètement autre chose. Il prenait ses habits et les revêtait pour se rendre au fleuve. Il ne voulait pas seulement la posséder, il voulait *être* Tríona. Je viens seulement de comprendre ça.

— Qu'es-tu en train de m'expliquer, Nora ?

— Tous les trucs horribles dont il l'accusait, la drogue, les sorties nocturnes, les relations sexuelles avec des inconnus… Tríona n'en avait aucun souvenir parce qu'elle n'avait rien fait de tout ça. C'est lui qui se livrait à ces choses-là. Et elle a dû le découvrir. C'est ce qu'elle cherchait à me confier, quand elle m'expliquait que les choses avaient été trop loin. Mais elle lui a accordé le bénéfice du doute. Jusqu'à la toute fin. Même quand elle a su qu'il la tourmentait délibérément, elle a refusé d'y croire. Mon Dieu… C'est tellement compliqué ! (La nuit était douce mais elle ne put retenir un frisson.) Et ça n'a fait qu'empirer. Comment a-t-il pu tromper son monde si longtemps ? Comment se fait-il qu'on n'ait pas vu ce qu'il était ? Il devait se douter que Tríona le quitterait tôt ou tard, qu'elle finirait par le percer à jour.

— Mais quand il a été aux abois et décidé à agir, dit Cormac, Miranda est entrée en scène, follement jalouse de Natalie Russo. Elle a fait le jeu de Peter.

— Oh ! Cormac, comment veux-tu que je raconte tout ça un jour à Elizabeth ? On nage en pleine folie.

— N'y pense pas, Nora. Pas ce soir. Rentrons à la maison.

4

Quand il se réveilla le lendemain matin, Cormac vit Nora allongée à côté de lui, les doigts de sa main droite enlacés aux siens. La nuit n'avait pas été trop éprouvante, mais ils n'avaient pas bien dormi. Nora était visiblement encore tenaillée par les révélations de la veille. Elle avait le teint pâle, la mine épuisée. Qui plus est, ses parents arrivaient dans six heures. Autrement dit, tout allait être évoqué une fois encore en détail, y compris les accusations d'Elizabeth, épreuve qu'il ne pouvait épargner à Nora.

Nora avait les yeux fermés mais elle était réveillée. Il lui caressa le visage.

— Je voulais te demander, qu'est devenue la tresse en noisetier que je t'ai donnée à Loughnabrone ?

Elle retira sa main de la sienne.

— Elle a dû tomber de ma poche le soir de l'accident… Je l'avais toujours sur moi, je te le jure, Cormac.

Elle se pencha pour attraper son jean par terre et lui montra où elle gardait la tresse. Remarquant un bout de tissu qui dépassait d'une poche, Cormac tira dessus et fut surpris de découvrir un vieux bas de laine.

— Qu'est-ce que c'est ?

— J'avais complètement oublié, dit-elle. Un aigle l'a laissé tomber sur moi à Port na Rón.

Il l'inspecta à la lumière. Laine noire de belle qualité. Talon finement reprisé. Il ressentit la même excitation qu'au moment où il avait découvert la bottine au cottage des Heaney.

— Je ne sais pas bien pourquoi je l'ai gardé, poursuivit Nora. Sans doute parce que c'est un curieux objet à trouver sur une plage.

— Pourrais-tu me montrer l'endroit précis où tu l'as trouvé ?

— Qu'est-ce qu'il y a Cormac ? Où est le problème ?

— Je t'expliquerai sur place.

Au village abandonné, ils descendirent la pente caillouteuse. Cormac contempla les rochers escarpés en hauteur et l'à-pic surplombant la plage. L'imposant entassement de galets blancs avait été recraché par le terrain tourbeux au-dessus d'eux.

— Décris-moi ce que tu as vu ce jour-là, dit-il à Nora.

— Quand on est arrivées sur la plage, je me tenais ici et Elizabeth sur les rochers là-bas. (Elle indiqua trois pierres plates au nord de la baie.) Je la regardais mais je me suis laissé distraire, par du mouvement là-haut. C'était un couple d'aigles marins. Je n'en avais jamais vu deux ensemble. Ils se disputaient un objet. (Elle chercha l'endroit exact.) Regarde, il y en a justement un en ce moment.

Elle se mit à escalader les rochers et Cormac la suivit. Le temps qu'ils atteignent le sommet de la butte érodée, l'aigle avait disparu depuis longtemps. Mais en s'approchant, Cormac repéra l'endroit où était perché le rapace. Le sol rocailleux était recouvert d'un tapis de tourbe qui se prolongeait jusqu'au pied de l'escarpement. Il s'accroupit pour observer de plus près. Le terrain était instable - un faux mouvement et on risquait de faire une chute jusqu'à la plage. Deux paires de serres avaient laissé des traces dans la terre meuble, à l'endroit où les aigles s'étaient battus. Cormac s'approcha un peu plus du bord pour écarter la partie de tourbe plus sèche et il recula, stupéfait.

— Qu'est-ce qu'il y a ? demanda Nora.

— Autant que tu regardes toi-même...

Il la retint par la main tandis qu'elle se penchait en avant. Ils avaient sous les yeux un pied humain, débarrassé en grande partie de sa chair, le gros orteil délicatement pointé vers la mer. À côté, l'extrémité d'une bottine perçait la tourbe.

— Elle se trouve ici, murmura Cormac. Elle était là sous leur nez, depuis le début.

— De quoi tu parles ?

Il se déplaça jusqu'à l'endroit où devait se trouver la tête si le corps était enterré à l'horizontale, sortit son canif et découpa la couche d'herbe avant de la soulever, exposant la tourbe humide en dessous. Il se mit à creuser à mains nues, assailli de questions. À quoi ressemblait le visage d'une sirène ? Aurait-elle conservé sa beauté, malgré les années passées sous la tourbe, comme la *cailín rua* ? Une image surgit dans son esprit, les têtes intriguées et les regards nostalgiques des phoques qui le suivaient quand il ramait. Ses doigts sentirent enfin quelque chose, l'arrondi d'un crâne. Mais quand il enleva la tourbe, à l'endroit où il s'attendait à trouver un front, une arcade sourcilière et un nez, il n'y avait qu'une dépression peu profonde et une poignée d'os brisés. Qui qu'elle soit, cette femme avait eu le visage défoncé, son identité effacée.

Nora s'agenouilla à côté de lui.

— Tu sais qui c'est, n'est-ce pas ? demanda-t-elle.

— Je n'ai pas encore eu l'occasion de te parler de cet endroit, dit-il. Tu te souviens l'autre soir, quand tu as chanté *An Mhaighdean Mhara*, et que je t'ai demandé pourquoi tu l'avais choisie ? C'est ici qu'elle habitait…

— Qui ça ?

— La femme de la chanson, Mary Heaney.

Elle eut un mouvement de recul.

— Ce n'est qu'une histoire, Cormac. Ce n'est pas vrai.

— Je ne t'en veux pas d'être sceptique, je l'étais moi aussi… (Il se releva et la prit par la main.) Viens avec moi.

Dans le cottage de la *selkie*, il fouilla parmi les coquillages et les galets jusqu'à ce qu'il retrouve la bottine.

— Ça me chiffonnait depuis quelques jours, depuis la première fois que je suis venu ici. Pourquoi quelqu'un s'enfuirait-il avec une seule chaussure ? Deux chaussures, ça se comprend, ou bien aucune, mais une seule, ça n'a aucun sens.

Nora s'assit sur un des fauteuils bas pour examiner la chaussure. Elle était couverte de poussière et de moisissure, mais la découpe au niveau de la cheville était très originale. Aucun doute possible : cette bottine formait une paire avec celle qu'ils venaient d'apercevoir dans la tourbe.

Cormac se laissa tomber dans le fauteuil en face d'elle.

— La femme qu'on surnommait Mary Heaney, celle qui habitait cette maisonnette, était une étrangère. Elle est arrivée un jour de 1889 dans la barque d'un pêcheur local, P. J. Heaney. Elle ne parlait ni l'anglais ni le gaélique. Mais elle est restée et s'est installée chez Heaney, qui lui a fait deux enfants. Les gens se sont mis à la prendre pour une *selkie*, comme la Mary Heaney de la chanson. Elle allait parfois s'asseoir sur le promontoire, toute seule ; Roz a recueilli des témoignages d'après lesquels elle chantait dans une langue étrangère. Elle a réuni toute une documentation sur ce fait divers : recensement, entretiens, articles de journaux. Quand Mary Heaney a disparu au bout de six ans, les gens ont raconté qu'elle avait retrouvé la peau de phoque que Heaney lui avait volée et qu'elle était retournée à la mer. Tout le monde a gobé ça : leurs voisins de Port na Rón, même la police. Ils ont tous préféré croire au mythe de l'épouse-phoque, alors qu'il s'était passé tout autre chose.

— Mais c'est une très vieille chanson, non ? Comment cette femme pourrait-elle être Mary Heaney si cette chanson existe depuis plusieurs centaines d'années ?

— Elles avaient le même nom. Et les gens avaient envie d'y croire. D'après Roz, c'était une manière pratique de se décharger de toute responsabilité, car tout le village devait être au courant qu'elle était maltraitée. Son mari n'a fait qu'alimenter la rumeur de la *selkie.* Si tout le monde était persuadé qu'elle était retournée à la mer, on ne se donnerait pas la peine de la chercher.

— Et le mari n'a jamais été soupçonné ?

— Bien sûr que si, mais comme il n'y avait pas de cadavre, et donc aucune preuve qu'un meurtre ait été commis, il n'a jamais été poursuivi. Même pas arrêté. Il a disparu en mer quelques années plus tard… On présume qu'il s'est noyé.

— Et les enfants ?

— Confiés à de la famille vers Buncrana. Roz pense que le fils est mort au combat pendant la Première Guerre mondiale. Elle n'a pas encore retrouvé la trace de la fille.

Nora se retourna et contempla les rouleaux sur la plage par l'embrasure. Ils restèrent un long moment assis en silence, à écouter le bruissement des vagues et le roulement des galets. Nora finit par se lever.

— Il faut qu'on y retourne, dit-elle. Qu'on recouvre au moins son visage.

5

Le lendemain du coup de fil de Nora, Frank Cordova s'occupa de classer le dossier d'enquête. Des indices continueraient de se présenter pendant quelques semaines, mais c'était terminé. Jackie Smart, du laboratoire, l'appela à 17 heures.

— Hé ! tu te souviens du chewing-gum que tu m'as déposé l'autre jour ? L'ADN est celui d'une femme, et il correspond à celui sur le sweat et les chaussures de Harry Shaughnessy. J'espère que ça t'aidera.

— Énormément, Jackie. Merci.

Avec l'ADN et les graines de fausse sirène retrouvées sur les scènes de crime, ils auraient eu suffisamment de preuves pour faire condamner Miranda Staunton pour deux meurtres – si elle avait vécu.

Mais il n'avait pas la preuve imparable qu'elle avait été un instrument, que l'idée d'assassiner Tríona n'était pas venue d'elle. Comment prouver les manipulations fort subtiles de Peter Hallett ? Selon toute vraisemblance, on se souviendrait de lui, du moins la plupart des gens qui l'avaient connu, comme d'une victime innocente fauchée par les excès de son entourage. Pour la majorité des crimes, la presse s'en tenait aux grandes lignes, omettant les multiples détails auxquels étaient confrontés les policiers au quotidien. Énormément de choses que l'on découvrait sur les gens, les assassins aussi bien que les victimes, demeuraient enfouies dans les dossiers. Les vies secrètes, et quantité de liens cachés ou négligés, trop complexes ou trop sordides pour que le public les comprenne. Des gentils et des méchants, voilà ce que les gens voulaient, pour hocher la tête avec un petit claquement de langue en lisant leur journal le matin. La vérité n'était jamais le parfait décalque des faits.

Le volet Nick Mosher taraudait Frank depuis que Nora le lui avait signalé, présence sourde logée dans un coin de sa tête. Le fait que Tríona et l'ami pour lequel elle travaillait soient morts tous les deux le même jour ne pouvait pas être qu'une simple coïncidence. Une chose était certaine : Truman Stark en savait plus qu'il ne voulait bien le dire.

Frank ouvrit un tiroir et sortit le dossier sur l'accident de Nick Mosher qu'il avait récupéré aux archives. Son corps avait été retrouvé au bas d'une cage d'ascenseur. La cause du décès était une fracture du cou, à laquelle s'ajoutaient des traumatismes faciaux et crâniens, blessures correspondant bien à une chute. Les yeux fermés, Frank imagina la silhouette d'un cadavre tombé de quatre étages. Il se représenta aussi les lunettes noires gisant à côté de l'ascenseur, un des verres fendu. Les enquêteurs avaient écarté l'hypothèse du suicide. Si Nick Mosher avait tout bonnement mis le pied dans le vide, comment se faisait-il que ses lunettes se trouvaient toujours au quatrième étage et non en bas de la cage d'ascenseur ? Étaient-elles déjà cassées avant qu'il ne tombe ? Un autre détail étrange figurait au dossier : des fleurs fanées retrouvées dans l'ascenseur – des fleurs de jardin cueillies et non coupées, d'après le laboratoire, même si ce genre de détail n'avait pas grande importance en l'espèce. Le truc bizarre, c'était qu'elles avaient été esquintées avant d'atterrir dans l'ascenseur et de s'y faner. Qu'évoquait ce bouquet amoché ? Peut-être un prétendant éconduit. Impossible de savoir si cela avait un rapport avec cette affaire. L'immeuble ne disposait que d'un seul ascenseur ; tout le monde s'en servait.

Truman Stark avait reconnu avoir suivi Nora du parking jusqu'à l'immeuble Sturgis, sans doute de crainte qu'elle ne sache ou ne découvre quelque chose. Il prétendait aussi avoir observé Tríona pour la protéger, ce qui ne l'avait pas empêchée de se faire assassiner. S'il était censé la surveiller, où se trouvait-il le soir en question ? Que fichait-il quand Tríona avait été agressée ? Le jeune homme avait peut-être le sentiment d'avoir échoué, d'avoir failli en tant qu'ange gardien. Qu'est-ce qui pourrait l'amener à penser ça ? Frank se rappela une remarque de Stark au cours de son interrogatoire : « Si je vous disais la vérité, vous ne me croiriez pas. »

Il remit le dossier dans le tiroir, l'image des lunettes cassées et du bouquet de fleurs toujours en tête. Il prit son téléphone et fit défiler la liste des numéros récents jusqu'à ce qu'il trouve celui qu'il voulait. Sarah Cates répondit dès la première sonnerie.

— C'est Frank Cordova. Je voulais vous remercier d'être passée à la veillée l'autre soir. Je vous ai aperçue qui arriviez au moment où je partais. Malheureusement, je n'ai pas pu rester.

— Ce n'est pas grave… J'ai vu par hasard l'avis dans le journal et j'ai eu envie de venir vous présenter mes condoléances. Je suis vraiment désolée…

— Merci…

Frank sentit sa poitrine se contracter et se prépara pour la douleur fulgurante, mais celle-ci ne vint pas.

— Ça tient toujours, votre proposition d'une leçon d'aviron gratuite ?

Il ferma les yeux et les imagina sur l'eau, ramant ensemble, Sarah Cates tournant vers lui ses yeux du même vert que le fleuve sous les rayons de soleil.

— Quand vous voulez. Si ça vous dit de passer demain après l'entraînement…

— J'y serai.

— Vous me croirez si vous voulez, mais je venais de décrocher à l'instant même pour vous appeler moi ! J'organise une sorte de célébration pour Natalie. Elle n'était pas croyante… moi non plus, à vrai dire… mais j'ai pensé qu'on pourrait se retrouver au club, un soir de la semaine prochaine, peut-être même faire une sortie en bateau. En souvenir d'elle. Je vous en parlerai un peu plus demain soir.

— Parfait, à demain.

Comme Frank traversait le hall d'entrée quelques minutes plus tard, le sergent de permanence lui fit signe et lui indiqua une silhouette avachie sur un fauteuil en plastique près de la porte d'entrée. Les mains croisées, Truman Stark fixait le sol, ses jambes trépidant en rythme.

— Ce monsieur est là pour vous, inspecteur. Il n'a pas voulu donner son nom. Il dit qu'il a des renseignements à propos d'un décès accidentel.

En salle d'interrogatoire, Truman Stark fuyait son regard plus que jamais. Une fois encore, Frank patienta. Peut-être avait-il vu juste. Si le jeune homme avait demandé à lui parler, c'était qu'il n'avait pas entièrement vidé son sac. Des passages d'une prière de son enfance lui revinrent à l'esprit : *Ruega por nosotros los pecadores.* Priez pour nous pauvres pécheurs. *Ahora y en la hora de nuestra muerte.* Maintenant et à l'heure de notre mort.

Frank se cala contre son dossier et s'efforça de le mettre à l'aise.

— L'autre fois, tu m'as sorti que je ne te croirais pas si tu me disais la vérité. Essaye quand même.

Truman Stark était manifestement décidé à dire ce qu'il savait - mais il n'avait aucune idée par où commencer.

— L'agent de l'accueil m'a dit que c'est à propos d'un décès accidentel…

Stark hocha la tête.

— Il y a cinq ans, dans l'immeuble Sturgis.

— Il ne s'agirait pas d'un certain Nick Mosher ? Le type qui a fait une chute dans la cage d'ascenseur ?

— J'étais là…

Le jeune type semblait être sur le point de suffoquer.

— Détends-toi, Truman. Nous avons tout notre temps.

Il acquiesça et détendit les épaules.

— Ce jour-là, j'ai suivi la rouquine jusqu'à l'immeuble Sturgis. Elle a rencontré ce type au quatrième étage. Il portait des lunettes noires.

— Nick Mosher.

— C'est la dernière fois que je l'ai vue.

— Semblait-elle heureuse de voir Mosher ?

Un souvenir visiblement douloureux pour Stark.

— Elle l'a embrassé.

— Une bise amicale, ou un peu plus ?

— Je ne sais pas… Pourquoi vous me demandez ça ? Elle l'a embrassé et elle lui a tendu un café qu'elle lui avait pris au rez-de-chaussée.

— Et ensuite ?

— J'ai appuyé sur le bouton de l'ascenseur. Je n'avais pas le temps de rester. Il fallait que je retourne au boulot.

Une image commença à se dessiner dans la tête de Frank. Le bouquet fané, le prétendant éconduit. Il garda ça pour lui, de crainte que Stark ne se referme comme une huître.

— Tu ne sais donc pas ce que Tríona Hallett fabriquait au quatrième étage de l'immeuble Sturgis ?

Il secoua la tête.

— Tu avais bien une petite idée, non ?

— Je savais qu'elle était mariée. Je pensais qu'elle trompait peut-être son mari.

— Et tu voulais te faire la main comme détective privé, c'est ça ?

— Non, non… Je voulais seulement découvrir pourquoi la rouquine regardait toujours derrière elle. J'avais repéré la blonde qui la suivait, deux jours avant. Je me suis dit que c'était peut-être une détective, embauchée par le mari.

— Tu ne connaissais pas le mari de la rouquine ?

— Non, pas à ce moment-là… J'ai vu sa photo dans le journal, après que…

— Revenons à la journée en question. Tu es donc retourné au travail. À quelle heure as-tu terminé ?

— 9 heures. J'ai dû quitter le parking vers 9h15.

— Et ensuite ?

— Je suis retourné à l'immeuble Sturgis.

— Pourquoi ?

— Je ne sais pas…

— Pour voir si la rousse s'y trouvait encore ?

— Je vous ai dit, je ne sais pas, répondit Stark qui était de plus en plus agité. Je suis monté dans l'ascenseur… un modèle à l'ancienne, avec la grille qui s'abaisse…

— Un monte-charge.

— Comme je n'ai vu personne, j'ai ouvert la grille et je suis sorti au quatrième. Puis quelqu'un a dû appeler l'ascenseur dans les étages car il est reparti.

— Avec la grille ouverte ?

— Oui. Ces vieux immeubles… J'ai sorti ma lampe de poche et j'ai jeté un coup d'œil au fond de la cage, juste pour voir. Puis j'ai entendu une voix dans mon dos. « Attention, le sol n'est pas tout près. » C'était le type aveugle que j'avais aperçu avant. Je me demande bien comment il pouvait savoir que l'ascenseur n'était pas là. Puis il me sort : « Vous étiez dans l'ascenseur, n'est-ce pas, cet après-midi… » Moi, j'en reste sur le cul ! Comment il peut savoir ça alors qu'il est aveugle ? Je lui pose la question. Et lui, il me répond… (Sa voix n'était plus qu'un murmure. Sa honte était palpable.) Il me sort : « Parce que vous avez encore l'odeur des fleurs que vous teniez. » Et voilà qu'il se retrouve juste derrière moi… (Frank retint sa respiration.) Et puis, il… il a posé ses mains sur moi. Qu'est-ce qui lui a pris de faire ça ? Je suis pas pédé. Je voulais juste qu'il arrête de me toucher et… c'est arrivé.

Enfin délivré de son fardeau, Truman Stark laissa reposer sa tête sur la table, et sanglota comme un enfant.

6

Nora avait cherché le sommeil toute la nuit, sans y parvenir. Une inversion des rôles, en quelque sorte. Habituellement, c'était Cormac l'insomniaque. Allongée à côté de lui dans la lumière grisâtre de l'aube, elle écoutait le pouls des vagues à l'extérieur et feuilletait un vieil ouvrage poussiéreux qu'elle avait pris sur un rayonnage derrière la porte – *Ortha na nGael, incantations et cantiques* – recueil de vers collectés dans l'est du Donegal à la fin du XIXe siècle. La plupart étaient des prières chrétiennes, invoquant la Trinité, la Vierge Marie ou sainte Brigid, mais leurs formes étaient celles d'une époque antérieure, quand les trinités n'avaient rien à voir avec le Christ. Les vers avaient été traduits du gaélique, et étaient certainement passés par le filtre de la sensibilité victorienne du compilateur, mais la beauté et la simplicité de la langue d'origine étaient en grande partie préservées. Même transcrits sur papier, leurs rythmes répétitifs conservaient un pouvoir incantatoire. Outre les prières, il y avait des récits sur des créatures qui changeaient d'aspect, des berceuses à vous donner des frissons, des formules contre toutes sortes d'infirmités, d'autres pour le rituel de la braise* ou pour repousser les esprits nocturnes, des invocations s'adressant à la lune et au soleil, d'autres pour les rites de naissance et de mort, et des bénédictions pour toutes sortes d'animaux, pas seulement les vaches et les moutons, mais aussi les bêtes sauvages figurant dans la mythologie locale : le saumon et le cygne, le taureau, le cheval, la loutre et la patelle, le phoque. De rares aperçus de la vie quotidienne, en un lieu qui avait représenté pendant des siècles les confins du monde connu.

Les yeux fermés, Nora entendait la musique des mots et voyait les images qu'ils évoquaient, la lumière et les ténèbres, les travaux et les moissons, le souffle moite des bêtes. Ces phrases charriaient la capacité d'émerveillement, palpable, des gens qui les avaient composées et répétées tant de générations auparavant. Elle contempla à nouveau le livre sur ses genoux, ouvert par hasard à une incantation contre la noyade. Les mots de la dernière strophe semblèrent se détacher de la page.

Une part de toi sur les cailloux gris,
Une part de toi sur les montagnes escarpées,
Une part de toi sur les torrents fougueux,
Une part de toi sur les nuages scintillants,
Une part de toi sur les baleines des océans,
Une part de toi sur les bêtes des prairies,
Une part de toi sur les marécages,

* Rituel quotidien qui consiste à enfouir sous les cendres un bout de tourbe incandescente avec lequel on rallume le feu le lendemain matin, et qui est aussi censé apaiser la fée du logis… qui verrait d'un mauvais œil que le feu s'éteigne.

Une part de toi sur le lin des marais,
Une part de toi sur la mer puissante et déchaînée –
Elle est la mieux armée pour porter
La mer puissante et déchaînée.
Elle est la mieux armée pour porter.

Elle referma le livre et le posa. Comment résister à la mer puissante et déchaînée ? Deux semaines s'étaient écoulées depuis que ses parents étaient arrivés pour ramener Elizabeth à Saint Paul. Deux semaines depuis qu'elle avait récupéré sa tresse en noisetier, Seng Sotharith l'ayant retrouvée sur un chemin près du fleuve, et deux semaines depuis qu'elle avait appris que ses parents hébergeaient désormais son sauveur, qu'il était installé dans son ancienne chambre et allait entreprendre des études qui feraient de lui un assistant médical. Il s'était aussi écoulé deux semaines jour pour jour depuis la découverte du cadavre préservé d'une jeune femme dans la tourbière de couverture, au-dessus de la plage de galets de Port na Rón, grâce à elle et à Cormac. Au moment où on l'avait mise dans la tourbière, la jeune femme portait deux bas de laine noirs, une seule bottine, une jupe longue et un jupon, et une blouse avec une veste courte comme c'était la mode à l'époque. Ses vêtements étaient préservés comme si elle les avait enfilés seulement quelques jours auparavant et non il y a plus de cent ans. Il n'y avait toujours aucune preuve définitive que le cadavre était celui de Mary Heaney, mais Roz Byrne s'était fixé pour mission de reconstituer la lignée féminine, pour vérifier si l'ADN mitochondrial permettait d'établir un lien entre les descendantes de Mary Heaney et l'inconnue sans visage.

Nora se tourna pour observer Cormac qui respirait, sa poitrine montant et descendant à un rythme régulier. Combien de fois avait-elle reposé ainsi à côté de lui, cherchant à appréhender les pensées et les rêves qui fusaient dans son cerveau pendant qu'il dormait, tels des éclairs dans un ciel orageux ? Elle tendit la main et sentit sa respiration tiède sur sa paume, en même temps qu'elle entendait dans un coin de sa tête les notes de la mélodie qu'il lui avait envoyée le premier soir à Saint Paul. Il ne lui en avait toujours pas confié le titre.

Cormac avait sans doute raison, les choses feraient peut-être leur chemin avec Elizabeth. Le jour viendrait alors où elle souhaiterait savoir la vérité sur ses parents. Mais quelle était la vérité ? Nora savait qu'il lui fallait se préparer à l'éventualité qu'Elizabeth parcoure le reste de sa vie sur le fil du rasoir, détestant d'une part celui qui était responsable de la mort de sa mère, mais éprouvant d'autre part de l'affection pour l'être humain attentionné que son père semblait avoir été.

L'univers s'avérait être un endroit beaucoup plus étrange et fluide qu'elle n'aurait jamais imaginé. Toutes les limites et les frontières auxquelles elle avait cru semblaient se déplacer ou disparaître. Rien n'était aussi simple qu'il y paraissait. À vrai dire, elle se sentait beaucoup plus proche du point de vue qui était le sien enfant, quand toute éventualité était possible, même la plus merveilleuse ou la plus abracadabrante. L'image de Tríona marchant dans la rue à Lowertown, le livre de bibliothèque rangé à l'envers, le fait que ce soit justement Harry Shaughnessy qui avait ramassé la photo de Tríona sur la place, le phoque qui avait secouru Elizabeth… Ces épisodes ne pouvaient pas être vrais, mais pourtant ils l'étaient, tout autant que n'importe quel événement de l'histoire du monde.

Nora commençait à comprendre qu'elle s'était accrochée avec désespoir à sa propre image de Tríona, comme un fidèle croit à la légende d'un saint – alors que tout le monde sait que les légendes de saints ne comportent que des fragments de vérité et une grande part d'exagération, et même de mensonges. D'une certaine manière, vouloir préserver Tríona comme une sainte sous verre la diminuait presque autant que les calomnies orchestrées par Peter. Qu'en était-il des contradictions de Tríona Gavin, de sa part cachée ? Cela avait existé et pouvait sans doute encore être découvert – il n'était peut-être pas trop tard.

Nora se leva sur la pointe des pieds, descendit au rez-de-chaussée et passa devant la porte de la chambre de Joseph Maguire. Il était encore à l'hôpital pour quelques jours. Il s'était réveillé de son sommeil forcé, un être différent, étranger même à lui-même, s'exprimant dans une langue qu'aucun être humain ne pouvait comprendre. Cormac ne s'était toujours pas penché sur ce qu'il adviendrait quand son père serait prêt à rentrer chez lui.

Dans le couloir, elle regarda les photographies argentiques accrochées au mur. Des photos de phoques – des portraits en fait – prises par Julia, la grand-tante de Cormac. Peut-être était-ce la combinaison de l'aube grisâtre et du clair de lune déclinant, mais chaque image avait l'aspect d'un négatif spectral : les yeux des phoques étaient d'un blanc brillant, leurs moustaches en temps normal blanches paraissaient foncées sur leur museau pâle. Elle s'était souvent demandé ce qui avait déclenché chez Tríona une telle fascination pour ces créatures. Était-ce leur regard émouvant et expressif ? Leur corps moelleux et maternel ? Ou peut-être l'aisance avec laquelle ils plongeaient sous l'eau en retenant leur souffle ? Nora avait toujours trouvé les phoques bizarres et gauches, alors que Tríona avait toujours eu une extraordinaire attirance pour eux. Un lien qu'elle avait visiblement transmis à Elizabeth.

Nora se pencha en avant pour lire la fine légende au crayon de la dernière photographie : *Aube tranquille à Port na Rón, juillet 1947*. Cela remontait à plus de soixante ans. C'était le plus envoûtant des portraits : un phoque borgne dont le seul œil valide était entouré d'une marque en forme d'étoile.

Prise d'une soudaine envie de voir le lever du soleil à Port na Rón, Nora enfila en vitesse son blouson et ses chaussures, et sortit discrètement du cottage. Quand elle referma la porte, le pêne se remit en place avec un claquement. Elle demeura figée quelques secondes pour s'assurer que Cormac n'avait pas été réveillé.

Le soleil n'était pas tout à fait levé quand elle franchit le promontoire. Une nappe de brume traversait la grève, mais on apercevait par moments la mer, aussi calme et miroitante qu'elle avait dû l'être par cette matinée de 1947, seules quelques vaguelettes effleurant la plage de galets. Elle se tenait sur la crête, à humer les embruns, quand une silhouette foncée sortit de l'eau en se tortillant et retomba dans un grand plouf.

Nora descendit jusqu'à la plage, continua d'avancer et, sans prendre le temps de retirer ses chaussures ni ses vêtements, s'engagea dans la mer. Quand elle s'arrêta enfin, l'eau lui arrivait à la taille et le phoque n'était plus qu'à une dizaine de mètres d'elle. Il se rapprocha, sa tête moustachue hors de l'eau. Il y avait entre eux à peine la distance d'un bras. Elle vit qu'il avait une partie du visage abîmée, les cicatrices d'une ancienne blessure. C'était la même tête que sur la photo, elle en était convaincue. Comment était-ce possible ? Elle tendit la main pour caresser sa fourrure et l'animal la laissa faire. C'était lisse au toucher, tiède sous l'humidité. Les paroles de la formule lui revinrent :

Une part de toi sur les baleines des océans,
Une part de toi sur les bêtes des prairies,
Une part de toi sur les marécages,
Une part de toi sur le lin des marais,
Une part de toi sur la mer puissante et déchaînée –
Elle est la mieux armée pour porter
La mer puissante et déchaînée.

Le phoque la contempla un instant avec un air d'infinie compassion, avant d'ouvrir la gueule pour lui offrir un seul cri, voyelle arrondie. Un bonjour ou un adieu ? Comme en réponse, l'animal se retourna avec un mouvement de la queue et disparut dans la mer.

Nora inspira un bon coup et plongea sous l'eau. Elle ne pouvait faire autrement que de le suivre.

Qu'avait vu Tríona le jour où elle avait été sauvée de la noyade ? Nora nageait vers l'avant, les yeux grands ouverts, quand soudain quelqu'un ou quelque chose l'attrapa par la taille et la sortit de l'eau. La redressant là où ils avaient pied, Cormac lui prit le visage entre ses mains.

— Je ne peux pas te laisser faire ça, Nora…

Elle comprit soudain ce qu'il avait dû imaginer en la suivant, en la voyant entrer dans l'eau.

— Voyons, Cormac, je ne cherchais pas à me…

— Vraiment ?

— Oui… Je ne sais pas ce que je cherchais à faire. Honnêtement. Je te le jure.

— Tu as filé droit vers l'eau, sans retirer tes habits…

Elle l'observa de la tête aux pieds.

— Toi aussi.

— Mais je ne pensais qu'à te rattraper… (Il se tut, soupira et posa son front contre le sien.) Pourquoi faut-il qu'on s'inflige tout ça ? Tu te dérobes à smoi depuis près de deux ans. Pourquoi fuis-tu sans cesse, Nora ?

— Je ne sais pas, Cormac. Je ne peux pas…

— Tu ne peux pas quoi ? Tu penses vraiment que Tríona voudrait te voir souffrir ainsi ? Je sais que tu pourrais continuer à te punir *ad vitam aeternam*, mais quand jugeras-tu que ça suffit ? Tu voulais savoir le titre du morceau que je t'ai envoyé ? Je vais te le dire : c'est *Mon amour est en Amérique.* Tu comprends ? Ne vois-tu pas que je t'aime ? Arrête de fuir, Nora. Reste avec moi. Sois avec moi.

Elle le regarda droit dans les yeux et perçut au fond d'eux, ainsi qu'au fond d'elle-même, une immense et éternelle vitalité, qui évoquait le vers de l'ancienne et mystérieuse ritournelle. *Elle est la mieux armée pour porter.* Elle n'eut pas besoin de mots pour donner sa réponse à Cormac.

Comme le jour apparaissait au-dessus de la pointe, la brume se leva peu à peu et l'écume bouillonnante de la marée montante les encercla. Le soleil levant dardait ses rayons dorés sur les ailes des mouettes et des craves à bec rouge qui s'envolaient, et sur les têtes curieuses et mouillées de trois jeunes phoques qui jouaient dans les vagues au-delà des rochers. Très haut dans le ciel au-dessus du promontoire, à peine visible, un aigle marin planait en solitaire.

REMERCIEMENTS

J'ai une dette envers un certain nombre de personnes qui m'ont aidée dans mes recherches pour ce livre : Dónal et Libby Ward, pour leur hospitalité, pour avoir partagé leurs connaissances sur l'histoire, le folklore et la musique de leur comté et pour m'avoir fait découvrir quelques merveilleux coins secrets du sud-ouest du Donegal ; Jill Cooper du club d'aviron de Minneapolis ; Hannah Texler du département des ressources naturelles du Minnesota ; Tim Whitfeld et Anita Cholewa du musée Bell et de l'herbarium de l'université du Minnesota ; Doug Mensing de la Société des plantes indigènes du Minnesota ; Jennifer Doubt du Musée canadien de la nature et le Dr Carol C. Baskin du département de biologie à l'université du Kentucky, pour leurs renseignements sur la *floerkea proserpinacoides* (la fausse sirène) ; Kathleen J. Craft, Ph. D., pour ses lumières sur la génétique des populations et ses applications dans l'univers de la botanique criminalistique ; Ann Marie Gross du service ADN au Bureau des arrestations criminelles, pour ses explications sur les analyses ADN et les procédures du BCA ; le sergent Mary Nash et l'inspecteur Jane Laurence de la police de Saint Paul pour leur aide en matière de procédure policière (et deux collègues écrivains Kent Krueger et Lori Lake qui m'ont fait profiter de leurs contacts au sein des forces de l'ordre) ; Patrick J. Cleary, retraité de la Garda Síochána pour ses éclaircissements sur la procédure policière irlandaise ; le Dr Frank Claudy, flûtiste et médecin, et Jean Cleary, infirmière, qui m'ont renseignée sur le syndrome de stress post-traumatique, sur les admissions aux urgences et à l'hôpital ; Randall Bays, joueur de violon et fin connaisseur de la baie Inutile dans l'État de Washington. J'ai une dette particulière envers mon amie artiste Virginia McBride, toujours là pour stimuler ma créativité, et envers son fils Owen Platt, également artiste, tous deux ayant conçu la superbe carte de Port na Rón, mon lieu fictif. Et je suis très reconnaissante à Dáithí Sproule de son aide précieuse pour les traductions du gaélique, et à la chanteuse Mairéad Ni Mhaonaigh du groupe Altan, dont la magnifique interprétation de *An Mhaighdean Mhara* a nourri l'inspiration de ce roman. L'aide de ces nombreuses personnes a sans nul doute permis d'éviter bien des erreurs ; elles ne sont en rien responsables des licences littéraires que je me suis autorisé, et les fautes qui subsisteraient n'appartiennent qu'à moi. Merci aussi à mes merveilleuses éditrices Susanne Kirk et Samantha Martin chez Scribner, et à mon agent hors pair, Sally Wofford-Girand. Et à tous ceux qui m'ont prodigué leurs encouragements – sans parler de leurs gentilles incitations – lecteurs, voisins ou amis (en particulier Lisa McDaniel, Karen Mueller, Lori Hindbjorgen,

Elizabeth Childs, Pat McMorrow, et tous les écrivains de Widening Gyre) ; à ma famille adorée et à mon cher mari et fabuleux inspirateur, Paddy – *go raibh mile maith agaibh.*

TABLE

Composition et mise en pages réalisées
par Text'oh! - 39100 Dole

Achevé d'imprimer par GGP Media GmbH, Pößneck
en juin 2012
pour le compte de France Loisirs,
Paris

N° d'éditeur : 68553
Dépôt légal : mai 2012
Imprimé en Allemagne